静山社ペガサス文庫

ハリー・ポッターと炎《ほのお》のゴブレット〈4-3〉

J.K.ローリング 作　松岡佑子 訳

ハリー・ポッターと炎《ほのお》のゴブレット4-3　もくじ

ハリー・ポッターと炎《ほのお》のゴブレット4-3　人物紹介《じんぶつしょうかい》

ハリー・ポッター
ホグワーツ魔法魔術学校《まほうまじゅつがっこう》の四年生《ねんせい》。緑《みどり》の目《め》に黒《くろ》い髪《かみ》、額《ひたい》には稲妻形《いなずまがた》の傷《きず》。幼《おさな》いころに両親《りょうしん》を亡《な》くし、マグル（人間《にんげん》）界《かい》で育《そだ》ったので、十一歳《さい》になるまで自分《じぶん》が魔法使《まほうつか》いであることを知《し》らなかった

バーテミウス・クラウチ
魔法省国際魔法協力部部長《まほうしょうこくさいまほうきょうりょくぶぶちょう》。ロンの兄《あに》のパーシーが敬愛《けいあい》する上司《じょうし》だが、病気《びょうき》で不在《ふざい》がちに……

イゴール・カルカロフ
ダームストラング校《こう》の校長《こうちょう》。スネイプと親《した》しいらしい

マダム・マクシーム
ボーバトン校《こう》の校長《こうちょう》で、ハグリッドに負《ま》けず巨大《きょだい》な美女《びじょ》

ビクトール・クラム
クィディッチ・ブルガリア代表《だいひょう》のシーカーで、三校対抗試合《さんこうたいこうじあい》のダームストラング校代表選手《こうだいひょうせんしゅ》

フラー・デラクール
ボーバトン校代表選手《こうだいひょうせんしゅ》。魔法生物《まほうせいぶつ》ヴィーラの血《ち》を引《ひ》く美少女《びしょうじょ》

嘆《なげ》きのマートル
ホグワーツの女子《じょし》トイレに棲《す》みついているゴースト

ドビー
ハリーが自由《じゆう》を与《あた》えた、元屋敷《もとやしき》しもべ妖精《ようせい》。マルフォイ家《け》に仕《つか》えていた

ウィンキー
クラウチ家《け》の屋敷《やしき》しもべ妖精《ようせい》だったが、ある事件《じけん》で解雇《かいこ》された

死喰い人《デス・イーター》
ヴォルデモート卿《きょう》に従《したが》い、忠誠《ちゅうせい》を誓《ちか》った魔法使《まほうつか》いと魔女《まじょ》の呼《よ》び名《な》

ヴォルデモート（例《れい》のあの人《ひと》）
最強《さいきょう》の闇《やみ》の魔法使《まほうつか》い。多《おお》くの魔法使《まほうつか》いや魔女《まじょ》を殺《ころ》したが、なぜかハリーには呪《のろ》いが効《き》かなかった

To Peter Rowling
in memory of Mr. Ridley
and to Susan Sladden,
who helped Harry out of his cupboard

ロナルド・リドリー氏の追悼のために、
父、ピーター・ローリングに。
そして、ハリーを物置から引っ張り出してくれた
スーザン・スラドンに

Original Title: HARRY POTTER AND THE GOBLET OF FIRE

First published in Great Britain in 2000
by Bloomsbury Publishing Plc, 50 Bedford Square, London WC1B 3DP

Japanese edition first published in 2002

This book is published in Japan by arrangement with
the author through The Blair Partnership

第《だい》26章《しょう》　第《だい》二の課題《かだい》

「卵《たまご》の謎《なぞ》はもう解《と》いたって言《い》ったじゃない！」

ハーマイオニーが憤慨《ふんがい》した。

「大《おお》きな声《こえ》を出《だ》さないで！」

ハリーは不機嫌《ふきげん》に言《い》った。

「ちょっと——仕上《しあ》げが必要《ひつよう》なだけなんだから。わかった？」

「呪文学《じゅもんがく》」の授業中《じゅぎょうちゅう》、ハリーとロン、ハーマイオニーは、教室《きょうしつ》の一番後《いちばんうし》ろに三人《にん》だけで机《つくえ》を一つ占領《せんりょう》していた。今日《きょう》は「呼《よ》び寄《よ》せ呪文《じゅもん》」の反対呪文《はんたいじゅもん》——「追《お》い払《はら》い呪文《じゅもん》」——を練習《れんしゅう》することになっていた。いろいろな物体《ぶったい》が教室《きょうしつ》を飛《と》び回《まわ》ると、始末《しまつ》の悪《わる》い事故《じこ》にならないともかぎらないので、フリットウィック先生《せんせい》は生徒一人《せいとひとり》にクッション一山《ひとやま》を与《あた》えて練習《れんしゅう》させた。理論《りろん》的《てき》には、たとえ目標《もくひょう》をそれても、クッションなら誰《だれ》もけがをしないはずだった。理論《りろん》は立派《りっぱ》だったが、実際《じっさい》はそううまくはいかない。ネビルはけたちがいの的《まと》はずれで、そんなつもりでなくとも、クッションより重《おも》い物《もの》を教室《きょうしつ》のむこうまで飛《と》ばしてしまった――たとえばフリットウィック先生《せんせい》だ。

「頼《たの》むよ。卵《たまご》のことはちょっと忘《わす》れて」

ハリーは小声《こごえ》で言《い》った。ちょうどその時《とき》、フリットウィック先生《せんせい》が、あきらめ顔《がお》で三人《にん》のそばをヒューッと飛《と》び去《さ》り、大《おお》きなキャビネットの上《うえ》に着地《ちゃくち》した。

「スネイプとムーディのことを話《はな》そうとしてるんだから……」

私語《しご》をするには、このクラスはいい隠《かく》れみのだった。みんなおもしろがって、三人《にん》のことなど気《き》にもとめていないからだ。ここ半時間《はんじかん》ほど、ハリーは昨夜《さくや》の冒険《ぼうけん》を少《すこ》しずつ、ヒソヒソ声《ごえ》で話《はな》して聞《き》かせていた。

「スネイプは、ムーディも研究室《けんきゅうしつ》を捜索《そうさく》したって言《い》ったのかい？」

ロンは興味津々《きょうみしんしん》で、目《め》を輝《かがや》かせてささやいた。同時《どうじ》に、杖《つえ》を一振《ひとふ》りして、クッションを一枚《まい》「追《お》い払《はら》い」した（クッションは宙《ちゅう》を飛《と》び、パーバティの帽子《ぼうし》を吹《ふ》っ飛《と》ばした）。

「どうなんだろう……ムーディは、カルカロフだけじゃなく、スネイプも監視《かんし》するためにここにいるのかな？」

「ダンブルドアがそれを頼《たの》んだかどうかわからない。だけど、ムーディは絶対《ぜったい》そうしてるな」

ハリーが上《うわ》の空《そら》で杖《つえ》を振《ふ》ったので、クッションが出来《でき》そこないの宙返《ちゅうがえ》りをして机《つくえ》から落《お》ちた。

「ムーディが言《い》ったけど、ダンブルドアがスネイプをここに置《お》いているのは、やり直《なお》すチャンスを与《あた》えるためだとか何《なん》だとか……」

「何《なん》だって？」

ロンが目《め》を丸《まる》くした。ロンの次《つぎ》のクッションが回転《かいてん》しながら高々《たかだか》と飛《と》び上《あ》がり、シャンデリアにぶつかって跳《は》ね返《かえ》り、フリットウィック先生《せんせい》の机《つくえ》にドサリと落《お》ちた。

「ハリー……もしかしたら、ムーディはスネイプが君《きみ》の名前《なまえ》を『炎《ほのお》のゴブレット』に入《い》れたと思《おも》ってるんだろう！」

「でもねえ、ロン」

ハーマイオニーがそうじゃないでしょうと首《くび》を振《ふ》りながら言《い》った。

「前《まえ》にも、スネイプがハリーを殺《ころ》そうとしてるって思《おも》ったことがあったけど、あの時《とき》、スネイプはハリーの命《いのち》を救《すく》おうとしてたのよ。覚《おぼ》えてる？」

ハーマイオニーはクッションを「追《お》い払《はら》い」した。クッションは教室《きょうしつ》を横切《よこぎ》って飛《と》び、決《き》められた目的地《もくてきち》の箱《はこ》にスポッと着地《ちゃくち》した。ハリーはハーマイオニーを見《み》ながら考《かんが》えていた……たしかに、スネイプは一度《いちど》ハリーの命《いのち》を救《すく》った。しかし、奇妙《きみょう》なことに、スネイプはハリーを毛嫌《けぎら》いしている。学生時代《がくせいじだい》、同窓《どうそう》だったハリーの父親《ちちおや》を毛嫌《けぎら》いしていたように。スネイプはハリーを減点《げんてん》処分《しょぶん》にするのが大好《だいす》きだし、罰《ばつ》を与《あた》えるチャンスは逃《のが》さない。退学処分《たいがくしょぶん》にすべきだと提案《ていあん》することさえある。

「ムーディが何《なに》を言《い》おうが私《わたし》は気《き》にしないわ」

ハーマイオニーがしゃべり続《つづ》けた。

「ダンブルドアはばかじゃないもの。ハグリッドやルーピン先生《せんせい》を信用《しんよう》なさったのも正《ただ》しかった。あの人《ひと》たちを雇《やと》おうとはしない人《ひと》は山《やま》ほどいるけど。だから、ダンブルドアはスネイプについてもまちがってないはずだわ。たとえスネイプが少《すこ》し──」

「──ワルでも」

ロンがすぐに言葉《ことば》を引《ひ》き取《と》った。

「だけどさあ、ハーマイオニー、それならどうして『闇《やみ》の魔《ま》法使《ほうつか》い捕獲人《ほかくにん》』たちが、そろってあいつの研究室《けんきゅうしつ》を捜索《そうさく》するんだい？」

「クラウチさんはどうして仮病《けびょう》なんか使《つか》うのかしら？」

ハーマイオニーはロンの言葉《ことば》を無視《むし》した。

「ちょっと変《へん》よね。クリスマス・ダンスパーティには来《こ》られないのに、来《き》たいと思《おも》えば、真夜中《まよなか》にここに来《こ》られるなんて、おかしくない？」

「君《きみ》はクラウチが嫌《きら》いなんだろう？　しもべ妖精《ようせい》のウィンキーのことで」

クッションを窓《まど》のほうに吹《ふ》っ飛《と》ばしながら、ロンが言《い》った。

「あなたこそ、スネイプに難癖《なんくせ》をつけたいんじゃない」

クッションをきっちり箱《はこ》の中《なか》へと飛《と》ばしながら、ハーマイオニーが言《い》った。

「僕《ぼく》はただ、スネイプがやり直《なお》すチャンスをもらう前《まえ》に、何《なに》をやったのか知《し》りたいんだ」

ハリーが厳《きび》しい口調《くちょう》で言《い》った。ハリーのクッションは、自分《じぶん》でも驚《おどろ》いたことに、まっすぐ教室《きょうしつ》を横切《よこぎ》り、ハーマイオニーのクッションの上《うえ》に見事《みごと》に着地《ちゃくち》した。


ホグワーツで何《なに》か変《か》わったことがあればすべて知《し》りたいというシリウスの言葉《ことば》に従《したが》い、ハリーはその夜《よる》、茶《ちゃ》モリフクロウにシリウス宛《あて》の手紙《てがみ》を持《も》たせた。クラウチがスネイプの研究室《けんきゅうしつ》に忍《しの》び込《こ》んだことや、ムーディとスネイプの会話《かいわ》のことを記《しる》した。それからハリーは、自分《じぶん》にとって、より緊急《きんきゅう》な課題《かだい》に真剣《しんけん》に取《と》り組《く》んだ。二月《がつ》二十四日《か》に一時間《じかん》、どうやって水《みず》の中《なか》で生《い》き延《の》びるかだ。

ロンはまた「呼《よ》び寄《よ》せ呪文《じゅもん》」を使《つか》うというアイデアが気《き》に入《い》っていた――ハリーがアクアラングの説明《せつめい》をすると、ロンは、一番近《いちばんちか》くのマグルの町《まち》から、一式《いっしき》呼《よ》び寄《よ》せればいいのにと言《い》った。

ハーマイオニーはこの計画《けいかく》をたたきつぶした。一時間《じかん》の制限時間内《せいげんじかんない》でハリーがアクアラングの使《つか》い方《かた》を習得《しゅうとく》することはありえないし、たとえそんなことができたにしても、「国際魔法秘密綱領《こくさいまほうひみつこうりょう》」に触《ふ》れて失格《しっかく》になるにちがいないというのだ。アクアラング一式《いっしき》がホグワーツ目指《めざ》して田舎《いなか》の空《そら》をブンブン飛《と》ぶのを、マグルが誰《だれ》も気《き》づかないだろうと思《おも》うのは虫《むし》がよすぎる。

「もちろん、理想的《りそうてき》な答《こた》えは、あなたが潜水艦《せんすいかん》か何《なに》かに変身《へんしん》することでしょうけど」

ハーマイオニーが言《い》った。

「ヒトを変身《へんしん》させるところまで習《なら》ってたらよかったのに！　だけど、それは六年生《ねんせい》まで待《ま》たないといけないし。生半可《なまはんか》に知《し》らないことをやったら、とんでもないことになりかねないし……」

「うん、僕《ぼく》も、頭《あたま》から潜望鏡《せんぼうきょう》を生《は》やしたままうろうろするのはうれしくないしね」

ハリーが言《い》った。

「ムーディの目《め》の前《まえ》で誰《だれ》かを襲《おそ》ったら、ムーディが僕《ぼく》を変身《へんしん》させてくれるかもしれないけど……」

「でも、何《なに》に変身《へんしん》したいか選《えら》ばせてくれるわけじゃないでしょ」

ハーマイオニーは真顔《まがお》で言《い》った。

「だめよ。やっぱり一番可能性《いちばんかのうせい》のあるのは、何《なに》かの呪文《じゅもん》だわね」

そしてハリーは、もう一生図書館《いっしょうとしょかん》を見《み》たくないほどうんざりした気分《きぶん》になりながら、またしてもほこりっぽい本《ほん》の山《やま》に埋《う》もれて、酸素《さんそ》なしでもヒトが生《い》き残《のこ》れる呪文《じゅもん》はないかと探《さが》した。ハリーも、ロンも、ハーマイオニーも、昼食時《ちゅうしょくどき》、夜《よる》、週末全部《しゅうまつぜんぶ》を通《とお》して探《さが》しまくったが――ハリーはマクゴナガル先生《せんせい》に願《ねが》い出《で》て、禁書《きんしょ》の棚《たな》を利用《りよう》する許可《きょか》までもらったし、怒《おこ》りっぽい、ハゲタカに似《に》た司書《ししょ》のマダム・ピンスにさえ助《たす》けを求《もと》めたにもかかわらず――ハリーが水中《すいちゅう》で一時《じ》間生《かんい》き延《の》びて、それを後々《のちのち》の語《かた》り草《ぐさ》にすることができるような手段《しゅだん》はまったく見《み》つからなかった。

あの胸騒《むなさわ》ぎのような恐怖感《きょうふかん》が、またハリーを悩《なや》ませはじめ、授業《じゅぎょう》に集中《しゅうちゅう》することができなくなっていた。校庭《こうてい》の景色《けしき》の一部《いちぶ》として、何《なん》の気《き》なしに見《み》ていた湖《みずうみ》が、教室《きょうしつ》の窓近《まどちか》くに座《すわ》るたびにハリーの目《め》を引《ひ》いた。湖《みずうみ》は、今《いま》や鋼《はがね》のように灰色《はいいろ》の冷《つめ》たい水《みず》をたたえた巨大《きょだい》な物体《ぶったい》に見《み》え、その暗《くら》く冷《つめ》たい水底《みなそこ》は、月《つき》ほどに遠《とお》く感《かん》じられた。

ホーンテールとの対決《たいけつ》を控《ひか》えたときと同《おな》じく、時間《じかん》がすべり抜《ぬ》けていった。誰《だれ》かが時計《とけい》に魔法《まほう》をかけ、超特急《ちょうとっきゅう》で進《すす》めているかのようだった。二月二十四日《か》まであと一週間《しゅうかん》（まだ時間《じかん》はある）……あと五日《いつか》（もうすぐ何《なに》かが見《み》つかるはずだ）……あと三日《みっか》（お願《ねが》いだから、何《なに》か教《おし》えて……**お願《ねが》い……**）。

あと二日《ふつか》に迫《せま》ったとき、ハリーはまた食欲《しょくよく》がなくなりはじめた。月曜《げつよう》の朝食《ちょうしょく》でたった一つよかったのは、シリウスに送《おく》った茶《ちゃ》モリフクロウが戻《もど》ってきたことだった。羊皮紙《ようひし》をもぎ取《と》り、広《ひろ》げると、これまでのシリウスからの手紙《てがみ》の中《なか》で一番短《いちばんみじか》いものだった。

返信《へんしん》ふくろう便《びん》で、次《つぎ》のホグズミード行《い》きの日《ひ》を知《し》らせよ。


ハリーはほかに何《なに》かないかと、羊皮紙《ようひし》をひっくり返《かえ》したが、白紙《はくし》だった。

「来週《らいしゅう》の週末《しゅうまつ》よ」

ハリーの後《うし》ろからメモ書《が》きを読《よ》んでいたハーマイオニーがささやいた。

「ほら――私《わたし》の羽根《はね》ペン使《つか》って、このふくろうですぐ返事《へんじ》を出《だ》しなさいよ」

ハリーはシリウスの手紙《てがみ》の裏《うら》に日《ひ》づけを走《はし》り書《が》きし、また茶《ちゃ》モリフクロウの脚《あし》にそれを結《むす》びつけ、ふくろうが再《ふたた》び飛《と》び立《た》つのを見送《みおく》った。僕《ぼく》は何《なに》を期待《きたい》していたんだろう？　水中《すいちゅう》で生《い》き残《のこ》る方法《ほうほう》のアドバイスか？　ハリーはスネイプとムーディのことをシリウスに教《おし》えるのに夢中《むちゅう》で、卵《たまご》のヒントに触《ふ》れるのをすっかり忘《わす》れていたのだ。

「次《つぎ》のホグズミード行《い》きのこと、シリウスはどうして知《し》りたいのかな？」ロンが言《い》った。

「さあ」

ハリーはのろのろと答《こた》えた。茶《ちゃ》モリフクロウを見《み》たときに一瞬《いっしゅん》心《こころ》にはためいた幸福感《こうふくかん》が、しぼんでしまった。

「行《い》こうか……『魔法生物飼育学《まほうせいぶつしいくがく》』に」

ハグリッドが「尻尾爆発《しっぽばくはつ》スクリュート」の埋《う》め合《あ》わせをするつもりなのか、スクリュートが二匹《ひき》しか残《のこ》っていないせいなのか、それともグラブリー－プランク先生《せんせい》のやることくらい自分《じぶん》にもできると証明《しょうめい》したかったのか、ハリーにはわからなかった。しかし、ハグリッドは仕事《しごと》に復帰《ふっき》してからずっと、ユニコーンの授業《じゅぎょう》を続《つづ》けていた。ハグリッドが、怪物《かいぶつ》についてと同《おな》じくらいユニコーンにもくわしいことがわかった。ただ、ハグリッドが、ユニコーンに毒牙《どくが》がないのは残念《ざんねん》だ、と思《おも》っていることはたしかだった。

今日《きょう》は、いったいどうやったのか、ハグリッドはユニコーンの赤《あか》ちゃんを二頭捕《とうと》らえていた。成獣《せいじゅう》とちがい、純粋《じゅんすい》な金色《きんいろ》だ。パーバティとラベンダーは、二頭《とう》を見《み》てうれしさのあまりぼうっと恍惚状態《こうこつじょうたい》になり、パンジー・パーキンソンでさえ、どんなに気《き》に入《い》ったか、感情《かんじょう》を隠《かく》しきれないでいた。

「大人《おとな》より見《み》つけやすいぞ」ハグリッドがみんなに教《おし》えた。

「二歳《さい》ぐれえになると、銀色《ぎんいろ》になるんだ。そんでもって、四歳《さい》ぐれえで角《つの》が生《は》えるな。すっかり大人《おとな》になって、七歳《さい》ぐれえになるまでは、真《ま》っ白《しろ》にはならねえ。赤《あか》ん坊《ぼう》のときは、少《すこ》しばっかり人《ひと》なつっこいな……男《おとこ》の子《こ》でもあんまりいやがらねえ……ほい、ちょっくら近《ちか》くに来《こ》いや。なでたければなでてええぞ……この砂糖《さとう》の塊《かたまり》を少《すこ》しやるとええ……」

「ハリー、大丈夫《だいじょうぶ》か？」

みんなが赤《あか》ちゃんユニコーンに群《むら》がっているとき、ハグリッドは少《すこ》し脇《わき》によけ、声《こえ》をひそめてハリーに聞《き》いた。

「うん」ハリーが答《こた》えた。

「ちょいと心配《しんぱい》か？　ん？」ハグリッドが言《い》った。

「ちょっとね」ハリーが答《こた》えた。

「ハリー」

ハグリッドは巨大《きょだい》な手《て》でハリーの肩《かた》をぽんとたたいた。衝撃《しょうげき》でハリーのひざがガクンとなった。

「おまえさんがホーンテールと渡《わた》り合《あ》うのを見《み》る前《まえ》は、俺《おれ》も心配《しんぱい》しちょった。だがな、今《いま》はわかっちょる。おまえさんはやろうと思《おも》ったら何《なん》でもできるんだ。俺《おれ》はまったく心配《しんぱい》しちょらんぞ。おまえさんは大丈夫《だいじょうぶ》だ。手《て》がかりはわかったんだな？」

ハリーはうなずいた。しかし、うなずきながらも、湖《みずうみ》の底《そこ》で一時間《じかん》、どうやって生《い》き残《のこ》るのかわからないのだと、ぶちまけてしまいたい狂《くる》おしい衝動《しょうどう》にかられた。ハリーはハグリッドを見上《みあ》げた――もしかしたら、ハグリッドはときどき湖《みずうみ》に出《で》かけて、中《なか》にいる生物《せいぶつ》の面倒《めんどう》を見《み》ることがあるのじゃないだろうか？　何《なに》しろ、地上《ちじょう》の生物《せいぶつ》は何《なん》でも面倒《めんどう》を見《み》るのだから――。

「おまえさんは勝《か》つ」

ハグリッドはうなるように言《い》うと、もう一度《いちど》ハリーの肩《かた》をぽんとたたいた。ハリーはやわらかい地面《じめん》に数《すう》センチめり込《こ》むのが自分《じぶん》でもわかった。

「俺《おれ》にはわかる。感《かん》じるんだ。おまえさんは勝《か》つぞ、ハリー」

ハグリッドの顔《かお》に浮《う》かんだ、幸《しあわ》せそうな確信《かくしん》に満《み》ちた笑顔《えがお》をぬぐい去《さ》ることなんて、ハリーにはとてもできなかった。ハリーはつくろった笑顔《えがお》を返《かえ》し、赤《あか》ちゃんユニコーンに興味《きょうみ》があるふりをして、ユニコーンをなでにみんなのところに近《ちか》づいていった。

いよいよ第《だい》二の課題《かだい》の前夜《ぜんや》、ハリーは悪夢《あくむ》にとらわれたような気分《きぶん》だった。奇跡《きせき》でも起《お》こって適切《てきせつ》な呪文《じゅもん》がわかったとしても、一晩《ひとばん》で習得《しゅうとく》するのは大仕事《おおしごと》だとハリーは充分認識《じゅうぶんにんしき》していた。どうしてこんなことになってしまったのだろう？　もっと早《はや》く卵《たまご》の謎《なぞ》に取《と》り組《く》むべきだったのに。どうして授業《じゅぎょう》を受《う》けるときぼんやりしていたんだろう？――先生《せんせい》が水中《すいちゅう》で呼吸《こきゅう》する方法《ほうほう》をどこかで話《はな》していたかもしれないのに。

夕陽《ゆうひ》が落《お》ちてからも、ハリー、ロン、ハーマイオニーは、図書館《としょかん》で互《たが》いに姿《すがた》が見《み》えないほどうずたかく机《つくえ》に本《ほん》を積《つ》み、憑《つ》かれたように呪文《じゅもん》のページをめくり続《つづ》けていた。「水《みず》」という字《じ》が見《み》つかるたびに、ハリーの心臓《しんぞう》は大《おお》きく飛《と》び上《あ》がったが、たいていはこんな文章《ぶんしょう》だった。「二パイントの水《みず》に、刻《きざ》んだマンドレイクの葉半《ははん》ポンド、さらにイモリ……」

「不可能《ふかのう》なんじゃないかな」

机《つくえ》のむこう側《がわ》から、ロンの投《な》げやりな声《こえ》がした。

「何《なん》にもない。なーんにも。一番近《いちばんちか》いのでも、水《みず》たまりや池《いけ》を干上《ひあ》がらせる『旱魃《かんばつ》の呪文《じゅもん》』だ。だけど、あの湖《みずうみ》を干上《ひあ》がらせるには弱過《よわす》ぎて問題《もんだい》にならないよ」

「何《なに》かあるはずよ」

ハーマイオニーはろうそくを引《ひ》き寄《よ》せながらつぶやいた。ハーマイオニーは、つかれきった目《め》をして、『忘《わす》れ去《さ》られた古《ふる》い魔法《まほう》と呪文《じゅもん》』の細《こま》かい文字《もじ》を、ページに鼻《はな》をくっつけるようにして、詳細《しょうさい》に読《よ》んでいた。

「不可能《ふかのう》な課題《かだい》が出《だ》されるはずはないんだから」

「出《だ》されたね」ロンが言《い》った。

「ハリー、あしたはとにかく湖《みずうみ》に行《い》け。いいか。頭《あたま》を突《つ》っ込《こ》んで、水中人《すいちゅうじん》に向《む》かって叫《さけ》べ。何《なん》だか知《し》らないけど、ちょろまかしたものを返《かえ》せって。やつらが投《な》げ返《かえ》してくるかどうか様子《ようす》を見《み》よう。それっきゃないぜ、相棒《あいぼう》」

「何《なに》か方法《ほうほう》はあるの！」

ハーマイオニーが不機嫌《ふきげん》な声《こえ》を出《だ》した。

「何《なに》かあるはずなの！」

この問題《もんだい》に関《かん》して、図書館《としょかん》に役立《やくだ》つ情報《じょうほう》がないのは、ハーマイオニーにとって、自分《じぶん》が侮辱《ぶじょく》されたような気《き》になるらしい。これまで図書館《としょかん》で見《み》つからないことなどなかったのだ。

「僕《ぼく》、どうするべきだったのか、わかったよ」

『トリック好《ず》きのためのおいしいトリック』の上《うえ》に突《つ》っ伏《ぷ》して休《きゅう》けいしながら、ハリーが言《い》った。

「僕《ぼく》、シリウスみたいに、『動物《アニメー》もどき《ガス》』になる方法《ほうほう》を習《なら》えばよかった」

「うん。好《す》きなときに金魚《きんぎょ》になれたろうに」ロンが言《い》った。

「それともカエルだ」ハリーがあくびした。つかれきっていた。

「『動物《アニメー》もどき《ガス》』になるには何年《なんねん》もかかるのよ。それから登録《とうろく》やら何《なに》やらしなきゃならないし」

ハーマイオニーもぼうっとしていた。今度《こんど》は『奇妙《きみょう》な魔法《まほう》のジレンマとその解決法《かいけつほう》』の索引《さくいん》に目《め》を凝《こ》らしている。

「マクゴナガル先生《せんせい》がおっしゃったわ。覚《おぼ》えてるでしょ……魔法不適正使用取締局《まほうふてきせいしようとりしまりきょく》に登録《とうろく》しなければならないって……どういう動物《どうぶつ》に変身《へんしん》するかとか、特徴《とくちょう》とか。濫用《らんよう》できないように……」

「ハーマイオニー、僕《ぼく》、冗談《じょうだん》で言《い》ったんだよ」

ハリーがつかれた声《こえ》で言《い》った。

「あしたの朝《あさ》までにカエルになるチャンスがないことぐらい、わかってる……」

「ああ、これは役《やく》に立《た》たないわ」

ハーマイオニーは『奇妙《きみょう》な魔法《まほう》のジレンマとその解決法《かいけつほう》』をパタンと閉《と》じながら言《い》った。

「鼻毛《はなげ》を伸《の》ばして小《ちい》さな輪《わ》を作《つく》る、ですって。どこのどなたがそんなことしたがるっていうの？」

「俺《おれ》、やってもいいよ」

フレッド・ウィーズリーの声《こえ》がした。

「話《はなし》の種《たね》になるじゃないか」

ハリー、ロン、ハーマイオニーが顔《かお》を上《あ》げると、どこかの本棚《ほんだな》の陰《かげ》からフレッドとジョージが現《あらわ》れた。

「こんなところで、二人《ふたり》で何《なに》してるんだ？」ロンが聞《き》いた。

「おまえたちを探《さが》してたのさ」ジョージが言《い》った。

「マクゴナガルが呼《よ》んでるぞ、ロン。ハーマイオニー、君《きみ》もだ」

「どうして？」ハーマイオニーは驚《おどろ》いた。

「知《し》らん……少《すこ》し深刻《しんこく》な顔《かお》してたけど」フレッドが言《い》った。

「俺《おれ》たちが、二人《ふたり》をマクゴナガルの部屋《へや》に連《つ》れていくことになってる」

ジョージが言《い》った。

ロンとハーマイオニーはハリーを見《み》つめた。ハリーは胃袋《いぶくろ》が落《お》ち込《こ》むような気《き》がした。マクゴナガル先生《せんせい》は、ロンとハーマイオニーを叱《しか》るのだろうか？　どうやって課題《かだい》をこなすかは、僕《ぼく》一人《ひとり》で考《かんが》えなければならないのに、二人《ふたり》がどんなにたくさん手伝《てつだ》ってくれているかに気《き》づいたのだろうか？

「談話室《だんわしつ》で会《あ》いましょう」

ハーマイオニーはハリーにそう言《い》うと、ロンと一緒《いっしょ》に席《せき》を立《た》った——二人《ふたり》ともとても心配《しんぱい》そうだった。

「ここにある本《ほん》、できるだけたくさん持《も》ち帰《かえ》ってね。いい？」

「わかった」ハリーも不安《ふあん》だった。

八時《じ》になると、マダム・ピンスがランプを全部消《ぜんぶけ》し、ハリーを巧《たく》みに図書館《としょかん》から追《お》い出《だ》した。

本《ほん》を持《も》てるだけ持《も》って、重《おも》みでよろけながら、ハリーはグリフィンドールの談話室《だんわしつ》に戻《もど》った。テーブルを片隅《かたすみ》に引《ひ》っ張《ぱ》ってきて、ハリーはさらに調《しら》べ続《つづ》けた。『突飛《とっぴ》な魔法戦士《まほうせんし》のための突飛《とっぴ》な魔法《まほう》』には何《なに》もない……『中世《ちゅうせい》の魔術《まじゅつ》ガイドブック』もダメ……『十八世紀《せいき》の呪文選集《じゅもんせんしゅう》』には水中《すいちゅう》での武勇伝《ぶゆうでん》は皆無《かいむ》だ……『深《ふか》い水底《すいてい》の不可解《ふかかい》な住人《じゅうにん》』も、『気《き》づかず持《も》ってるあなたの力《ちから》、気《き》づいた今《いま》はどう使《つか》う』にも何《なに》もない。

クルックシャンクスがハリーのひざに乗《の》って丸《まる》くなり、低《ひく》い声《こえ》でのどを鳴《な》らした。談話室《だんわしつ》のハリーの周《まわ》りは、だんだん人《ひと》がいなくなった。みんな、あしたはがんばれと、ハグリッドと同《おな》じように明《あか》るい、信《しん》じきった声《こえ》で応援《おうえん》して出《で》ていった。みんながみんな、第一《だいいち》の課題《かだい》で見《み》せたと同《おな》じ、目《め》の覚《さ》めるような技《わざ》をハリーがくり出《だ》してくれるのだろうと、信《しん》じきっているようだ。ハリーは声援《せいえん》を受《う》けても応《こた》えられなかった。ゴルフボールがのどに詰《つ》まったかのように、ただこっくりするだけだった。あと十分《ぷん》で真夜中《まよなか》というとき、談話室《だんわしつ》はハリーとクルックシャンクスだけになった。持《も》ってきた本《ほん》は全部調《ぜんぶしら》べた。しかし、ロンとハーマイオニーは戻《もど》ってきていない。おしまいだ。ハリーは自分《じぶん》に言《い》い聞《き》かせた。できない。明日《あす》の朝《あさ》、湖《みずうみ》まで行《い》って、審査員《しんさいん》にそう言《い》うほかない……。

ハリーは、課題《かだい》ができませんと審査員《しんさいん》に説明《せつめい》している自分《じぶん》の姿《すがた》を想像《そうぞう》した。バグマンが目《め》を丸《まる》くして驚《おどろ》く顔《かお》が浮《う》かぶ。カルカロフは、満足《まんぞく》げに黄色《きいろ》い歯《は》を見《み》せてほくそ笑《え》む。フラー・デラクールの声《こえ》が聞《き》こえるようだ。「わたし、わかってまーした……あのいと、まだ小《ちい》さな子供《こども》でーす」。マルフォイが観客席《かんきゃくせき》の最前列《さいぜんれつ》で、「汚《きたな》いぞ、ポッター」バッジをチカチカ光《ひか》らせているのが見《み》える。ハグリッドが、信《しん》じられないという顔《かお》で、打《う》ちしおれている……。

クルックシャンクスがひざに乗《の》っていることを忘《わす》れ、ハリーは突然《とつぜん》立《た》ち上《あ》がった。クルックシャンクスは怒《おこ》ってシャーッと鳴《な》きながら床《ゆか》に落《お》ち、フンという目《め》でハリーをにらみ、瓶洗《びんあら》いブラシのようなしっぽをピンと立《た》てて、悠々《ゆうゆう》と立《た》ち去《さ》った。しかし、ハリーはもう寝室《しんしつ》へのらせん階段《かいだん》をかけ上《あ》がっていた……早《はや》く「透明《とうめい》マント」を取《と》って、図書館《としょかん》に戻《もど》るんだ。徹夜《てつや》でも何《なん》でもやってやる……。

「ルーモス！　光《ひかり》よ！」

十五分後《ふんご》、ハリーは図書館《としょかん》の戸《と》を開《ひら》いていた。

杖灯《つえあか》りを頼《たよ》りに、ハリーは本棚《ほんだな》から本棚《ほんだな》へと忍《しの》び足《あし》で歩《ある》き、本《ほん》を引《ひ》っ張《ぱ》り出《だ》した――呪《のろ》いの本《ほん》、呪文《じゅもん》の本《ほん》、水中人《すいちゅうじん》や水中怪獣《すいちゅうかいじゅう》の本《ほん》、有名魔女《ゆうめいまじょ》・魔法使《まほうつか》いの本《ほん》、魔法発明《まほうはつめい》の本《ほん》、とにかく、一言《ひとこと》でも水中《すいちゅう》でのサバイバルに触《ふ》れていれば何《なん》でもよかった。ハリーは全部《ぜんぶ》の本《ほん》を机《つくえ》に運《はこ》び、調《しら》べにかかった。細《ほそ》い杖灯《つえあか》りの下《した》で、ときどき腕時計《うでどけい》を見《み》ながら、探《さが》しに探《さが》した……。

午前《ごぜん》一時《じ》……午前《ごぜん》二時《じ》……同《おな》じ言葉《ことば》を、何度《なんど》も何度《なんど》も自分《じぶん》に言《い》い聞《き》かせて、ハリーは調《しら》べ続《つづ》けた。次《つぎ》の本《ほん》にこそ……次《つぎ》こそ……次《つぎ》こそ……。

監督生《かんとくせい》の浴室《よくしつ》にかかった人魚《マーメイド》の絵《え》が、岩《いわ》の上《うえ》で笑《わら》っている。そのすぐそばの泡《あわ》だらけの水面《すいめん》に、ハリーはコルクのようにプカプカ浮《う》かんでいる。人魚《マーメイド》がファイアボルトをハリーの頭上《ずじょう》にかざした。

「ここまでおいで！」

人魚《マーメイド》は意地悪《いじわる》くクスクス笑《わら》った。

「さあ、飛《と》び上《あ》がるのよ！」

「僕《ぼく》、できない」

ファイアボルトを取《と》り戻《もど》そうと空《くう》を引《ひ》っかき、沈《しず》むまいともがきながら、ハリーはあえいだ。

「返《かえ》して！」

しかし、人魚《マーメイド》は、ハリーに向《む》かって笑《わら》いながら、箒《ほうき》の先《さき》でハリーの脇腹《わきばら》を痛《いた》いほどつっついただけだった。

「痛《いた》いよ――やめて――アイタッ――」

「ハリー・ポッターは起《お》きなくてはなりません！」

「つっつくのはやめて――」

「ドビーはハリー・ポッターをつっつかないといけません。ハリー・ポッターは目《め》を覚《さ》まさなくてはいけません！」

ハリーは目《め》を開《あ》けた。まだ図書館《としょかん》の中《なか》だった。寝《ね》ている間《あいだ》に、透明《とうめい》マントが頭《あたま》からずり落《お》ち、ハリーは『杖《つえ》あるところに道《みち》は開《ひら》ける』の本《ほん》のページにべったりほおをつけていた。ハリーは体《からだ》を起《お》こし、めがねをかけなおし、まぶしい陽《ひ》の光《ひかり》に目《め》をパチパチさせた。

「ハリー・ポッターは急《いそ》がないといけません！」

ドビーがキーキー声《ごえ》で言《い》った。

「あと十分《ぷん》で第《だい》二の課題《かだい》が始《はじ》まります。そして、ハリー・ポッターは――」

「十分《ぷん》？」ハリーの声《こえ》がかすれた。

「じっ――十分《ぷん》？」

ハリーは腕時計《うでどけい》を見《み》た。ドビーの言《い》うとおりだ。九時《じ》二十分《ぷん》すぎ。ハリーの胸《むね》から胃《い》へと、重《おも》苦《くる》しい大《おお》きなものがズーンと落《お》ちていくようだった。

「急《いそ》ぐのです。ハリー・ポッター！」

ドビーはハリーのそでを引《ひ》っ張《ぱ》りながら、キーキー叫《さけ》んだ。

「ほかの代表選手《だいひょうせんしゅ》と一緒《いっしょ》に、湖《みずうみ》のそばにいなければならないのです！」

「もう遅《おそ》いんだ、ドビー」

ハリーは絶望的《ぜつぼうてき》な声《こえ》を出《だ》した。

「僕《ぼく》、第《だい》二の課題《かだい》はやらない。どうやっていいか僕《ぼく》には――」

「ハリー・ポッターは、その課題《かだい》をやります！」

妖精《ようせい》がキーキー言《い》った。

「ドビーは、ハリー・ポッターが正《ただ》しい本《ほん》を見《み》つけられなかったことを、知《し》っていました。それで、ドビーは、かわりに見《み》つけました！」

「えっ？　だけど、君《きみ》は第《だい》二の課題《かだい》が何《なに》かを知《し》らない――」ハリーが言《い》った。

「ドビーは知《し》っております！　ハリー・ポッターは、湖《みずうみ》に入《はい》って、探《さが》さなければなりません。あなた様《さま》のウィージーを――」

「僕《ぼく》の、何《なん》だって？」

「――そして、水中人《マーピープル》からあなた様《さま》のウィージーを取《と》り戻《もど》すのです！」

「ウィージーって何《なん》だい？」

「あなた様《さま》のウィージーでございます。ウィージー――ドビーにセーターをくださったウィージーでございます！」

ドビーはショートパンツの上《うえ》に着《き》ている縮《ちぢ》んだ栗色《くりいろ》のセーターをつまんでみせた。

「何《なん》だって？」

ハリーは息《いき》をのんだ。

「水中人《すいちゅうじん》が取《と》っていったのは……取《と》っていったのは、ロン？」

「ハリー・ポッターが一番失《いちばんうしな》いたくないものでございます！」

ドビーがキーキー言《い》った。

「そして、一時間過《じかんす》ぎると――」

「――『もはや望《のぞ》みはありえない』」

ハリーは恐怖《きょうふ》に打《う》ちのめされ、目《め》を見張《みは》って妖精《ようせい》を見《み》ながら、あの歌《うた》をくり返《かえ》した。

『遅《おそ》すぎたなら　そのものは　もはや二度《にど》とは戻《もど》らない……』ドビー――僕《ぼく》、何《なに》をすればいいんだろう？」

「あなた様《さま》は、これを食《た》べるのです」

妖精《ようせい》はキーキー言《い》って、ショートパンツのポケットに手《て》を突《つ》っ込《こ》み、ネズミのしっぽを団子《だんご》にしたような、灰緑色《はいみどりいろ》のぬるぬるしたものを取《と》り出《だ》した。

「湖《みずうみ》に入《はい》るすぐ前《まえ》にでございます──ギリウィード、エラ昆布《こんぶ》です！」

「何《なに》するもの？」ハリーはエラ昆布《こんぶ》を見《み》つめた。

「これは、ハリー・ポッターが水中《すいちゅう》で息《いき》ができるようにするのです！」

「ドビー」ハリーは必死《ひっし》だった。「ね──ほんとにそうなの？」

以前《いぜん》にドビーがハリーを「助《たす》けよう」としたとき、結局右腕《けっきょくみぎうで》が骨《ほね》抜《ぬ》きになってしまったことを、ハリーは完全《かんぜん》に忘《わす》れるわけにはいかなかった。

「ドビーは、ほんとにほんとでございます！」

妖精《ようせい》は大真面目《おおまじめ》だった。

「ドビーは耳利《みみき》きでございます。ドビーは屋敷妖精《やしきようせい》でございます。火《ひ》をおこし、床《ゆか》にモップをかけ、ドビーは城《しろ》の隅々《すみずみ》まで行《い》くのでございます。ドビーはマクゴナガル先生《せんせい》とムーディ先生《せんせい》が、職員室《しょくいんしつ》で次《つぎ》の課題《かだい》を話《はな》しているのを耳《みみ》にしたのでございます……ドビーはハリー・ポッターにウィージーを失《うしな》わせるわけにはいかないのでございます！」

ハリーの疑《うたが》いは消《き》えた。ハリーは勢《いきお》いよく立《た》ち上《あ》がり、透明《とうめい》マントを脱《ぬ》いでかばんに丸《まる》めて入《い》れ、エラ昆布《こんぶ》をつかんでポケットに突《つ》っ込《こ》み、飛《と》ぶように図書館《としょかん》を出《で》た。ドビーがすぐあとについて出《で》た。

「ドビーは厨房《ちゅうぼう》に戻《もど》らなければならないのでございます！」

二人《ふたり》でワッと廊下《ろうか》に飛《と》び出《だ》したとき、ドビーがキーキー言《い》った。

「ドビーがいないことに気《き》づかれてしまいますから――がんばって、ハリー・ポッター、どうぞ、がんばって！」

「あとでね、ドビー！」

そう叫《さけ》ぶと、ハリーは全速力《ぜんそくりょく》で廊下《ろうか》をかけ抜《ぬ》け、階段《かいだん》を三段飛《だんと》ばしで下《お》りた。

玄関《げんかん》ホールにはまだ数人《すうにん》まごまごしていた。みんな大広間《おおひろま》での朝食《ちょうしょく》を終《お》え、樫《かし》の両開《りょうびら》き扉《とびら》を通《とお》って第《だい》二の課題《かだい》を観戦《かんせん》しに出《で》かけるところだった。ハリーがそのそばを矢《や》のようにかけ抜《ぬ》け、石段《いしだん》を飛《と》び下《お》りる勢《いきお》いでコリンとデニス・クリービーを宙《ちゅう》に舞《ま》い上《あ》げ、まばゆい、肌寒《はださむ》い校庭《こうてい》にダッシュしていくのを、みんなあっけに取《と》られて見《み》ていた。

芝生《しばふ》を踏《ふ》んでかけ下《お》りながら、ハリーは、十一月《がつ》にはドラゴンの囲《かこ》い地《ち》の周《まわ》りに作《つく》られていた観客席《かんきゃくせき》が、今度《こんど》は湖《みずうみ》の反対側《はんたいがわ》の岸辺《きしべ》に沿《そ》って築《きず》かれているのを見《み》た。何段《なんだん》にも組《く》み上《あ》げられたスタンドは超満員《ちょうまんいん》で、下《した》の湖《みずうみ》に影《かげ》を映《うつ》していた。大観衆《だいかんしゅう》の興奮《こうふん》したガヤガヤ声《ごえ》が、湖面《こめん》を渡《わた》って不思議《ふしぎ》に反響《はんきょう》するのを聞《き》きながら、ハリーは全速力《ぜんそくりょく》で湖《みずうみ》の反対側《はんたいがわ》に走《はし》り込《こ》み、審査員席《しんさいんせき》に近《ちか》づいた。水際《みずぎわ》に金色《きんいろ》の垂《た》れ布《ぬの》で覆《おお》われたテーブルが置《お》かれ、審査員《しんさいん》が着席《ちゃくせき》していた。セドリック、フラー、クラムが審査員席《しんさいんせき》のそばで、ハリーが疾走《しっそう》してくるのを見《み》ていた。

「到着《とうちゃく》……しました……」

ハリーは泥《どろ》に足《あし》を取《と》られながら急停止《きゅうていし》し、はずみでフラーのローブに泥《どろ》をはねてしまった。

「いったい、どこに行《い》ってたんだ？」

いばった、非難《ひなん》がましい声《こえ》がした。

「課題《かだい》がまもなく始《はじ》まるというのに！」

ハリーはきょろきょろ見回《みまわ》した。審査員席《しんさいんせき》に、パーシー・ウィーズリーが座《すわ》っていた——クラウチ氏《し》はまたしても出席《しゅっせき》していない。

「まあまあ、パーシー！」

ルード・バグマンだ。ハリーを見《み》て心底《しんそこ》ホッとした様子《ようす》だった。

「息《いき》ぐらいつかせてやれ！」

ダンブルドアはハリーにほほ笑《え》みかけたが、カルカロフとマダム・マクシームは、ハリーの到《とう》着《ちゃく》をまったく喜《よろこ》んでいなかった……ハリーはもう来《こ》ないだろうと思《おも》っていたことが、表情《ひょうじょう》からはっきり読《よ》み取《と》れた。

ハリーは両手《りょうて》をひざに置《お》き、前《まえ》かがみになってゼイゼイと息《いき》を切《き》らしていた。ろっ骨《こつ》にナイフを差《さ》し込《こ》まれたかのように、脇腹《わきばら》がキリキリ痛《いた》んだ。しかし、治《おさ》まるまで待《ま》っている時間《じかん》はない。ルード・バグマンが代表選手《だいひょうせんしゅ》の中《なか》を動《うご》き回《まわ》り、湖《みずうみ》の岸《きし》に沿《そ》って、三メートル間隔《かんかく》に選手《せんしゅ》を立《た》たせた。ハリーは一番端《いちばんはし》で、クラムの隣《となり》だった。クラムは水泳《すいえい》パンツをはき、すでに杖《つえ》を構《かま》えていた。

「大丈夫《だいじょうぶ》か？　ハリー？」

ハリーをクラムの三メートル隣《となり》からさらに数《すう》十センチ離《はな》して立《た》たせながら、バグマンがささやいた。

「何《なに》をすべきか、わかってるね？」

「ええ」ハリーは胸《むね》をさすり、あえぎながら言《い》った。

バグマンはハリーの肩《かた》をギュッと握《にぎ》り、審査員席《しんさいんせき》に戻《もど》った。そして、ワールドカップのときと同《おな》じように、杖《つえ》を自分《じぶん》ののどに向《む》け、「ソノーラス！　響《ひび》け！」と言《い》った。バグマンの声《こえ》が暗《くら》い水面《みなも》を渡《わた》り、スタンドにとどろいた。

「さて、全選手《ぜんせんしゅ》の準備《じゅんび》ができました。第《だい》二の課題《かだい》は私《わたし》のホイッスルを合図《あいず》に始《はじ》まります。選手《せんしゅ》たちは、きっちり一時間《じかん》のうちに奪《うば》われたものを取《と》り返《かえ》します。では、三つ数《かぞ》えます。いーち……にー……さん！」

ホイッスルが冷《つめ》たく静《しず》かな空気《くうき》に鋭《するど》く鳴《な》り響《ひび》いた。スタンドは拍手《はくしゅ》と歓声《かんせい》でどよめいた。ほかの代表選手《だいひょうせんしゅ》が何《なに》をしているかなど見《み》もせずに、ハリーは靴《くつ》と靴下《くつした》を脱《ぬ》ぎ、エラ昆布《こんぶ》を一《ひと》つかみポケットから取《と》り出《だ》し、口《くち》に押《お》し込《こ》み、湖《みずうみ》に入《はい》っていった。

水《みず》は冷《つめ》たく、氷水《こおりみず》というより、両足《りょうあし》の肌《はだ》をジリジリ焼《や》く火《ひ》のように感《かん》じられた。だんだん深《ふか》みへと歩《ある》いていくと、水《みず》を吸《す》ったローブの重《おも》みで、ハリーは下《した》に下《した》にと引《ひ》っ張《ぱ》られた。もう水《みず》はひざまで来《き》た。足《あし》はどんどん感覚《かんかく》がなくなり、泥砂《でいさ》やぬるぬるする平《ひら》たい石《いし》ですべった。ハリーはエラ昆布《こんぶ》をできるだけ急《いそ》いで、しっかりかんだ。ぬるっとしたゴムのようないやな感触《かんしょく》で、タコの足《あし》のようだった。凍《こお》るような水《みず》が腰《こし》の高《たか》さに来《き》たとき、ハリーは立《た》ち止《ど》まって、エラ昆布《こんぶ》を飲《の》み込《こ》み、何《なに》かが起《お》こるのを待《ま》った。

観衆《かんしゅう》の笑《わら》い声《ごえ》が聞《き》こえた。何《なん》の魔力《まりょく》を表《あらわ》す気配《けはい》もなく湖《みずうみ》の中《なか》をただ歩《ある》いている姿《すがた》は、きっとばかみたいに見《み》えるのだろうと、ハリーはわかっていた。まだぬれていない皮膚《ひふ》には鳥肌《とりはだ》が立《た》ち、氷《こおり》のような水《みず》に半身《はんしん》を浸《ひた》し、情《なさ》け容赦《ようしゃ》ない風《かぜ》に髪《かみ》を逆立《さかだ》て、ハリーは激《はげ》しく震《ふる》えだした。ハリーはスタンドを見《み》ないようにした。笑《わら》い声《ごえ》がますます大《おお》きくなった。スリザリン生《せい》が口笛《くちぶえ》を吹《ふ》いたり、やじったりしている……。

その時《とき》、まったく突然《とつぜん》、ハリーは、見《み》えない枕《まくら》を口《くち》と鼻《はな》に押《お》しつけられたような気《き》がした。息《いき》をしようとすると、頭《あたま》がくらくらする。肺《はい》がからっぽだ。そして、急《きゅう》に首《くび》の両脇《りょうわき》に刺《さ》すような痛《いた》みを感《かん》じた──。

ハリーは両手《りょうて》でのどを押《お》さえた。すると、耳《みみ》のすぐ下《した》の大《おお》きな裂《さ》け目《め》に手《て》が触《ふ》れた。冷《つめ》たい空《くう》気《き》の中《なか》で、パクパクしている……**エラがある**。何《なん》のためらいもなくハリーは、これしかない、という行動《こうどう》をとった──水《みず》に飛《と》び込《こ》んだのだ。

ガブリと最初《さいしょ》の一口《ひとくち》、氷《こおり》のような湖《みずうみ》の水《みず》は、命《いのち》の水《みず》のように感《かん》じられた。頭《あたま》のくらくらが止《と》まった。もう一口大《ひとくちおお》きくガブリと飲《の》んだ。水《みず》がエラをなめらかに通《とお》り抜《ぬ》け、脳《のう》に酸素《さんそ》を送《おく》り込《こ》むのを感《かん》じた。ハリーは両手《りょうて》を突《つ》き出《だ》して見《み》つめた。水《みず》の中《なか》では緑色《みどりいろ》で半透明《はんとうめい》に見《み》える。それに、水《みず》かきができている。身《み》をよじってむき出《だ》しの足《あし》を見《み》た──足《あし》は細長《ほそなが》く伸《の》びて、やはり指《ゆび》の間《あいだ》に水《みず》かきがあった。まるで、鰭足《ひれあし》が生《は》えたようだった。

水《みず》も、もう氷《こおり》のようではない……それどころか、冷《つめ》たさが心地《ここち》よく、とても軽《かる》かった……ハリーはもう一度《いちど》水《みず》をけってみた。鰭足《ひれあし》が推進力《すいしんりょく》になり、驚《おどろ》くほど速《はや》く、遠《とお》くまで動《うご》ける。それに、なんてはっきり見《み》えるんだろう。もう瞬《まばた》きをする必要《ひつよう》もない。たちまち湖《みずうみ》の岸《きし》からずっと離《はな》れ、もう湖底《こてい》が見《み》えないほど深《ふか》いところに来《き》ていた。ハリーは身《み》をひるがえし、頭《あたま》を下《した》にして湖深《みずうみふか》くもぐっていった。

見《み》たこともない暗《くら》い、霧《きり》のかかったような景色《けしき》を下《した》に見《み》ながら、ハリーは泳《およ》ぎ続《つづ》けた。静寂《せいじゃく》が鼓膜《こまく》を押《お》した。視界《しかい》は周辺《しゅうへん》の二、三メートルなので、前《まえ》へ前《まえ》へと泳《およ》いでいくと、突然新《とつぜんあたら》しい景色《けしき》が前方《ぜんぽう》の闇《やみ》からぬっと姿《すがた》を現《あらわ》した。もつれ合《あ》った黒《くろ》い水草《みずくさ》がゆらゆら揺《ゆ》れる森《もり》、泥《どろ》の中《なか》に鈍《にぶ》い光《ひかり》を放《はな》つ石《いし》が点々《てんてん》と転《ころ》がる広《ひろ》い平原《へいげん》。ハリーは深《ふか》みへ深《ふか》みへと、湖《みずうみ》の中心《ちゅうしん》に向《む》かって泳《およ》いだ。周囲《しゅうい》の不可思議《ふかしぎ》な灰色《はいいろ》に光《ひか》る水《みず》を透《す》かして、目《め》を大《おお》きく見開《みひら》き、前方《ぜんぽう》の半透明《はんとうめい》の水《みず》に映《うつ》る黒《くろ》い影《かげ》を見《み》つめながら、ハリーは進《すす》んだ。

小《ちい》さな魚《さかな》が、ハリーの脇《わき》を銀《ぎん》のダーツのようにキラッキラッと通《とお》り過《す》ぎていった。一、二度《ど》、行《ゆ》く手《て》に何《なに》かやや大《おお》きいものが動《うご》いたように思《おも》ったが、近《ちか》づくと、単《たん》に黒《くろ》くなった大《おお》きな水中《すいちゅう》木《ぼく》だったり、水草《みずくさ》の密生《みっせい》したしげみだったりした。ほかの選手《せんしゅ》の姿《すがた》も、水中人《マーピープル》もロンも、まったくその気配《けはい》がない――それに、ありがたいことに、大《おお》イカの影《かげ》もない。

淡《あわ》い緑色《みどりいろ》の水草《みずくさ》が、目《め》の届《とど》くかぎり先《さき》まで広《ひろ》がっている。一メートル弱《じゃく》の高《たか》さに伸《の》び、草《くさ》ぼうぼうの牧草地《ぼくそうち》のようだった。薄暗《うすくら》がりの中《なか》を何《なに》か形《かたち》のあるものを見《み》つけようと、ハリーは瞬《まばた》きもせずに前方《ぜんぽう》を見《み》つめ続《つづ》けた……すると、突如《とつじょ》、何《なに》かがハリーのくるぶしをつかんだ。

ハリーは体《からだ》をひねって足下《あしもと》を見《み》た。グリンデロー、水魔《すいま》だ。小《ちい》さな、角《つの》のある魔物《まもの》で、水草《みずくさ》の中《なか》から顔《かお》を出《だ》し、長《なが》い指《ゆび》でハリーの足《あし》をがっちりつかみ、とがった歯《は》をむき出《だ》している――ハリーは水《みず》かきのついた手《て》を急《いそ》いでローブに突《つ》っ込《こ》み、杖《つえ》を探《さぐ》った――やっと杖《つえ》をつかんだときには、水魔《グリンデロー》があと二匹《ひき》、水草《みずくさ》の中《なか》から現《あらわ》れて、ハリーのローブをギュッと握《にぎ》り、ハリーを引《ひ》きずり込《こ》もうとしていた。

「レラシオ！　放《はな》せ！」

ハリーは叫《さけ》んだ。ただ、音《おと》は出《で》てこない……大《おお》きな泡《あわ》が一つ口《くち》から出《で》てきた。杖《つえ》からは、水魔《グリンデロー》目《め》がけて火花《ひばな》が飛《と》ぶかわりに、熱湯《ねっとう》のようなものを噴射《ふんしゃ》して水魔《グリンデロー》を連打《れんだ》した。水魔《グリンデロー》に当《あ》たると、緑《みどり》の皮膚《ひふ》に赤《あか》いはん点《てん》ができた。ハリーは水魔《グリンデロー》に握《にぎ》られていた足《あし》を引《ひ》っ張《ぱ》って振《ふ》りほどき、ときどき、肩越《かたご》しに、熱湯《ねっとう》を当《あ》てずっぽうに噴射《ふんしゃ》しながら、できるだけ速《はや》く泳《およ》いだ。何度《なんど》か水魔《グリンデロー》がまた足《あし》をつかむのを感《かん》じたが、ハリーは思《おも》いきりけとばした。角《つの》のある頭《あたま》が足《あし》に触《ふ》れたような気《き》がして振《ふ》り返《かえ》ると、気絶《きぜつ》した水魔《グリンデロー》が、白目《しろめ》をむいて流《なが》されていくところだった。仲間《なかま》の水魔《グリンデロー》はハリーに向《む》かって拳《こぶし》を振《ふ》り上《あ》げながら、再《ふたた》び水草《みずくさ》の中《なか》にもぐっていった。

ハリーは少《すこ》しスピードを落《お》とし、杖《つえ》をローブにすべり込《こ》ませ、周《まわ》りを見回《みまわ》して再《ふたた》び耳《みみ》を澄《す》ました。水《みず》の中《なか》で一回転《いっかいてん》すると、静寂《せいじゃく》が前《まえ》にも増《ま》して強《つよ》く鼓膜《こまく》を押《お》した。今《いま》はもう、湖《みずうみ》のずいぶん深《ふか》いところにいるにちがいない。しかし、揺《ゆ》れる水草《みずくさ》以外《いがい》に動《うご》くものは何《なに》もなかった。

「うまくいってる？」

ハリーは心臓《しんぞう》が止《と》まるかと思《おも》った。くるりと振《ふ》り返《かえ》ると、「嘆《なげ》きのマートル」だった。ハリーの目《め》の前《まえ》に、ぼんやりと浮《う》かび、分厚《ぶあつ》い半透明《はんとうめい》のめがねのむこうからハリーを見《み》つめている。

「マートル！」

ハリーは叫《さけ》ぼうとした――しかし、またしても、口《くち》から出《で》たのは大《おお》きな泡《あわ》一つだった。嘆《なげ》きのマートルは声《こえ》を出《だ》してクスクス笑《わら》った。

「あっちを探《さが》してみなさいよ！」

マートルは指差《ゆびさ》しながら言《い》った。

「わたしは一緒《いっしょ》に行《い》かないわ……あの連中《れんちゅう》はあんまり好《す》きじゃないんだ。わたしがあんまり近《ちか》づくと、いっつも追《お》いかけてくるのよね……」

ハリーは感謝《かんしゃ》の気持《きも》ちを表《あらわ》すのに親指《おやゆび》を上《あ》げるしぐさをして、また泳《およ》ぎだした。水草《みずくさ》にひそむ水魔《グリンデロー》にまた捕《つか》まったりしないよう、今度《こんど》は水草《みずくさ》より少《すこ》し高《たか》いところを泳《およ》ぐように気《き》をつけた。

かれこれ二十分《ぷん》も泳《およ》ぎ続《つづ》けたろうか。ハリーは、黒《くろ》い泥地《でいち》が広々《ひろびろ》と続《つづ》く場所《ばしょ》を通《とお》り過《す》ぎていた。水《みず》をかくたびに黒《くろ》い泥《どろ》が巻《ま》き上《あ》がり、あたりがにごった。そして、ついに、あの耳《みみ》について離《はな》れない、水中人《すいちゅうじん》の歌《うた》が聞《き》こえてきた。

探《さが》す時間《じかん》は　一時間《じかん》
取《と》り返《かえ》すべし　大切《たいせつ》なもの……

ハリーは急《いそ》いだ。まもなく、前方《ぜんぽう》の泥《どろ》でにごった水《みず》の中《なか》に、大《おお》きな岩《いわ》が見《み》えてきた。岩《いわ》には水《すい》中人《ちゅうじん》の絵《え》が描《えが》いてあった。槍《やり》を手《て》に、巨大《きょだい》イカのようなものを追《お》っている。ハリーは水中人歌《マーピープルソング》を追《お》って、岩《いわ》を通《とお》り過《す》ぎた。

……時間《じかん》は半分《はんぶん》　ぐずぐずするな
求《もと》めるものが　くちはてぬよう……

藻《も》に覆《おお》われたあらけずりの石《いし》の住居《じゅうきょ》の群《む》れが、薄暗《うすくら》がりの中《なか》から突然姿《とつぜんすがた》を現《あらわ》した。あちこちの暗《くら》い窓《まど》からのぞいている顔《かお》、顔《かお》……監督生《かんとくせい》の浴室《よくしつ》にあった人魚《マーメイド》の絵《え》とは似《に》ても似《に》つかぬ顔《かお》が見《み》えた。

水中人《マーピープル》の肌《はだ》は灰色味《はいいろみ》を帯《お》び、ぼうぼうとした長《なが》い暗緑色《あんりょくしょく》の髪《かみ》をしていた。目《め》は黄色《きいろ》く、あちこち欠《か》けた歯《は》も黄色《きいろ》だった。首《くび》には丸石《まるいし》をつなげたロープを巻《ま》きつけていた。ハリーが泳《およ》いでいくのを、みんな横目《よこめ》で見送《みおく》った。一人《ひとり》、二人《ふたり》は、力強《ちからづよ》い尾鰭《おびれ》で水《みず》を打《う》ち、槍《やり》を手《て》に洞窟《どうくつ》から出《で》てきて、ハリーをもっとよく見《み》ようとした。

ハリーは目《め》を凝《こ》らしてあたりを見《み》ながら、スピードを上《あ》げた。まもなく穴居《けっきょ》の数《かず》がもっと多《おお》くなった。家《いえ》の周《まわ》りに水草《みずくさ》の庭《にわ》があるところもあるし、ドアの外《そと》に水魔《グリンデロー》をペットにして杭《くい》につないでいるところさえあった。今《いま》や水中人《すいちゅうじん》が四方八方《しほうはっぽう》から近《ちか》づいてきて、ハリーをしげしげ眺《なが》め、水《みず》かきのある手《て》やエラを指差《ゆびさ》しては、口元《くちもと》を手《て》で隠《かく》してヒソヒソ話《ばなし》をしていた。ハリーが急《いそ》いで角《かど》を曲《ま》がると、不思議《ふしぎ》な光景《こうけい》が目《め》に入《はい》った。

水中人村《マーピープルむら》のお祭《まつ》り広場《ひろば》のようなところを囲《かこ》んで家《いえ》が立《た》ち並《なら》び、大勢《おおぜい》の水中人《すいちゅうじん》がたむろしていた。その真《ま》ん中《なか》で、水中人《マーピープル》コーラス隊《たい》が歌《うた》い、代表選手《だいひょうせんしゅ》を呼《よ》び寄《よ》せている。その後《うし》ろに、あらけずりの石像《せきぞう》が立《た》っていた。大岩《おおいわ》をけずった巨大《きょだい》な水中人《すいちゅうじん》の像《ぞう》だ。その像《ぞう》の尾《お》の部分《ぶぶん》に、四人《にん》の人間《にんげん》がしっかり縛《しば》りつけられていた。

ロンはチョウ・チャンとハーマイオニーの間《あいだ》に縛《しば》られている。もう一人《ひとり》の女《おんな》の子《こ》はせいぜい八歳《さい》ぐらいで、銀色《ぎんいろ》の豊《ゆた》かな髪《かみ》から、ハリーはフラー・デラクールの妹《いもうと》にちがいないと思《おも》った。四人《にん》ともぐっすり眠《ねむ》り込《こ》んでいるようだった。頭《あたま》をだらりと肩《かた》にもたせかけ、口《くち》から細《こま》かい泡《あわ》をプクプク立《た》ち昇《のぼ》らせている。

ハリーは人質《ひとじち》のほうへと急《いそ》いだ。水中人《すいちゅうじん》が槍《やり》をかまえてハリーを襲《おそ》うのではないかと半《なか》ば覚《かく》悟《ご》していたが、何《なに》もしない。人質《ひとじち》を巨像《きょぞう》に縛《しば》りつけている水草《みずくさ》のロープは、太《ふと》く、ぬるぬるで、強靭《きょうじん》だった。一瞬《いっしゅん》、ハリーは、シリウスがクリスマスにくれたナイフのことを思《おも》った――遠《とお》く離《はな》れたホグワーツ城《じょう》のトランクに鍵《かぎ》をかけてしまってある。今《いま》は何《なん》の役《やく》にも立《た》たない。

ハリーはあたりを見回《みまわ》した。周《まわ》りの水中人《すいちゅうじん》の多《おお》くが槍《やり》を抱《かか》えている。ハリーは身《み》の丈《たけ》二メートル豊《ゆた》かの水中人《すいちゅうじん》のところに急《いそ》いで泳《およ》いでいった。長《なが》い緑《みどり》のあごひげをたくわえ、サメの歯《は》をつないで首《くび》にかけている。ハリーは手《て》まねで槍《やり》を貸《か》してくれと頼《たの》んだ。水中人《すいちゅうじん》は声《こえ》を上《あ》げて笑《わら》い、首《くび》を横《よこ》に振《ふ》った。

「我《われ》らは助《たす》けはせぬ」

厳《きび》しい、しわがれた声《こえ》だ。

「**お願《ねが》いだ！**」

ハリーは強《つよ》い口調《くちょう》で言《い》った（しかし、口《くち》から出《で》るのは泡《あわ》ばかりだった）。槍《やり》を引《ひ》っ張《ぱ》って、水《すい》中人《ちゅうじん》の手《て》から奪《うば》い取《と》ろうとしたが、水中人《すいちゅうじん》はぐいと引《ひ》いて、首《くび》を振《ふ》りながらまだ笑《わら》っていた。

ハリーはぐるぐる回《まわ》りながら、目《め》を凝《こ》らしてあたりを見《み》た。何《なに》かとがった物《もの》はないか……何《なに》かないか……。

湖底《こてい》には石《いし》が散乱《さんらん》していた。ハリーはもぐって一番《いちばん》ギザギザした石《いし》を拾《ひろ》い、石像《せきぞう》のところへ戻《もど》った。ロンを縛《しば》りつけているロープに石《いし》を打《う》ちつけ、数分間《すうふんかん》の苦労《くろう》の末《すえ》、ロープをたたき切《き》った。ロンは気《き》を失《うしな》ったまま、湖底《こてい》から十数《すう》センチのところに浮《う》かび、水《みず》の流《なが》れに乗《の》ってゆらゆら漂《ただよ》っていた。

ハリーはきょろきょろあたりを見回《みまわ》した。ほかの代表選手《だいひょうせんしゅ》が来《く》る気配《けはい》がない。何《なに》をもたもたしてるんだ？　どうして早《はや》く来《こ》ない？　ハリーはハーマイオニーのほうに向《む》きなおり、同《おな》じ石《いし》で縄目《なわめ》をたたき切《き》りはじめた――。

たちまち屈強《くっきょう》な灰色《はいいろ》の手《て》が数本《すうほん》、ハリーを押《お》さえた。五、六人《にん》の水中人《すいちゅうじん》が、緑《みどり》の髪《かみ》を振《ふ》り立《た》て、声《こえ》を上《あ》げて笑《わら》いながら、ハリーをハーマイオニーから引《ひ》き離《はな》そうとしていた。

「自分《じぶん》の人質《ひとじち》だけを連《つ》れていけ」

一人《ひとり》が言《い》った。

「ほかの者《もの》は放《ほう》っておけ……」

「それは、できない！」

ハリーが激《はげ》しい口調《くちょう》で言《い》った――しかし、大《おお》きな泡《あわ》が二つ出《で》てきただけだった。

「おまえの課題《かだい》は、自分《じぶん》の友人《ゆうじん》を取《と》り返《かえ》すことだ……ほかにかまうな……」

「この子《こ》も僕《ぼく》の友達《ともだち》だ！」

ハーマイオニーを指差《ゆびさ》して、ハリーが叫《さけ》んだ。巨大《きょだい》な銀色《ぎんいろ》の泡《あわ》が一つ、音《おと》もなくハリーの唇《くちびる》から現《あらわ》れた。

「それに、**ほかの子《こ》たち**も死《し》なせるわけにはいかない！」

チョウは、ハーマイオニーの肩《かた》に頭《あたま》をもたせかけていた。銀色《ぎんいろ》の髪《かみ》の小《ちい》さな女《おんな》の子《こ》は、透《す》きとおった真《ま》っ青《さお》な顔《かお》をしている。ハリーは水中人《すいちゅうじん》を振《ふ》り払《はら》おうともがいたが、水中人《すいちゅうじん》はますます大声《おおごえ》で笑《わら》いながら、ハリーを押《お》さえつけた。ハリーは必死《ひっし》にあたりを見回《みまわ》した。いったいほかの選手《せんしゅ》はどうしたんだ？　ロンを湖面《こめん》まで連《つ》れていってから、戻《もど》ってハーマイオニーやほかの人質《ひとじち》を助《たす》ける時間《じかん》はあるだろうか？　戻《もど》ったときにまた人質《ひとじち》を見《み》つけることができるだろうか？　ハリーはあとどのくらい時間《じかん》が残《のこ》っているか、腕時計《うでどけい》を見《み》た――止《と》まっている。

しかし、その時《とき》、水中人《すいちゅうじん》が興奮《こうふん》してハリーの頭上《ずじょう》を指差《ゆびさ》した。見上《みあ》げると、セドリックがこちらへ泳《およ》いでくる。頭《あたま》の周《まわ》りに大《おお》きな泡《あわ》がついている。セドリックの顔《かお》は、その中《なか》で奇妙《きみょう》に横《よこ》に広《ひろ》がって見《み》えた。

「道《みち》に迷《まよ》ったんだ」

パニック状態《じょうたい》のセドリックの口《くち》が、そう言《い》っている。

「フラーもクラムも今来《いまく》る！」

ハリーはホッとして、セドリックがナイフをポケットから取《と》り出《だ》し、チョウの縄《なわ》を切《き》るのを見《み》ていた。セドリックはチョウを引《ひ》っ張《ぱ》り上《あ》げ、姿《すがた》を消《け》した。

ハリーはあたりを見回《みまわ》しながら、待《ま》っていた。フラーとクラムはどこだろう？　時間《じかん》は残《のこ》り少《すく》なくなっている。歌《うた》によれば、一時間《じかん》たつと人質《ひとじち》は永久《えいきゅう》に失《うしな》われてしまう……。

水中人《すいちゅうじん》たちが興奮《こうふん》してギャーギャー騒《さわ》ぎだした。ハリーを押《お》さえていた手《て》がゆるみ、水中人《すいちゅうじん》が振《ふ》り返《かえ》って背後《はいご》を見《み》つめた。ハリーも振《ふ》り返《かえ》って見《み》ると、水《みず》を切《き》り裂《さ》くように近《ちか》づいてくる怪《かい》物《ぶつ》のようなものが見《み》えた。水泳《すいえい》パンツをはいた胴体《どうたい》にサメの頭《あたま》……クラムだ。変身《へんしん》したらしい
——ただし、やりそこないだ。

サメ男《おとこ》はまっすぐにハーマイオニーのところに来《き》て、縄《なわ》にかみつき、かみ切《き》りはじめた。残念《ざんねん》ながら、クラムの新《あたら》しい歯《は》は、イルカより小《ちい》さいものをかみ切《き》るのには、非常《ひじょう》に不便《ふべん》な歯並《はなら》びだった。注意《ちゅうい》しないと、まちがいなく、ハーマイオニーを真《ま》っ二《ぷた》つにかみ切《き》ってしまう。ハリーは飛《と》び出《だ》して、クラムの肩《かた》を強《つよ》くたたき、持《も》っていたギザギザの石《いし》を差《さ》し出《だ》した。クラムはそれ

をつかみ、ハーマイオニーの縄《なわ》を切《き》りはじめた。数秒《すうびょう》で切《き》り終《お》えると、クラムはハーマイオニーの腰《こし》のあたりをむんずと抱《かか》え、ちらりとも振《ふ》り向《む》かず、湖面目指《こめんめざ》して急速浮上《きゅうそくふじょう》していった。

さあどうする？　ハリーは必死《ひっし》だった。フラーが来《く》ると確信《かくしん》できるなら……しかし、そんな気配《けはい》はまだない。もうどうしようもない……。

ハリーはクラムが捨《す》てていった石《いし》を拾《ひろ》い上《あ》げた。しかし、今度《こんど》は水中人《すいちゅうじん》が、ロンと少女《しょうじょ》を取《と》り囲《かこ》み、ハリーに向《む》かって首《くび》を横《よこ》に振《ふ》った。

ハリーは杖《つえ》を取《と》り出《だ》した。

「じゃまするな！」

ハリーの口《くち》からは泡《あわ》しか出《で》てこなかったが、ハリーは手応《てごた》えを感《かん》じた。水中人《すいちゅうにん》は自分《じぶん》の言《い》っていることがわかったらしい。急《きゅう》に笑《わら》うのをやめたからだ。黄色《きいろ》い目《め》がハリーの杖《つえ》にくぎづけになり、怖《こわ》がっているように見《み》えた。水中人《すいちゅうじん》の数《かず》は、たった一人《ひとり》のハリーよりはるかに多《おお》い。しかし、水中人《すいちゅうじん》の表情《ひょうじょう》から、ハリーは、この人《ひと》たちが魔法《まほう》については大《おお》イカと同《おな》じ程度《ていど》の知識《ちしき》しかないのだとわかった。

「三つ数《かぞ》えるまで待《ま》ってやる！」

ハリーが叫《さけ》んだ。ハリーの口《くち》から、ブクブクと泡《あわ》が噴《ふ》き出《だ》した。それでも、ハリーは指《ゆび》を三本《ぼん》立《た》て、水中人《すいちゅうじん》に言《い》いたいことをまちがいなく伝《つた》えようとした。

「ひとーつ……」（ハリーは指《ゆび》を一本折《ぽんお》った）――。

「ふたーつ……」（二本折《ほんお》った）――。

水中人《すいちゅうじん》が散《ち》り散《ぢ》りになった。ハリーはすかさず飛《と》び込《こ》んで、少女《しょうじょ》を石像《せきぞう》に縛《しば》りつけている縄《なわ》をたたき切《き》りはじめた。ついに少女《しょうじょ》は自由《じゆう》になった。ハリーは少女《しょうじょ》の腰《こし》のあたりを抱《かか》え、ロンのローブのえり首《くび》をつかみ、湖底《こてい》をけった。

何《なん》とものろのろとした作業《さぎょう》だった。もう水《みず》かきのある手《て》を使《つか》って前《まえ》に進《すす》むことはできない。ハリーは鰭足《ひれあし》を激《はげ》しくばたつかせた。しかし、ロンとフラーの妹《いもうと》は、ジャガイモをいっぱいに詰《つ》め込《こ》んだ袋《ふくろ》のように重《おも》く、ハリーを引《ひ》きずり下《お》ろした……。湖面《こめん》までの水《みず》は暗《くら》く、まだかなり深《ふか》いところにいることはわかっていたが、ハリーはしっかりと天《てん》を見《み》つめていた。

水中人《すいちゅうじん》がハリーと一緒《いっしょ》に上《あ》がってきた。ハリーが水《みず》と悪戦苦闘《あくせんくとう》するのを眺《なが》めながら、周《まわ》りを楽々《らくらく》泳《およ》ぎ回《まわ》っているのが見《み》えた……。時間切《じかんぎ》れになったら、水中人《すいちゅうじん》はハリーを湖深《みずうみふか》く引《ひ》き戻《もど》すのだろうか？　水中人《すいちゅうじん》はヒトを食《く》うんだっけ？　泳《およ》ぎつかれて、足《あし》がつりそうだった。ロンと少女《しょうじょ》を引《ひ》っ張《ぱ》り上《あ》げようとしているので、肩《かた》も激《はげ》しく痛《いた》んだ……。

息《いき》が苦《くる》しくなってきた。首《くび》の両脇《りょうわき》に、再《ふたた》び痛《いた》みを感《かん》じた……口《くち》の中《なか》で、水《みず》が重《おも》たくなったのが、はっきりわかった……闇《やみ》は確実《かくじつ》に薄《うす》らいできた……上《うえ》に陽《ひ》の光《ひかり》が見《み》えた……。

ハリーは鰭足《ひれあし》で強《つよ》くけった。しかし、足《あし》はもう普通《ふつう》の足《あし》だった……水《みず》が口《くち》に、そして肺《はい》にどっと流《なが》れ込《こ》んできた……目《め》がくらむ。でも、光《ひかり》と空気《くうき》はほんの三メートル上《うえ》にある……たどり着《つ》くんだ……たどり着《つ》かなければ……。

ハリーは両足《りょうあし》を思《おも》いきり強《つよ》く、速《はや》くばたつかせて水《みず》をけった。筋肉《きんにく》が抵抗《ていこう》の悲鳴《ひめい》を上《あ》げているような感《かん》じがした。頭《あたま》の中《なか》が水浸《みずびた》しだ。息《いき》ができない。酸素《さんそ》が欲《ほ》しい。やめることはできない。やめてたまるか――。

その時《とき》、頭《あたま》が水面《すいめん》を突《つ》き破《やぶ》るのを感《かん》じた。すばらしい、冷《つめ》たい、澄《す》んだ空気《くうき》が、ハリーのぬれた顔《かお》をチクチクと刺《さ》すようだった。ハリーは思《おも》いっきり空気《くうき》を吸《す》い込《こ》んだ。これまで一度《いちど》もちゃんと息《いき》を吸《す》ったことがなかったような気《き》がした。そして、あえぎあえぎ、ハリーはロンと少女《しょうじょ》を引《ひ》き上《あ》げた。ハリーの周《まわ》りをぐるりと囲《かこ》んで、ぼうぼうとした緑《みどり》の髪《かみ》の頭《あたま》が、いっせいに水面《すいめん》に現《あらわ》れた。みんなハリーに笑《わら》いかけている。

スタンドの観衆《かんしゅう》が大騒《おおさわ》ぎしていた。叫《さけ》んだり、悲鳴《ひめい》を上《あ》げたり、総立《そうだ》ちになっているようだ。みんな、ロンと少女《しょうじょ》が死《し》んだと思《おも》っているのだろうと、ハリーは思《おも》った。みんなまちがっている……二人《ふたり》とも目《め》を開《あ》けた。少女《しょうじょ》は混乱《こんらん》して怖《こわ》がっていたが、ロンはピューッと水《みず》を吐《は》き出《だ》し、明《あか》るい陽射《ひざ》しに目《め》をパチクリさせ、ハリーのほうを見《み》て言《い》った。

「びしょびしょだな、こりゃ」

たったそれだけだ。それからフラーの妹《いもうと》に目《め》をとめ、ロンが言《い》った。

「何《なん》のためにこの子《こ》を連《つ》れてきたんだい？」

「フラーが現《あらわ》れなかったんだ。僕《ぼく》、この子《こ》を残《のこ》しておけなかった」

ハリーがゼイゼイ言《い》った。

「ハリー、ドジだな」ロンが言《い》った。

「あの歌《うた》を真《ま》に受《う》けたのか？　ダンブルドアが僕《ぼく》たちをおぼれさせるわけないだろ！」

「だけど、歌《うた》が――」

「制限時間内《せいげんじかんない》に君《きみ》がまちがいなく戻《もど》れるように歌《うた》ってただけなんだ！」

ロンが言《い》った。

「英雄気取《えいゆうきど》りで、湖《みずうみ》の底《そこ》で時間《じかん》をむだにしたんじゃないだろうな」

ハリーは自分《じぶん》のばかさかげんとロンの言《い》い方《かた》の両方《りょうほう》にいや気《け》がさした。ロンはそれでいいだろう。君《きみ》はずっと眠《ねむ》っていたんだから。やすやすと人《ひと》を殺《あや》めそうな、槍《やり》を持《も》った水中人《すいちゅうじん》に取《と》り囲《かこ》まれて、湖《みずうみ》の底《そこ》でどんなに不気味《ぶきみ》な思《おも》いをしたか、君《きみ》は知《し》らずにすんだのだから。

「行《い》こう」

ハリーはぽつんと言《い》った。

「この子《こ》を連《つ》れてゆくのを手伝《てつだ》って。あんまり泳《およ》げないようだから」

フラーの妹《いもうと》を引《ひ》っ張《ぱ》り、二人《ふたり》は岸《きし》へと泳《およ》いだ。岸辺《きしべ》には審査員《しんさいん》が立《た》って眺《なが》めている。二十人《にん》の水中人《すいちゅうじん》が、護衛兵《ごえいへい》のようにハリーとロンに付《つ》き添《そ》い、恐《おそ》ろしい悲鳴《ひめい》のような歌《うた》を歌《うた》っていた。

マダム・ポンフリーが、せかせかと、ハーマイオニー、クラム、セドリック、チョウの世話《せわ》をしているのが見《み》えた。みんな厚《あつ》い毛布《もうふ》にくるまっている。ダンブルドアとルード・バグマンが岸辺《べ》に立《た》ち、近《ちか》づいてくるハリーとロンにニッコリ笑《わら》いかけていた。しかし、パーシーは蒼白《そうはく》な顔《かお》で、なぜかいつもよりずっと幼《おさな》く見《み》えた。パーシーが水《みず》しぶきを上《あ》げて二人《ふたり》にかけ寄《よ》った。マダム・マクシームは、湖《みずうみ》に戻《もど》ろうと半狂乱《はんきょうらん》で必死《ひっし》にもがいているフラー・デラクールを抑《おさ》えようとしていた。

「ガブリエル！　ガブリエル！　あの子《こ》は生《い》きているの？　けがしてないの？」

「大丈夫《だいじょうぶ》だよ！」

ハリーはそう伝《つた》えようとした。しかし、疲労《ひろう》こんぱいで、ほとんど口《くち》をきくこともできない。ましてや大声《おおごえ》を出《だ》すことはできなかった。

パーシーはロンをつかみ、岸《きし》まで引《ひ》っ張《ぱ》っていこうとした（「放《はな》せよ、パーシー。僕《ぼく》、何《なん》ともないんだから！」）。ダンブルドアとバグマンがハリーに手《て》を貸《か》して立《た》たせた。フラーはマダム・マクシームの制止《せいし》を振《ふ》りきって、妹《いもうと》をしっかり抱《だ》きしめた。

「水魔《すいま》なの……わたし、襲《おそ》われて……ああ、ガブリエル、もうだめかと……だめかと……」

「こっちへ。ほら」

マダム・ポンフリーの声《こえ》がした。ハリーを捕《つか》まえると、マダム・ポンフリーは、ハーマイオニーやほかの人《ひと》がいるところにハリーを引《ひ》っ張《ぱ》ってきて、毛布《もうふ》にくるんだ。あまりにきっちりくるまれて、ハリーは身動《みうご》きができなかった。熱《あつ》い煎《せん》じ薬《ぐすり》を一杯《ぱい》、のどに流《なが》し込《こ》まれると、ハリーの耳《みみ》から湯気《ゆげ》が噴《ふ》き出《だ》した。

「よくやったわ、ハリー！」

ハーマイオニーが叫《さけ》んだ。

「できたのね。自分《じぶん》一人でやり方《かた》を見《み》つけたのね！」

「えーと――」

ハリーは口《くち》ごもった。ドビーのことを話《はな》すつもりだった。しかし、その時《とき》、カルカロフがハリーを見《み》つめているのに気《き》づいた。カルカロフはただ一人《ひとり》、審査員席《しんさいんせき》を離《はな》れていない。ハリー、ロン、フラーの妹《いもうと》が無事《ぶじ》戻《もど》ったことに、カルカロフだけが、喜《よろこ》びも安堵《あんど》したそぶりも見《み》せていない。

「うん、そうさ」

ハリーは、カルカロフに聞《き》こえるように、少《すこ》し声《こえ》を張《は》り上《あ》げた。

「髪《かみ》にゲンゴロウがついているよ、ハーム－オウン－ニニー」クラムが言《い》った。

クラムはハーマイオニーの関心《かんしん》を取《と》り戻《もど》そうとしている、とハリーは感《かん》じた。たった今《いま》、湖《みずうみ》から君《きみ》を救《すく》い出《だ》したのは僕《ぼく》だよ、と言《い》いたいのだろう。しかし、ハーマイオニーは、うるさそうにゲンゴロウを髪《かみ》から払《はら》いのけ、こう言《い》った。

「でも、あなた、制限時間《せいげんじかん》をずいぶんオーバーしたのよ、ハリー……私《わたし》たちを見《み》つけるのに、そんなに長《なが》くかかったの？」

「ううん……ちゃんと見《み》つけたけど……」

ばかだったという気持《きも》ちがつのった。ダンブルドアが安全対策《あんぜんたいさく》を講《こう》じていて、代表選手《だいひょうせんしゅ》が現《あらわ》れなかったからといって、人質《ひとじち》を死《し》なせたりするはずがない。水《みず》から上《あ》がってみると、そんなことは明々白々《めいめいはくはく》だと思《おも》えた。ロンだけを取《と》り返《かえ》して戻《もど》ってくればよかったのに。自分《じぶん》が一番《いちばん》で戻《もど》れたのに……。セドリックやクラムは、ほかの人質《ひとじち》のことを心配《しんぱい》して時間《じかん》をむだにしたりしなかった。水中人《すいちゅうじん》の歌《うた》を真《ま》に受《う》けたりしなかった……。

ダンブルドアは水際《みずぎわ》にかがみ込《こ》んで、水中人《マーピープル》の長《おさ》らしい、ひときわ荒々《あらあら》しく、恐《おそ》ろしい顔《かお》つきの女《おんな》の水中人《マーピープル》と話《はな》し込《こ》んでいた。水中人《マーピープル》は水《みず》から出《で》ると悲鳴《ひめい》のような声《こえ》を発《はっ》するが、ダンブルドアも今《いま》、同《おな》じような音《おと》で話《はな》している。ダンブルドアはマーミッシュ語《ご》が話《はな》せたのだ。やっとダンブルドアが立《た》ち上《あ》がり、審査員《しんさいん》に向《む》かってこう言《い》った。

「どうやら、点数《てんすう》をつける前《まえ》に、協議《きょうぎ》じゃ」

審査員《しんさいん》が秘密会議《ひみつかいぎ》に入《はい》った。マダム・ポンフリーが、パーシーにがっちり捕《つか》まっているロンを救出《きゅうしゅつ》に行《い》った。ハリーやほかのみんながいるところにロンを連《つ》れてくると、マダム・ポンフリーはロンに毛布《もうふ》をかけ、「元気爆発薬《げんきばくはつぐすり》」を飲《の》ませ、それからフラーと妹《いもうと》を迎《むか》えにいった。フラーは顔《かお》や腕《うで》が切《き》り傷《きず》だらけで、ローブも破《やぶ》れていたが、まったく気《き》にかけない様子《ようす》で、マダム・ポンフリーがきれいにしようとしても断《ことわ》った。

「ガブリエルの面倒《めんどう》を見《み》て」

フラーはそう言《い》うと、ハリーのほうを見《み》た。

「あなた、妹《いもうと》を助《たす》けました」

フラーは声《こえ》を詰《つ》まらせた。

「あの子《こ》があなたのいとじちではなかったのに」

「うん」

ハリーは女《おんな》の子《こ》を三人全部《にんぜんぶ》、石像《せきぞう》に縛《しば》られたまま残《のこ》してくれればよかったと、今《いま》、心《こころ》からそう思《おも》っていた。

フラーは身《み》をかがめて、ハリーの両《りょう》ほおに二回《かい》ずつキスした（ハリーは顔《かお》が燃《も》えるかと思《おも》った。また耳《みみ》から湯気《ゆげ》が出《で》てもおかしくないと思《おも》った）。それからフラーはロンに言《い》った。

「それに、あなたもです――エルプしてくれました――」

「うん」

ロンは何《なに》か期待《きたい》しているように見《み》えた。

「ちょっとだけね――」

フラーはロンの上《うえ》にかがみ込《こ》んで、ロンにもキスした。ハーマイオニーはプンプン怒《おこ》っている顔《かお》だ。しかし、その時《とき》、ルード・バグマンの魔法《まほう》で拡大《かくだい》された声《こえ》がすぐそばでとどろき、みんなが飛《と》び上《あ》がった。スタンドの観衆《かんしゅう》はしんとなった。

「レディーズ・アンド・ジェントルメン。審査結果《しんさけっか》が出《で》ました。水中人《マーピープル》の女長《おんなおさ》、マーカスが、湖《こ》底《てい》で何《なに》があったかを仔細《しさい》に話《はな》してくれました。そこで、五十点満点《てんまんてん》で、各代表選手《だいひょうせんしゅ》は次《つぎ》のような得点《とくてん》となりました……」

「ミス・デラクール。すばらしい『泡頭呪文《あぶくあたまじゅもん》』を使《つか》いましたが、水魔《グリンデロー》に襲《おそ》われ、ゴールにたどり着《つ》けず、人質《ひとじち》を取《と》り返《かえ》すことができませんでした。得点《とくてん》は二十五点《てん》」

スタンドから拍手《はくしゅ》が沸《わ》いた。

「わたーしは零点《れいてん》のいとです」

見事《みごと》な髪《かみ》の頭《あたま》を横《よこ》に振《ふ》りながら、フラーがのどを詰《つ》まらせた。

「セドリック・ディゴリー君《くん》。やはり『泡頭呪文《あぶくあたまじゅもん》』を使《つか》い、最初《さいしょ》に人質《ひとじち》を連《つ》れて帰《かえ》ってきました。ただし、制限時間《せいげんじかん》の一時間《じかん》を一分《ぷん》オーバー」

ハッフルパフから大《おお》きな声援《せいえん》が沸《わ》いた。チョウがセドリックに熱《あつ》い視線《しせん》を送《おく》ったのをハリーは見《み》た。

「そこで、四十七点《てん》を与《あた》えます」

ハリーはがっくりした。セドリックが一分《ぷん》オーバーなら、ハリーは絶対《ぜったい》オーバーだ。

「ビクトール・クラム君《くん》は変身術《へんしんじゅつ》が中途半端《ちゅうとはんぱ》でしたが、効果的《こうかてき》なことには変《か》わりありません。人質《ひとじち》を連《つ》れ戻《もど》したのは二番目《ばんめ》でした。得点《とくてん》は四十点《てん》」

カルカロフが得意顔《とくいがお》で、特《とく》に大《おお》きく拍手《はくしゅ》した。

「ハリー・ポッター君《くん》の『エラ昆布《こんぶ》』は特《とく》に効果《こうか》が大《おお》きい」

バグマンの解説《かいせつ》は続《つづ》いた。

「戻《もど》ってきたのは最後《さいご》でしたし、一時間《じかん》の制限時間《せいげんじかん》を大《おお》きくオーバーしていました。しかし、水中人《マーピープル》の長《おさ》の報告《ほうこく》によれば、ポッター君《くん》は最初《さいしょ》に人質《ひとじち》に到着《とうちゃく》したとのことです。遅《おく》れたのは、自分《じぶん》の人質《ひとじち》だけではなく、全部《ぜんぶ》の人質《ひとじち》を安全《あんぜん》に戻《もど》らせようと決意《けつい》したせいだとのことです」

ロンとハーマイオニーは半《なか》ばあきれ、半《なか》ば同情《どうじょう》するような目《め》でハリーを見《み》た。

「ほとんどの審査員《しんさいん》が」――と、ここでバグマンは、カルカロフをじろりと見《み》た――「これこそ道徳的《どうとくてき》な力《ちから》を示《しめ》すものであり、五十点満点《てんまんてん》に値《あたい》するとの意見《いけん》でした。しかしながら……ポッター君《くん》の得点《とくてん》は四十五点《てん》です」

ハリーは胃袋《いぶくろ》が飛《と》び上《あ》がった――これで、セドリックと同点《どうてん》一位《い》になった。ロンとハーマイオニーは、きょとんとしてハリーを見《み》つめたが、すぐに笑《わら》いだして、観衆《かんしゅう》と一緒《いっしょ》に力《ちから》いっぱい拍手《はくしゅ》した。

「やったぜ、ハリー！」

ロンが歓声《かんせい》に負《ま》けじと声《こえ》を張《は》り上《あ》げた。

「君《きみ》は結局《けっきょく》まぬけじゃなかったんだ――道徳的《どうとくてき》な力《ちから》を見《み》せたんだ！」

フラーも大《おお》きな拍手《はくしゅ》を送《おく》っていた。しかし、クラムはまったくうれしそうではなかった。何《なん》とかハーマイオニーと話《はな》そうとしていたが、ハーマイオニーはハリーに声援《せいえん》を送《おく》るのに夢中《むちゅう》で、クラムの話《はなし》など耳《みみ》に入《はい》らなかった。

「第《だい》三の課題《かだい》、最終《さいしゅう》課題《かだい》は、六月《がつ》二十四日《か》の夕暮《ゆうぐ》れ時《どき》に行《おこな》われます」

引《ひ》き続《つづ》きバグマンの声《こえ》がした。

「代表選手《だいひょうせんしゅ》は、そのきっかり一か月前《げつまえ》に、課題《かだい》の内容《ないよう》を知《し》らされることになります。諸君《しょくん》、代《だい》表選手《ひょうせんしゅ》の応援《おうえん》をありがとう」

終《お》わった。ぼうっとした頭《あたま》でハリーはそう思《おも》った。マダム・ポンフリーは代表選手《だいひょうせんしゅ》と人質《ひとじち》にぬれた服《ふく》を着替《きが》えさせるために、みんなを引率《いんそつ》して城《しろ》へと歩《ある》きだしたところだった。……終《お》わったんだ。通過《つうか》したんだ……六月《がつ》二十四日《か》までは、もう何《なに》も心配《しんぱい》する必要《ひつよう》はないんだ……。

城《しろ》に入《はい》る石段《いしだん》を上《のぼ》りながら、ハリーは心《こころ》に決《き》めた。今度《こんど》ホグズミードに行《い》ったら、ドビーに、一日一足《いちにちひとあし》として、一年分《いちねんぶん》の靴下《くつした》を買《か》ってきてやろう。

第《だい》27章《しょう》 パッドフット帰《かえ》る

第二《だい》の課題《かだい》の余波《よは》で、一つよかったのは、湖《みずうみ》の底《そこ》で何《なに》が起《お》こったのか、誰《だれ》もがくわしく聞《き》きたがったことだ。つまり、初《はじ》めてロンが、ハリーと一緒《いっしょ》に脚光《きゃっこう》を浴《あ》びることになったのだ。ロンが話《はな》す事件《じけん》の経緯《けいい》が毎回微妙《まいかいびみょう》にちがうことに、ハリーは気《き》づいた。最初《さいしょ》は、真実《しんじつ》だと思《おも》われる話《はなし》をしていた。少《すく》なくともハーマイオニーの話《はなし》と一致《いっち》していた——マクゴナガル先生《せんせい》の部屋《へや》で、ダンブルドアが、人質全員《ひとじちぜんいん》が安全《あんぜん》であること、水《みず》から上《あ》がったときに目覚《めざ》めるのだということを全員《ぜんいん》に保証《ほしょう》し、それからみんなに眠《ねむ》りの魔法《まほう》をかけた。ところが一週間後《しゅうかんご》には、ロンの話《はなし》がスリルに満《み》ちた誘拐《ゆうかい》の話《はなし》に変《か》わっていた。ロンがたった一人《ひとり》で、五十人《にん》もの武装《ぶそう》した水中人《すいちゅうじん》と戦《たたか》い、さんざん打《う》ちのめされて服従《ふくじゅう》させられ、縛《しば》り上《あ》げられたという。

「だけど、僕《ぼく》、そでに杖《つえ》を隠《かく》してたんだ」

ロンがパドマ・パチルに話《はな》して聞《き》かせた。パドマは、ロンが注目《ちゅうもく》の的《まと》になっているので、前《まえ》よりずっと関心《かんしん》を持《も》ったらしく、廊下《ろうか》ですれちがうたびにロンに話《はな》しかけた。

「やろうと思《おも》えばいつでも、バカ水中人《すいちゅうじん》なんかやっつけられたんだ」

「どうやるつもりだったの？　いびきでも吹《ふ》っかけてやるつもりだった？」

ハーマイオニーはピリッと皮肉《ひにく》った。ビクトール・クラムが一番失《いちばんうしな》いたくないものがハーマイオニーだったことを、みんながからかうので、かなり気《き》が立《た》っていたのだ。

ロンは耳元《みみもと》を赤《あか》らめ、それからは元《もと》の「魔法《まほう》の眠《ねむ》り」版《ばん》に話《はなし》を戻《もど》した。

三月《がつ》に入《はい》ると、天気《てんき》はからっとしてきたが、校庭《こうてい》に出《で》ると風《かぜ》が情《なさ》け容赦《ようしゃ》なく手《て》や顔《かお》を赤《あか》むけにした。ふくろうが吹《ふ》き飛《と》ばされて進路《しんろ》をそれるので、郵便《ゆうびん》も遅《おく》れた。ホグズミード行《い》きの日《ひ》にちをシリウスに知《し》らせる手紙《てがみ》をたくしたふくろうは、金曜《きんよう》の朝食《ちょうしょく》のときに戻《もど》ってきた。全身《ぜんしん》の羽根《はね》の半分《はんぶん》が逆立《さかだ》っていた。ハリーがシリウスの返信《へんしん》をはずすや否《いな》や、茶《ちゃ》モリフクロウは飛《と》び去《さ》った。また配達《はいたつ》に出《だ》されてはかなわないと思《おも》ったにちがいない。

シリウスの手紙《てがみ》は前《まえ》のと同《おな》じくらい短《みじか》かった。


ホグズミードから出《で》る道《みち》に、柵《さく》が立《た》っている（ダービシュ・アンド・バングズ店《てん》を過《す》ぎたところだ）。土曜日《どようび》の午後《ごご》二時《じ》に、そこにいること。食《た》べ物《もの》を持《も》てるだけ持《も》ってきてくれ。

「まさかホグズミードに帰《かえ》ってきたんじゃないだろうな？」

ロンが信《しん》じられないという顔《かお》をした。

「帰《かえ》ってきたみたいじゃない？」ハーマイオニーが言《い》った。

「そんなばかな」ハリーは緊張《きんちょう》した。「捕《つか》まったらどうするつもり……」

「これまでは大丈夫《だいじょうぶ》だったみたいだ」ロンが言《い》った。

「それに、あそこはもう、吸魂鬼《ディメンター》がうじゃうじゃというわけじゃないし」

ハリーは手紙《てがみ》を折《お》りたたみ、あれこれ考《かんが》えた。正直言《しょうじきい》って、ハリーはシリウスにまた会《あ》いたくてたまらない。だから、午後《ごご》の最後《さいご》の授業《じゅぎょう》に出《で》かけるときも――二時限続《じげんつづ》きの「魔法薬学《まほうやくがく》」の授《じゅ》業《ぎょう》だ――地下牢教室《ちかろうきょうしつ》への階段《かいだん》を下《お》りながら、いつもよりずっと心《こころ》がはずんでいた。

マルフォイ、クラッブ、ゴイルが、パンジー・パーキンソン率《ひき》いるスリザリンの女子学生《じょしがくせい》と一《いっ》緒《しょ》に、教室《きょうしつ》のドアの前《まえ》に群《むら》がっていた。ハリーの所《ところ》からは見《み》えない何《なに》かを見《み》て、みんなで思《おも》いっきりクスクス笑《わら》いをしている。ハリー、ロン、ハーマイオニーが近《ちか》づくと、ゴイルのだだっ広《びろ》い背中《せなか》の陰《かげ》から、パンジーのパグ犬《けん》そっくりの顔《かお》が、興奮《こうふん》してこっちをのぞいた。

「来《き》た、来《き》た！」

パンジーがクスクス笑《わら》った。すると固《かた》まっていたスリザリン生《せい》の群《む》れがパッと割《わ》れた。パンジーが手《て》にした雑誌《ざっし》が、ハリーの目《め》に入《はい》った――『週刊魔女《しゅうかんまじょ》』だ。表紙《ひょうし》の動《うご》く写真《しゃしん》は巻《ま》き毛《げ》の魔《ま》女《じょ》で、ニッコリ歯《は》を見《み》せて笑《わら》い、杖《つえ》で大《おお》きなスポンジケーキを指《さ》している。

「あなたの関心《かんしん》がありそうな記事《きじ》がのってるわよ、グレンジャー！」

パンジーが大声《おおごえ》でそう言《い》いながら、雑誌《ざっし》をハーマイオニーに投《な》げてよこした。ハーマイオニーは驚《おどろ》いたような顔《かお》で受《う》け取《と》った。その時《とき》、地下牢《ちかろう》のドアが開《ひら》いて、スネイプがみんなに入《はい》れと合《あい》図《ず》した。

ハーマイオニー、ハリー、ロンは、いつものように地下牢教室《ちかろうきょうしつ》の一番後《いちばんうし》ろに向《む》かった。スネイプが、今日《きょう》の魔法薬《まほうやく》の材料《ざいりょう》を黒板《こくばん》に書《か》くのに後《うし》ろを向《む》いたとたん、ハーマイオニーは急《いそ》いで机《つくえ》の下《した》で雑誌《ざっし》をパラパラめくった。ついに、真《ま》ん中《なか》のページに、ハーマイオニーは探《さが》していた記事《きじ》を見《み》つけた。ハリーとロンも横《よこ》からのぞき込《こ》んだ。ハリーのカラー写真《しゃしん》の下《した》に、短《みじか》い記事《きじ》がのり、「**ハリー・ポッターの密《ひそ》やかな胸《むね》の痛《いた》み**」と題《だい》がついている。

ほかの少年《しょうねん》とはちがう。そうかもしれない――しかしやはり少年《しょうねん》だ。あらゆる青春《せいしゅん》の痛《いた》みを感《かん》じている。と、リータ・スキーターは書《か》いている。両親《りょうしん》の悲劇的《ひげきてき》な死《し》以来《いらい》、愛《あい》を奪《うば》われた十四歳《さい》のハリー・ポッターは、ホグワーツでマグル出身《しゅっしん》のハーマイオニー・グレンジャーというガールフレンドを得《え》て、安《やす》らぎを見出《みいだ》していた。すでに痛《いた》みに満《み》ちたその人生《じんせい》で、やがてまた一つの心《こころ》の痛手《いたで》を味《あじ》わうことになろうとは、少年《しょうねん》は知《し》る由《よし》もなかったのである。

ミス・グレンジャーは、美《うつく》しいとは言《い》いがたいが、有名《ゆうめい》な魔法使《まほうつか》いがお好《この》みの野心家《やしんか》で、ハリーだけでは満足《まんぞく》できないらしい。先《さき》ごろ行《おこな》われたクィディッチ・ワールドカップのヒーローで、ブルガリアのシーカー、ビクトール・クラムがホグワーツにやってきて以来《いらい》、ミス・グレンジャーは二人《ふたり》の少年《しょうねん》の愛情《あいじょう》をもてあそんできた。クラムが、このすれっからしのミス・グレンジャーに首《くび》ったけなのは公《おおやけ》の事実《じじつ》で、夏休《なつやす》みにブルガリアに来《き》てくれとすでに招待《しょうたい》している。クラムは、「こんな気持《きも》ちをほかの女《おんな》の子《こ》に感《かん》じたことはない」とはっきり言《い》った。

しかしながら、この不幸《ふこう》な少年《しょうねん》たちの心《こころ》をつかんだのは、ミス・グレンジャーの自然《しぜん》な魅力《みりょく》（それもたいした魅力《みりょく》ではないが）ではないかもしれない。

「あの子《こ》、ブスよ」活発《かっぱつ》でかわいらしい四年生《ねんせい》のパンジー・パーキンソンは、そう言《い》う。

「だけど、『愛《あい》の妙薬《みょうやく》』を調合《ちょうごう》することは考《かんが》えたかもしれない。頭《あたま》でっかちだから。たぶん、そうしたんだと思《おも》うわ」

「愛《あい》の妙薬《みょうやく》」は、もちろんホグワーツでは禁《きん》じられている。アルバス・ダンブルドアは、この件《けん》の調査《ちょうさ》に乗《の》り出《だ》すべきであろう。しばらくの間《あいだ》、ハリーの応援団《おうえんだん》としては、次《つぎ》にはもっとふさわしい相手《あいて》に心《こころ》を捧《ささ》げることを、願《ねが》うばかりである。


「だから言《い》ったじゃないか！」

記事《きじ》をじっと見下《みお》ろしているハーマイオニーに、ロンが歯《は》ぎしりしながらささやいた。

「リータ・スキーターにかまうなって、そう言《い》ったろう！ あいつ、君《きみ》のことを、何《なん》ていうか――緋色《ひいろ》のおべべ扱《あつか》いだ！」

愕然《がくぜん》としていたハーマイオニーの表情《ひょうじょう》が崩《くず》れ、プッと噴《ふ》き出《だ》した。

「緋色《ひいろ》のおべべ？」

ハーマイオニーはロンのほうを見《み》て、体《からだ》を震《ふる》わせてクスクス笑《わら》いをこらえていた。

「ママがそう呼《よ》ぶんだ。その手の・・・女《おんな》の人《ひと》を」

ロンはまた耳元《みみもと》を真《ま》っ赤《か》にしてボソボソつぶやいた。

「せいぜいこの程度《ていど》なら、リータもおとろえたものね」

ハーマイオニーはまだクスクス笑《わら》いながら、隣《となり》の空《あ》いた椅子《いす》に『週刊魔女《しゅうかんまじょ》』を放《ほう》り出《だ》した。

「バカバカしいの一言《ひとこと》だわ」

ハーマイオニーはスリザリンのほうを見《み》た。スリザリン生《せい》はみな、記事《きじ》のいやがらせ効果《こうか》は上《あ》がったかと、教室《きょうしつ》のむこうから、ハーマイオニーとハリーの様子《ようす》をじっとうかがっていた。ハーマイオニーは皮肉《ひにく》っぽくほほ笑《え》んで、手《て》を振《ふ》った。そして、ハーマイオニー、ハリー、ロンは「頭冴え薬《あたまさえぐすり》」に必要《ひつよう》な材料《ざいりょう》を広《ひろ》げはじめた。

「だけど、ちょっと変《へん》だわね」

十分後《ぶんご》、タマオシコガネの入《はい》った乳鉢《にゅうばち》の上《うえ》で乳棒《にゅうぼう》を持《も》った手《て》を休《やす》め、ハーマイオニーが言《い》った。

「リータ・スキーターはどうして知《し》ってたのかしら……？」

「何《なに》を？」ロンが聞《き》き返《かえ》した。「君《きみ》、**まさか**『愛《あい》の妙薬《みょうやく》』、調合《ちょうごう》してなかったろうな」

「バカ言《い》わないで」

ハーマイオニーはビシッと言《い》って、またタマオシコガネをトントンつぶしはじめた。

「ちがうわよ。ただ……夏休《なつやす》みに来《き》てくれって、ビクトールが私《わたし》に言《い》ったこと、どうして知《し》ってるのかしら？」

そう言《い》いながら、ハーマイオニーの顔《かお》が緋色《ひいろ》になった。そして、意識的《いしきてき》にロンの目《め》をさけていた。

「えーっ？」

ロンは乳棒《にゅうぼう》をガチャンと取《と》り落《お》とした。

「湖《みずうみ》から引《ひ》き上《あ》げてくれたすぐあとにそう言《い》ったの」

ハーマイオニーが口《くち》ごもった。

「サメ頭《あたま》を取《と》ったあとに。マダム・ポンフリーが私《わたし》たちに毛布《もうふ》をくれて、それから、ビクトールが、審査員《しんさいん》に聞《き》こえないように、私《わたし》をちょっと脇《わき》に引《ひ》っ張《ぱ》っていって、それで言《い》ったの。夏休《なつやす》みに特《とく》に計画《けいかく》がないなら、よかったら来《こ》ないかって――」

「それで、何《なん》て答《こた》えたんだ？」

ロンは乳棒《にゅうぼう》を拾《ひろ》い上《あ》げ、乳鉢《にゅうばち》から十五センチも離《はな》れた机《つくえ》をゴリゴリすっていた。ハーマイオニーを見《み》ていたからだ。

「そして、**たしかに**言《い》ったわよ。こんな気持《きも》ちをほかの女《ひと》に感《かん》じたことはないって」

ハーマイオニーは燃《も》えるように赤《あか》くなり、ハリーはそこからの熱《ねつ》を感《かん》じたくらいだった。

「だけど、リータ・スキーターはどうやってあの人《ひと》の言《い》うことを聞《き》いたのかしら？　あそこにはいなかったし……それともいたのかしら？　透明《とうめい》マントをほんとうに持《も》っているのかもしれない。第《だい》二の課題《かだい》を見《み》るのに、こっそり校庭《こうてい》に忍《しの》び込《こ》んだのかもしれない……」

「それで、**何《なん》て答《こた》えたんだ？**」

ロンがくり返《かえ》し聞《き》いた。乳棒《にゅうぼう》であまりに強《つよ》くたたいたので、机《つくえ》がへこんだ。

「それは、私《わたし》、あなたやハリーが無事《ぶじ》かどうか見《み》るほうが忙《いそが》しくて、とても——」

「君《きみ》の個人生活《こじんせいかつ》のお話《はなし》は、たしかにめくるめくものではあるが、ミス・グレンジャー」

氷《こおり》のような声《こえ》が三人《にん》のすぐ後《うし》ろから聞《き》こえた。

「我輩《わがはい》の授業《じゅぎょう》では、そういう話《はなし》はご遠慮願《えんりょねが》いたいですな。グリフィンドール、十点減点《てんげんてん》」

三人《にん》が話《はな》し込《こ》んでいる間《あいだ》に、スネイプが音《おと》もなく三人《にん》の机《つくえ》のところまで来《き》ていたのだ。クラス中《じゅう》が三人《にん》を振《ふ》り返《かえ》って見《み》ていた。マルフォイは、すかさず、「**汚《きたな》いぞ、ポッター**」のバッジを点滅《てんめつ》させ、地下牢《ちかろう》のむこうからハリーに見《み》せつけた。

「ふむ……その上《うえ》、机《つくえ》の下《した》で雑誌《ざっし》を読《よ》んでいたな？」

スネイプは『週刊魔女《しゅうかんまじょ》』をサッと取《と》り上《あ》げた。

「グリフィンドール、もう十点減点《てんげんてん》……ふむ、しかし、なるほど……」

リータ・スキーターの記事《きじ》に目《め》をとめ、スネイプの暗《くら》い目《め》がギラギラ光《ひか》った。

「ポッターは自分《じぶん》の記事《きじ》を読《よ》むのに忙《いそが》しいようだな……」

地下牢《ちかろう》にスリザリン生《せい》の笑《わら》いが響《ひび》いた。スネイプの薄《うす》い唇《くちびる》がゆがみ、不快《ふかい》な笑《わら》いが浮《う》かんだ。

ハリーが怒《おこ》るのを尻目《しりめ》に、スネイプは声《こえ》を出《だ》して記事《きじ》を読《よ》みはじめた。

「『ハリー・ポッターの密《ひそ》やかな胸《むね》の痛《いた》み』……おう、おう、ポッター、今度《こんど》は何《なん》の病気《びょうき》かね？『ほかの少年《しょうねん》とはちがう』。そうかもしれない……」

ハリーは顔《かお》から火《ひ》が出《で》そうだった。スネイプは一文《いちぶん》読《よ》むごとに間《ま》を取《と》って、スリザリン生《せい》がさんざん笑《わら》えるようにした。スネイプが読《よ》むと、十倍《ばい》もひどい記事《きじ》に聞《き》こえた。

「『……ハリーの応援団《おうえんだん》としては、次《つぎ》にはもっとふさわしい相手《あいて》に心《こころ》を捧《ささ》げることを、願《ねが》うばかりである』。感動的《かんどうてき》ではないか」

スリザリン生《せい》の大爆笑《だいばくしょう》が続《つづ》く中《なか》、スネイプは雑誌《ざっし》を丸《まる》めながら鼻先《はなさき》で笑《わら》った。

「さて、三人《にん》を別々《べつべつ》に座《すわ》らせたほうがよさそうだ。もつれた恋愛関係《れんあいかんけい》より、魔法薬《まほうやく》のほうに集中《しゅうちゅう》できるようにな。ウィーズリー、ここに残《のこ》れ。ミス・グレンジャー、こっちへ。ミス・パーキンソンの横《よこ》に。ポッター——我輩《わがはい》の机《つくえ》の前《まえ》のテーブルへ。移動《いどう》だ。さあ」

怒《いか》りに震《ふる》えながら、ハリーは材料《ざいりょう》とかばんを大鍋《おおなべ》に放《ほう》り込《こ》み、空席《くうせき》になっている地下牢《ちかろう》教室《きょうしつ》の一番前《いちばんまえ》のテーブルに鍋《なべ》を引《ひ》きずっていった。スネイプがあとからついてきて、自分《じぶん》の机《つくえ》の前《まえ》に座《すわ》り、ハリーが鍋《なべ》の中身《なかみ》を出《だ》すのをじっと見《み》ていた。わざとスネイプと目《め》を合《あ》わさないようにしながら、ハリーはタマオシコガネつぶしを続《つづ》けた。タマオシコガネの一つ一つをスネイプの顔《かお》だと思《おも》いながらつぶした。

「マスコミに注目《ちゅうもく》されて、おまえのデッカチ頭《あたま》がさらにふくれ上《あ》がったようだな。ポッター」

クラスが落《お》ち着《つ》きを取《と》り戻《もど》すと、スネイプが低《ひく》い声《こえ》で言《い》った。

ハリーは答《こた》えなかった。スネイプが挑発《ちょうはつ》しようとしているのはわかっていた。これが初《はじ》めてではない。授業《じゅぎょう》が終《お》わる前《まえ》に、グリフィンドールからまるまる五十点減点《てんげんてん》する口実《こうじつ》を作《つく》りたいにちがいない。

「魔法界全体《まほうかいぜんたい》が君《きみ》に感服《かんぷく》しているという妄想《もうそう》に取《と》り憑《つ》かれているのだろう」

スネイプはハリー以外《いがい》には聞《き》こえないような低《ひく》い声《こえ》で話《はな》し続《つづ》けた（タマオシコガネはもう細《こま》かい粉《こな》になっていたが、ハリーはまだたたきつぶし続《つづ》けていた）。

「しかし、我輩《わがはい》は、おまえの写真《しゃしん》が何度新聞《なんどしんぶん》にのろうと、何《なん》とも思《おも》わん。我輩《わがはい》にとって、ポッター、おまえは単《たん》に、規則《きそく》を見下《みくだ》している性悪《しょうわる》の小童《こわっぱ》だ」

ハリーはタマオシコガネの粉末《ふんまつ》を大鍋《おおなべ》にあけ、根生姜《ねしょうが》を刻《きざ》みはじめた。怒《いか》りで手《て》が少《すこ》し震《ふる》えていたが、目《め》を伏《ふ》せ、スネイプの言《い》うことが聞《き》こえないふりをしていた。

「そこで、きちんと警告《けいこく》しておくぞ、ポッター」

スネイプはますます声《こえ》を落《お》とし、一段《いちだん》と危険《きけん》な声《こえ》で話《はな》し続《つづ》けた。

「小粒《こつぶ》でもピリリの有名人《ゆうめいじん》であろうが何《なん》だろうが——今度《こんど》我輩《わがはい》の研究室《けんきゅうしつ》に忍《しの》び込《こ》んだところを捕《つか》まえたら——」

「僕《ぼく》、先生《せんせい》の研究室《けんきゅうしつ》に近《ちか》づいたことなどありません」

聞《き》こえないふりも忘《わす》れ、ハリーは怒《おこ》ったように言《い》った。

「我輩《わがはい》にうそは通《つう》じない」

スネイプは歯《は》を食《く》いしばったまま言《い》った。底知《そこし》れない暗《くら》い目《め》が、ハリーの目《め》をえぐるようにのぞき込《こ》んだ。

「毒《どく》ツルヘビの皮《かわ》。エラ昆布《こんぶ》。どちらも我輩《わがはい》個人《こじん》の保管庫《ほかんこ》のものだ。誰《だれ》が盗《ぬす》んだかはわかっている」

ハリーはじっとスネイプを見《み》つめ返《かえ》した。瞬《まばた》きもせず、後《うし》ろめたい様子《ようす》も見《み》せまいとつっぱった。事実《じじつ》、そのどちらも、スネイプから盗《ぬす》んだのはハリーではない。毒《どく》ツルヘビの皮《かわ》は、二年生《ねんせい》のときハーマイオニーが盗《と》った——ポリジュース薬《やく》を煎《せん》じるのに必要《ひつよう》だったのだ——あの時《とき》、スネイプはハリーを疑《うたが》ったが、証拠《しょうこ》がなかった。エラ昆布《こんぶ》を盗《ぬす》んだのは、当然《とうぜん》ドビーだ。

「何《なん》のことか僕《ぼく》にはわかりません」

ハリーは冷静《れいせい》にうそをついた。

「おまえは、我輩《わがはい》の研究室《けんきゅうしつ》に侵入者《しんにゅうしゃ》があった夜《よる》、ベッドを抜《ぬ》け出《だ》していた」

スネイプのヒソヒソ声《ごえ》が続《つづ》いた。

「わかっているぞ、ポッター！　今度《こんど》はマッド-アイ・ムーディがおまえのファンクラブに入《はい》ったらしいが、我輩《わがはい》はおまえの行動《こうどう》を許《ゆる》さん！　今度我輩《こんどわがはい》の研究室《けんきゅうしつ》に、夜中《よなか》に入《はい》り込《こ》むことがあれば、ポッター、つけを払《はら》うはめになるぞ！」

「わかりました」

ハリーは冷静《れいせい》にそう言《い》うと、根生姜刻《ねしょうがきざ》みに戻《もど》った。

「どうしてもそこに行《い》きたいという気持《きも》ちになることがあれば、覚《おぼ》えておきます」

スネイプの目《め》が光《ひか》り、黒《くろ》いローブに手《て》を突《つ》っ込《こ》んだ。一瞬《いっしゅん》ハリーはどきりとした。スネイプが杖《つえ》を取《と》り出《だ》し、ハリーに呪《のろ》いをかけるのではないかと思《おも》ったのだ——しかし、スネイプが取《と》り出《だ》したのは、透《す》きとおった液体《えきたい》の入《はい》った小《ちい》さなクリスタルの瓶《びん》だった。ハリーはじっと瓶《びん》を見《み》つめた。

取り出

「何《なん》だかわかるか、ポッター」

スネイプの目《め》が再《ふたた》びあやしげに光《ひか》った。

「いいえ」

今度《こんど》は真《ま》っ正直《しょうじき》に答《こた》えた。

「ベリタセラム――真実薬《しんじつやく》だ。強力《きょうりょく》で、三滴《てき》あれば、おまえは心《こころ》の奥底《おくそこ》にある秘密《ひみつ》を、このクラス中《じゅう》に聞《き》こえるようにしゃべることになる」

スネイプが毒々《どくどく》しく言《い》った。

「さて、この薬《くすり》の使用《しよう》は、魔法省《まほうしょう》の指針《ししん》で厳《きび》しく制限《せいげん》されている。しかし、おまえが足元《あしもと》に気《き》をつけないと、我輩《わがはい》の手《て》がすべることになるぞ――」

スネイプはクリスタルの瓶《びん》をわずかに振《ふ》った。

「――おまえの夕食《ゆうしょく》のかぼちゃジュースの真上《まうえ》で。そうすれば、ポッター……そうすれば、おまえが我輩《わがはい》の研究室《けんきゅうしつ》に入《はい》ったかどうかわかるだろう」

ハリーはだまっていた。もう一度《いちど》根生姜《ねしょうが》の作業《さぎょう》に戻《もど》り、ナイフを取《と》って薄《うす》切りにしはじめた。「真実薬《しんじつやく》」なんて、いやなことを聞《き》いた。スネイプなら手《て》がすべって飲《の》ませるくらいのことはやりかねない。そんなことになったら、自分《じぶん》の口《くち》から何《なに》がもれるか、ハリーは考《かんが》えるだけで震《ふる》えが来《く》るのをやっと抑《おさ》えつけた……。いろんな人《ひと》をトラブルに巻《ま》き込《こ》んでしまう――手始《てはじ》めにハーマイオニーとドビーのことだ――そればかりか、ほかにも隠《かく》していることはたくさんある……シリウスと連絡《れんらく》を取《と》り合《あ》っていること……それに――チョウへの思《おも》い――そう考《かんが》えると内臓《ないぞう》がよじれた……。ハリーは根生姜《ねしょうが》も大鍋《おおなべ》に入《い》れた。ムーディを見習《みなら》うべきかもしれない、とハリーは思《おも》った。これからは自分用《じぶんよう》の携帯瓶《けいたいびん》からしか飲《の》まないようにするのだ。

地下牢教室《ちかろうきょうしつ》の戸《と》をノックする音《おと》がした。

「入《はい》れ」スネイプがいつもどおりの声《こえ》で言《い》った。

戸《と》が開《ひら》くのをクラス全員《ぜんいん》が振《ふ》り返《かえ》って見《み》た。カルカロフ校長《こうちょう》だった。スネイプの机《つくえ》に向《む》かって歩《ある》いてくるのを、みんなが見《み》つめた。山羊《やぎ》ひげを指《ゆび》でひねりひねり、カルカロフは何《なに》やら興奮《こうふん》していた。

「話《はなし》がある」

カルカロフはスネイプのところまで来《く》ると、出《だ》し抜《ぬ》けに言《い》った。自分《じぶん》の言《い》っていることを誰《だれ》にも聞《き》かれないように、カルカロフはほとんど唇《くちびる》を動《うご》かさずにしゃべっていた。下手《へた》な腹話術師《ふくわじゅつし》のようだった。ハリーは根生姜《ねしょうが》に目《め》を落《お》としたまま、耳《みみ》をそばだてた。

「授業《じゅぎょう》が終《お》わってから話《はな》そう、カルカロフ――」

スネイプがつぶやくように言《い》った。しかし、カルカロフはそれをさえぎった。

「今話《いまはな》したい。セブルス、君《きみ》が逃《に》げられないときに。君《きみ》は私《わたし》をさけ続《つづ》けている」

「授業《じゅぎょう》のあとだ」

スネイプがピシャリと言《い》った。

アルマジロの胆汁《たんじゅう》の量《りょう》が正《ただ》しかったかどうか見《み》るふりをして、ハリーは計量《けいりょう》カップを持《も》ち上《あ》げ、二人《ふたり》を横目《よこめ》でちらりと見《み》た。カルカロフは極度《きょくど》に心配《しんぱい》そうな顔《かお》で、スネイプは怒《おこ》っているようだった。

カルカロフは二時限続《じげんつづ》きの授業《じゅぎょう》の間《あいだ》、ずっとスネイプの机《つくえ》の後《うし》ろでうろうろしていた。授業《じゅぎょう》が終《お》わったとき、スネイプが逃《に》げるのを、どうあっても阻止《そし》するかまえだ。カルカロフがいったい何《なに》を言《い》いたいのか聞《き》きたくて、終業《しゅうぎょう》ベルが鳴《な》る二分前《ふんまえ》、ハリーはわざとアルマジロの胆汁《たんじゅう》の瓶《びん》をひっくり返《かえ》した。これで、大鍋《おおなべ》の陰《かげ》にしゃがみ込《こ》む口実《こうじつ》ができた。ほかの生徒《せいと》がガヤガヤとドアに向《む》かっているとき、ハリーは床《ゆか》をふいていた。

「何《なに》がそんなに緊急《きんきゅう》なんだ？」

スネイプがヒソヒソ声《ごえ》でカルカロフに言《い》うのが聞《き》こえた。

「**これだ**」カルカロフが答《こた》えた。

ハリーは大鍋《おおなべ》の端《はし》からのぞき見《み》た。カルカロフがローブの左《ひだり》そでをまくり上《あ》げ、腕《うで》の内側《うちがわ》にある何《なに》かをスネイプに見《み》せているのが見《み》えた。

「どうだ？」

カルカロフは、依然《いぜん》として、懸命《けんめい》に唇《くちびる》を動《うご》かさないようにしていた。

「見《み》たか？　こんなにはっきりしたのは初《はじ》めてだ。あれ以来《いらい》――」

「しまえ！」スネイプがうなった。暗《くら》い目《め》が教室全体《きょうしつぜんたい》をサッと見《み》た。

「君《きみ》も気《き》づいているはずだ――」カルカロフの声《こえ》が興奮《こうふん》している。

「あとで話《はな》そう、カルカロフ」スネイプが吐《は》き捨《す》てるように言《い》った。

「ポッター！　何《なに》をしているんだ？」

「アルマジロの胆汁《たんじゅう》をふき取《と》っています、先生《せんせい》」

ハリーは何事《なにごと》もなかったかのように、立《た》ち上《あ》がって、汚《よご》れた雑巾《ぞうきん》をスネイプに見《み》せた。

カルカロフはきびすを返《かえ》し、大股《おおまた》で地下牢《ちかろう》を出《で》ていった。心配《しんぱい》と怒《いか》りが入《い》りまじったような表情《ひょうじょう》だった。怒《いか》り心頭《しんとう》のスネイプと二人《ふたり》きりになるのは願《ねが》い下《さ》げだ。ハリーは教科書《きょうかしょ》と材料《ざいりょう》をかばんに投《な》げ入《い》れ、猛《もう》スピードでその場《ば》を離《はな》れた。たった今目撃《いまもくげき》したことを、ロンとハーマイオニーに話《はな》さなければ。

翌日《よくじつ》、三人《にん》は正午《しょうご》に城《しろ》を出《で》た。校庭《こうてい》を淡《あわ》い銀色《ぎんいろ》の太陽《たいよう》が照《て》らしていた。これまでになくおだやかな天気《てんき》で、ホグズミードに着《つ》くころには、三人《にん》ともマントを脱《ぬ》いで片方《かたほう》の肩《かた》に引《ひ》っかけていた。シリウスが持《も》ってこいと言《い》った食料《しょくりょう》は、ハリーのかばんに入《はい》っている。鳥《とり》の足《あし》を十二本《ほん》、パン一本《ぽん》、かぼちゃジュース一瓶《ひとびん》を、昼食《ちゅうしょく》のテーブルからくすねておいたのだ。

三人《にん》で「グラドラグス・魔法《まほう》ファッション店《てん》」に入《はい》り、ドビーへのみやげを買《か》った。思《おも》いっきりけばけばしい靴下《くつした》を選《えら》ぶのはおもしろかった。金《きん》と銀《ぎん》の星《ほし》が点滅《てんめつ》する柄《がら》や、あんまり臭《くさ》くなると大声《おおごえ》で叫《さけ》ぶ靴下《くつした》もあった。一時半《じはん》、三人《にん》はハイストリート通《どお》りを歩《ある》き、ダービシュ・アンド・バングズ店《てん》を通《とお》り過《す》ぎ、村《むら》のはずれに向《む》かっていた。

ハリーはこっちのほうには来《き》たことがなかった。曲《ま》がりくねった小道《こみち》が、ホグズミードを囲《かこ》む荒涼《こうりょう》とした郊外《こうがい》へと続《つづ》いていた。住宅《じゅうたく》もこのあたりはまばらで、庭《にわ》は大《おお》きめだった。三人《にん》は山《やま》のふもとに向《む》かって歩《ある》いていた。ホグズミードはその山《やま》ふところにあるのだ。そこで角《かど》を曲《ま》がると、道《みち》のはずれに柵《さく》があった。柵《さく》の一番高《いちばんたか》いところに二本《ほん》の前脚《まえあし》をのせ、新聞《しんぶん》らしいものを口《くち》にくわえて三人《にん》を待《ま》っている大《おお》きな、毛《け》むくじゃらの黒《くろ》い犬《いぬ》。見覚《みおぼ》えのある、なつかしい姿《すがた》……。

「やあ、シリウスおじさん」

そばまで行《い》って、ハリーが挨拶《あいさつ》した。

黒《くろ》い犬《いぬ》はハリーのかばんを夢中《むちゅう》でかぎ、しっぽを一度《ど》だけ振《ふ》り、向《む》きを変《か》えてトコトコ走《はし》りだした。あたりは低木《ていぼく》がしげり、上《のぼ》り坂《ざか》で、行《ゆ》く手《て》は岩《いわ》だらけの山《やま》のふもとだ。ハリー、ロン、ハーマイオニーは、柵《さく》を乗《の》り越《こ》えてあとを追《お》った。

シリウスは三人《にん》を山《やま》のすぐ下《した》まで導《みちび》いた。あたり一面岩石《いちめんがんせき》で覆《おお》われている。四本足《ほんあし》なら苦《く》もなく歩《ある》けるが、ハリー、ロン、ハーマイオニーはたちまち息切《いきぎ》れした。三人《にん》は、シリウスについて山《やま》を登《のぼ》った。およそ三十分《ぷん》、三人《にん》はシリウスの振《ふ》るしっぽに従《したが》い、太陽《たいよう》に照《て》らされて汗《あせ》をかきながら、曲《ま》がりくねった険《けわ》しい石《いし》ころだらけの道《みち》を登《のぼ》っていった。ハリーの肩《かた》に、かばんのベルトが食《く》い込《こ》んだ。

そして、最後《さいご》に、シリウスがスルリと視界《しかい》から消《き》えた。三人《にん》がその姿《すがた》の消《き》えた場所《ばしょ》まで行《い》くと、狭《せま》い岩《いわ》の裂《さ》け目《め》があった。裂《さ》け目《め》に体《からだ》を押《お》し込《こ》むようにして入《はい》ると、中《なか》は薄暗《うすぐら》い涼《すず》しい洞窟《どうくつ》だった。一番奥《いちばんおく》に、大《おお》きな岩《いわ》にロープを回《まわ》してつながれているのは、ヒッポグリフのバックビークだ。下半身《かはんしん》は灰色《はいいろ》の馬《うま》、上半身《じょうはんしん》は巨大《きょだい》な鷲《わし》のバックビークは、三人《にん》の姿《すがた》を見《み》ると、獰猛《どうもう》なオレンジ色《いろ》の目《め》をギラギラさせた。三人《にん》がていねいにおじぎすると、バックビークは一瞬尊大《いっしゅんそんだい》な目《め》つきで三人《にん》を見《み》たが、うろこに覆《おお》われた前脚《まえあし》を折《お》って挨拶《あいさつ》した。ハーマイオニーはかけ寄《よ》って、羽毛《うもう》の生《は》えた首《くび》をなでた。ハリーは、黒《くろ》い犬《いぬ》が名付《なづ》け親《おや》の姿《すがた》に戻《もど》るのを見《み》ていた。

シリウスはぼろぼろの灰色《はいいろ》のローブを着《き》ていた。アズカバンを脱出《だっしゅつ》したときと同《おな》じローブだ。黒《くろ》い髪《かみ》は、暖炉《だんろ》の火《ひ》の中《なか》に現《あらわ》れたときより伸《の》びて、また昔《むかし》のようにぼうぼうともつれていた。とてもやせたように見《み》えた。

「チキン！」

くわえていた『日刊予言者新聞《にっかんよげんしゃしんぶん》』の古新聞《ふるしんぶん》を口《くち》から離《はな》し、洞窟《どうくつ》の床《ゆか》に落《お》としたあと、シリウスはかすれた声《こえ》で言《い》った。

ハリーはかばんをパッと開《あ》け、鳥《とり》の足《あし》を一つかみと、パンを渡《わた》した。

「ありがとう」

そう言《い》うなり、シリウスは包《つつ》みを開《あ》け、鳥《とり》の足《あし》をつかみ、洞窟《どうくつ》の床《ゆか》に座《すわ》り込《こ》んで、歯《は》で大《おお》きく食《く》いちぎった。

「ほとんどネズミばかり食《た》べて生《い》きていた。ホグズミードからあまりたくさん食《た》べ物《もの》を盗《ぬす》むわけにもいかない。注意《ちゅうい》を引《ひ》くことになるからね」

シリウスはハリーにニッコリした。ハリーも笑《わら》いを返《かえ》したが、心《こころ》から笑《わら》う気持《きも》ちにはなれなかった。

「シリウスおじさん、どうしてこんなところにいるの？」ハリーが言《い》った。

「名付《なづ》け親《おや》としての役目《やくめ》をはたしている」

シリウスは、犬《いぬ》のようなしぐさで鳥《とり》の骨《ほね》をかじった。

「私《わたし》のことは心配《しんぱい》しなくていい。愛《あい》すべき野良犬《のらいぬ》のふりをしているから」

シリウスはまだほほ笑《え》んでいた。しかし、ハリーの心配《しんぱい》そうな表情《ひょうじょう》を見《み》て、さらに真剣《しんけん》に言葉《ことば》を続《つづ》けた。

「私《わたし》は現場《げんば》にいたいのだ。君《きみ》が最後《さいご》にくれた手紙《てがみ》……そう、ますますきな臭《くさ》くなっているとだけ言《い》っておこう。誰《だれ》かが新聞《しんぶん》を捨《す》てるたびに拾《ひろ》っていたのだが、どうやら、心配《しんぱい》しているのは私《わたし》だけではないようだ」

シリウスは洞窟《どうくつ》の床《ゆか》にある、黄色《きいろ》く変色《へんしょく》した『日刊予言者新聞《にっかんよげんしゃしんぶん》』をあごで指《さ》した。ロンが何枚《なんまい》か拾《ひろ》い上《あ》げて広《ひろ》げた。

しかし、ハリーはまだシリウスを見《み》つめ続《つづ》けていた。

「捕《つか》まったらどうするの？　姿《すがた》を見《み》られたら？」

「私《わたし》が『動物《アニ》もどき《メーガス》』だと知《し》っているのは、ここでは君《きみ》たち三人《にん》とダンブルドアだけだ」

シリウスは肩《かた》をすくめ、鳥《とり》の足《あし》を貪《むさぼ》り続《つづ》けた。

ロンがハリーをこづいて、『日刊予言者新聞《にっかんよげんしゃしんぶん》』を渡《わた》した。二枚《まい》あった。最初《さいしょ》の記事《きじ》の見出《みだ》しは、「バーテミウス・クラウチの不可解《ふかかい》な病気《びょうき》」とあり、二つ目《め》の記事《きじ》は「魔法省《まほうしょう》の魔女《まじょ》、いまだに行方不明《ゆくえふめい》――いよいよ魔法大臣自《まほうだいじんみずか》ら乗《の》り出《だ》す」とあった。

ハリーはクラウチの記事《きじ》をざっと読《よ》んだ。切《き》れ切《ぎ》れの文章《ぶんしょう》が目《め》に飛《と》び込《こ》んできた。

十一月以来《がついらい》、公《おおやけ》の場《ば》に現《あらわ》れず……家《いえ》に人影《ひとかげ》はなく……聖《せい》マンゴ魔法疾患傷害病院《まほうしっかんしょうがいびょういん》はコメントを拒否《きょひ》……魔法省《まほうしょう》は重症《じゅうしょう》のうわさを否定《ひてい》……。

「まるでクラウチが死《し》にかけているみたいだ」

ハリーは考《かんが》え込《こ》んだ。

「だけど、ここまで来《こ》られる人《ひと》がそんなに重《おも》い病気《びょうき》のはずないし……」

「僕《ぼく》の兄《にい》さんが、クラウチの秘書《ひしょ》なんだ」

ロンがシリウスに教《おし》えた。

「兄《にい》さんは、クラウチが働《はたら》き過《す》ぎだって言《い》ってる」

「だけど、あの人《ひと》、僕《ぼく》が最後《さいご》に近《ちか》くで見《み》たときは、ほんとに病気《びょうき》みたいだった」

ハリーはまだ新聞《しんぶん》を読《よ》みながら、ゆっくりと言《い》った。

「僕《ぼく》の名前《なまえ》がゴブレットから出《で》てきたあの晩《ばん》だけど……」

「ウィンキーをクビにした当然《とうぜん》の報《むく》いじゃない？」

ハーマイオニーが冷《つめ》たく言《い》った。ハーマイオニーは、シリウスの食《た》べ残《のこ》した鳥《とり》の骨《ほね》をバリバリかんでいるバックビークをなでていた。

「クビにしなきゃよかったって、きっと後悔《こうかい》してるのよ――世話《せわ》してくれるウィンキーがいないと、どんなに困《こま》るかわかったんだわ」

「ハーマイオニーは屋敷《やしき》しもべに取《と》り憑《つ》かれてるのさ」

ロンがハーマイオニーに困《こま》ったもんだという目《め》を向《む》けながら、シリウスにささやいた。

しかし、シリウスは関心《かんしん》を持《も》ったようだった。

「クラウチが屋敷《やしき》しもべをクビに？」

「うん、クィディッチ・ワールドカップのとき」

ハリーは「闇《やみ》の印《しるし》」が現《あらわ》れたこと、ウィンキーがハリーの杖《つえ》を握《にぎ》りしめたまま発見《はっけん》されたこと、クラウチ氏《し》が激怒《げきど》したことを話《はな》しはじめた。

話《はな》し終《お》えると、シリウスは再《ふたた》び立《た》ち上《あ》がり、洞窟《どうくつ》を往《い》ったり来《き》たりしはじめた。

「整理《せいり》してみよう」

しばらくすると、鳥《とり》の足《あし》をもう一本《ぽん》持《も》って振《ふ》りながら、シリウスが言《い》った。

「はじめはしもべ妖精《ようせい》が、貴賓席《きひんせき》に座《すわ》っていた。クラウチの席《せき》を取《と》っていた。そうだね？」

「そう」

ハリー、ロン、ハーマイオニーが同時《どうじ》に答《こた》えた。

「しかし、クラウチは試合《しあい》には現《あらわ》れなかった？」

「うん」ハリーが言《い》った。「あの人《ひと》、忙《いそが》し過《す》ぎて来《こ》られなかったって言《い》ったと思《おも》う」

シリウスは洞窟中《どうくつじゅう》をだまって歩《ある》き回《まわ》った。それから口《くち》を開《ひら》いた。

「ハリー、貴賓席《きひんせき》を離《はな》れたとき、杖《つえ》があるかどうかポケットの中《なか》を探《さぐ》ってみたか？」

「うーん……」

ハリーは考《かんが》え込《こ》んだ。そしてやっと答《こた》えが出《で》た。

「ううん。森《もり》に入《はい》るまでは使《つか》う必要《ひつよう》がなかった。そこでポケットに手《て》を入《い》れたら、『万眼鏡《まんがんきょう》』しかなかったんだ」

ハリーはシリウスを見《み》つめた。

「『闇《やみ》の印《しるし》』を創《つく》り出《だ》した誰《だれ》かが、僕《ぼく》の杖《つえ》を貴賓席《きひんせき》で盗《ぬす》んだってこと？」

「その可能性《かのうせい》はある」シリウスが言《い》った。

「ウィンキーは杖《つえ》を盗《ぬす》んだりしないわ！」ハーマイオニーが鋭《するど》い声《こえ》を出《だ》した。

「貴賓席《きひんせき》にいたのは妖精《ようせい》だけじゃない」

シリウスは眉根《まゆね》にしわを寄《よ》せて、歩《ある》き回《まわ》っていた。

「君《きみ》の後《うし》ろには誰《だれ》がいたのかね？」

「いっぱい、いた」ハリーが答《こた》えた。

「ブルガリアの大臣《だいじん》たちとか……コーネリウス・ファッジとか……マルフォイ一家《いっか》……」

「マルフォイ一家《いっか》だ！」

ロンが突然叫《とつぜんさけ》んだ。あまりに大《おお》きな声《こえ》を出《だ》したので、洞窟中《どうくつじゅう》に反響《はんきょう》し、バックビークが神経質《しんけいしつ》に首《くび》を振《ふ》り立《た》てた。

「絶対《ぜったい》、ルシウス・マルフォイだ！」

「ほかには？」シリウスが聞《き》いた。

「ほかにはいない」ハリーが言《い》った。

「いたわ。いたわよ、ルード・バグマンが」

ハーマイオニーがハリーに教《おし》えた。

「ああ、そうだった……」

「バグマンのことはよく知《し》らないな。ウィムボーン・ワスプスのビーターだったこと以外《いがい》は」

シリウスはまだ歩《ある》き続《つづ》けながら言《い》った。

「どんな人《ひと》だ？」

「あの人《ひと》は大丈夫《だいじょうぶ》だよ」ハリーが言《い》った。

「三校対抗試合《さんこうたいこうじあい》で、いつも僕《ぼく》を助《たす》けたいって言《い》うんだ」

「そんなことを言《い》うのか？」

シリウスはますます眉根《まゆね》にしわを寄《よ》せた。

「なぜそんなことをするのだろう？」

「僕《ぼく》のことを気《き》に入《い》ったって言《い》うんだ」ハリーが言《い》った。

「ふうむ」シリウスは考《かんが》え込《こ》んだ。

「『闇《やみ》の印《しるし》』が現《あらわ》れる直前《ちょくぜん》に、私《わたし》たち森《もり》でバグマンに出会《であ》ったわ」

ハーマイオニーがシリウスに教《おし》えた。

「覚《おぼ》えてる？」

ハーマイオニーはハリーとロンに言《い》った。

「うん。でも、バグマンは森《もり》に残《のこ》ったわけじゃないだろ？」ロンが言《い》った。「騒《さわ》ぎのことを言《い》ったら、バグマンはすぐにキャンプ場《じょう》に行《い》ったよ」

「どうしてそう言《い》える？」

ハーマイオニーが切《き》り返《かえ》した。

「『姿《すがた》くらまし』したのに、どうして行《い》き先《さき》がわかるの？」

「やめろよ」

ロンは信《しん》じられないという口調《くちょう》だ。

「ルード・バグマンが『闇《やみ》の印《しるし》』を創《つく》り出《だ》したと言《い》いたいのか？」

「ウィンキーよりは可能性《かのうせい》があるわ」ハーマイオニーは頑固《がんこ》に言《い》い張《は》った。

「言《い》ったよね？」

ロンが意味《いみ》ありげにシリウスを見《み》た。

「言《い》ったよね。ハーマイオニーが取《と》り憑《つ》かれてるって、屋敷《やしき》……」

しかし、シリウスは手《て》を上《あ》げてロンをだまらせた。

「『闇《やみ》の印《しるし》』が現《あらわ》れて、妖精《ようせい》がハリーの杖《つえ》を持《も》ったまま発見《はっけん》されたとき、クラウチは何《なに》をしたかね？」

「しげみの様子《ようす》を見《み》にいった」ハリーが答《こた》えた。「でも、そこには何《なん》にもなかった」

「そうだろうとも」

シリウスは、往《い》ったり来《き》たりしながらつぶやいた。

「そうだろうとも。クラウチは自分《じぶん》のしもべ妖精《ようせい》以外《いがい》の誰《だれ》かだと決《き》めつけたかっただろうな……それで、しもべ妖精《ようせい》をクビにしたのかね？」

「そうよ」

ハーマイオニーの声《こえ》が熱《あつ》くなった。

「クビにしたのよ。テントに残《のこ》って、踏《ふ》みつぶされるままになっていなかったのがいけないっていうわけ――」

「ハーマイオニー、**頼《たの》むよ**、妖精《ようせい》のことはちょっとほっといてくれ！」ロンが言《い》った。

しかし、シリウスは頭《かぶり》を振《ふ》ってこう言《い》った。

「クラウチのことは、ハーマイオニーのほうがよく見《み》ているぞ、ロン。人《ひと》となりを知《し》るには、その人《ひと》が、自分《じぶん》と同等《どうとう》の者《もの》より目下《めした》の者《もの》をどう扱《あつか》うかをよく見《み》ることだ」

シリウスはひげの伸《の》びた顔《かお》をなでながら、考《かんが》えに没頭《ぼっとう》しているようだった。

「バーティ・クラウチがずっと不在《ふざい》だ……わざわざしもべ妖精《ようせい》にクィディッチ・ワールドカップ

の席《せき》を取《と》らせておきながら、観戦《かんせん》しなかった。三校対抗試合《さんこうたいこうじあい》の復活《ふっかつ》にずいぶん尽力《じんりょく》したのに、それにも来《こ》なくなった……クラウチらしくない。これまでのあいつなら、一日《いちにち》たりとも病気《びょうき》で欠勤《けっきん》したりしない。そんなことがあったら、私《わたし》はバックビークを食《く》ってみせるよ」

「それじゃ、クラウチを知《し》ってるの？」ハリーが聞《き》いた。

シリウスの顔《かお》が曇《くも》った。突然《とつぜん》、ハリーが最初《さいしょ》に会《あ》ったときのシリウスの顔《かお》のように、ハリーがシリウスを殺人者《さつじんしゃ》だと信《しん》じていたあの夜《よる》のように、恐《おそ》ろしげな顔《かお》になった。

「ああ、クラウチのことはよく知《し》っている」シリウスが静《しず》かに言《い》った。「私《わたし》をアズカバンに送《おく》れと命令《めいれい》を出《だ》したやつだ――裁判《さいばん》もせずに」

「えっ？」ロンとハーマイオニーが同時《どうじ》に叫《さけ》んだ。

「うそでしょう！」ハリーが言《い》った。

「いや、うそではない」

シリウスはまた大《おお》きく一口《ひとくち》、チキンにかぶりついた。

「クラウチは当時《とうじ》、魔法省《まほうしょう》の警察《けいさつ》である『魔法法執行部《まほうほうしっこうぶ》』の部長《ぶちょう》だった。知《し》らなかったのか？」

ハリー、ロン、ハーマイオニーは首《くび》を横《よこ》に振《ふ》った。

「次《つぎ》の魔法省大臣《まほうしょうだいじん》とうわさされていた」シリウスが言《い》った。

「すばらしい魔法使《まほうつか》いだ、バーティ・クラウチは。強力《きょうりょく》な魔法力《まほうりょく》――それに、権力欲《けんりょくよく》だ。ああ、ヴォルデモートの支持者《しじしゃ》だったことはない」

ハリーの顔《かお》を読《よ》んで、シリウスがつけ加《くわ》えた。

「それはない。バーティ・クラウチは常《つね》に闇《やみ》の陣営《じんえい》にはっきり対抗《たいこう》していた。しかし、闇《やみ》の陣営《じんえい》に反対《はんたい》を唱《とな》えていた多《おお》くの者《もの》が……いや、君《きみ》たちにはわかるまい……あの時《とき》は、まだ小《ちい》さかったから……」

「僕《ぼく》のパパもワールドカップでそう言《い》ったんだ」

ロンが、声《こえ》にいらいらをにじませて言《い》った。

「僕《ぼく》たちを試《ため》してくれないかな？」

シリウスのやせた顔《かお》がニコッとほころびた。

「いいだろう。試《ため》してみよう……」

シリウスは洞窟《どうくつ》の奥《おく》まで歩《ある》いていき、また戻《もど》ってきて話《はな》しはじめた。

「ヴォルデモートが、今《いま》、強大《きょうだい》だと考《かんが》えてごらん。誰《だれ》が支持者《しじしゃ》なのかわからない。誰《だれ》があやつに仕《つか》え、誰《だれ》がそうではないのか、わからない。あやつには人《ひと》を操《あやつ》る力《ちから》がある。誰《だれ》もが、自分《じぶん》では止《と》めることができずに、恐《おそ》ろしいことをやってしまう。自分《じぶん》で自分《じぶん》が怖《こわ》くなる。家族《かぞく》や友達《ともだち》でさえ怖《こわ》くなる。毎週《まいしゅう》、毎週《まいしゅう》、またしても死人《しにん》や、行方不明《ゆくえふめい》や、拷問《ごうもん》のニュースが入《はい》ってくる……魔法《まほう》省《しょう》は大混乱《だいこんらん》だ。どうしてよいやらわからない。すべてをマグルから隠《かく》そうとするが、一方《いっぽう》でマグルも死《し》んでゆく。いたるところ恐怖《きょうふ》だ……パニック……混乱《こんらん》……そういう状態《じょうたい》だった」

「いや、そういうときにこそ、最良《さいりょう》の面《めん》を発揮《はっき》する者《もの》もいれば、最悪《さいあく》の面《めん》が出《で》る者《もの》もある。クラウチの主義主張《しゅぎしゅちょう》は、最初《さいしょ》はよいものだったのだろう――私《わたし》にはわからないが。あいつは魔法省《まほうしょう》でたちまち頭角《とうかく》を現《あらわ》し、ヴォルデモートに従《したが》う者《もの》に極《きわ》めて厳《きび》しい措置《そち》を取《と》りはじめた。『闇祓《やみばら》い』たちに新《あたら》しい権力《けんりょく》が与《あた》えられた――たとえば、捕《つか》まえるのでなく、殺《ころ》してもいいという権力《けんりょく》だ。裁判《さいばん》なしに吸魂鬼《ディメンター》の手《て》に渡《わた》されたのは、私《わたし》だけではない。クラウチは、暴力《ぼうりょく》には暴力《ぼうりょく》をもって立《た》ち向《む》かい、疑《うたが》わしい者《もの》に対《たい》して、『許《ゆる》されざる呪文《じゅもん》』を使用《しよう》することを許可《きょか》した。あいつは、多《おお》くの闇《やみ》の陣営《じんえい》の輩《やから》と同《おな》じように、冷酷無情《れいこくむじょう》になってしまったと言《い》える。たしかに、あいつを支持《しじ》する者《もの》もいた――あいつのやり方《かた》が正《ただ》しいと思《おも》う者《もの》もたくさんいたし、多《おお》くの魔法使《まほうつか》いたちが、あいつを魔法大臣《まほうだいじん》にせよと叫《さけ》んでいた。ヴォルデモートがいなくなったとき、クラウチがその最《さい》高《こう》の職《しょく》に就《つ》くのは時間《じかん》の問題《もんだい》だと思《おも》われた。しかし、その時《とき》不幸《ふこう》な事件《じけん》があった……」

シリウスがニヤリと笑《わら》った。

「クラウチの息子《むすこ》が『死喰《デス・イーター》い人』の一味《いちみ》と一緒《いっしょ》に捕《つか》まった。この一味《いちみ》は、言葉巧《ことばたく》みにアズカバンを逃《のが》れた者《もの》たちで、ヴォルデモートを探《さが》し出《だ》して権力《けんりょく》の座《ざ》に復帰《ふっき》させようとしていた」

「クラウチの息子《むすこ》が捕《つか》まった？」ハーマイオニーが息《いき》をのんだ。

「そう」

シリウスは鳥《とり》の骨《ほね》をバックビークに投《な》げ与《あた》え、自分《じぶん》は飛《と》びつくようにパンの横《よこ》に座《すわ》り込《こ》み、パンを半分《はんぶん》に引《ひ》きちぎった。

「あのバーティにとっては、相当《そうとう》きついショックだっただろうね。もう少《すこ》し家《いえ》にいて、家族《かぞく》と一緒《いっしょ》に過《す》ごすべきだった。そうだろう？　たまには早《はや》く仕事《しごと》を切《き》り上《あ》げて帰《かえ》るべきだった……自分《じぶん》の息子《むすこ》をよく知《し》るべきだったのだ」

シリウスは大《おお》きなパンの塊《かたまり》を、がつがつ食《く》らいはじめた。

「自分《じぶん》の息子《むすこ》がほんとうに死喰《しく》い人《びと》だったの？」ハリーが聞《き》いた。

「わからない」

シリウスはまだパンを貪《むさぼ》っていた。

「息子《むすこ》がアズカバンに連《つ》れてこられたとき、私自身《わたしじしん》もアズカバンにいた。今話《いまはな》していることは、大部分《だいぶぶん》アズカバンを出《で》てからわかったことだ。あの時捕《ときつか》まったのは、たしかに死喰い人《デス・イーター》だった。私《わたし》の首《くび》を賭《か》けてもいい。あの子《こ》がその連中《れんちゅう》と一緒《いっしょ》に捕《つか》まったのもたしかだ——しかし、屋敷《やしき》しもべと同《おな》じように、単《たん》に、運悪《うんわる》くその場《ば》に居合《いあ》わせただけかもしれない」

「クラウチは自分《じぶん》の息子《むすこ》に罰《ばつ》を逃《のが》れさせようとしたの？」

ハーマイオニーが小《ちい》さな声《こえ》で聞《き》いた。

シリウスは犬《いぬ》のほえ声《ごえ》のような笑《わら》い方《かた》をした。

「クラウチが自分《じぶん》の息子《むすこ》に罰《ばつ》を逃《のが》れさせる？　ハーマイオニー、君《きみ》にはあいつの本性《ほんしょう》がわかっていると思《おも》ったんだが？　少《すこ》しでも自分《じぶん》の評判《ひょうばん》を傷《きず》つけるようなことは消《け》してしまうやつだ。魔法《まほう》大臣《だいじん》になることに一生《いっしょう》をかけてきた男《おとこ》だよ。献身的《けんしんてき》なしもべ妖精《ようせい》をクビにするのを見《み》ただろう。しもべ妖精《ようせい》が、またしても自分《じぶん》と『闇《やみ》の印《しるし》』とを結《むす》びつけるようなことをしたからだ――それでやつの正体《しょうたい》がわかるだろう？　クラウチがせいぜい父親《ちちおや》らしい愛情《あいじょう》を見《み》せたのは、息子《むすこ》を裁判《さいばん》にかけることだった。それとて、どう考《かんが》えても、クラウチがどんなにその子《こ》を憎《にく》んでいるかを公《おおやけ》に見《み》せるための口実《こうじつ》にすぎなかった……それから息子《むすこ》をまっすぐアズカバン送《おく》りにした」

「自分《じぶん》の息子《むすこ》を吸魂鬼《きゅうこんき》に？」ハリーは声《こえ》を落《お》とした。

「そのとおり」

シリウスはもう笑《わら》ってはいなかった。

「吸魂鬼《ディメンター》が息子《むすこ》を連《つ》れてくるのを見《み》たよ、独房《どくぼう》の鉄格子《てつごうし》を通《とお》して。十九歳《さい》になるかならないかだったろう。私《わたし》の房《ぼう》に近《ちか》い独房《どくぼう》に入《い》れられた。その日《ひ》が暮《く》れるころには、母親《ははおや》を呼《よ》んで泣《な》き叫《さけ》んだ。二、三日《にち》するとおとなしくなったがね……みんなしまいには静《しず》かになったものだ……眠《ねむ》っているときに悲鳴《ひめい》を上《あ》げる以外《いがい》は……」

一瞬《いっしゅん》、シリウスの目《め》に生気《せいき》がなくなった。まるで目《め》の奥《おく》にシャッターが下《お》りたような暗《くら》さだ。

「それじゃ、息子《むすこ》はまだアズカバンにいるの？」ハリーが聞《き》いた。

「いや」

シリウスがゆっくり答《こた》えた。

「いや。あそこにはもういない。連《つ》れてこられてから約《やく》一年後《ねんご》に死《し》んだ」

「死《し》んだ？」

「あの子《こ》だけじゃない」

シリウスが苦々《にがにが》しげに答《こた》えた。

「たいがい精神《せいしん》に異常《いじょう》をきたす。最後《さいご》には何《なに》も食《た》べなくなる者《もの》が多《おお》い。生《い》きる意志《いし》を失《うしな》うのだ。死《し》が近《ちか》づくと、まちがいなくそれがわかる。吸魂鬼《ディメンター》がそれをかぎつけて興奮《こうふん》するからだ。あの子《こ》は収監《しゅうかん》されたときから病気《びょうき》のようだった。クラウチは魔法省《まほうしょう》の重要人物《じゅうようじんぶつ》だから、奥方《おくがた》と一緒《いっしょ》に息子《むす》の死《し》に際《ぎわ》に面会《めんかい》を許《ゆる》された。それが、私《わたし》がバーティ・クラウチに会《あ》った最後《さいご》だった。奥方《おくがた》を半《はん》分抱《ぶんだ》きかかえるようにして私《わたし》の独房《どくぼう》の前《まえ》を通《とお》り過《す》ぎていった。奥方《おくがた》はどうやらそれからまもなく死《し》んでしまったらしい。嘆《なげ》き悲《かな》しんで。息子《むすこ》と同《おな》じように、憔悴《しょうすい》していったらしい。クラウチは息子《むすこ》の遺体《いたい》を引《ひ》き取《と》りにこなかった。吸魂鬼《ディメンター》が監獄《かんごく》の外《そと》に埋葬《まいそう》した。私《わたし》はそれを目撃《もくげき》している」

シリウスは口元《くちもと》まで持《も》っていったパンを脇《わき》に放《ほう》り出《だ》し、かわりにかぼちゃジュースの瓶《びん》を取《と》って飲《の》み干《ほ》した。

「そして、あのクラウチは、すべてをやりとげたと思《おも》ったときに、すべてを失《うしな》った」

シリウスは手《て》のこうで口《くち》をぬぐいながら話《はな》し続《つづ》けた。

「一時《いっとき》は、魔法大臣《まほうだいじん》と目《もく》されたヒーローだった……次《つぎ》の瞬間《しゅんかん》、息子《むすこ》は死《し》に、奥方《おくがた》も亡《な》くなり、家《か》名《めい》は汚《けが》された。そして、私《わたし》がアズカバンを出《で》てから聞《き》いたのだが、人気《にんき》も大《おお》きく落《お》ち込《こ》んだ。あの子《こ》が亡《な》くなると、みんながあの子《こ》に少《すこ》し同情《どうじょう》しはじめた。れっきとした家柄《いえがら》の、立派《りっぱ》な若者《わかもの》が、なぜそこまで大《おお》きく道《みち》をあやまったのかと、人々《ひとびと》は疑問《ぎもん》に思《おも》いはじめた。結論《けつろん》は、父親《ちちおや》が息子《むすこ》をかまってやらなかったからだ、ということになった。そこで、コーネリウス・ファッジが最高《さいこう》の地位《ちい》に就《つ》き、クラウチは『国際魔法協力部《こくさいまほうきょうりょくぶ》』などという傍流《ぼうりゅう》に押《お》しやられた」

長《なが》い沈黙《ちんもく》が流《なが》れた。ハリーは、クィディッチ・ワールドカップのとき、森《もり》の中《なか》で、自分《じぶん》に従《したが》わなかった屋敷《やしき》しもべ妖精《ようせい》を見下《みお》ろしたときの、目《め》が飛《と》び出《だ》したクラウチの顔《かお》を思《おも》い浮《う》かべていた。

すると、ウィンキーが「闇《やみ》の印《しるし》」の下《した》で発見《はっけん》されたとき、クラウチが過剰《かじょう》な反応《はんのう》を示《しめ》したのには、こんな事情《じじょう》があったのか。息子《むすこ》の思《おも》い出《で》が、昔《むかし》の醜聞《しゅうぶん》が、そして魔法省《まほうしょう》での没落《ぼつらく》がよみがえったのか。

「ムーディは、クラウチが闇《やみ》の魔法使《まほうつか》いを捕《つか》まえることに取《と》り憑《つ》かれているって言《い》ってた」

ハリーがシリウスに話《はな》した。

「ああ、ほとんど病的《びょうてき》だと聞《き》いた」シリウスはうなずいた。

「私《わたし》の推測《すいそく》では、あいつは、もう一人《ひとり》死喰《しく》い人《びと》を捕《つか》まえれば昔《むかし》の人気《にんき》を取《と》り戻《もど》せると、まだそんなふうに考《かんが》えているのだ」

「そして、学校《がっこう》に忍《しの》び込《こ》んで、スネイプの研究室《けんきゅうしつ》を家捜《やさが》ししたんだ！」

ロンがハーマイオニーを見《み》ながら、勝《か》ち誇《ほこ》ったように言《い》った。

「そうだ。それがまったく理屈《りくつ》に合《あ》わない」シリウスが言《い》った。

「理屈《りくつ》に合《あ》うよ！」ロンが興奮《こうふん》して言《い》った。

しかし、シリウスは頭《かぶり》を振《ふ》った。

「いいかい。クラウチがスネイプを調《しら》べたいなら、試合《しあい》の審査員《しんさいん》として来《く》ればいい。しょっちゅうホグワーツに来《き》て、スネイプを見張《みは》る格好《かっこう》の口実《こうじつ》ができるじゃないか」

「それじゃ、スネイプが何《なに》かたくらんでいるって、そう思《おも》うの？」

ハリーが聞《き》いた。が、ハーマイオニーが口《くち》を挟《はさ》んだ。

「いいこと？　あなたが何《なん》と言《い》おうと、ダンブルドアがスネイプを信用《しんよう》なさっているのだから――」

「まったく、いいかげんにしろよ、ハーマイオニー」

ロンがいらいらした。

「ダンブルドアは、そりゃ、すばらしいよ。だけど、ほんとにずる賢《がしこ》い闇《やみ》の魔法使《まほうつか》いなら、ダンブルドアをだませないわけじゃない――」

「だったら、そもそもどうしてスネイプは、一年生《ねんせい》のときハリーの命《いのち》を救《すく》ったりしたの？　どうしてあのままハリーを死《し》なせてしまわなかったの？」

「知《し》るかよ――ダンブルドアに追《お》い出《だ》されるかもしれないと思《おも》ったんだろ」

「どう思《おも》う？　シリウス？」

ハリーが声《こえ》を張《は》り上《あ》げ、ロンとハーマイオニーは、ののしり合《あ》うのをやめて、耳《みみ》を傾《かたむ》けた。

「二人《ふたり》ともそれぞれいい点《てん》を突《つ》いている」

シリウスがロンとハーマイオニーを見《み》て、考《かんが》え深《ぶか》げに言《い》った。

「スネイプがここで教《おし》えていると知《し》って以来《いらい》、私《わたし》は、どうしてダンブルドアがスネイプをやとったのかと不思議《ふしぎ》に思《おも》っていた。スネイプはいつも闇《やみ》の魔術《まじゅつ》に魅《み》せられていて、学校《がっこう》ではそれで有名《ゆうめい》だった。気味《きみ》の悪《わる》い、べっとりと脂《あぶら》っこい髪《かみ》をした子供《こども》だったよ、あいつは」

シリウスがそう言《い》うと、ハリーとロンは顔《かお》を見合《みあ》わせてニヤッとした。

「スネイプは学校《がっこう》に入《はい》ったとき、もう七年生《ねんせい》の大半《たいはん》の生徒《せいと》より多《おお》くの呪《のろ》いを知《し》っていた。スリザリン生《せい》の中《なか》で、後《のち》にほとんど全員《ぜんいん》が死喰《しく》い人《びと》になったグループがあり、スネイプはその一員《いちいん》だった」

シリウスは手《て》を前《まえ》に出《だ》し、指《ゆび》を折《お》って名前《なまえ》を挙《あ》げた。

「ロジエールとウィルクス——両方《りょうほう》ともヴォルデモートが失墜《しっつい》する前《まえ》の年《とし》に、闇祓《やみばら》いに殺《ころ》された。レストレンジたち——夫婦《ふうふ》だが——アズカバンにいる。エイブリー——聞《き》いたところでは、『服従《ふくじゅう》の呪文《じゅもん》』で動《うご》かされていたと言《い》って、からくも難《なん》を逃《のが》れたそうだ——まだ捕《つか》まっていない。だが、私《わたし》の知《し》るかぎり、スネイプは死喰《しく》い人《びと》だと非難《ひなん》されたことはない——それだからどうと言《い》うのではないが。死喰《しく》い人《びと》の多《おお》くが一度《いちど》も捕《つか》まっていないのだから。しかも、スネイプは、たしかに難《なん》を逃《のが》れるだけの狡猾《こうかつ》さを備《そな》えている」

「スネイプはカルカロフをよく知《し》っているよ。でもそれを隠《かく》したがってる」

ロンが言《い》った。

「うん。カルカロフがきのう、『魔法薬《まほうやく》』の教室《きょうしつ》に来《き》たときの、スネイプの顔《かお》を見《み》せたかった！」

ハリーが急《いそ》いで言葉《ことば》を継《つ》いだ。

「カルカロフはスネイプに話《はなし》があったんだ。スネイプが自分《じぶん》をさけているってカルカロフが言《い》ってた。カルカロフはとっても心配《しんぱい》そうだった。スネイプに自分《じぶん》の腕《うで》の何《なに》かを見《み》せていたけど、何《なん》だか、僕《ぼく》には見《み》えなかった」

「スネイプに自分《じぶん》の腕《うで》の何《なに》かを見《み》せた？」

シリウスはすっかり当惑《とうわく》した表情《ひょうじょう》だった。何《なに》かに気《き》を取《と》られたように汚《よご》れた髪《かみ》を指《ゆび》でかきむしり、それからまた肩《かた》をすくめた。

「さあ、私《わたし》には何《なん》のことやらさっぱりわからない……しかし、もしカルカロフが真剣《しんけん》に心配《しんぱい》していて、スネイプに答《こた》えを求《もと》めたとすれば……」

シリウスは洞窟《どうくつ》の壁《かべ》を見《み》つめ、それから焦燥感《しょうそうかん》で顔《かお》をしかめた。

「それでも、ダンブルドアがスネイプを信用《しんよう》しているというのは事実《じじつ》だ。ほかの者《もの》なら信用《しんよう》しないような場合《ばあい》でも、ダンブルドアなら信用《しんよう》するということもわかっている。しかし、もしもスネイプがヴォルデモートのために働《はたら》いたことがあるなら、ホグワーツで教《おし》えるのをダンブルドアが許《ゆる》すとはとても考《かんが》えられない」

「それなら、ムーディとクラウチは、どうしてそんなにスネイプの研究室《けんきゅうしつ》に入《はい》りたがるんだろう」

ロンがしつこく言《い》った。

「そうだな」

シリウスは考《かんが》えながら答《こた》えた。

「マッド-アイのことだ。ホグワーツに来《き》たとき、教師全員《きょうしぜんいん》の部屋《へや》を捜索《そうさく》するぐらいのことはやりかねない。ムーディは『闇《やみ》の魔術《まじゅつ》に対《たい》する防衛術《ぼうえいじゅつ》』を真剣《しんけん》に受《う》け止《と》めている。ダンブルドアとちがい、ムーディのほうは誰《だれ》も信用《しんよう》しないのかもしれない。ムーディが見《み》てきたことを考《かんが》えれば、当然《とうぜん》だろう。しかし、これだけはムーディのために言《い》っておこう。あの人《ひと》は、殺《ころ》さずにすむときは殺《ころ》さなかった。できるだけ生《い》け捕《ど》りにした。厳《きび》しい人《ひと》だが、死喰《しく》い人《びと》のレベルまで身《み》を落《お》とすことはなかった。しかし、クラウチは……クラウチはまた別《べつ》だ……ほんとうに病気《びょうき》か？　病気《びょうき》なら、なぜそんな身《み》を引《ひ》きずってまでスネイプの研究室《けんきゅうしつ》に入《はい》り込《こ》んだ？　病気《びょうき》でないなら……何《なに》がねらいだ？　ワールドカップで、貴賓席《きひんせき》に来《こ》られないほど重要《じゅうよう》なことをしていたのか？　三校《さんこう》対抗試合《たいこうじあい》の審査《しんさ》をするべきときに、何《なに》をやっていたんだ？」

シリウスは、洞窟《どうくつ》の壁《かべ》を見《み》つめたまま、だまり込《こ》んだ。バックビークは見逃《みのが》した骨《ほね》はないかと、岩《いわ》の床《ゆか》をあちこちほじくっている。

シリウスがやっと顔《かお》を上《あ》げ、ロンを見《み》た。

「君《きみ》の兄《にい》さんがクラウチの秘書《ひしょ》だと言《い》ったね？　最近《さいきん》クラウチを見《み》かけたかどうか、聞《き》くチャンスはあるか？」

「やってみるけど」

ロンは自信《じしん》なさそうに言《い》った。

「でも、クラウチが何《なに》かあやしげなことをたくらんでいる、なんていうふうに取《と》られる言《い》い方《かた》はしないほうがいいな。パーシーはクラウチが大好《だいす》きだから」

「それに、ついでだから、バーサ・ジョーキンズの手《て》がかりがつかめたかどうか聞《き》き出《だ》してみるといい」

シリウスは別《べつ》な『日刊予言者新聞《にっかんよげんしゃしんぶん》』を指《さ》した。

「バグマンは僕《ぼく》に、まだつかんでないって教《おし》えてくれた」ハリーが言《い》った。

「ああ、バグマンの言葉《ことば》がそこに引用《いんよう》されている」

シリウスは新聞《しんぶん》のほうを向《む》いてうなずいた。

「バーサがどんなに忘《わす》れっぽいかとわめいている。まあ、私《わたし》の知《し》っていたころのバーサとは変《か》わっているかもしれないが、私《わたし》の記憶《きおく》では、バーサは忘《わす》れっぽくはなかった――むしろ逆《ぎゃく》だ。ちょっとぼんやりしていたが、ゴシップとなると、すばらしい記憶力《きおくりょく》だった。それで、よく災《わざわ》いに巻《ま》き込《こ》まれたものだ。いつ口《くち》を閉《と》じるべきなのかを知《し》らない女《おんな》だった。魔法省《まほうしょう》では少々《しょうしょう》やっかい者《もの》だっただろう……だからバグマンが長《なが》い間《あいだ》探《さが》そうともしなかったのだろう……」

シリウスは大《おお》きなため息《いき》をつき、落《お》ちくぼんだ目《め》をこすった。

「何時《なんじ》かな？」

ハリーは腕時計《うでどけい》を見《み》たが、湖《みずうみ》の中《なか》で一時間《じかん》を過《す》ごしてから、ずっと止《と》まったままだったことを思《おも》い出《だ》した。

「三時半《じはん》よ」ハーマイオニーが答《こた》えた。

「もう学校《がっこう》に戻《もど》ったほうがいい」

シリウスが立《た》ち上《あ》がりながら、そう言《い》った。

「いいか。よく聞《き》きなさい……」シリウスは特《とく》にハリーをじっと見《み》た――「君《きみ》たちは、私《わたし》に会《あ》うために学校《がっこう》を抜《ぬ》け出《だ》したりしないでくれ。いいね？　ここ宛《あて》にメモを送《おく》ってくれ。これからも、おかしなことがあったら知《し》りたい。しかし許可《きょか》なしにホグワーツを出《で》たりしないように。誰《だれ》かが君《きみ》たちを襲《おそ》う格好《かっこう》のチャンスになってしまうから」

「僕《ぼく》を襲《おそ》おうとした人《ひと》なんて誰《だれ》もいない。ドラゴンと水魔《すいま》が数匹《すうひき》だけだよ」

ハリーが言《い》った。

しかし、シリウスはハリーをにらんだ。

「そんなことじゃない……この試合《しあい》が終《お》われば、私《わたし》はまた安心《あんしん》して息《いき》ができる。つまり六月《がつ》まではだめだ。それから、大切《たいせつ》なことが一つ。君《きみ》たちの間《あいだ》で私《わたし》の話《はなし》をするときは、『スナッフルズ』と呼《よ》びなさい。いいかい？」

シリウスはナプキンと空《から》になったジュースの瓶《びん》をハリーに返《かえ》し、バックビークを「ちょっと出《で》かけてくるよ」となでた。

「村境《むらざかい》まで送《おく》っていこう」シリウスが言《い》った。「新聞《しんぶん》が拾《ひろ》えるかもしれない」

洞窟《どうくつ》を出《で》る前《まえ》に、シリウスは巨大《きょだい》な黒《くろ》い犬《いぬ》に変身《へんしん》した。三人《にん》は犬《いぬ》と一緒《いっしょ》に岩《いわ》だらけの山道《やまみち》を下《くだ》って、柵《さく》のところまで戻《もど》った。そこで犬《いぬ》は三人《にん》にかわるがわる頭《あたま》をなでさせ、それから村《むら》はずれを走《はし》り去《さ》っていった。

ハリー、ロン、ハーマイオニーはホグズミードへ、そしてホグワーツへと向《む》かった。

「パーシーのやつ、クラウチのいろんなことを全部《ぜんぶ》知《し》ってるのかなあ？」

城《しろ》への道《みち》を歩《ある》きながら、ロンが言《い》った。

「でも、たぶん、気《き》にしないだろうな……クラウチをもっと崇拝《すうはい》するようになるだけかもな。うん、パーシーは規則《きそく》ってやつが好《す》きだからな。クラウチはたとえ息子《むすこ》のためでも規則《きそく》を破《やぶ》るのを拒《こば》んだのだって、きっとそう言《い》うだろう」

「パーシーは自分《じぶん》の家族《かぞく》を吸魂鬼《ディメンター》の手《て》に渡《わた》すなんてことしないわ」

ハーマイオニーが厳《きび》しい口調《くちょう》で言《い》った。

「わかんねえぞ」ロンが言《い》った。「僕《ぼく》たちがパーシーの出世《しゅっせ》のじゃまになるとわかったら……あいつ、ほんとに野心家《やしんか》なんだから……」

三人《にん》は玄関《げんかん》ホールへの石段《いしだん》を上《のぼ》った。大広間《おおひろま》からおいしそうな匂《にお》いが漂《ただよ》ってきた。

「かわいそうなスナッフルズ」

ロンが大《おお》きく匂《にお》いを吸《す》い込《こ》んだ。

「あの人《ひと》って、ほんとうに君《きみ》のことをかわいがっているんだね、ハリー……ネズミを食《く》って生《い》き延《の》びてまで」

第《だい》28章《しょう》　クラウチ氏《し》の狂気《きょうき》

日曜《にちよう》の朝食《ちょうしょく》のあと、ハリー、ロン、ハーマイオニーはふくろう小屋《ごや》に行《い》き、パーシーに手紙《てがみ》を送《おく》った。シリウスの提案《ていあん》どおり、最近《さいきん》クラウチ氏《し》を見《み》かけたかどうかを尋《たず》ねる手紙《てがみ》だ。ヘドウィグにはずいぶん長《なが》いこと仕事《しごと》を頼《たの》んでいなかったので、この手紙《てがみ》はヘドウィグにたくすことにした。ふくろう小屋《ごや》の窓《まど》から、ヘドウィグの姿《すがた》が見《み》えなくなるまで見送《みおく》ってから、三人《にん》は、ドビーに新《あたら》しい靴下《くつした》をプレゼントするために厨房《ちゅうぼう》まで下《お》りていった。

屋敷《やしき》しもべ妖精《ようせい》たちは、大《おお》はしゃぎで三人《にん》を迎《むか》え、おじぎしたり、ひざをちょっと折《お》り曲《ま》げる宮廷風《きゅうていふう》の挨拶《あいさつ》をしたり、お茶《ちゃ》を出《だ》そうと走《はし》り回《まわ》ったりした。プレゼントを手《て》にしたドビーは、うれしくて恍惚状態《こうこつじょうたい》だった。

「ハリー・ポッターはドビーにやさし過《す》ぎます！」

ドビーは巨大《きょだい》な目《め》からこぼれる大粒《おおつぶ》の涙《なみだ》をぬぐいながら、キーキー言《い》った。

「君《きみ》の『エラ昆布《こんぶ》』のおかげで、僕《ぼく》、命拾《いのちびろ》いした。ドビー、ほんとだよ」ハリーが言《い》った。

「この前《まえ》のエクレア、もうないかなぁ?」

ニッコリしたり、おじぎしたりしているしもべ妖精《ようせい》を見回《みまわ》しながら、ロンが言《い》った。

「今《いま》、朝食《ちょうしょく》を食《た》べたばかりでしょう?」

ハーマイオニーがあきれ顔《がお》で言《い》った。しかしその時《とき》にはもう、エクレアの入《はい》った大《おお》きな銀《ぎん》の盆《ぼん》が、四人《にん》の妖精《ようせい》に支《ささ》えられて、飛《と》ぶようにこちらに向《む》かって来《く》るところだった。

「スナッフルズに何《なに》か少《すこ》し送《おく》らなくちゃ」ハリーがつぶやいた。

「そうだよ」ロンが言《い》った。

「ピッグにも仕事《しごと》をさせよう。ねえ、少《すこ》し食《た》べ物《もの》を分《わ》けてくれるかなぁ?」

周《まわ》りを囲《かこ》んでいる妖精《ようせい》にそう言《い》うと、みんな喜《よろこ》んでおじぎし、急《いそ》いでまた食《た》べ物《もの》を取《と》りにいった。

「ドビー、ウィンキーはどこ?」ハーマイオニーがきょろきょろした。

「ウィンキーは、暖炉《だんろ》のそばです。お嬢《じょう》さま」

ドビーはそっと答《こた》えた。ドビーの耳《みみ》が少《すこ》し垂《た》れ下《さ》がった。

「まあ……」

ウィンキーを見《み》つけたハーマイオニーが声《こえ》を上《あ》げた。

ハリーも暖炉《だんろ》のほうを見《み》た。ウィンキーは前《まえ》に見《み》たのと同《おな》じ丸椅子《まるいす》に座《すわ》っていたが、汚《よご》れ放題《ほうだい》で、後《うし》ろの黒《くろ》くすすけたれんがとすぐには見分《みわ》けがつかなかった。洋服《ようふく》はぼろぼろで洗濯《せんたく》もしていない。バタービールの瓶《びん》を握《にぎ》り、暖炉《だんろ》の火《ひ》を見《み》つめて、わずかに体《からだ》を揺《ゆ》らしている。ハリーたちが見《み》ている間《あいだ》に、ウィンキーは大《おお》きく「ヒック」としゃくり上《あ》げた。

「ウィンキーはこのごろ一日《にち》六本《ぽん》も飲《の》みます」ドビーがハリーにささやいた。

「でも、そんなに強《つよ》くないよ、あれは」ハリーが言《い》った。

しかしドビーは頭《かぶり》を振《ふ》った。

「屋敷妖精《やしきようせい》には強過《つよす》ぎるのでございます」

ウィンキーがまたしゃっくりした。エクレアを運《はこ》んできた妖精《ようせい》たちが、非難《ひなん》がましい目《め》でウィンキーをにらみ、持《も》ち場《ば》に戻《もど》った。

「ウィンキーは嘆《なげ》き暮《く》らしているのでございます。ハリー・ポッター」

ドビーが悲《かな》しそうにささやいた。

「ウィンキーは家《いえ》に帰《かえ》りたいのです。ウィンキーは今《いま》でもクラウチ様《さま》をご主人《しゅじん》だと思《おも》っているのでございます。ダンブルドア校長先生《こうちょうせんせい》が今《いま》のご主人様《しゅじんさま》だと、ドビーがどんなに言《い》っても聞《き》かないのでございます」

「やあ、ウィンキー」

ハリーは突然《とつぜん》ある考《かんが》えがひらめき、ウィンキーに近《ちか》づいて、腰《こし》をかがめて話《はな》しかけた。

「クラウチさんがどうしてるか知《し》らないかな？　三校対抗試合《さんこうたいこうじあい》の審査《しんさ》をしに来《こ》なくなっちゃったんだけど」

ウィンキーの目《め》がチラチラッと光《ひか》った。大《おお》きな瞳《ひとみ》が、ぴたりとハリーをとらえた。もう一度《いちど》ふらりと体《からだ》を揺《ゆ》らしてから、ウィンキーが言《い》った。

「ご――ご主人《しゅじん》さまが――ヒック――来《こ》ない――来《こ》なくなった？」

「うん」ハリーが言《い》った。

「第一《だいいち》の課題《かだい》のときからずっと姿《すがた》を見《み》てない。『日刊予言者新聞《にっかんよげんしゃしんぶん》』には病気《びょうき》だって書《か》いてあるよ」

ウィンキーがまたふらふらっと体《からだ》を揺《ゆ》らし、とろんとした目《め》でハリーを見《み》つめた。

「ご主人《しゅじん》さま――ヒック――ご病気《びょうき》？」

ウィンキーの下唇《したくちびる》がわなわな震《ふる》えはじめた。

「だけど、ほんとうかどうか、私《わたし》たちにはわからないのよ」

ハーマイオニーが急《いそ》いで言《い》った。

「ご主人《しゅじん》さまには必要《ひつよう》なのです――ヒック――このウィンキーが！」

妖精《ようせい》は涙声《なみだごえ》で言《い》った。

「ご主人《しゅじん》さまは——ヒック——一人《ひとり》では——ヒック——おできになりません……」

「ほかの人《ひと》は、自分《じぶん》のことは自分《じぶん》でできるのよ、ウィンキー」

ハーマイオニーは厳《きび》しく言《い》った。

「ウィンキーは——ヒック——ただ——ヒック——クラウチさまの家事《かじ》だけをやっているのではありません！」

ウィンキーは怒《おこ》ったようにキーキー叫《さけ》び、体《からだ》がもっと激《はげ》しく揺《ゆ》れて、しみだらけになってしまったブラウスに、バタービールをぼとぼとこぼした。

「ご主人《しゅじん》さまは——ヒック——ウィンキーを信《しん》じて、預《あず》けています——ヒック——一番大事《いちばんだいじ》な——ヒック——一番秘密《いちばんひみつ》の——」

「何《なに》を？」ハリーが聞《き》いた。

しかしウィンキーは激《はげ》しく頭《かぶり》を振《ふ》り、またまたバタービールをこぼした。

「ウィンキーは守《まも》ります——ヒック——ご主人《しゅじん》さまの秘密《ひみつ》を」

反抗的《はんこうてき》にそう言《い》うと、ウィンキーは、今度《こんど》は激《はげ》しく体《からだ》を揺《ゆ》すり、寄《よ》り目《め》でハリーをにらみつけた。

「あなたは——ヒック——おせっかいなのでございます。あなたは」

「ウィンキーはハリー・ポッターにそんな口《くち》をきいてはいけないのです！」

ドビーが怒《おこ》った。

「ハリー・ポッターは勇敢《ゆうかん》で気高《けだか》いのです。ハリー・ポッターはおせっかいではないのです！」

「あたしのご主人《しゅじん》さまの――ヒック――秘密《ひみつ》を――ヒック――のぞこうとしています――ヒック――ウィンキーはよい屋敷《やしき》しもべです――ヒック――ウィンキーはだまります――ヒック――みんながいろいろ――ヒック――根掘《ねほ》り葉掘《はほ》り――ヒック――」

ウィンキーのまぶたが垂《た》れ下《さ》がり、突然丸椅子《とつぜんまるいす》からずり落《お》ちて、暖炉《だんろ》の前《まえ》で大《おお》いびきをかきはじめた。空《から》になったバタービールの瓶《びん》が、石畳《いしだたみ》の床《ゆか》を転《ころ》がった。
五、六人《にん》のしもべ妖精《ようせい》が、愛想《あいそ》が尽《つ》きたという顔《かお》で、急《いそ》いでかけ寄《よ》った。一人《ひとり》が瓶《びん》を拾《ひろ》い、ほかの妖精《ようせい》がウィンキーを大《おお》きなチェックのテーブルクロスで覆《おお》い、端《はし》をきれいにたくし込《こ》んで、ウィンキーの姿《すがた》が見《み》えないようにした。
「お見苦《みぐる》しいところをお見《み》せして、あたくしたちは申《もう》し訳《わけ》なく思《おも》っていらっしゃいます！」

すぐそばにいた一人《ひとり》の妖精《ようせい》が、頭《かぶり》を振《ふ》り、恥《は》ずかしそうな顔《かお》でキーキー言《い》った。

「お嬢《じょう》さま、お坊《ぼ》っちゃま方《がた》、ウィンキーを見《み》て、あたくしたちみんながそうだと思《おも》わないようにお願《ねが》いなさいます！」

「ウィンキーは不幸《ふこう》なのよ！」

ハーマイオニーが憤然《ふんぜん》として言《い》った。

「隠《かく》したりせずに、どうして元気《げんき》づけてあげないの？」

「お言葉《ことば》を返《かえ》しますが、お嬢《じょう》さま」

同《おな》じしもべ妖精《ようせい》が、また深々《ふかぶか》とおじぎしながら言《い》った。

「でも屋敷《やしき》しもべ妖精《ようせい》は、やるべき仕事《しごと》があり、お仕《つか》えするご主人《しゅじん》がいるときに、不幸《ふこう》になる権《けん》利《り》がありません」

「なんてばかげてるの！」ハーマイオニーが怒《おこ》った。

「みんな、よく聞《き》いて！　みんなは、魔法使《まほうつか》いとまったく同《おな》じように、不幸《ふこう》になる権利《けんり》があるの！　賃金《ちんぎん》や休暇《きゅうか》、ちゃんとした服《ふく》をもらう権利《けんり》があるの。何《なに》もかも言《い》われたとおりにしている必要《ひつよう》はないわ――ドビーをごらんなさい！」

「お嬢《じょう》さま、どうぞ、ドビーのことは別《べつ》にしてくださいませ」

ドビーは怖《こわ》くなったようにもごもご言《い》った。厨房中《ちゅうぼうちゅう》のしもべ妖精《ようせい》の顔《かお》から、楽《たの》しそうな笑顔《えがお》が消《き》えていた。急《きゅう》にみんなが、ハーマイオニーをおかしな危険人物《きけんじんぶつ》を見《み》るような目《め》で見《み》ていた。

「食《た》べ物《もの》を余分《よぶん》に持《も》っていらっしゃいました！」

ハリーのひじのところで、妖精《ようせい》がキーキー言《い》った。そして、大《おお》きなハム、ケーキ一ダース、果物《くだもの》少々《しょうしょう》をハリーの腕《うで》に押《お》しつけた。

「さようなら！」

屋敷《やしき》しもべ妖精《ようせい》たちがハリー、ロン、ハーマイオニーの周《まわ》りに群《むら》がって、三人《にん》を厨房《ちゅうぼう》から追《お》い出《だ》しはじめた。たくさんの小《ちい》さな手《て》が三人《にん》の腰《こし》を押《お》した。

「ソックス、ありがとうございました、ハリー・ポッター！」

ウィンキーをくるんで盛《も》り上《あ》がっているテーブルクロスの脇《わき》に立《た》って、ドビーが情《なさ》けなさそうな声《こえ》で言《い》った。

「君《きみ》って、どうしてだまってられないんだ？　ハーマイオニー？」

厨房《ちゅうぼう》の戸《と》が背後《はいご》でバタンと閉《し》まったとたん、ロンが怒《おこ》りだした。

「連中《れんちゅう》は、僕《ぼく》たちにもうここに来《き》てほしくないと思《おも》ってるぞ！　ウィンキーからクラウチのことをもっと聞《き》き出《だ》せたのに！」

「あら、まるでそれが気《き》になってるみたいな言《い》い方《かた》ね！」

ハーマイオニーが混《ま》ぜっ返《かえ》した。

「食《た》べ物《もの》に釣《つ》られてここに下《お》りてきたいくせに！」

そのあとはとげとげしい一日《いちにち》になった。談話室《だんわしつ》で、ロンとハーマイオニーが宿題《しゅくだい》をしながら口論《こうろん》に火花《ひばな》を散《ち》らすのを聞《き》くのにつかれ、その晩《ばん》ハリーは、シリウスへの食《た》べ物《もの》を持《も》って、一人《ひとり》でふくろう小屋《ごや》に向《む》かった。

ピッグウィジョンは小《ちい》さ過《す》ぎて、一羽《わ》では大《おお》きなハムをまるまる山《やま》まで運《はこ》びきれないので、ハリーは、メンフクロウ二羽《わ》を介助役《かいじょやく》に頼《たの》むことにした。夕暮《ゆうぐ》れの空《そら》に、三羽《わ》は飛《と》び立《た》った。一緒《いっしょ》に大《おお》きな包《つつ》みを運《はこ》ぶ姿《すがた》が、何《なん》とも奇妙《きみょう》だった。

ハリーは窓枠《まどわく》にもたれて校庭《こうてい》を見《み》ていた。禁《きん》じられた森《もり》の暗《くら》い梢《こずえ》がざわめき、ダームストラングの船《ふね》の帆《ほ》がはためいている。一羽《わ》のワシミミズクが、ハグリッドの小屋《こや》の煙突《えんとつ》からくるくると立《た》ち昇《のぼ》る煙《けむり》をくぐり抜《ぬ》けて飛《と》んできた。そして城《しろ》のほうに舞《ま》い下《お》り、ふくろう小屋《ごや》の周《まわ》りを旋回《せんかい》して姿《すがた》を消《け》した。見下《みお》ろすと、ハグリッドが小屋《こや》の前《まえ》で、せっせと土《つち》を掘《ほ》り起《お》こしていた。何《なに》をしているのだろう。新《あたら》しい野菜畑《やさいばたけ》を作《つく》っているようにも見《み》える。ハリーが見《み》ていると、マダム・マクシームがボーバトンの馬車《ばしゃ》から現《あらわ》れ、ハグリッドのほうに歩《ある》いていった。ハグリッドと話《はな》したがっている様子《ようす》だ。ハグリッドは鍬《くわ》に寄《よ》りかかって手《て》を休《やす》めたが、長《なが》く話《はな》す気《き》はなかったらしい。ほどなくマダム・マクシームは馬車《ばしゃ》に戻《もど》っていった。

グリフィンドール塔《とう》に戻《もど》って、ロンとハーマイオニーのいがみ合《あ》いを聞《き》く気《き》にはなれず、ハリーは闇《やみ》がハグリッドの姿《すがた》を飲《の》み込《こ》んでしまうまで、その耕《たがや》す姿《すがた》を眺《なが》めていた。やがて周《まわ》りのふくろうが目《め》を覚《さ》ましはじめ、ハリーのそばを音《おと》もなく飛《と》んで夜空《よぞら》に消《き》え去《さ》った。

翌日《よくじつ》の朝食《ちょうしょく》までには、ロンとハーマイオニーの険悪《けんあく》なムードも燃《も》え尽《つ》きたようだった。ハーマイオニーがしもべ妖精《ようせい》たちを侮辱《ぶじょく》したから、グリフィンドールの食事《しょくじ》はお粗末《そまつ》なものが出《で》る、というロンの暗《くら》い予想《よそう》ははずれたので、ハリーはホッとした。ベーコン、卵《たまご》、燻製《くんせい》ニシン、どれもいつものようにおいしかった。

伝書《でんしょ》ふくろうが郵便《ゆうびん》を持《も》ってやってくると、ハーマイオニーは熱心《ねっしん》に見上《みあ》げた。何《なに》かを待《ま》っているようだ。

「パーシーはまだ返事《へんじ》を書《か》く時間《じかん》がないよ」ロンが言《い》った。

「きのうヘドウィグを送《おく》ったばかりだもの」

「そうじゃないの」ハーマイオニーが言《い》った。「『日刊予言者新聞《にっかんよげんしゃしんぶん》』を新《あたら》しく購読予約《こうどくよやく》したの。何《なに》もかもスリザリン生《せい》から聞《き》かされるのは、もううんざりよ」

「いい考《かんが》えだ！」

ハリーもふくろうたちを見上《みあ》げた。

「あれっ、ハーマイオニー、君《きみ》、ついてるかもしれないよ――」

灰色《はいいろ》モリフクロウが、ハーマイオニーのほうにスイーッと舞《ま》い降《お》りてきた。

「でも、新聞《しんぶん》を持《も》ってないわ」

ハーマイオニーががっかりしたように言《い》った。

「これって――」

しかし、驚《おどろ》くハーマイオニーをよそに、灰色《はいいろ》モリフクロウがハーマイオニーの皿《さら》の前《まえ》に降《お》り、そのすぐあとにメンフクロウが四羽《わ》、茶《ちゃ》モリフクロウが二羽《わ》、続《つづ》いて舞《ま》い降《お》りた。

「いったい何部申《なんぶもう》し込《こ》んだの？」

ハリーはふくろうの群《む》れにひっくり返《かえ》されないよう、ハーマイオニーのゴブレットを押《お》さえた。ふくろうたちは、自分《じぶん》の手紙《てがみ》を一番先《いちばんさき》に渡《わた》そうと、押《お》し合《あ》いへし合《あ》いハーマイオニーに近《ちか》づこうとしていた。

「いったい何《なん》の騒《さわ》ぎ――？」

ハーマイオニーは灰色《はいいろ》モリフクロウから手紙《てがみ》をはずし、開《あ》けて読《よ》みはじめた。

「まあ、なんてことを！」

ハーマイオニーは顔《かお》を赤《あか》くし、急《せ》き込《こ》んで言《い》った。

「どうした？」ロンが言《い》った。

「これ――まったく、なんてバカな――」

ハーマイオニーは手紙《てがみ》をハリーに押《お》しやった。手書《てが》きでなく、『日刊予言者新聞《にっかんよげんしゃしんぶん》』を切《き》り抜《ぬ》いたような文字《もじ》が貼《は》りつけてあった。

おまえは　わるい　おんなだ……ハリー・ポッターには　もっと　いい子《こ》が　ふさわしい　マグルよ戻《もど》れ　もと居《い》た　ところへ

「みんなおんなじようなものだわ！」

次々《つぎつぎ》と手紙《てがみ》を開《あ》けながら、ハーマイオニーがやりきれなさそうに言《い》った。

「『ハリー・ポッターは、おまえみたいなやつよりもっとましな子《こ》を見《み》つける……』『おまえなんか、カエルの卵《たまご》と一緒《いっしょ》にゆでてしまうのがいいんだ……』。アイタッ！」

最後《さいご》の封筒《ふうとう》を開《あ》けると、強烈《きょうれつ》な石油《せきゆ》の臭《にお》いがする黄緑色《きみどりいろ》の液体《えきたい》が噴《ふ》き出《だ》し、ハーマイオニーの手《て》にかかった。両手《りょうて》に大《おお》きな黄色《きいろ》い腫《は》れ物《もの》がブツブツふくれ上《あ》がった。

「『腫《は》れ草《ぐさ》』の膿《うみ》の薄《うす》めてないやつだ！」

ロンが恐《おそ》る恐《おそ》る封筒《ふうとう》を拾《ひろ》い上《あ》げて臭《にお》いをかぎながら言《い》った。

「あー！」

ナプキンでふき取《と》りながら、ハーマイオニーの目《め》から涙《なみだ》がこぼれだした。指《ゆび》が腫《は》れ物《もの》だらけで痛々《いたいた》しく、まるで分厚《ぶあつ》いボコボコの手袋《てぶくろ》をはめているようだ。

「医務室《いむしつ》に行《い》ったほうがいいよ」

ハーマイオニーの周《まわ》りのふくろうが飛《と》び立《た》ったとき、ハリーが言《い》った。

「スプラウト先生《せんせい》には、僕《ぼく》たちがそう言《い》っておくから……」

「だから言《い》ったんだ！」

ハーマイオニーが手《て》をかばいながら急《いそ》いで大広間《おおひろま》から出《で》ていくのを見《み》ながら、ロンが言《い》った。

「リータ・スキーターにはかまうなって、忠告《ちゅうこく》したんだ！　これを見《み》ろよ……」

ロンはハーマイオニーが置《お》いていった手紙《てがみ》の一つを読《よ》み上《あ》げた。

「『あんたのことは「週刊魔女《しゅうかんまじょ》」で読《よ》みましたよ。ハリーをだましてるって。あの子《こ》はもう充分《じゅうぶん》につらい思《おも》いをしてきたのに。大《おお》きな封筒《ふうとう》が見《み》つかり次第《しだい》、次《つぎ》のふくろう便《びん》で呪《のろ》いを送《おく》りますからね』。たいへんだ。ハーマイオニー、気《き》をつけないといけないよ」

ハーマイオニーは「薬草学《やくそうがく》」の授業《じゅぎょう》に出《で》てこなかった。ハリーとロンが温室《おんしつ》を出《で》て「魔法生物《まほうせいぶつ》飼育学《しいくがく》」の授業《じゅぎょう》に向《む》かうとき、マルフォイ、クラッブ、ゴイルが城《しろ》の石段《いしだん》を下《お》りてくるのが見《み》えた。その後《うし》ろで、パンジー・パーキンソンが、スリザリンの女子軍団《じょしぐんだん》と一緒《いっしょ》にクスクス笑《わら》っている。ハリーを見《み》つけると、パンジーが大声《おおごえ》で言《い》った。

「ポッター、ガールフレンドと別《わか》れちゃったの？　あの子《こ》、朝食《ちょうしょく》のとき、どうしてあんなにあわてたの？」

ハリーは無視《むし》した。『週刊魔女《しゅうかんまじょ》』の記事《きじ》がこんなにトラブルを引《ひ》き起《お》こしたなんて、パンジーに教《おし》えて、喜《よろこ》ばせるのはいやだった。

ハグリッドは先週《せんしゅう》の授業《じゅぎょう》で、もうユニコーンはおしまいだと言《い》っていたが、今日《きょう》は小屋《こや》の外《そと》で、新《あたら》しい、ふたなしの木箱《きばこ》をいくつか足元《あしもと》に置《お》いて待《ま》っていた。木箱《きばこ》を見《み》てハリーは気落《きお》ちした――まさかまたスクリュートが孵《かえ》ったのでは？――しかし、中《なか》が見《み》えるくらいに近《ちか》づくと、そこには鼻《はな》の長《なが》い、ふわふわの黒《くろ》い生《い》き物《もの》が何匹《なんびき》もいるだけだった。前脚《まえあし》がまるで鍬《くわ》のようにペタンと平《ひら》たく、みんなに見《み》つめられて、不思議《ふしぎ》そうに、おとなしく生徒《せいと》たちを見上《みあ》げて目《め》をパチクリさせている。

「ニフラーだ」

みんなが集《あつ》まるとハグリッドが言《い》った。

「だいたい鉱山《こうざん》に棲《す》んどるな。光《ひか》る物《もの》が好《す》きだ……ほれ、見《み》てみろ」

一匹《ぴき》が突然《とつぜん》跳《と》び上《あ》がって、パンジー・パーキンソンの腕時計《うでどけい》をかみ切《き》ろうとした。パンジーが金切《かなき》り声《ごえ》を上《あ》げて飛《と》びのいた。

「宝探《たからさが》しにちょいと役立《やくだ》つぞ」

ハグリッドがうれしそうに言《い》った。

「今日《きょう》はこいつらで遊《あそ》ぼうと思《おも》ってな。あそこが見《み》えるか？」

ハグリッドは耕《たがや》されたばかりの広《ひろ》い場所《ばしょ》を指差《ゆびさ》した。ハリーがふくろう小屋《ごや》から見《み》ていたときにハグリッドが掘《ほ》っていた所《ところ》だ。

「金貨《きんか》を何枚《なんまい》か埋《う》めておいたからな。自分《じぶん》のニフラーに金貨《きんか》を一番《いちばん》たくさん見《み》つけさせた者《もの》にほうびをやろう。自分《じぶん》の貴重品《きちょうひん》ははずしておけ。そんでもって、自分《じぶん》のニフラーを選《えら》んで、放《はな》してやる準備《じゅんび》をしろ」

ハリーは自分《じぶん》の腕時計《うでどけい》をはずしてポケットに入《い》れた。動《うご》いていない時計《とけい》だが、ただ習慣《しゅうかん》ではめていたのだ。それからニフラーを一匹選《ぴきえら》んだ。ニフラーはハリーの耳《みみ》に長《なが》い鼻《はな》をくっつけ、夢中《むちゅう》でクンクンかいだ。抱《だ》きしめたいようなかわいさだ。

「ちょっと待《ま》て」木箱《きばこ》をのぞき込《こ》んでハグリッドが言《い》った。

「一匹余《ぴきあま》っちょるぞ……誰《だれ》がいない？　ハーマイオニーはどうした？」

「医務室《いむしつ》に行《い》かなきゃならなくて」ロンが言《い》った。

「あとで説明《せつめい》するよ」

パンジー・パーキンソンが聞《き》き耳《みみ》を立《た》てていたので、ハリーはボソボソと言《い》った。

今《いま》までの「魔法生物飼育学《まほうせいぶつしいくがく》」で最高《さいこう》に楽《たの》しい授業《じゅぎょう》だった。ニフラーは、まるで水《みず》に飛《と》び込《こ》むようにやすやすと土《つち》の中《なか》にもぐり込《こ》み、はい出《だ》しては、自分《じぶん》を放《はな》してくれた生徒《せいと》のところに大急《おおいそ》ぎでかけ戻《もど》って、その手《て》に金貨《きんか》を吐《は》き出《だ》した。ロンのニフラーが特《とく》に優秀《ゆうしゅう》で、ロンのひざはあっという間《ま》に金貨《きんか》で埋《う》まった。

「こいつら、ペットとして買《か》えるのかな、ハグリッド？」

ニフラーが自分《じぶん》のローブに泥《どろ》をはね返《かえ》して飛《と》び込《こ》むのを見《み》ながら、ロンが興奮《こうふん》して言《い》った。

「おふくろさんは喜《よろこ》ばねえぞ、ロン」

ハグリッドがニヤッと笑《わら》った。

「家《いえ》の中《なか》を掘《ほ》り返《かえ》すからな、ニフラーってやつは。さーて、そろそろ全部掘《ぜんぶほ》り出《だ》したな」

ハグリッドはあたりを歩《ある》き回《まわ》りながら言《い》った。その間《あいだ》もニフラーはまだもぐり続《つづ》けていた。

「金貨《きんか》は百枚《まい》しか埋《う》めとらん。おう、来《き》たか、ハーマイオニー！」

ハーマイオニーが芝生《しばふ》を横切《よこぎ》ってこちらに歩《ある》いてきた。両手《りょうて》を包帯《ほうたい》でぐるぐる巻《ま》きにして、みじめな顔《かお》をしている。パンジー・パーキンソンが詮索《せんさく》するようにハーマイオニーを見《み》た。

「さーて、どれだけ取《と》れたか調《しら》べるか！」

ハグリッドが言《い》った。

「金貨《きんか》を数《かぞ》えろや！　そんでもって、盗《ぬす》んでもだめだぞ、ゴイル」

ハグリッドはコガネムシのような黒《くろ》い目《め》を細《ほそ》めた。

「レプラコーンの金貨《きんか》だ。数時間《すうじかん》で消《き》えるわい」

ゴイルはぶすっとしてポケットをひっくり返《かえ》した。結局《けっきょく》、ロンのニフラーが、一番成績《いちばんせいせき》がよかった。ハグリッドは賞品《しょうひん》として、ロンに「ハニーデュークス菓子店《かしてん》」の大《おお》きな板《いた》チョコを与《あた》えた。校庭《こうてい》のむこうで鐘《かね》が鳴《な》り、昼食《ちゅうしょく》を知《し》らせた。みんなは城《しろ》に向《む》かったが、ハリー、ロン、ハーマイオニーは残《のこ》って、ハグリッドがニフラーを箱《はこ》に入《い》れるのを手伝《てつだ》った。マダム・マクシームが馬車《ばしゃ》の窓《まど》からこちらを見《み》ているのに、ハリーは気《き》がついた。

「手《て》をどうした？　ハーマイオニー？」

ハグリッドが心配《しんぱい》そうに聞《き》いた。

ハーマイオニーは、今朝《けさ》受《う》け取《と》ったいやがらせの手紙《てがみ》と、「腫《は》れ草《ぐさ》」の膿《うみ》が詰《つ》まった封筒《ふうとう》の事件《じけん》を話《はな》した。

「あぁぁー、心配《しんぱい》するな」

ハグリッドがハーマイオニーを見下《みお》ろしてやさしく言《い》った。

「俺《おれ》も、リータ・スキーターが俺《おれ》のおふくろのことを書《か》いたあとにな、そんな手紙《てがみ》だの何《なん》だの、来《き》たもんだ。『おまえは怪物《かいぶつ》だ。やられてしまえ』とか、『おまえの母親《ははおや》は罪《つみ》もない人《ひと》たちを殺《ころ》した。恥《はじ》を知《し》って湖《みずうみ》に飛《と》び込《こ》め』とか」

「そんな！」

ハーマイオニーはショックを受《う》けた顔《かお》をした。

「ほんとだ」

ハグリッドはニフラーの木箱《きばこ》をよいしょと小屋《こや》の壁際《かべぎわ》に運《はこ》んだ。

「やつらは、頭《あたま》がおかしいんだ。ハーマイオニー、また来《く》るようだったら、もう開《あ》けるな。すぐ暖炉《だんろ》に放《ほう》り込《こ》め」

「せっかくいい授業《じゅぎょう》だったのに、残念《ざんねん》だったね」

城《しろ》に戻《もど》る道々《みちみち》、ハリーがハーマイオニーに言《い》った。

「いいよね、ロン？　ニフラーってさ」

しかし、ロンは、顔《かお》をしかめてハグリッドがくれたチョコレートを見《み》ていた。すっかり気分《きぶん》を害《がい》した様子《ようす》だ。

「どうしたんだい？」ハリーが聞《き》いた。「味《あじ》が気《き》に入《い》らないの？」

「ううん」

ロンはぶっきらぼうに言《い》った。

「金貨《きんか》のこと、どうして話《はな》してくれなかったんだ？」

「何《なん》の金貨《きんか》？」ハリーが聞《き》いた。

「クィディッチ・ワールドカップで僕《ぼく》が君《きみ》にやった金貨《きんか》さ」

ロンが答《こた》えた。

「『万眼鏡《まんがんきょう》』のかわりに君《きみ》にやった、レプラコーンの金貨《きんか》。貴賓席《きひんせき》で。あれが消《き》えちゃったって、どうして言《い》ってくれなかったんだ？」

ハリーはロンの言《い》っていることが何《なん》なのか、しばらく考《かんが》えないとわからなかった。

「あぁ……」

やっと記憶《きおく》が戻《もど》ってきた。

「さあ、どうしてか……なくなったことにちっとも気《き》がつかなかった。杖《つえ》のことばっかり心配《しんぱい》してたから。そうだろ？」

三人《にん》は玄関《げんかん》ホールへの階段《かいだん》を上《のぼ》り、昼食《ちゅうしょく》をとりに大広間《おおひろま》に入《はい》った。

「いいなぁ」

席《せき》に着《つ》き、ローストビーフとヨークシャー・プディングを取《と》り分《わ》けながら、ロンが出《だ》し抜《ぬ》けに言《い》った。

「ポケットいっぱいのガリオン金貨《きんか》が消《き》えたことにも気《き》づかないぐらい、お金《かね》をたくさん持《も》ってるなんて」

「あの晩《ばん》は、ほかのことで頭《あたま》がいっぱいだったんだって、そう言《い》っただろ！」

ハリーはいらいらした。

「僕《ぼく》たち全員《ぜんいん》、そうだった。そうだろう？」

「レプラコーンの金貨《きんか》が消《き》えちゃうなんて、知《し》らなかった」

ロンがつぶやいた。

「君《きみ》に支払《しはら》い済《ず》みだと思《おも》ってた。君《きみ》、クリスマスプレゼントにチャドリー・キャノンズの帽子《ぼうし》を僕《ぼく》にくれちゃいけなかったんだ」

「そんなこと、もういいじゃないか」ハリーが言《い》った。

ロンはフォークの先《さき》で突《つ》き刺《さ》したローストポテトをにらみつけた。

「貧乏《びんぼう》って、いやだな」

ハリーとハーマイオニーは顔《かお》を見合《みあ》わせた。二人《ふたり》とも、何《なん》と言《い》っていいかわからなかった。

「みじめだよ」

ロンはポテトをにらみつけたままだった。

「フレッドやジョージが少《すこ》しでもお金《かね》をかせごうとしてる気持《きも》ち、わかるよ。僕《ぼく》もかせげたらいいのに。僕《ぼく》、ニフラーが欲《ほ》しい」

「じゃあ、次《つぎ》のクリスマスにあなたにプレゼントする物《もの》、決《き》まったわね」

ハーマイオニーが明《あか》るく言《い》った。ロンがまだ暗《くら》い顔《かお》をしているので、ハーマイオニーがまた言《い》った。

「さあ、ロン、あなたなんか、まだいいほうよ。だいたい指《ゆび》が膿《うみ》だらけじゃないだけましじゃない」

ハーマイオニーは指《ゆび》がこわばって腫《は》れ上《あ》がり、ナイフとフォークを使《つか》うのに苦労《くろう》していた。

「あのスキーターって女《おんな》、憎《にく》たらしい！」

ハーマイオニーは腹立《はらだ》たしげに言《い》った。

「何《なに》がなんでもこの仕返《しかえ》しはさせていただくわ！」

いやがらせメールはそれから一週間《しゅうかん》、とぎれることなくハーマイオニーに届《とど》いた。ハグリッドに言《い》われたとおり、ハーマイオニーはもう開封《かいふう》しなかったが、いやがらせ屋《や》の中《なか》には「吠《ほ》えメール」を送《おく》ってくる者《もの》もいた。グリフィンドールのテーブルでメールが爆発《ばくはつ》し、大広間《おおひろま》全体《ぜんたい》に聞《き》こえるような音《おと》でハーマイオニーを侮辱《ぶじょく》した。『週刊魔女《しゅうかんまじょ》』を読《よ》まなかった生徒《せいと》でさえ、今《いま》やハリー、クラム、ハーマイオニーのうわさの三角関係《さんかくかんけい》のすべてを知《し》ることになった。ハリーは、ハーマイオニーはガールフレンドじゃないと訂正《ていせい》するのにうんざりしてきた。

「そのうち収《おさ》まるよ」

ハリーがハーマイオニーに言《い》った。

「僕《ぼく》たちが無視《むし》してさえいればね……前《まえ》にあの女《おんな》が僕《ぼく》のことを書《か》いた記事《きじ》だって、みんなあきてしまったし――」

「学校《がっこう》に出入《でい》り禁止《きんし》になってるのに、どうして個人的《こじんてき》な会話《かいわ》を立《た》ち聞《ぎ》きできるのか、私《わたし》、それが知《し》りたいわ！」

ハーマイオニーは腹《はら》を立《た》てていた。

次《つぎ》の「闇《やみ》の魔術《まじゅつ》に対《たい》する防衛術《ぼうえいじゅつ》」の授業《じゅぎょう》で、ハーマイオニーはムーディ先生《せんせい》に何《なに》か質問《しつもん》するために教室《きょうしつ》に残《のこ》った。ほかの生徒《せいと》は早《はや》く教室《きょうしつ》から出《で》たがった。ムーディが「呪《のろ》いそらし」の厳《きび》しいテストをしたので、生徒《せいと》の多《おお》くが軽《かる》い傷《きず》をさすっていた。ハリーは「耳《みみ》ヒクヒク」の症状《しょうじょう》がひどく、両手《りょうて》で耳《みみ》を押《お》さえつけながら教室《きょうしつ》を出《で》る始末《しまつ》だった。

ハーマイオニーは五分後《ふんご》に、玄関《げんかん》ホールで、息《いき》をはずませながらハリーとロンに追《お》いついた。

「ねえ、リータは絶対《ぜったい》、透明《とうめい》マントを使《つか》ってないわ！」

ハーマイオニーが、ハリーに聞《き》こえるように、ハリーの片手《かたて》をヒクヒク耳《みみ》から引《ひ》きはがしながら言《い》った。

「ムーディは、第《だい》二の課題《かだい》のとき、審査員席《しんさいんせき》の近《ちか》くであの女《おんな》を見《み》てないし、湖《みずうみ》の近《ちか》くでも見《み》なかったって言《い》ったわ」

「ハーマイオニー、そんなことやめろって言《い》ってもむだか？」ロンが言《い》った。

「むだ！」

ハーマイオニーが頑固《がんこ》に言《い》った。

「私《わたし》がビクトールに話《はな》してたのを、あの女《おんな》がどうやって聞《き》いたのか、知《し》りたいの！　それに、ハグリッドのお母《かあ》さんのことをどうやって知《し》ったのかもよ！」

「もしかして、君《きみ》に虫《むし》をつけたんじゃないかな」

ハリーが言《い》った。

「虫《むし》をつけた？」ロンがポカンとした。

「何《なん》だい、それ……ハーマイオニーにノミでもくっつけるのか？」

ハリーは「虫《むし》」と呼《よ》ばれる盗聴《とうちょう》マイクや録音装置《ろくおんそうち》について説明《せつめい》しはじめた。

ロンは夢中《むちゅう》になって聞《き》いたが、ハーマイオニーは話《はなし》をさえぎった。

「二人《ふたり》とも、**いつになったら**『ホグワーツの歴史《れきし》』を読《よ》むの？」

「そんな必要《ひつよう》あるか？」ロンが言《い》った。

「君《きみ》が全部暗記《ぜんぶあんき》してるもの。僕《ぼく》たちは君《きみ》に聞《き》けばいいじゃないか」

「マグルが魔法《まほう》の代用品《だいようひん》に使《つか》うものは――電気《でんき》だとかコンピュータ、レーダー、そのほかいろいろだけど――ホグワーツでは全部《ぜんぶ》めちゃめちゃ狂《くる》うの。空気中《くうきちゅう》の魔法《まほう》が強過《つよす》ぎるから。だから、ちがうわ。リータは盗聴《とうちょう》の魔法《まほう》を使《つか》ってるのよ。そうにちがいないわ……それが何《なん》なのかつかめたらなぁ……うーん、それが非合法《ひごうほう》だったら、もうこっちのものだわ……」

「ほかにも心配《しんぱい》することがたくさんあるだろ？」

ロンが言《い》った。

「この上《うえ》リータ・スキーターへの復讐劇《ふくしゅうげき》までおっぱじめる必要《ひつよう》があるのかい？」

「何《なに》も手伝《てつだ》ってくれなんて言《い》ってないわ！」

ハーマイオニーがきっぱり言《い》った。

「一人《ひとり》でやります！」

ハーマイオニーは大理石《だいりせき》の階段《かいだん》を、振《ふ》り返《かえ》りもせずどんどん上《のぼ》っていった。ハリーは、図書館《としょかん》に行《い》くにちがいないと思《おも》った。

「賭《か》けようか？　あいつが『**リータ・スキーター大嫌《だいきら》い**』ってバッジの箱《はこ》を持《も》って戻《もど》ってくるかどうか」

ロンが言《い》った。

しかし、ハーマイオニーはリータ・スキーターの復讐《ふくしゅう》にハリーやロンの手《て》を借《か》りようとはしなかった。二人《ふたり》にとってそれはありがたいことだった。何《なに》しろイースター休暇《きゅうか》をひかえ、勉強《べんきょう》の量《りょう》が増《ふ》える一方《いっぽう》だったからだ。こんなにやることがあるのに、ハーマイオニーはその上《うえ》どうやって盗聴《とうちょう》の魔法《まほう》を調《しら》べることができるのか、ハリーは正直《しょうじき》、感心《かんしん》していた。宿題《しゅくだい》をこなすだけでもハリーは目《め》いっぱいだったが、定期的《ていきてき》に山《やま》の洞窟《どうくつ》にいるシリウスに食《た》べ物《もの》を送《おく》ることだけはやめなかった。去年《きょねん》の夏以来《なついらい》、ハリーは、いつも空腹《くうふく》だということがどんな状態《じょうたい》なのかを忘《わす》れてはいなかった。ハリーはシリウスへのメモを同封《どうふう》して、何《なに》も異常《いじょう》なことは起《お》きていないことや、パーシーからの返事《へんじ》をまだ待《ま》っていることなどを書《か》いておいた。

ヘドウィグはイースター休暇《きゅうか》が終《お》わってからやっと戻《もど》ってきた。パーシーの返事《へんじ》は、ウィーズリーおばさんお手製《てせい》のチョコレートでできた「イースター卵《たまご》」の包《つつ》みの中《なか》に入《はい》っていた。ハリーとロンの卵《たまご》はドラゴンの卵《たまご》ほど大《おお》きく、中《なか》には手作《てづく》りのヌガーがぎっしり入《はい》っていた。しかし、ハーマイオニーの卵《たまご》は鶏《にわとり》の卵《たまご》より小《ちい》さい。見《み》たとたん、ハーマイオニーはがっかりした顔《かお》になった。

「あなたのお母《かあ》さん、もしかしたら『週刊魔女《しゅうかんまじょ》』を読《よ》んでる？　ロン？」

ハーマイオニーが小《ちい》さな声《こえ》で聞《き》いた。

「ああ」

口《くち》いっぱいにヌガーをほお張《ば》って、ロンが答《こた》えた。

「料理《りょうり》のページを見《み》るのにね」

ハーマイオニーは悲《かな》しそうに小《ちい》さなチョコレート卵《たまご》を見《み》た。

「パーシーが何《なん》て書《か》いてきたか、見《み》たくない？」ハリーが急《いそ》いで言《い》った。

パーシーの手紙《てがみ》は短《みじか》く、いらいらした調子《ちょうし》だった。

『日刊予言者新聞《にっかんよげんしゃしんぶん》』にもしょっちゅうそう言《い》っているのだが、クラウチ氏《し》は当然取《とうぜんと》るべき休暇《きゅうか》を取《と》っている。クラウチ氏《し》は定期的《ていきてき》にふくろう便《びん》で仕事《しごと》の指示《しじ》を送《おく》ってよこす。実際《じっさい》にお姿《すがた》は見《み》ていないが、私《わたし》はまちがいなく自分《じぶん》の上司《じょうし》の筆跡《ひっせき》を見分《みわ》けることくらいできる。そもそも私《わたし》は今《いま》、仕事《しごと》が手《て》いっぱいで、ばかなうわさをもみ消《け》しているひまはないくらいなのだ。よほど大切《たいせつ》なこと以外《いがい》で、私《わたし》をわずらわせないでくれ。

ハッピー・イースター。


イースターが終《お》わると夏学期《なつがっき》が始《はじ》まる。いつもならハリーは、シーズン最後《さいご》のクィディッチ試合《じあい》に備《そな》えて猛練習《もうれんしゅう》している時期《じき》だ。しかし、今年《ことし》は三校対抗試合《さんこうたいこうじあい》の最終課題《さいしゅうかだい》があり、その準備《じゅんび》が必要《ひつよう》だ。もっとも、ハリーはどんな課題《かだい》なのかをまだ知《し》らなかった。五月《がつ》の最後《さいご》の週《しゅう》に、やっと、マクゴナガル先生《せんせい》が「変身術《へんしんじゅつ》」の授業《じゅぎょう》のあとでハリーを呼《よ》び止《と》めた。

「ポッター、今夜《こんや》九時《じ》にクィディッチ競技場《きょうぎじょう》に行《い》きなさい。そこで、バグマンさんが第《だい》三の課題《かだい》を代表選手《だいひょうせんしゅ》に説明《せつめい》します」

そこで、夜《よる》の八時半《じはん》、ハリーはロンやハーマイオニーと別《わか》れて、グリフィンドール塔《とう》をあとにし、階段《かいだん》を下《お》りていった。玄関《げんかん》ホールを横切《よこぎ》る途中《とちゅう》、ハッフルパフの談話室《だんわしつ》から出《で》てきたセドリックに会《あ》った。

「今度《こんど》は何《なん》だと思《おも》う？」

二人《ふたり》で石段《いしだん》を下《お》りながら、セドリックがハリーに聞《き》いた。外《そと》は曇《くも》り空《ぞら》だった。

「フラーは地下《ちか》トンネルのことばかり話《はな》すんだ。宝探《たからさが》しをやらされると思《おも》ってるんだよ」

「それならいいけど」

ハグリッドからニフラーを借《か》りて、自分《じぶん》のかわりに探《さが》させればいいとハリーは思《おも》った。

二人《ふたり》は暗《くら》い芝生《しばふ》を、クィディッチ競技場《きょうぎじょう》へと歩《ある》き、スタンドのすきまを通《とお》ってピッチに出《で》た。

「いったい何《なに》をしたんだ？」

セドリックが憤慨《ふんがい》してその場《ば》に立《た》ちすくんだ。

平《たい》らでなめらかだったクィディッチ・ピッチが様変《さまが》わりしている。誰《だれ》かが、そこに、長《なが》い低《ひく》い壁《かべ》を張《は》りめぐらせたようだ。壁《かべ》は曲《ま》がりくねり、四方八方《しほうはっぽう》に入《い》り組《く》んでいる。

「生《い》け垣《がき》だ！」

かがんで一番近《いちばんちか》くの壁《かべ》を調《しら》べたハリーが言《い》った。

「よう、よう」元気《げんき》な声《こえ》がした。

ルード・バグマンがピッチの真《ま》ん中《なか》に立《た》っていた。クラムとフラーもいる。ハリーとセドリックは、生《い》け垣《がき》を乗《の》り越《こ》え乗《の》り越《こ》え、バグマンたちのほうに行《い》った。だんだん近《ちか》づくと、フラーがハリーに笑《わら》いかけた。湖《みずうみ》からフラーの妹《いもうと》を助《たす》け出《だ》して以来《いらい》、フラーのハリーに対《たい》する態度《たいど》がまったく変《か》わっていた。

「さあ、どう思《おも》うね？」

ハリーとセドリックが最後《さいご》の垣根《かきね》を乗《の》り越《こ》えると、バグマンがうれしそうに言《い》った。

「しっかり育《そだ》ってるだろう？　あと一か月《げつ》もすれば、ハグリッドが六メートルほどの高《たか》さにしてくれるはずだ。いや、心配《しんぱい》ご無用《むよう》」

ハリーとセドリックが気《き》に入《い》らないという顔《かお》をしているのを見《み》て取《と》って、バグマンがニコニコしながら言《い》った。

「課題《かだい》が終《お》われば、クィディッチ・ピッチは元《もと》どおりにして返《かえ》すよ！　さて、私《わたし》たちがここに何《なに》を作《つく》っているのか、想像《そうぞう》できるかね？」

一瞬誰《いっしゅんだれ》も何《なに》も言《い》わなかった。そして――。

「迷路《めいろ》」クラムがうなるように言《い》った。

「そのとおり！」

バグマンが言《い》った。

「迷路《めいろ》だ。第《だい》三の課題《かだい》は、極《きわ》めて明快《めいかい》だ。迷路《めいろ》の中心《ちゅうしん》に三校対抗優勝杯《さんこうたいこうゆうしょうはい》が置《お》かれる。最初《さいしょ》にその優勝杯《ゆうしょうはい》に触《ふ》れた者《もの》が満点《まんてん》だ」

「迷路《めいろ》をあやく抜《ぬ》けるだーけですか？」フラーが聞《き》いた。

「障害物《しょうがいぶつ》がある」

バグマンはうれしそうに、体《からだ》をはずませながら言《い》った。

「ハグリッドがいろんな生《い》き物《もの》を置《お》く……それに、いろいろ呪《のろ》いを破《やぶ》らないと進《すす》めない……まあ、そんなとこだ。さて、これまでの成績《せいせき》でリードしている選手《せんしゅ》が先《さき》にスタートして迷路《めいろ》に入《はい》る」

バグマンがハリーとセドリックに向《む》かってニッコリした。

「次《つぎ》にミスター・クラムが入《はい》る……それからミス・デラクールだ。しかし、全員《ぜんいん》に優勝《ゆうしょう》のチャンスはある。障害物《しょうがいぶつ》をどううまく切《き》り抜《ぬ》けるか、それ次第《しだい》だ。おもしろいだろう、え？」

ハグリッドがこういうイベントにどんな生《い》き物《もの》を置《お》きそうか、ハリーはよく知《し》っている。とても「おもしろい」とは思《おも》えなかったが、ほかの代表選手《だいひょうせんしゅ》と同《おな》じく、礼儀正《れいぎただ》しくうなずいた。

「よろしい……質問《しつもん》がなければ、城《しろ》に戻《もど》るとしようか。少《すこ》し冷《ひ》えるようだ……」

みんなが育《そだ》ちかけの迷路《めいろ》を抜《ぬ》けて外《そと》に出《で》ようとすると、バグマンが急《いそ》いでハリーに近《ちか》づいてきた。バグマンがハリーに、助《たす》けてやろうとまた申《もう》し出《で》るような感《かん》じがした。しかし、ちょうどその時《とき》、クラムがハリーの肩《かた》をたたいた。

「ちょっと話《はな》したいんだけど？」

「ああ、いいよ」ハリーはちょっと驚《おどろ》いた。

「君《きみ》と一緒《いっしょ》に少《すこ》し歩《ある》いてもいいか？」

「オッケー」ハリーはいったい何《なん》だろうと思《おも》った。

バグマンは少《すこ》し戸惑《とまど》った表情《ひょうじょう》だった。

「ハリー、ここで待《ま》っていようか？」

「いいえ、バグマンさん、大丈夫《だいじょうぶ》です」

ハリーは笑《わら》いをこらえて言《い》った。

「ありがとうございます。でも、城《しろ》には一人《ひとり》で帰《かえ》れますから」

ハリーとクラムは一緒《いっしょ》に競技場《きょうぎじょう》を出《で》た。しかしクラムはダームストラングの船《ふね》に戻《もど》る道《みち》はとらず、禁《きん》じられた森《もり》に向《む》かって歩《ある》きだした。

「どうしてこっちのほうに行《い》くんだい？」

ハグリッドの小屋《こや》や、照明《しょうめい》に照《て》らされたボーバトンの馬車《ばしゃ》を通《とお》り過《す》ぎながら、ハリーが聞《き》いた。

「盗《ぬす》み聞《ぎ》きされたくヴぁない」クラムが短《みじか》く答《こた》えた。

ボーバトンの馬《うま》のパドックから少《すこ》し離《はな》れた静《しず》かな空《あ》き地《ち》にたどり着《つ》くと、ようやくクラムは木《こ》陰《かげ》で足《あし》を止《と》め、ハリーのほうに顔《かお》を向《む》けた。

「知《し》りたいのだ」クラムがにらんだ。

「君《きみ》とハーミー－オウン－ニニーの間《あいだ》にヴぁ、何《なに》かあるのか」

クラムの秘密《ひみつ》めいたやり方《かた》からして、何《なに》かもっと深刻《しんこく》なことを予想《よそう》していたハリーは、拍子《ひょうし》抜《ぬ》けしてクラムをまじまじと見《み》た。

「何《なん》にもないよ」ハリーが答《こた》えた。

しかし、クラムはまだにらみつけている。なぜか、ハリーは、クラムがとても背《せ》が高《たか》いことに改《あらた》めて気《き》づき、説明《せつめい》をつけ足《た》した。

「僕《ぼく》たち、友達《ともだち》だ。ハーマイオニーは今《いま》、僕《ぼく》のガールフレンドじゃないし、これまで一度《いちど》もそうだったことはない。スキーターって女《おんな》がでっち上《あ》げただけだ」

「ハーミー－オウン－ニニーヴぁ、しょっちゅう君《きみ》のことをヴぁ題《わだい》にする」

クラムは疑《うたが》うような目《め》でハリーを見《み》た。

「ああ。それは、ともだちだからさ」ハリーが言《い》った。

国際的《こくさいてき》に有名《ゆうめい》なクィディッチの選手《せんしゅ》、ビクトール・クラムとこんな話《はなし》をしていることが、ハリーには何《なん》だか信《しん》じられなかった。まるで、十八歳《さい》のクラムが、僕《ぼく》を同等《どうとう》に扱《あつか》っているようじゃないか——ほんとうのライバルのように——。

「君《きみ》たちヴぁ一度《いちど》も……これまで一度《いちど》も……」

「一度《いちど》もない」ハリーはきっぱり答《こた》えた。

クラムは少《すこ》し気《き》が晴《は》れたような顔《かお》をした。ハリーをじっと見《み》つめ、それからこう言《い》った。

「君《きみ》ヴぁ飛《と》ぶのがうまいな。第《だい》一の課題《かだい》のとき、ヴぉく、見《み》ていたよ」

「ありがとう」

ハリーはニッコリした。そして、急《きゅう》に自分《じぶん》も背《せ》が高《たか》くなったような気《き》がした。

「僕《ぼく》、クィディッチ・ワールドカップで、君《きみ》のこと見《み》たよ。ウロンスキー・フェイント。君《きみ》ってほんとうに——」

その時《とき》、クラムの背後《はいご》の木立《こだち》の中《なか》で、何《なに》かが動《うご》いた。禁《きん》じられた森《もり》にうごめくものについては、いささか経験《けいけん》のあるハリーは、本能的《ほんのうてき》にクラムの腕《うで》をつかみ、くるりと体《からだ》の向《む》きを変《か》えさせた。

「何《なん》だ？」クラムが言《い》った。

ハリーは頭《あたま》を横《よこ》に振《ふ》り、動《うご》きの見《み》えた場所《ばしょ》をじっと見《み》た。そしてローブに手《て》をすべり込《こ》ませ、杖《つえ》をつかんだ。

大《おお》きな樫《かし》の木《き》の陰《かげ》から、突然男《とつぜんおとこ》が一人《ひとり》、よろよろと現《あらわ》れた。一瞬《いっしゅん》、ハリーには誰《だれ》だかわからなかった……そして、気《き》づいた。クラウチ氏《し》だ。

クラウチ氏《し》は何日《なんにち》も旅《たび》をしてきたように見《み》えた。ローブのひざが破《やぶ》れ、血《ち》がにじんでいる。顔《かお》は傷《きず》だらけで、無精《ぶしょう》ひげが伸《の》び、つかれきって灰色《はいいろ》だ。きっちりと分《わ》けてあった髪《かみ》も、口《くち》ひげも、ぼさぼさに伸《の》び、汚《よご》れ放題《ほうだい》だ。しかし、その奇妙《きみょう》な格好《かっこう》も、クラウチ氏《し》の行動《こうどう》の奇妙《きみょう》さに比《くら》べれば何《なん》でもない。ブツブツ言《い》いながら、身振《みぶ》り手振《てぶ》りで、クラウチ氏《し》は自分《じぶん》にしか見《み》えない誰《だれ》かと話《はな》しているようだった。ダーズリーたちと一緒《いっしょ》に買《か》い物《もの》に行《い》ったときに、一度見《いちどみ》たことがある浮《ふ》浪者《ろうしゃ》を、ハリーはまざまざと思《おも》い出《だ》した。その浮浪者《ふろうしゃ》も、空《そら》に向《む》かってわめき散《ち》らしていた。ペチュニアおばさんはダドリーの手《て》をつかんで、道《みち》の反対側《はんたいがわ》に引《ひ》っ張《ぱ》っていき、浮浪者《ふろうしゃ》をさけようとした。そのあと、バーノンおじさんは、自分《じぶん》なら物乞《ものご》いや浮浪者《ふろうしゃ》みたいなやつらをどう始末《しまつ》するか、家族全員《かぞくぜんいん》に長々《ながなが》と説教《せっきょう》したものだ。

「審査員《しんさいん》の一人《ひとり》でヴぁないのか？」

クラムはクラウチ氏《し》をじっと見《み》た。

「あの人《ひと》ヴぁ、こっちの魔法省《まほうしょう》の人《ひと》だろう？」

ハリーはうなずいた。一瞬《いっしゅん》迷《まよ》ったが、ハリーはそれから、ゆっくりとクラウチ氏《し》に近《ちか》づいた。

クラウチ氏《し》はハリーには目《め》もくれず、近《ちか》くの木《き》に話《はな》し続《つづ》けている。

「……それが終《お》わったら、ウェーザビー、ダンブルドアにふくろう便《びん》を送《おく》って、試合《しあい》に出席《しゅっせき》するダームストラングの生徒《せいと》の数《かず》を確認《かくにん》してくれ。カルカロフがたった今《いま》、十二人《にん》だと言《い》ってきたところだが……」

「クラウチさん？」

ハリーは慎重《しんちょう》に声《こえ》をかけた。

「……それから、マダム・マクシームにもふくろう便《びん》を送《おく》るのだ。カルカロフが一ダースという切《き》りのいい数《かず》にしたと知《し》ったら、マダムのほうも生徒《せいと》の数《かず》を増《ふ》やしたいと言《い》うかもしれない……そうしてくれ、ウェーザビー、頼《たの》んだぞ。頼《たの》ん……」

クラウチ氏《し》の目《め》が飛《と》び出《で》ていた。じっと木《き》を見《み》つめて立《た》ったまま、声《こえ》も出《だ》さず口《くち》だけもごもご動《うご》かして木《き》に話《はな》しかけている。それからよろよろと脇《わき》にそれ、崩《くず》れ落《お》ちるようにひざをついた。

「クラウチさん？」

ハリーが大声《おおごえ》で呼《よ》んだ。

「大丈夫《だいじょうぶ》ですか？」

クラウチ氏《し》の目《め》がぐるぐる回《まわ》っている。ハリーは振《ふ》り返《かえ》ってクラムを見《み》た。クラムもハリーについて木立《こだち》に入《はい》り、驚《おどろ》いてクラウチ氏《し》を見下《みお》ろしていた。

「この人《ひと》ヴぁ、いったいどうしたの？」

「わからない」ハリーがつぶやいた。

「君《きみ》、誰《だれ》かを連《つ》れてきてくれないか――」

「ダンブルドア！」

クラウチ氏《し》があえいだ。手《て》を伸《の》ばし、ハリーのローブをぐっと握《にぎ》り、引《ひ》き寄《よ》せた。しかし、その目《め》はハリーの頭《あたま》を通《とお》り越《こ》して、あらぬほうを見《み》つめている。

「私《わたし》は……会《あ》わなければ……ダンブルドアに……」

「いいですよ」

ハリーが言《い》った。

「立《た》てますか、クラウチさん。一緒《いっしょ》に行《い》きます――」

「私《わたし》は……ばかなことを……してしまった……」

クラウチ氏《し》が低《ひく》い声《こえ》で言《い》った。完全《かんぜん》に様子《ようす》がおかしい。目《め》は飛《と》び出《だ》し、ぐるぐる回《まわ》り、よだれが一筋《ひとすじ》、だらりとあごまで流《なが》れている。一言一言《ひとことひとこと》、言葉《ことば》を発《はっ》することさえ苦《くる》しそうだ。

「どうしても……話《はな》す……ダンブルドアに……」

「立《た》ってください、クラウチさん」

ハリーは大声《おおごえ》ではっきりと言《い》った。

「立《た》つんです。ダンブルドアのところへお連《つ》れします！」

クラウチ氏《し》の目《め》がぐるりと回《まわ》ってハリーを見《み》た。

「誰《だれ》だ……君《きみ》は？」ささやくような声《こえ》だ。

「僕《ぼく》、この学校《がっこう》の生徒《せいと》です」

ハリーは、助《たす》けを求《もと》めてクラムを振《ふ》り返《かえ》ったが、クラムは後《うし》ろに突《つ》っ立《た》ったまま、ますます心配《しんぱい》そうな顔《かお》をしているだけだった。

「君《きみ》はまさか……彼《かれ》の」

クラウチ氏《し》は口《くち》をだらりと開《あ》け、ささやくように言《い》った。

「ちがいます」

ハリーはクラウチ氏《し》が何《なに》を言《い》っているのか見当《けんとう》もつかなかったが、そう答《こた》えた。

「ダンブルドアの？」

「そうです」ハリーが答《こた》えた。

クラウチ氏《し》はハリーをもっと引《ひ》き寄《よ》せた。ハリーはローブを握《にぎ》っているクラウチ氏《し》の手《て》をゆるめようとしたが、できなかった。恐《おそ》ろしい力《ちから》だった。

「警告《けいこく》を……ダンブルドアに……」

「離《はな》してくれたら、ダンブルドアを連《つ》れてきます。クラウチさん、離《はな》してください。そしたら連《つ》れてきますから……」

「ありがとう、ウェーザビー。それが終《お》わったら、紅茶《こうちゃ》を一杯《ぱい》もらおうか。妻《つま》と息子《むすこ》がまもなくやってくるのでね。今夜《こんや》はファッジご夫妻《ふさい》とコンサートに行《い》くのだ」

クラウチ氏《し》は再《ふたた》び木《き》に向《む》かって流《りゅう》ちょうに話《はな》しはじめた。ハリーがそこにいることなどまったく気《き》づいていないようだ。ハリーはあんまり驚《おどろ》いたので、クラウチ氏《し》が手《て》を離《はな》したことにも気《き》づかなかった。

「そうなんだよ。息子《むすこ》は最近《さいきん》『O《ふ》・W《くろう》・L試験《しけん》』で十二科目《かもく》もパスしてね。満足《まんぞく》だよ。いや、ありがとう。いや、まったく鼻《はな》が高《たか》い。さてと、アンドラの魔法大臣《まほうだいじん》のメモを持《も》ってきてくれるかな。返事《へんじ》を書《か》く時間《じかん》ぐらいあるだろう……」

「君《きみ》はこの人《ひと》と一緒《いっしょ》にここにいてくれ！」

ハリーはクラムに言《い》った。

「僕《ぼく》がダンブルドアを連《つ》れてくる。僕《ぼく》が行《い》くほうが早《はや》い。校長室《こうちょうしつ》がどこにあるかを知《し》ってるから――」

「この人《ひと》、狂《くる》ってる」

木《き》をパーシーだと思《おも》い込《こ》んでいるらしく、べらべら木《き》に話《はな》しかけているクラウチ氏《し》を見下《みお》ろして、クラムはうさんくさそうに言《い》った。

「一緒《いっしょ》にいるだけだから」

ハリーは立《た》ち上《あ》がりかけた。するとその動《うご》きに刺激《しげき》されてか、クラウチ氏《し》がまた急変《きゅうへん》した。ハリーのひざをつかみ、再《ふたた》び地《じ》べたに引《ひ》きずり下《お》ろしたのだ。

「私《わたし》を……置《お》いて……行《い》かないで！」

ささやくような声《こえ》だ。また目《め》が飛《と》び出《だ》している。

「逃《に》げてきた……警告《けいこく》しないと……言《い》わないと……ダンブルドアに会《あ》う……私《わたし》のせいだ……みんな私《わたし》のせいだ……バーサ……死《し》んだ……みんな私《わたし》のせいだ……息子《むすこ》……私《わたし》のせいだ……ダンブルドアに言《い》う……ハリー・ポッター……闇《やみ》の帝王《ていおう》……より強《つよ》くなった……ハリー・ポッター……」

「ダンブルドアを連《つ》れてきます。行《い》かせてください。クラウチさん！」

ハリーは夢中《むちゅう》でクラムを振《ふ》り返《かえ》った。

「手伝《てつだ》って。お願《ねが》いだ」

クラムは恐《おそ》る恐《おそ》る近寄《ちかよ》り、クラウチ氏《し》の脇《わき》にしゃがんだ。

「ここで見《み》ていてくれればいいから」

ハリーはクラウチ氏《し》を振《ふ》りほどきながら言《い》った。

「ダンブルドアを連《つ》れて戻《もど》るよ」

「急《いそ》いでくれよ」

クラムが呼《よ》びかける声《こえ》を背《せ》に、ハリーは禁《きん》じられた森《もり》を飛《と》び出《だ》し、暗《くら》い校庭《こうてい》を抜《ぬ》けて全速力《ぜんそくりょく》で走《はし》った。校庭《こうてい》にはもう誰《だれ》もいない。バグマン、セドリック、フラーの姿《すがた》もない。ハリーは飛《と》ぶように石段《いしだん》を上《あ》がり、樫《かし》の木《き》の正面扉《しょうめんとびら》を抜《ぬ》け、大理石《だいりせき》の階段《かいだん》を上《あ》がって、三階《かい》へと疾走《しっそう》した。

五分後《ふんご》、ハリーは、三階《かい》の誰《だれ》もいない廊下《ろうか》の中《なか》ほどに立《た》つ、怪獣《ガーゴイル》の石像目《せきぞうめ》がけて突進《とっしん》していた。

「レ――レモン・キャンディ！」

ハリーは息《いき》せき切《き》って石像《せきぞう》に叫《さけ》んだ。

これがダンブルドアの部屋《へや》に通《つう》じる隠《かく》れた階段《かいだん》への合言葉《あいことば》だった——いや、少《すく》なくとも二年前《ねんまえ》まではそうだった。しかし、どうやら、合言葉《あいことば》は変《か》わったらしい。石《いし》の怪獣《ガーゴイル》は命《いのち》を吹《ふ》き込《こ》まれてピョンと飛《と》びのくはずだったが、じっと動《うご》かず、意地《いじ》の悪《わる》い目《め》でハリーをにらむばかりだった。

「動《うご》け！」

ハリーは像《ぞう》に向《む》かってどなった。

「頼《たの》むよ！」

しかし、ホグワーツでは、どなられたからといって動《うご》くものは一つもない。どうせだめだと、ハリーにはわかっていた。ハリーは暗《くら》い廊下《ろうか》を端《はし》から端《はし》まで見《み》た。もしかしたら、ダンブルドアは職員室《しょくいんしつ》かな？　ハリーは階段《かいだん》に向《む》かって全速力《ぜんそくりょく》でかけだした。

「**ポッター！**」

ハリーは急停止《きゅうていし》してあたりを見回《みまわ》した。

スネイプが石《いし》の怪獣《ガーゴイル》の裏《うら》の隠《かく》れ階段《かいだん》から姿《すがた》を現《あらわ》したところだった。スネイプがハリーに戻《もど》れと合図《あいず》する間《ま》に、背後《はいご》の壁《かべ》がするすると閉《し》まった。

「ここで何《なに》をしているのだ？　ポッター？」

「ダンブルドア先生《せんせい》にお目《め》にかからないと！」

ハリーは廊下《ろうか》をかけ戻《もど》り、スネイプの前《まえ》で急停止《きゅうていし》した。

「クラウチさんです……たった今《いま》、現《あらわ》れたんです……禁《きん》じられた森《もり》にいます……クラウチさんの頼《たの》みで――」

「寝《ね》ぼけたことを！」

スネイプの暗《くら》い目《め》がギラギラ光《ひか》った。

「何《なん》の話《はなし》だ？」

「クラウチさんです！」

ハリーは叫《さけ》んだ。

「魔法省《まほうしょう》の！　あの人《ひと》は病気《びょうき》か何《なに》かです――禁《きん》じられた森《もり》にいます。ダンブルドア先生《せんせい》に会《あ》いたがっています！　教《おし》えてください。そこの合言葉《あいことば》を――」

「校長《こうちょう》は忙《いそが》しいのだ。ポッター」

スネイプの薄《うす》い唇《くちびる》がゆがんで、ふゆかいな笑《わら》いが浮《う》かんだ。

「ダンブルドア先生《せんせい》に伝《つた》えないといけないんです！」ハリーが大声《おおごえ》で叫《さけ》んだ。

「聞《き》こえなかったのか？　ポッター？」

ハリーが必死《ひっし》になっているときに、ハリーの欲《ほ》しいものを拒《こば》むのは、スネイプにとってこの上《うえ》ない楽《たの》しみなのだと、ハリーにはわかった。

「スネイプ先生《せんせい》」

ハリーは腹《はら》が立《た》った。

「クラウチさんは普通《ふつう》じゃありません――あの人《ひと》は――あの人《ひと》は正気《しょうき》じゃないんです――警告《けいこく》したいって、そう言《い》ってるんです――」

スネイプの背後《はいご》の石壁《いしかべ》がするすると開《ひら》いた。長《なが》い緑《みどり》のローブを着《き》て、少《すこ》し物問《ものと》いたげな表情《ひょうじょう》で、ダンブルドアが立《た》っていた。

「何《なに》か問題《もんだい》があるのかね？」

ダンブルドアがハリーとスネイプを見比《みくら》べながら聞《き》いた。

「先生《せんせい》！」

スネイプが口《くち》を開《ひら》く前《まえ》に、ハリーがスネイプの横《よこ》に進《すす》み出《で》た。

「クラウチさんがいるんです……禁《きん》じられた森《もり》です。ダンブルドア先生《せんせい》に話《はな》したがっています！」

ハリーはダンブルドアが何《なに》か質問《しつもん》するだろうと身《み》がまえた。しかし、ダンブルドアはいっさい何《なに》も聞《き》かなかった。ハリーはホッとした。

「案内《あんない》するのじゃ」

ダンブルドアはすぐさまそう言《い》うと、ハリーのあとからすべるように廊下《ろうか》を急《いそ》いだ。あとに残《のこ》されたスネイプが、怪獣《ガーゴイル》の石像《せきぞう》と並《なら》んで、怪獣《ガーゴイル》の二倍《ばい》も醜《みにく》い顔《かお》で立《た》っていた。

「クラウチ氏《し》は何《なん》と言《い》ったのかね？　ハリー？」

大理石《だいりせき》の階段《かいだん》をすばやく下《お》りながら、ダンブルドアが聞《き》いた。

「先生《せんせい》に警告《けいこく》したいと……ひどいことをやってきたとも言《い》いました……息子《むすこ》さんのことも……それに、バーサ・ジョーキンズのこと……それに……それにヴォルデモートのこと……ヴォルデモートが強力《きょうりょく》になってきているとか……」

「なるほど」

ダンブルドアは足《あし》を速《はや》めた。二人《ふたり》は真《ま》っ暗闇《くらやみ》の中《なか》へと急《いそ》いだ。

「あの人《ひと》の行動《こうどう》は普通《ふつう》じゃありません」

ハリーはダンブルドアと並《なら》んで急《いそ》ぎながら言《い》った。

「自分《じぶん》がどこにいるのかもわからない様子《ようす》で、パーシー・ウィーズリーがその場《ば》にいるかのように話《はな》しかけてみたかと思《おも》えば、また急《きゅう》に変《か》わって、ダンブルドア先生《せんせい》に会《あ》わなくちゃって言《い》うんです……ビクトール・クラムを一緒《いっしょ》に残《のこ》してきました」

「残《のこ》した？」

ダンブルドアの声《こえ》が鋭《するど》くなり、いっそう大股《おおまた》に歩《ある》きはじめた。ハリーは遅《おく》れないよう、小走《こばし》りになった。

「誰《だれ》かほかにはクラウチ氏《し》を見《み》たかの？」

「いいえ」

ハリーが答《こた》えた。

「僕《ぼく》、クラムと話《はなし》をしていました。バグマンさんが僕《ぼく》たちに第《だい》三の課題《かだい》について話《はなし》をしたすぐあとで、僕《ぼく》たちだけが残《のこ》って、それで、クラウチさんが森《もり》から出《で》てきたのを見《み》ました――」

「どこじゃ？」

ボーバトンの馬車《ばしゃ》が暗闇《くらやみ》から浮《う》き出《だ》して見《み》えてきたとき、ダンブルドアが聞《き》いた。

「あっちです」

ハリーはダンブルドアの前《まえ》に立《た》ち、木立《こだち》の中《なか》を案内《あんない》した。クラウチ氏《し》の声《こえ》はもう聞《き》こえなかったが、ハリーはどこに行《い》けばいいかわかっていた。ボーバトンの馬車《ばしゃ》からそう離《はな》れてはいなかった……どこかこのあたりだ……。

「ビクトール？」ハリーが大声《おおごえ》で呼《よ》びかけた。

応《こた》えがない。

「ここにいたんです」

ハリーがダンブルドアに言《い》った。

「絶対《ぜったい》このあたりにいたんです……」

「ルーモス！　光《ひかり》よ！」

ダンブルドアが杖《つえ》に灯《あか》りをともし、上《うえ》にかざした。

細《ほそ》い光《ひかり》が地面《じめん》を照《て》らし、黒《くろ》い木《き》の幹《みき》を一本《ぽん》、また一本《ぽん》と照《て》らし出《だ》した。そして、二本《ほん》の足《あし》の上《うえ》で光《ひかり》が止《と》まった。

ハリーとダンブルドアがかけ寄《よ》った。クラムが地面《じめん》に大《だい》の字《じ》に倒《たお》れている。意識《いしき》がないらしい。クラウチ氏《し》の影《かげ》も形《かたち》もない。ダンブルドアはクラムの上《うえ》にかがみ込《こ》み、片方《かたほう》のまぶたをそっと開《あ》けた。

「『失神術《しっしんじゅつ》』にかかっておる」

ダンブルドアは静《しず》かに言《い》った。周《まわ》りの木々《きぎ》を透《す》かすように見回《みまわ》すダンブルドアの半月《はんげつ》めがねが、杖灯《つえあか》りにキラリと光《ひか》った。

「誰《だれ》か呼《よ》んできましょうか？」ハリーが言《い》った。

「マダム・ポンフリーを？」

「いや」ダンブルドアがすぐに答《こた》えた。

「ここにおるのじゃ」

ダンブルドアは杖《つえ》を宙《ちゅう》に上《あ》げ、ハグリッドの小屋《こや》を指《さ》した。杖《つえ》から何《なに》か銀色《ぎんいろ》のものが飛《と》び出《だ》し、半透明《はんとうめい》な鳥《とり》のゴーストのように、それは木々《きぎ》の間《あいだ》をすり抜《ぬ》け、飛《と》び去《さ》った。それからダンブルドアは再《ふたた》びクラムの上《うえ》にかがみ込《こ》み、杖《つえ》をクラムに向《む》けて唱《とな》えた。

「リナベイト！　蘇生《そせい》せよ！」

クラムが目《め》を開《あ》けた。ぼんやりしている。ダンブルドアを見《み》ると、クラムは起《お》き上《あ》がろうとした。しかし、ダンブルドアはクラムの肩《かた》を押《お》さえ、横《よこ》にならせた。

「あいつがヴぉくを襲《おそ》った！」

クラムが頭《あたま》を片手《かたて》で押《お》さえながらつぶやいた。

「あの狂《くる》った男《おとこ》がヴぉくを襲《おそ》った！　ヴぉくが、ポッターはどこへ行《い》ったかと振《ふ》り返《かえ》ったら、あいつが、後《うし》ろからヴぉくを襲《おそ》った！」

「しばらくじっと横《よこ》になっているがよい」ダンブルドアが言《い》った。

雷《かみなり》のような足音《あしおと》が近《ちか》づいてきた。ハグリッドがファングを従《したが》え、息《いき》せき切《き》ってやってきた。石《いし》弓《ゆみ》を背負《せお》っている。

「ダ、ダンブルドア先生《せんせい》さま！」

ハグリッドは目《め》を大《おお》きく見開《みひら》いた。

「ハリー――いってえ、これは――？」

「ハグリッド、カルカロフ校長《こうちょう》を呼《よ》んできてくれんか」

ダンブルドアが言《い》った。

「カルカロフの生徒《せいと》が襲《おそ》われたのじゃ。それがすんだら、ご苦労《くろう》じゃが、ムーディ先生《せんせい》に警告《けいこく》を――」

「それにはおよばん、ダンブルドア」

ゼイゼイというなり声《ごえ》がした。

「ここにおる」

ムーディがステッキにすがり、杖灯《つえあか》りをともし、足《あし》を引《ひ》きずってやってきた。

「この足《あし》め」

ムーディが腹立《はらだ》たしげに言《い》った。

「もっと早《はや》く来《こ》られたものを……何事《なにごと》だ？　スネイプが、クラウチがどうのと言《い》っておったが――」

「クラウチ？」ハグリッドがポカンとした。

「カルカロフを早《はや》く、ハグリッド！」ダンブルドアの鋭《するど》い声《こえ》が飛《と》んだ。

「あ、へえ……わかりました、先生《せんせい》さま……」

そう言《い》うなり、くるりと背《せ》を向《む》け、ハグリッドは暗《くら》い木立《こだち》の中《なか》に消《き》えていった。ファングがかけ足《あし》であとに従《したが》った。

「バーティ・クラウチがどこに行《い》ったのか、わからんのじゃが」

ダンブルドアがムーディに話《はな》しかけた。

「しかし、何《なん》としても探《さが》し出《だ》すことが大事《だいじ》じゃ」

「承知《しょうち》した」

ムーディはうなるようにそう言《い》うと、杖《つえ》をかまえなおし、足《あし》を引《ひ》きずりながら禁《きん》じられた森《もり》へと去《さ》った。

それからしばらく、ダンブルドアもハリーも無言《むごん》だった。やがて、紛《まぎ》れもなく、ハグリッドとファングの戻《もど》ってくる音《おと》がした。カルカロフがそのあとから急《いそ》いでやってきた。なめらかなシルバーの毛皮《けがわ》をはおり、青《あお》ざめて、動揺《どうよう》しているように見《み》えた。

「いったいこれは？」

クラムが地面《じめん》に横《よこ》たわり、ダンブルドアとハリーがそばにいるのを見《み》て、カルカロフが叫《さけ》んだ。

「これは何事《なにごと》だ？」

「ヴぉく、襲《おそ》われました！」

クラムが今度《こんど》は身《み》を起《お》こし、頭《あたま》をさすった。

「クラウチ氏《し》とか何《なん》とかいう名前《なまえ》の――」

「クラウチが君《きみ》を襲《おそ》った？　クラウチが襲《おそ》った？　対校試合《たいこうじあい》の審査員《しんさいん》が？」

「イゴール」

ダンブルドアが口《くち》を開《ひら》いた。しかしカルカロフは身《み》がまえ、激怒《げきど》した様子《ようす》で、毛皮《けがわ》をギュッと体《からだ》に巻《ま》きつけた。

「裏切《うらぎ》りだ！」

ダンブルドアを指差《ゆびさ》し、カルカロフがわめいた。

「罠《わな》だ！　君《きみ》と魔法省《まほうしょう》とで、私《わたし》をここにおびきよせるために、にせの口実《こうじつ》を仕組《しく》んだな、ダンブルドア！　はじめから平等《びょうどう》な試合《しあい》ではないのだ！　最初《さいしょ》は、年齢制限以下《ねんれいせいげんいか》なのに、ポッターを試合《しあい》にもぐり込《こ》ませた！　今度《こんど》は魔法省《まほうしょう》の君《きみ》の仲間《なかま》の一人《ひとり》が、私《わたし》の代表選手《だいひょうせんしゅ》を動《うご》けなくしようとした！　何《なに》もかも裏取引《うらとりひき》と腐敗《ふはい》の臭《にお》いがするぞ、ダンブルドア。魔法使《まほうつか》いの国際連携《こくさいれんけい》を深《ふか》めるの、旧交《きゅうこう》を温《あたた》めるの、昔《むかし》の対立《たいりつ》を水《みず》に流《なが》すのと、口先《くちさき》ばかりだ——おまえなんか、こうしてやる！」

カルカロフはダンブルドアの足元《あしもと》にペッとつばを吐《は》いた。そのとたん、ハグリッドがあっという間《ま》にカルカロフの毛皮《けがわ》の胸《むな》ぐらをつかみ、宙吊《ちゅうづ》りにしてそばの木《き》にたたきつけた。

「謝《あやま》れ！」

ハグリッドがうなった。ハグリッドの巨大《きょだい》な拳《こぶし》をのど元《もと》に突《つ》きつけられ、カルカロフは息《いき》が詰《つ》まり、両足《りょうあし》は宙《ちゅう》に浮《う》いてぶらぶらしていた。

「ハグリッド、やめるのじゃ！」

ダンブルドアが叫《さけ》んだ。目《め》がピカリと光《ひか》った。

ハグリッドはカルカロフを木《き》に押《お》しつけていた手《て》を離《はな》した。カルカロフはずるずる木《き》の幹《みき》に沿《そ》ってずり落《お》ち、ぶざまに丸《まる》まって木《き》の根元《ねもと》にドサリと落《お》ちた。小枝《こえだ》や木《こ》の葉《は》がバラバラとカルカロフの頭上《ずじょう》に降《ふ》りかかった。

「ご苦労《くろう》じゃが、ハグリッド、ハリーを城《しろ》まで送《おく》ってやってくれ」

ダンブルドアが鋭《するど》い口調《くちょう》で言《い》った。

ハグリッドは息《いき》を荒《あら》らげ、カルカロフを恐《おそ》ろしい顔《かお》でにらみつけた。

「俺《おれ》は、ここにいたほうがいいんではねえでしょうか、校長先生《こうちょうせんせい》さま……」

「ハリーを学校《がっこう》に連《つ》れていくのじゃ、ハグリッド」

ダンブルドアが、きっぱりとくり返《かえ》した。

「まっすぐにグリフィンドール塔《とう》へ連《つ》れていくのじゃ。そして、ハリー――動《うご》くでないぞ。何《なに》かしたくとも――ふくろう便《びん》を送《おく》りたくとも――明日《あす》の朝《あさ》まで待《ま》つのじゃ。わかったかな？」

「あの――はい」

ハリーはダンブルドアをじっと見《み》た。たった今《いま》、ピッグウィジョンをシリウスのところに送《おく》って、何《なに》が起《お》こったかを知《し》らせようと思《おも》っていたのに、ダンブルドアはどうしてそれがわかったんだろう？

「ファングを残《のこ》していきますだ、校長先生《こうちょうせんせい》さま」

ハグリッドがカルカロフを脅《おど》すようににらみつけながら言《い》った。カルカロフは毛皮《けがわ》と木《き》の根《ね》とにもつれて、まだ木《き》の根元《ねもと》に伸《の》びていた。

「ファング、ステイ。待《ま》て。ハリー、行《い》こう」

二人《ふたり》はだまったまま、ボーバトンの馬車《ばしゃ》を通《とお》り過《す》ぎ、城《しろ》に向《む》かって歩《ある》いた。

「あいつ、よくも」

急《いそ》ぎ足《あし》で湖《みずうみ》を通《とお》り過《す》ぎながら、ハグリッドがうなった。

「ダンブルドアを責《せ》めるなんて、よくも。そんなことをダンブルドアがしたみてえに。ダンブルドアがおまえさんを、はじめから試合《しあい》に出《だ》したかったみてえに。心配《しんぱい》なさってるんだ！　ここんとこ、ずっとだ。ダンブルドアがこんなに心配《しんぱい》なさるのを今《いま》までに見《み》たことがねえ。それにおまえもおまえだ！」

ハグリッドが急《きゅう》にハリーに怒《いか》りを向《む》けた。ハリーはびっくりしてハグリッドを見《み》た。

「クラムみてえな野郎《やろう》とほっつき歩《ある》いて、何《なに》しとったんだ？　やつはダームストラングだぞ、ハリー！　あそこでおまえさんに呪《のろ》いをかけることもできただろうが。え？　ムーディから何《なに》を習《なら》っちょった？　ほいほい進《すす》んで、やつにおびき出《だ》されるたあ――」

「クラムはそんな人《ひと》じゃない！」

玄関《げんかん》ホールの石段《いしだん》を上《のぼ》りながら、ハリーが言《い》った。

「僕《ぼく》に呪《のろ》いをかけようとなんかしなかった。ただ、ハーマイオニーのことを話《はな》したかっただけなんだ――」

「ハーマイオニーとも少《すこ》し話《はなし》をせにゃならんな」

石段《いしだん》をドシンドシン踏《ふ》みしめながら、ハグリッドが暗《くら》い顔《かお》をした。

「よそ者《もの》とはなるべくかかわらんほうがええ。そのほうが身《み》のためだ。誰《だれ》も信用《しんよう》できん」

「ハグリッドだって、マダム・マクシームと仲《なか》よくやってたじゃない」

ハリーはちょっとかんにさわった。

「あの女《ひと》の話《はなし》は、もうせんでくれ」

ハグリッドは一瞬怖《いっしゅんこわ》い顔《かお》をした。

「もう腹《はら》は読《よ》めとる！　俺《おれ》に取《と》り入《い》ろうとしとる。第《だい》三の課題《かだい》が何《なん》なのか聞《き》き出《だ》そうとしとる。へん！　あいつら、誰《だれ》も信用《しんよう》できん！」

ハグリッドの機嫌《きげん》が最悪《さいあく》だったので、「太《ふと》った婦人《レディ》」の前《まえ》でおやすみを言《い》ったとき、ハリーはとてもホッとした。

肖像画《しょうぞうが》の穴《あな》をはい登《のぼ》って談話室《だんわしつ》に入《はい》ると、ハリーはまっすぐ、ロンとハーマイオニーのいる部屋《へや》の隅《すみ》に急《いそ》いだ。今夜《こんや》の出来事《できごと》を二人《ふたり》に話《はな》さなければ。

第《だい》29章《しょう》 夢《ゆめ》

「つまり、こういうことになるわね」

ハーマイオニーが額《ひたい》をこすりながら言《い》った。

「クラウチさんがビクトールを襲《おそ》ったか、それとも、ビクトールがよそ見《み》をしているときに、別《べつ》の誰《だれ》かが二人《ふたり》を襲《おそ》ったかだわ」

「クラウチに決《き》まってる」

ロンがすかさず突《つ》っ込《こ》んだ。

「だから、ハリーとダンブルドアが現場《げんば》に行《い》ったときに、クラウチはいなかった。とんずらしたんだ」

「ちがうと思《おも》うな」

ハリーが首《くび》を振《ふ》った。

「クラウチはとっても弱《よわ》っていたみたいだ――『姿《すがた》くらまし』なんかもできなかったと思《おも》う」

「ホグワーツの敷地内《しきちない》では、『姿《すがた》くらまし』はできないの。何度《なんど》も言《い》ったでしょ？」

ハーマイオニーが言《い》った。

「よーし……こんな説《せつ》はどうだ」ロンが興奮《こうふん》しながら言《い》った。

「クラムがクラウチを襲《おそ》った——いや、ちょっと待《ま》って——それから自分自身《じぶんじしん》に『失神術《しっしんじゅつ》』をかけた！」

「そして、クラウチさんは蒸発《じょうはつ》した。そういうわけ？」ハーマイオニーが冷《つめ》たく言《い》い放《はな》った。

「ああ、そうか……」

夜明《よあ》けだった。ハリー、ロン、ハーマイオニーは朝早《あさはや》く、こっそり寮《りょう》を抜《ぬ》け出《だ》し、シリウスに手紙《てがみ》を送《おく》るために、急《いそ》いでふくろう小屋《ごや》にやってきたところだった。今《いま》、三人《にん》は朝靄《あさもや》の立《た》ち込《こ》める校庭《こうてい》を眺《なが》めながら話《はなし》をしていた。夜遅《よるおそ》くまでクラウチ氏《し》の話《はなし》をしていたので、三人《にん》とも顔色《かおいろ》が悪《わる》く、腫《は》れぼったい目《め》をしていた。

「ハリー、もう一回話《かいはな》してちょうだい」ハーマイオニーが言《い》った。

「クラウチさんは、何《なに》をしゃべったの？」

「もう話《はな》しただろ。わけのわからないことだったって」ハリーが言《い》った。

「ダンブルドアに何《なに》かを警告《けいこく》したいって言《い》ってた。バーサ・ジョーキンズの名前《なまえ》ははっきり言《い》った。もう死《し》んでると思《おも》ってるらしいよ。何《なに》かが、自分《じぶん》のせいだって、何度《なんど》もくり返《かえ》してた……自《じ》分《ぶん》の息子《むすこ》のことを言《い》った」

「そりゃ、たしかにあの人《ひと》のせいだわ」ハーマイオニーはつっけんどんに言《い》った。

「あの人《ひと》、正気《しょうき》じゃなかった」ハリーが言《い》った。

「話《はなし》の半分《はんぶん》ぐらいは、奥《おく》さんと息子《むすこ》がまだ生《い》きているつもりで話《はな》してたし、パーシーに仕事《しごと》のことばかり話《はな》しかけて、命令《めいれい》していた」

「それと……『例《れい》のあの人《ひと》』については何《なん》て言《い》ったんだっけ？」

ロンが聞《き》きたいような、聞《き》きたくないような言《い》い方《かた》をした。

「もう話《はな》しただろ」

ハリーはのろのろとくり返《かえ》した。

「より強《つよ》くなっているって、そう言《い》ってたんだ」

みんなだまり込《こ》んだ。

それから、ロンが空元気《からげんき》を振《ふ》りしぼって言《い》った。

「だけど、クラウチは正気《しょうき》じゃなかったんだ。そう言《い》ったよね。だから、半分《はんぶん》ぐらいはたぶんうわ言《ごと》さ……」

「ヴォルデモートのことをしゃべろうとしたときは、一番正気《いちばんしょうき》だったよ」

ハリーは、ロンがヴォルデモートの名前《なまえ》だけでぎくりとするのを無視《むし》した。

「言葉《ことば》を二つつなぐことさえやっとだったのに、このことになると、自分《じぶん》がどこにいて何《なに》をしたいのかがわかってたみたいなんだ。ダンブルドアに会《あ》わなきゃって、それぱっかり言《い》ってた」

ハリーは窓《まど》から目《め》を離《はな》し、天井《てんじょう》の垂木《たるき》を見上《みあ》げた。ふくろうのいない止《と》まり木《ぎ》が多《おお》かった。ときどき一羽《わ》、また一羽《わ》と、夜《よる》の狩《かり》から戻《もど》ったふくろうが、ネズミをくわえてスイーッと窓《まど》から入《はい》ってきた。

「スネイプにじゃまされなけりゃ」

ハリーは悔《くや》しそうに言《い》った。

「間《ま》に合《あ》ってたかもしれないのに。『校長《こうちょう》は忙《いそが》しいのだ、ポッター……寝《ね》ぼけたことを！』だってさ。じゃませずにほっといてくれればよかったんだ」

「もしかしたら、君《きみ》を現場《げんば》に行《い》かせたくなかったんだ！」

ロンが急《せ》き込《こ》んで言《い》った。

「たぶん——待《ま》てよ——スネイプが禁《きん》じられた森《もり》に行《い》くとしたら、どのくらい早《はや》く行《い》けたと思《おも》う？　君《きみ》やダンブルドアを追《お》い抜《ぬ》けたと思《おも》うか？」

「コウモリか何《なに》かに変身《へんしん》しないと無理《むり》だ」ハリーが言《い》った。

「それもありだな」ロンがつぶやいた。

「ムーディ先生《せんせい》に会《あ》わなきゃ」

ハーマイオニーが言《い》った。

「クラウチさんを見《み》つけたかどうか、たしかめなきゃ」

「ムーディがあの時《とき》『忍《しの》びの地図《ちず》』を持《も》っていたら、簡単《かんたん》だったろうけど」

ハリーが言《い》った。

「ただし、クラウチが校庭《こうてい》から外《そと》に出《で》てしまっていなければだけどな」

ロンが言《い》った。

「だって、あれは学校《がっこう》の境界線《きょうかいせん》の中《なか》しか見《み》せてくれないはずだし——」

「シッ！」

突然《とつぜん》ハーマイオニーが制《せい》した。

階段《かいだん》を上《あ》がって誰《だれ》かがふくろう小屋《ごや》に来《く》る。ハリーの耳《みみ》に、二人《ふたり》で口論《こうろん》する声《こえ》がだんだん近《ちか》づいてくるのが聞《き》こえた。

「——脅迫《きょうはく》だよ、それは。それじゃ、面倒《めんどう》なことになるかもしれないぜ——」

「――これまでは行儀《ぎょうぎ》よくやってきたんだ。もう汚《きたな》い手《て》に出《で》る時《とき》だ。やつとおんなじに。やつは、自分《じぶん》のやったことを、魔法省《まほうしょう》に知《し》られたくないだろうから――」

「それを書《か》いたら、脅迫状《きょうはくじょう》になるって、そう言《い》ってるんだよ！」

「そうさ。だけど、そのおかげでどっさりおいしい見返《みかえ》りがあるなら、おまえだって文句《もんく》はないだろう？」

ふくろう小屋《ごや》の戸《と》がバーンと開《ひら》き、フレッドとジョージが敷居《しきい》をまたいで入《はい》ってきた。そして、ハリー、ロン、ハーマイオニーを見《み》つけ、その場《ば》に凍《こお》りついた。

「こんなとこで何《なに》してるんだ？」ロンとフレッドが同時《どうじ》に叫《さけ》んだ。

「ふくろう便《びん》を出《だ》しに」ハリーとジョージが同時《どうじ》に答《こた》えた。

「え？　こんな時間《じかん》に？」ハーマイオニーとフレッドが言《い》った。

フレッドがニヤッとした。

「いいさ――君《きみ》たちが何《なに》も聞《き》かなけりゃ、俺《おれ》たちも君《きみ》たちが何《なに》しているか聞《き》かないことにしよう」

フレッドは封書《ふうしょ》を手《て》に持《も》っていた。ハリーがちらりと見《み》ると、フレッドは偶然《ぐうぜん》か、わざとか、手《て》をもぞもぞさせて宛名《あてな》を隠《かく》した。

「さあ、みなさんをお引《ひ》きとめはいたしませんよ」

フレッドが出口《でぐち》を指差《ゆびさ》しながら、おどけたようにおじぎした。

ロンは動《うご》かなかった。

「誰《だれ》を脅迫《きょうはく》するんだい？」ロンが聞《き》いた。

フレッドの顔《かお》からニヤリが消《き》えた。ハリーが見《み》ていると、ジョージがちらっとフレッドを横目《よこめ》で見《み》て、それからロンに笑《わら》いかけた。

「バカ言《い》うな。単《たん》なる冗談《じょうだん》さ」ジョージが何《なん》でもなさそうに言《い》った。

「そうは聞《き》こえなかったぞ」ロンが言《い》った。

フレッドとジョージが顔《かお》を見合《みあ》わせた。

それから、ふいにフレッドが言《い》った。

「前《まえ》にも言《い》ったけどな、ロン、鼻《はな》の形《かたち》を変《か》えたくなかったら、引《ひ》っ込《こ》んでろ。もっとも鼻《はな》の形《かたち》は変《か》えたほうがいいかもしれないけどな――」

「誰《だれ》かを脅迫《きょうはく》しようとしてるなら、僕《ぼく》にだって関係《かんけい》があるんだ」

ロンが言《い》った。

「ジョージの言《い》うとおりだよ。そんなことしたら、すごく面倒《めんどう》なことになるかもしれないぞ」

「冗談《じょうだん》だって、言《い》ったじゃないか」ジョージが言《い》った。

ジョージはフレッドの手《て》から手紙《てがみ》をもぎ取《と》り、一番近《いちばんちか》くにいたメンフクロウの脚《あし》にくくりつけはじめた。

「おまえ、少《すこ》しあのなつかしの兄貴《あにき》に似《に》てきたぞ、ロン。そのままいけば、おまえも監督生《かんとくせい》になれる」

「そんなのになるもんか！」ロンが熱《あつ》くなった。

ジョージはメンフクロウを窓際《まどぎわ》に連《つ》れていって、飛《と》び立《た》たせた。

そして、振《ふ》り返《かえ》ってロンにニヤッと笑《わら》いかけた。

「そうか、それなら他人《たにん》に何《なに》しろかにしろと、うるさく言《い》うな。じゃあな」

フレッドとジョージはふくろう小屋《ごや》を出《で》ていった。ハリー、ロン、ハーマイオニーは互《たが》いに顔《かお》を見合《みあ》わせた。

「あの二人《ふたり》、何《なに》か知《し》ってるのかしら？」ハーマイオニーがささやいた。

「クラウチのこととか、いろいろ」

「いいや」ハリーが言《い》った。

「あれぐらい深刻《しんこく》なことなら、二人《ふたり》とも誰《だれ》かに話《はな》してるはずだ。ダンブルドアに話《はな》すだろう」

しかし、ロンは何《なん》だか落《お》ち着《つ》かない。

「どうしたの？」ハーマイオニーが聞《き》いた。

「あのさ……」

ロンが言《い》いにくそうに言《い》った。

「あの二人《ふたり》が誰《だれ》かに話《はな》すかどうか、僕《ぼく》、わかんない。あの二人《ふたり》……あの二人《ふたり》、最近金《さいきんかね》もうけに取《と》り憑《つ》かれてるんだ。僕《ぼく》、あの連中《れんちゅう》にくっついて歩《ある》いていたときにそのことに気《き》づいたんだ――ほら、あの時《とき》だよ――ほら――」

「僕《ぼく》たちが口《くち》をきかなかったときだね」

ハリーがロンのかわりに言《い》った。

「わかったよ。だけど、脅迫《きょうはく》なんて……」

「あの『いたずら専門店《せんもんてん》』のことさ」ロンが言《い》った。「僕《ぼく》、あの二人《ふたり》が、ママを困《こま》らせるために店《みせ》のことを言《い》ってるんだと思《おも》ってた。そしたら、真剣《しんけん》なんだよ。二人《ふたり》で店《みせ》を始《はじ》めたいんだ。ホグワーツ卒業《そつぎょう》まであと一年《ねん》しかないし、将来《しょうらい》のことを考《かんが》える時《とき》だって。パパは二人《ふたり》を援助《えんじょ》することができないし、だから二人《ふたり》は、店《みせ》を始《はじ》めるのに金貨《きんか》が必要《ひつよう》だって、いつもそう言《い》ってるんだ」

今度《こんど》はハーマイオニーが落《お》ち着《つ》かなくなった。

「そう。でも……あの二人《ふたり》は、金貨《きんか》のために法律《ほうりつ》に反《はん》するようなことしないでしょう？」

「しないかなぁ」

ロンが疑《うたが》わしそうに言《い》った。

「わかんない……規則破《きそくやぶ》りを気《き》にするような二人《ふたり》じゃないだろ？」

「そうだけど、こんどは法律《ほうりつ》なのよ」

ハーマイオニーは恐《おそ》ろしそうに言《い》った。

「ばかげた校則《こうそく》とはちがうわ……脅迫《きょうはく》したら、居残《いのこ》り罰《ばつ》じゃすまないわよ！　ロン……パーシーに言《い》ったほうがいいんじゃないかしら……」

「正気《しょうき》か？」ロンが言《い》った。

「パーシーに言《い》う？　あいつ、クラウチとおんなじように、弟《おとうと》を突《つ》き出《だ》すぜ」

ロンはフレッドとジョージがふくろうを放《はな》った窓《まど》をじっと見《み》た。

「さあ、行《い》こうか。朝食《ちょうしょく》だ」

「ムーディ先生《せんせい》にお目《め》にかかるのには早過《はやす》ぎると思《おも》う？」

らせん階段《かいだん》を下《お》りながら、ハーマイオニーが言《い》った。

「うん」ハリーが答《こた》えた。「こんな夜明《よあ》けに起《お》こしたら、僕《ぼく》たちドアごと吹《ふ》っ飛《と》ばされると思《おも》うな。ムーディの寝込《ねこ》みを襲《おそ》ったと思《おも》われちゃうよ。休《やす》み時間《じかん》まで待《ま》ったほうがいい」

「魔法史《まほうし》」の授業《じゅぎょう》がこんなにのろのろ感《かん》じられるのもめずらしかった。ハリーは自分《じぶん》の腕時計《うでどけい》をついに捨《す》ててしまったので、ロンの腕時計《うでどけい》をのぞき込《こ》んでばかりいた。しかしロンの時計《とけい》の進《すす》みがあまりに遅《おそ》いので、きっとこれも壊《こわ》れているにちがいないと思《おも》った。三人《にん》ともつかれはてていたので、机《つくえ》に頭《あたま》をのせたら、気持《きも》ちよく眠《ねむ》り込《こ》んでしまっただろう。ハーマイオニーでさえ、いつものようにノートを取《と》る様子《ようす》もなく、片手《かたて》で頭《あたま》を支《ささ》え、ビンズ先生《せんせい》をとろんとした目《め》で見《み》つめているだけだった。

やっと終業《しゅうぎょう》のベルが鳴《な》ると、三人《にん》は廊下《ろうか》に飛《と》び出《だ》し、「闇《やみ》の魔術《まじゅつ》」の教室《きょうしつ》に急《いそ》いだ。ムーディは教室《きょうしつ》から出《で》るところだった。ムーディも、三人《にん》と同《おな》じようにつかれた様子《ようす》だった。普通《ふつう》の目《め》のまぶたが垂《た》れ下《さ》がり、いつもに増《ま》してひん曲《ま》がった顔《かお》に見《み》えた。

「ムーディ先生《せんせい》？」

生徒《せいと》たちをかき分《わ》けてムーディに近《ちか》づきながら、ハリーが呼《よ》びかけた。

「おお、ポッター」

ムーディがうなった。「魔法《まほう》の目《め》」が、通《とお》り過《す》ぎていく二、三人《にん》の一年生《ねんせい》を追《お》っていた。一年《ねん》生《せい》はびくびくしながら足《あし》を速《はや》めて通《とお》り過《す》ぎた。「魔法《まほう》の目《め》」が、背後《はいご》を見《み》るようにひっくり返《かえ》り、一年生《ねんせい》が角《かど》を曲《ま》がるのを見届《みとど》け、それからムーディが口《くち》を開《ひら》いた。

「こっちへ来《こ》い」

ムーディは少《すこ》し後《うし》ろに下《さ》がって、空《から》になった教室《きょうしつ》に三人《にん》を招《しょう》じ入《い》れ、そのあとで自分《じぶん》も入《はい》ってドアを閉《し》めた。

「見《み》つけたのですか？」

ハリーは前置《まえお》きなしに聞《き》いた。

「クラウチさんを？」

「いや」

そう言《い》うと、ムーディは自分《じぶん》の机《つくえ》まで行《い》って腰《こし》かけ、小《ちい》さくうめきながら義足《ぎそく》を伸《の》ばし、携帯《けいたい》用酒瓶《ようさかびん》を引《ひ》っ張《ぱ》り出《だ》した。

「あの地図《ちず》を使《つか》いましたか？」ハリーが聞《き》いた。

「もちろんだ」

ムーディは酒瓶《さかびん》を口《くち》にしてぐいと飲《の》んだ。

「おまえのまねをしてな、ポッター。『呼《よ》び寄《よ》せ呪文《じゅもん》』でわしの部屋《へや》から禁《きん》じられた森《もり》まで、地《ち》図《ず》を呼《よ》び出《だ》した。クラウチは地図《ちず》のどこにもいなかった」

「それじゃ、やっぱり『姿《すがた》くらまし』術《じゅつ》？」ロンが言《い》った。

「ロン！　学校《がっこう》の敷地内《しきちない》では、『姿《すがた》くらまし』はできないの！」ハーマイオニーが言《い》った。

「消《き》えるには、何《なに》かほかの方法《ほうほう》があるんですね？　先生《せんせい》？」

ムーディの「魔法《まほう》の目《め》」が、ハーマイオニーを見《み》すえて、笑《わら》うように震《ふる》えた。

「おまえもプロの闇祓《やみばら》いになることを考《かんが》えてもよい一人《ひとり》だな」

ムーディが言《い》った。

「グレンジャー、考《かんが》えることが筋道立《すじみちだ》っておる」

ハーマイオニーがうれしそうにほおを赤《あか》らめた。

「うーん、クラウチは透明《とうめい》ではなかったし」

ハリーが言《い》った。

「あの地図《ちず》は透明《とうめい》でも現《あらわ》れます。それじゃ、きっと学校《がっこう》の敷地《しきち》から出《で》てしまったのでしょう」

「だけど、自分《じぶん》一人《ひとり》の力《ちから》で？」

ハーマイオニーの声《こえ》に熱《ねつ》がこもった。

「それとも、誰《だれ》かがそうさせたのかしら？」

「そうだ。誰《だれ》かがやったかも――箒《ほうき》に乗《の》せて、一緒《いっしょ》に飛《と》んでいった。ちがうかな？」

ロンは急《いそ》いでそう言《い》うと、期待《きたい》のこもった目《め》でムーディを見《み》た。自分《じぶん》も闇祓《やみばら》いの素質《そしつ》があると言《い》ってもらいたそうな顔《かお》だった。

「さらわれた可能性《かのうせい》は皆無《かいむ》ではない」ムーディがうなった。

「じゃ」ロンが続《つづ》けた。「クラウチはホグズミードのどこかにいると？」

「どこにいてもおかしくはないが」

ムーディが頭《かぶり》を振《ふ》った。

「確実《かくじつ》なのは、ここにはいないということだ」

ムーディは大《おお》きなあくびをした。傷痕《きずあと》が引《ひ》っ張《ぱ》られて伸《の》びた。ひん曲《ま》がった口《くち》の中《なか》で、歯《は》が数《すう》本欠《ほんか》けているのが見《み》えた。

「さーて、ダンブルドアが言《い》っておったが、おまえたち三人《にん》は探偵《たんてい》ごっこをしておるようだな。クラウチはおまえたちの手《て》には負《お》えん。魔法省《まほうしょう》が捜索《そうさく》に乗《の》り出《だ》すだろう。ダンブルドアが知《し》らせたのでな。ポッター、おまえは第《だい》三の課題《かだい》に集中《しゅうちゅう》することだ」

「え？」ハリーはふいを突《つ》かれた。「ああ、ええ……」

あの迷路《めいろ》のことは、昨夜《さくや》クラムと一緒《いっしょ》にあの場《ば》を離《はな》れてから一度《いちど》も考《かんが》えなかった。

「お手《て》の物《もの》だろう、これは」

ムーディは傷《きず》だらけの無精《ぶしょう》ひげの生《は》えたあごをさすりながら、ハリーを見上《みあ》げた。

「ダンブルドアの話《はなし》では、おまえはこの手《て》のものは何度《なんど》もやってのけたらしいな。一年生《ねんせい》のとき、賢者《けんじゃ》の石《いし》を守《まも》る障害《しょうがい》の数々《かずかず》を破《やぶ》ったとか。そうだろうが？」

「僕《ぼく》たちが手伝《てつだ》ったんだ」ロンが急《いそ》いで言《い》った。「僕《ぼく》とハーマイオニーが手伝《てつだ》った」

ムーディがニヤリと笑《わら》った。

「ふむ。今度《こんど》のも練習《れんしゅう》を手伝《てつだ》うがよい。今度《こんど》はポッターが勝《か》って当然《とうぜん》だ。当面《とうめん》は……ポッター、警戒《けいかい》をおこたるな。油断大敵《ゆだんたいてき》だ」

ムーディは携帯用酒瓶《けいたいようさかびん》からまたぐいーっと大《おお》きく一飲《ひとの》みし、「魔法《まほう》の目《め》」を窓《まど》のほうにくるりと回《まわ》した。ダームストラング船《せん》の一番上《いちばんうえ》の帆《ほ》が窓《まど》から見《み》えていた。

「おまえたち二人《ふたり》は」

ムーディの普通《ふつう》の目《め》がロンとハーマイオニーを見《み》ていた。

「ポッターから離《はな》れるでないぞ。いいか？ わしも目《め》を光《ひか》らせているが、それにしてもだ……警《けい》戒《かい》の目《め》は多過《おおす》ぎて困《こま》るということはない」

翌朝《よくあさ》には、シリウスが同《おな》じふくろうで返事《へんじ》をよこした。ハリーのそばにそのふくろうが舞《ま》い降《お》りると同時《どうじ》に、モリフクロウが一羽《わ》、くちばしに『日刊予言者新聞《にっかんよげんしゃしんぶん》』をくわえて、ハーマイオニーの前《まえ》に降《お》りてきた。新聞《しんぶん》の最初《さいしょ》の二、三面《めん》を斜《なな》め読《よ》みしたハーマイオニーが「フン！　あの女《おんな》、クラウチのことはまだかぎつけてないわ！」と言《い》った。それから、ロン、ハリーと一緒《いっしょ》に、シリウスがおとといの夜《よる》の不可思議《ふかしぎ》な事件《じけん》について、何《なん》と言《い》ってきたのかを読《よ》んだ。

ハリー——いったい何《なに》を考《かんが》えているんだ？　ビクトール・クラムと一緒《いっしょ》に禁《きん》じられた森《もり》に入《はい》るなんて。誰《だれ》かと夜《よる》に出歩《である》くなんて、二度《にど》としないと返事《へんじ》のふくろう便《びん》で約束《やくそく》してくれ。ホグワーツには、誰《だれ》か極《きわ》めて危険《きけん》な人物《じんぶつ》がいる。クラウチがダンブルドアに会《あ》うのを、そいつが止《と》めようとしたのは明《あき》らかだ。そいつは、暗闇《くらやみ》の中《なか》で、君《きみ》のすぐ近《ちか》くにいたはずだ。殺《ころ》されていたかもしれないのだぞ。

君《きみ》の名前《なまえ》が「炎《ほのお》のゴブレット」に入《はい》っていたのも、偶然《ぐうぜん》ではない。誰《だれ》かが君《きみ》を襲《おそ》おうとしているなら、これからが最後《さいご》のチャンスだ。ロンやハーマイオニーから離《はな》れるな。

夜《よる》にグリフィンドール塔《とう》から出《で》るな。そして、第《だい》三の課題《かだい》のために準備《じゅんび》するのだ。「失《しっ》神呪文《しんじゅもん》」「武装解除呪文《ぶそうかいじょじゅもん》」を練習《れんしゅう》すること。呪《のろ》いをいくつか覚《おぼ》えておいても損《そん》はない。クラウチに関《かん》しては、君《きみ》の出《で》る幕《まく》ではない。おとなしくして、自分《じぶん》のことだけを考《かんが》えるのだ。もう変《へん》な所《ところ》へ出《で》ていかないと、約束《やくそく》の手紙《てがみ》を送《おく》ってくれ。待《ま》っている。

シリウスより

「変《へん》な所《ところ》に行《い》くなって、僕《ぼく》に説教《せっきょう》する資格《しかく》がある?」

ハリーは少《すこ》し腹《はら》を立《た》てながらシリウスの手紙《てがみ》を折《お》りたたんでローブにしまった。

「学校時代《がっこうじだい》に自分《じぶん》がやったことを棚《たな》に上《あ》げて!」

「あなたのことを心配《しんぱい》してるんじゃない!」

ハーマイオニーが厳《きび》しい声《こえ》で言《い》った。

「ムーディもハグリッドもそうよ! ちゃんと言《い》うことを聞《き》きなさい!」

「この一年《ねん》、誰《だれ》も僕《ぼく》を襲《おそ》おうとしてないよ」ハリーが言《い》った。

「誰《だれ》も、なーんにもしやしない——」

「あなたの名前《なまえ》を『炎《ほのお》のゴブレット』に入《い》れた以外《いがい》はね」

ハーマイオニーが言《い》った。

「それに、ちゃんと理由《りゆう》があってそうしたにちがいないのよ、ハリー。スナッフルズが正《ただ》しいわ。きっとやつは時《とき》を待《ま》ってるんだわ。たぶん、今度《こんど》の課題《かだい》であなたに手《て》を下《くだ》すつもりよ」

「いいかい」

ハリーはいらいらと言《い》った。

「スナッフルズが正《ただ》しいとするよ。誰《だれ》かがクラムに『失神呪文《しっしんじゅもん》』をかけて、クラウチをさらったとするよ。なら、そいつは僕《ぼく》らの近《ちか》くの木陰《こかげ》にいたはずだ。そうだろう？　だけど僕《ぼく》がいなくなるまで何《なに》もしなかった。そうじゃないか？　だったら、僕《ぼく》がねらいってわけじゃないだろう？」

「禁《きん》じられた森《もり》であなたを殺《ころ》したら、事故《じこ》に見《み》せかけることができないじゃない！」

ハーマイオニーが言《い》った。

「だけど、もしあなたが課題《かだい》の最中《さいちゅう》に死《し》んだら――」

「クラムのことは平気《へいき》で襲《おそ》ったじゃないか」

ハリーが言《い》い返《かえ》した。

「僕《ぼく》のことも一緒《いっしょ》に消《け》しちゃえばよかっただろ？　クラムと僕《ぼく》が決闘《けっとう》かなんかしたように見《み》せか

けることもできたのに」

「ハリー、私《わたし》にもわからないのよ」

ハーマイオニーが弱《よわ》りはてたように言《い》った。

「おかしなことがたくさん起《お》こっていることだけはわかってる。それが気《き》に入《い》らないわ……ムーディは正《ただ》しい——スナッフルズも正《ただ》しい——あなたはすぐにでも第《だい》三の課題《かだい》のトレーニングを始《はじ》めるべきだわ。それに、すぐにスナッフルズに返事《へんじ》を書《か》いて、二度《にど》と一人《ひとり》で抜《ぬ》け出《だ》したりしないと約束《やくそく》しなきゃ」


城《しろ》の中《なか》にこもっていなければならないとなると、ホグワーツの校庭《こうてい》はますます強《つよ》く誘《さそ》いかけてくるようだった。二、三日《にち》は、ハリーもハーマイオニーやロンと図書館《としょかん》に行《い》って呪《のろ》いを探《さが》したり、からっぽの教室《きょうしつ》に三人《にん》で忍《しの》び込《こ》んで練習《れんしゅう》をしたりして自由時間《じゆうじかん》を過《す》ごした。ハリーはこれまで使《つか》ったことのない「失神呪文《しっしんじゅもん》」に集中《しゅうちゅう》していた。困《こま》ったことには、練習《れんしゅう》をすると、ロンかハーマイオニーがある程度《ていど》犠牲《ぎせい》になるのだった。

「ミセス・ノリスをさらってこれないか？」

月曜《げつよう》の昼食時《ちゅうしょくじ》に、「呪文学《じゅもんがく》」の教室《きょうしつ》に大《だい》の字《じ》になって倒《たお》れたまま、ロンが提案《ていあん》した。五回連続《かいれんぞく》で「失神呪文《しっしんじゅもん》」にかけられ、ハリーに目《め》をさまさせられた直後《ちょくご》のことだ。

「ちょっとあいつに『失神術《しっしんじゅつ》』をかけてやろうよ。じゃなきゃ、ハリー、ドビーを使《つか》えばいい。君《きみ》のためなら何《なん》でもすると思《おも》うよ。僕《ぼく》、文句《もんく》を言《い》ってるわけじゃないけどさ」――ロンは尻《しり》をさすりながらそろそろと立《た》ち上《あ》がった――「だけど、あっちこっち痛《いた》くて……」

「だって、あなた、クッションのところに倒《たお》れないんだもの！」

ハーマイオニーがもどかしそうに言《い》いながら、クッションの山《やま》を並《なら》べなおした。「追《お》い払《はら》い呪《じゅ》文《もん》」の練習《れんしゅう》に使《つか》ったクッションを、フリットウィック先生《せんせい》が戸棚《とだな》に入《い》れたままにしておいたのだ。

「後《うし》ろにばったり倒《たお》れなさいよ！」

「『失神《しっしん》』させられたら、ハーマイオニー、ねらい定《さだ》めて倒《たお》れられるかよ！」

ロンが怒《おこ》った。

「今度《こんど》は君《きみ》がやれば？」

「いずれにしても、ハリーはもうコツをつかんだと思《おも》うわ」

ハーマイオニーがあわてて言《い》った。

「それに、『武装解除《ぶそうかいじょ》』のほうは心配《しんぱい》ないわ。ハリーはずいぶん前《まえ》からこれを使《つか》ってるし……今《こん》夜《や》はここにある呪《のろ》いのどれかに取《と》りかかったほうがいいわね」

ハーマイオニーは、図書館《としょかん》で三人《にん》で作《つく》ったリストを眺《なが》めた。

「この呪《のろ》いなんかよさそうだわ。『妨害《ぼうがい》の呪《のろ》い』。あなたを襲《おそ》うもののスピードを遅《おそ》くします。ハリー、この呪《のろ》いから始《はじ》めましょう」

ベルが鳴《な》った。三人《にん》はフリットウィック先生《せんせい》の戸棚《とだな》に急《いそ》いでクッションを押《お》し込《こ》み、そっと教室《きょうしつ》を抜《ぬ》け出《だ》した。

「それじゃ、夕食《ゆうしょく》のときにね！」

ハーマイオニーはそう言《い》うと「数占《かずうらな》い」の授業《じゅぎょう》に行《い》った。ハリーとロンは北塔《きたとう》の「占《うらな》い学《がく》」の教室《きょうしつ》に向《む》かった。金色《きんいろ》のまぶしい日光《にっこう》が高窓《たかまど》から射《さ》し込《こ》み、廊下《ろうか》に太《ふと》いしま模様《もよう》を描《えが》いていた。空《そら》はエナメルを塗《ぬ》ったかのように、明《あか》るいブルー一色《いっしょく》だった。

「トレローニーの部屋《へや》は蒸《む》し風呂《ぶろ》だぞ。あの暖炉《だんろ》の火《ひ》を消《け》したことがないからな」

天井《てんじょう》の跳《は》ね戸《ど》の下《した》に伸《の》びる銀《ぎん》のはしごに向《む》かって、階段《かいだん》を上《のぼ》りながらロンが言《い》った。

そのとおりだった。ぼんやりと灯《あか》りのともった部屋《へや》はうだるような暑《あつ》さだった。香料《こうりょう》入《い》りの火《ひ》から立《た》ち昇《のぼ》る香気《こうき》はいつもより強《つよ》く、ハリーは頭《あたま》がくらくらしながら、カーテンを閉《し》めきった窓《まど》に向《む》かって歩《ある》いていった。トレローニー先生《せんせい》がランプに引《ひ》っかかったショールをはずすのにむこうを向《む》いたすきに、ハリーはほんのわずか窓《まど》を開《あ》け、チンツ張《ば》りのひじかけ椅子《いす》に背《せ》をもたせ、そよ風《かぜ》が顔《かお》の回《まわ》りをなでるようにした。とても心地《ここち》よかった。

「みなさま」

トレローニー先生《せんせい》は、ヘッドレストつきのひじかけ椅子《いす》に座《すわ》り、生徒《せいと》と向《む》き合《あ》い、めがねで奇《き》妙《みょう》に拡大《かくだい》された目《め》でぐるりとみんなを見回《みまわ》した。

「星座占《せいざうらな》いはもうほとんど終《お》わりました。ただし、今日《きょう》は、火星《かせい》の位置《いち》がとても興味深《きょうみぶか》いところにございましてね。その支配力《しはいりょく》を調《しら》べるのにはすばらしい機会《きかい》ですの。こちらをごらんあそばせ。灯《あか》りを落《お》としますわ……」

先生《せんせい》が杖《つえ》を振《ふ》ると、ランプが消《き》えた。暖炉《だんろ》の火《ひ》だけが明《あか》るかった。トレローニー先生《せんせい》はかがんで、自分《じぶん》の椅子《いす》の下《した》から、ガラスのドームに入《はい》った、太陽系《たいようけい》のミニチュア模型《もけい》を取《と》り上《あ》げた。それは美《うつく》しいものだった。九個《こ》の惑星《わくせい》の周《まわ》りにはそれぞれの月《つき》が輝《かがや》き、燃《も》えるような太陽《たいよう》があり、その全部《ぜんぶ》が、ガラスの中《なか》にぽっかりと浮《う》いている。トレローニー先生《せんせい》が、火星《かせい》と海王星《かいおうせい》がほれぼれするような角度《かくど》を構成《こうせい》していると説明《せつめい》しはじめたのを、ハリーはぼんやりと眺《なが》めていた。むっとするような香気《こうき》が押《お》し寄《よ》せ、窓《まど》からのそよ風《かぜ》が顔《かお》をなでた。どこかカーテンの陰《かげ》で、虫《むし》がやさしく鳴《な》いているのが聞《き》こえた。ハリーのまぶたが重《おも》くなってきた……。

ハリーはワシミミズクの背《せ》に乗って、澄《す》みきったブルーの空高《そらたか》く舞《ま》い上《あ》がり、高《たか》い丘《おか》の上《うえ》に立《た》つ蔦《つた》のからんだ古《ふる》い屋敷《やしき》へと向《む》かっていた。だんだん低《ひく》く飛《と》ぶと、心地《ここち》よい風《かぜ》がハリーの顔《かお》をなでた。

そしてハリーは、館《やかた》の上《うえ》の階《かい》の暗《くら》い破《やぶ》れた窓《まど》にたどり着《つ》き、中《なか》に入《はい》った。今《いま》、ハリーとワシミミズクは、一番奥《いちばんおく》の部屋《へや》を目指《めざ》して、薄暗《うすぐら》い廊下《ろうか》を飛《と》んでいる……ドアから暗《くら》い部屋《へや》に入《はい》ると、部屋《へや》の窓《まど》は板《いた》が打《う》ちつけてあった……。

ハリーはワシミミズクから降《お》りた……ワシミミズクが部屋《へや》を横切《よこぎ》り、ハリーに背《せ》を向《む》けた椅子《いす》のほうへと飛《と》んでいくのを、ハリーは見《み》ていた……椅子《いす》のそばの床《ゆか》に、二つの黒《くろ》い影《かげ》が見《み》える……二つの影《かげ》がうごめいている……。

一つは巨大《きょだい》な蛇《へび》……もう一つは男《おとこ》……はげかけた頭《あたま》、薄《うす》い水色《みずいろ》の目《め》、とがった鼻《はな》の小男《こおとこ》だ……男《おとこ》は暖炉《だんろ》マットの上《うえ》で、ゼイゼイ声《こえ》を上《あ》げ、すすり泣《な》いている……。

「ワームテール、貴様《きさま》は運《うん》のいいやつよ」

冷《つめ》たい、かん高《だか》い声《こえ》が、ワシミミズクのとまったひじかけ椅子《いす》の奥《おく》のほうから聞《き》こえた。

「まったく運《うん》のいいやつよ。貴様《きさま》はしくじったが、すべてがだいなしにはならなかった。やつは死《し》んだ」

「ご主人様《しゅじんさま》」床《ゆか》に平伏《ひれふ》した男《おとこ》があえいだ。

「ご主人様《しゅじんさま》。わたくしめは……わたくしめは、まことにうれしゅうございます……まことに申《もう》し訳《わけ》なく……」

「ナギニ」冷《つめ》たい声《こえ》が言《い》った。

「おまえは運《うん》が悪《わる》い。結局《けっきょく》、ワームテールをおまえの餌食《えじき》にはしない……しかし、心配《しんぱい》するな。よいか……まだ、ハリー・ポッターがおるわ……」

蛇《へび》はシューッシューッと音《おと》を出《だ》した。舌《した》がチロチロするのを、ハリーは見《み》た。

「さて、ワームテールよ」冷《つめ》たい声《こえ》が言《い》った。

「おまえの失態《しったい》はもう二度《にど》と許《ゆる》さん。そのわけを、もう一度《いちど》おまえの体《からだ》に覚《おぼ》えさせよう」

「ご主人様《しゅじんさま》……どうか……お許《ゆる》しを……」

椅子《いす》の奥《おく》のほうから杖《つえ》の先端《せんたん》が出《で》てきた。ワームテールに向《む》けられている。

「クルーシオ！　苦《くる》しめ！」冷《つめ》たい声《こえ》が言《い》った。

ワームテールは悲鳴《ひめい》を上《あ》げた。体中《からだじゅう》の神経《しんけい》が燃《も》えているような悲鳴《ひめい》だ。悲鳴《ひめい》がハリーの耳《みみ》をつんざき、額《ひたい》の傷《きず》が焼《や》きごてを当《あ》てられたように痛《いた》んだ。ハリーも叫《さけ》んでいた……。ヴォルデモートが聞《き》いたら、ハリーがそこにいることに気《き》づかれてしまう……。

「ハリー！　ハリー！」

ハリーは目《め》を開《あ》けた。ハリーは、両手《りょうて》で顔《かお》を覆《おお》い、トレローニー先生《せんせい》の教室《きょうしつ》の床《ゆか》に倒《たお》れていた。傷痕《きずあと》がまだひどく痛《いた》み、目《め》がうるんでいる。痛《いた》みは夢《ゆめ》ではなかった。クラス全員《ぜんいん》がハリーを囲《かこ》んで立《た》っていた。ロンはすぐそばにひざをつき、恐怖《きょうふ》の色《いろ》を浮《う》かべていた。

「大丈夫《だいじょうぶ》か？」ロンが聞《き》いた。

「大丈夫《だいじょうぶ》なはずありませんわ！」

トレローニー先生《せんせい》は興奮《こうふん》しきっていた。大《おお》きな目《め》がハリーに近《ちか》づき、じっとのぞき込《こ》んだ。

「ポッター、どうなさったの？　不吉《ふきつ》な予兆《よちょう》？　亡霊《ぼうれい》？　何《なに》が見《み》えましたの？」

「何《なん》にも」

ハリーはうそをついて、身《み》を起《お》こした。自分《じぶん》が震《ふる》えているのがわかった。周《まわ》りを見回《みまわ》し、自分《じぶん》の後《うし》ろの暗《くら》がりを振《ふ》り返《かえ》らずにはいられなかった。ヴォルデモートの声《こえ》があれほど間近《まぢか》に聞《き》こえていた……。

「あなたは自分《じぶん》の傷《きず》をしっかり押《お》さえていました！」

トレローニー先生《せんせい》が言《い》った。

「傷《きず》を押《お》さえつけて、床《ゆか》を転《ころ》げ回《まわ》ったのですよ！　さあ、ポッター、こういうことには、あたくし、経験《けいけん》がありましてよ！」

ハリーは先生《せんせい》を見上《みあ》げた。

「医務室《いむしつ》に行《い》ったほうがいいと思《おも》います」ハリーが言《い》った。

「ひどい頭痛《ずつう》がします」

「まあ。あなたはまちがいなく、あたくしの部屋《へや》の、透視霊気《とうしれいき》の強《つよ》さに刺激《しげき》を受《う》けたのですわ！」

トレローニー先生《せんせい》が言《い》った。

「今《いま》ここを出《で》ていけば、せっかくの機会《きかい》を失《うしな》いますわよ。これまでに見《み》たことのないほどの透《とう》視《し》――」

「頭痛《ずつう》の治療薬《ちりょうやく》以外《いがい》には何《なに》も見《み》たくありません」ハリーが言《い》った。

ハリーが立《た》ち上《あ》がった。クラス中《じゅう》が、たじたじとあとずさりした。

「じゃ、あとでね」

ロンにそうささやき、ハリーはかばんを取《と》り、トレローニー先生《せんせい》には目《め》もくれず、跳《は》ね戸《ど》へと向《む》かった。先生《せんせい》はせっかくのごちそうを食《た》べそこねたような、欲求不満《よっきゅうふまん》の顔《かお》をしていた。

教室《きょうしつ》から伸《の》びるはしごの一番下《いちばんした》まで下《お》りたハリーは、しかし、医務室《いむしつ》へは行《い》かなかった。行《い》くつもりははじめからなかった。また傷痕《きずあと》が痛《いた》んだらどうすべきか、シリウスが教《おし》えてくれていた。ハリーはそれに従《したが》うつもりだった。まっすぐにダンブルドアの校長室《こうちょうしつ》に行《い》くのだ。夢《ゆめ》に見《み》たことを考《かんが》えながら、ハリーは廊下《ろうか》をただ一心《いっしん》に歩《ある》いた……プリベット通《どお》りで目《め》が覚《さ》めたときの夢《ゆめ》と同《おな》じように、今度《こんど》の夢《ゆめ》も生々《なまなま》しかった……ハリーは頭《あたま》の中《なか》で夢《ゆめ》の細《こま》かいところまで思《おも》い返《かえ》し、忘《わす》れないようにした……ヴォルデモートがワームテールのしくじりを責《せ》めているのを聞《き》いた……しかし、ワシミミズクはいい知《し》らせを持《も》っていったのだ。へまはつくろわれ、誰《だれ》かが死《し》んだ……それで、ワームテールは蛇《へび》の餌食《えじき》にならずにすんだ……そのかわり、僕《ぼく》が蛇《へび》の餌食《えじき》になる……。

ダンブルドアの部屋《へや》への入口《いりぐち》を守《まも》る怪獣《ガーゴイル》の石像《せきぞう》を、ハリーはうっかり通《とお》り過《す》ぎてしまった。ハッとして、あたりを見回《みまわ》し、自分《じぶん》が何《なに》をしてしまったかに気《き》づいて、ハリーはあと戻《もど》りした。石像《せきぞう》の前《まえ》に立《た》つと、ハリーは合言葉《あいことば》を知《し》らなかったことを思《おも》い出《だ》した。

「レモン・キャンディ？」だめかな、と思《おも》いながら言《い》ってみた。

怪獣像《ガーゴイル》はピクリともしない。

「よーし」ハリーは石像《せきぞう》をにらんだ。

「梨飴《なしあめ》。えーと、杖形甘草飴《つえがたかんぞうあめ》。フィフィ・フィズビー。どんどんふくらむドルーブルの風船《ふうせん》ガム。

バーティ・ボッツの百味《ひゃくあじ》ビーンズ……あ、ちがったかな。ダンブルドアはこれ、嫌《きら》いだったっけ？……えーい、開《ひら》いてくれよ。だめ？」

ハリーは怒《おこ》った。

「どうしてもダンブルドアに会《あ》わなきゃならないんだ。緊急《きんきゅう》なんだ！」

怪獣像《ガーゴイル》は不動《ふどう》の姿勢《しせい》だ。

ハリーは石像《せきぞう》をけとばした。足《あし》の親指《おやゆび》が死《し》ぬほど痛《いた》かっただけだった。

「蛙《かえる》チョコレート！」

ハリーは片足《かたあし》だけで立《た》って、腹《はら》を立《た》てながら叫《さけ》んだ。

「砂糖羽根《さとうはね》ペン！　ゴキブリゴソゴソ豆板《まめいた》！」

怪獣像《ガーゴイル》に命《いのち》が吹《ふ》き込《こ》まれ、脇《わき》に飛《と》びのいた。ハリーは目《め》をパチクリした。

「ゴキブリゴソゴソ豆板《まめいた》？」

ハリーは驚《おどろ》いた。

「冗談《じょうだん》のつもりだったのに……」

ハリーは壁《かべ》のすきまを急《いそ》いで通《とお》り抜《ぬ》け、石《いし》のらせん階段《かいだん》に足《あし》をかけた。すると階段《かいだん》はゆっくり上《うえ》に動《うご》きはじめ、ハリーの背後《はいご》で壁《かべ》が閉《し》まった。動《うご》くらせん階段《かいだん》は、ハリーを磨《みが》き上《あ》げられた樫《かし》の扉《とびら》の前《まえ》まで連《つ》れていった。扉《とびら》には真鍮《しんちゅう》のノッカーがついていて、それを扉《とびら》に打《う》ちつけて客《きゃく》の来《らい》訪《ほう》を知《し》らせるようになっていた。

部屋《へや》の中《なか》から人声《ひとごえ》が聞《き》こえた。動《うご》くらせん階段《かいだん》から降《お》りたハリーは、ちょっとためらいながら人声《ひとごえ》を聞《き》いた。

「ダンブルドア、私《わたし》にはどうもつながりがわかりませんよ。まったくわかりませんな！」

魔法大臣《まほうだいじん》、コーネリウス・ファッジの声《こえ》だ。

「ルードが言《い》うには、バーサの場合《ばあい》は行方不明《ゆくえふめい》になっても、まったくおかしくはない。たしかに、今《いま》ごろはもうとっくにバーサを発見《はっけん》しているはずではあったが、それにしても、何《なん》らあやしげなことが起《お》きているという証拠《しょうこ》はないですぞ、ダンブルドア。まったくない。バーサが消《き》えたことと、バーティ・クラウチの失踪《しっそう》を結《むす》びつける証拠《しょうこ》となると、なおさらない！」

「それでは、大臣《だいじん》。バーティ・クラウチに何《なに》が起《お》こったとお考《かんが》えかな？」

ムーディのうなり声《ごえ》が聞《き》こえた。

「アラスター、可能性《かのうせい》は二つある」

ファッジが言《い》った。

「クラウチはついに正気《しょうき》を失《うしな》ったか——大《おお》いにありうることだ。あなた方《がた》にもご同意《どうい》いただけるとは思《おも》うが、クラウチのこれまでの経歴《けいれき》を考《かんが》えれば——心身喪失《しんしんそうしつ》で、どこかをさまよっている——」

「もしそれなれば、ずいぶんと短《みじか》い時間《じかん》に、遠《とお》くまでさまよい出《で》たものじゃ」

ダンブルドアが冷静《れいせい》に言《い》った。

「もしくは——いや……」

ファッジは困惑《こんわく》したような声《こえ》を出《だ》した。

「いや、クラウチが見《み》つかった現場《げんば》を見《み》るまでは、判断《はんだん》をひかえよう。しかし、ボーバトンの馬車《ばしゃ》を過《す》ぎたあたりだとおっしゃいましたかな？　ダンブルドア、あの女《おんな》が何者《なにもの》なのか、ご存《ぞん》じか？」

「非常《ひじょう》に有能《ゆうのう》な校長《こうちょう》だと考《かんが》えておるよ——それにダンスがすばらしくお上手《じょうず》じゃ」

ダンブルドアが静《しず》かに言《い》った。

「ダンブルドア、よせ！」ファッジが怒《おこ》った。

「あなたは、ハグリッドのことがあるので、偏見《へんけん》からあの女《おんな》に甘《あま》いのではないのか？　連中《れんちゅう》は全部《ぜんぶ》が全部《ぜんぶ》無害《むがい》ではない——もっとも、あの異常《いじょう》な怪物《かいぶつ》好《ず》きのハグリッドを無害《むがい》と言《い》うのならの話《はなし》だが——」

「わしはハグリッドと同《おな》じように、マダム・マクシームをも疑《うたが》っておらんよ」

ダンブルドアは依然《いぜん》として平静《へいせい》だった。

「コーネリウス、偏見《へんけん》があるのは、あなたのほうかもしれんのう」

「議論《ぎろん》はもうやめぬか？」ムーディがうなった。

「そうそう。それでは外《そと》に行《い》こう」コーネリウスのいらいらした声《こえ》が聞《き》こえた。

「いや、そうではないのだ」ムーディが言《い》った。

「ポッターが話《はなし》があるらしいぞ、ダンブルドア。扉《とびら》の外《そと》におる」

第《だい》30章《しょう》 ペンシーブ

扉《とびら》が開《ひら》いた。

「よう、ポッター」ムーディが言《い》った。

「さあ、入《はい》れ」

ハリーは中《なか》に入《はい》った。ダンブルドアの部屋《へや》には前《まえ》に一度来《いちどき》たことがある。そこは、とても美《うつく》しい円形《えんけい》の部屋《へや》で、ホグワーツの歴代校長《れきだいこうちょう》の写真《しゃしん》がずらりと飾《かざ》ってある。どの写真《しゃしん》もぐっすり眠《ねむ》り込《こ》んで、胸《むね》が静《しず》かに上下《じょうげ》していた。

コーネリウス・ファッジは、いつもの細《ほそ》じまのマントを着《き》て、ライムのような黄緑色《きみどりいろ》の山高《やまたか》帽《ぼう》を手《て》に、ダンブルドアの机《つくえ》の脇《わき》に立《た》っていた。

「ハリー！」ファッジは愛想《あいそ》よく呼《よ》びかけながら、近《ちか》づいてきた。

「元気《げんき》かね？」

「はい」ハリーはうそをついた。

「今《いま》、ちょうど、クラウチ氏《し》が学校《がっこう》に現《あらわ》れた夜《よる》のことを話《はな》していたところだ」ファッジが言《い》った。「見《み》つけたのは君《きみ》だったね？」

「はい」

そう答《こた》えながら、今《いま》みんなが話《はな》していたことを聞《き》かなかったふりをしても仕方《しかた》がないと思《おも》い、ハリーは言葉《ことば》を続《つづ》けた。

「でも、僕《ぼく》、マダム・マクシームはどこにも見《み》かけませんでした。あの方《かた》は隠《かく》れるのは難《むずか》しいのじゃないでしょうか？」

ダンブルドアはファッジの背後《はいご》で、目《め》をキラキラさせながらほほ笑《え》んだ。

「まあ、そうだが」ファッジはバツの悪《わる》そうな顔《かお》をした。「今《いま》からちょっと校庭《こうてい》に出《で》てみようと思《おも》っていたところなんでね、ハリー、すまんが……。授《じゅ》業《ぎょう》に戻《もど》ってはどうかね……」

「僕《ぼく》、校長先生《こうちょうせんせい》にお話《はな》ししたいのです」

ダンブルドアを見《み》ながら、ハリーが急《いそ》いで言《い》った。ダンブルドアがすばやく、探《さぐ》るようにハリーを見《み》た。

「ハリー、ここで待《ま》っているがよい」ダンブルドアが言《い》った。

「我々《われわれ》の現場《げんば》調査《ちょうさ》は、そう長《なが》くはかからんじゃろう」

三人《にん》はだまりこくって、ぞろぞろとハリーの横《よこ》を通《とお》り過《す》ぎ、扉《とびら》を閉《し》めた。しばらくして、ハリーの耳《みみ》に、下《した》の廊下《ろうか》をコツッコツッと遠《とお》ざかっていくムーディの義足《ぎそく》の音《おと》が聞《き》こえてきた。ハリーはあたりを見回《みまわ》した。

「やあ、フォークス」ハリーが言《い》った。

フォークスはダンブルドアの飼《か》っている不死鳥《ふしちょう》で、扉《とびら》の脇《わき》の金《きん》の止《と》まり木《ぎ》に止《と》まっていた。白鳥《はくちょう》ぐらいの大《おお》きさの、真紅《しんく》と金色《こんじき》のすばらしい羽《はね》を持《も》った雄《おす》の不死鳥《ふしちょう》で、長《なが》い尾《お》をシュッと振《ふ》り、ハリーを見《み》てやさしく目《め》をパチクリした。

ハリーはダンブルドアの机《つくえ》の前《まえ》の椅子《いす》に座《すわ》った。しばらくの間《あいだ》、ハリーはただ座《すわ》って、今《いま》もれ聞《き》いたことを考《かんが》え、傷痕《きずあと》を指《ゆび》でなぞりながら、額《がく》の中《なか》ですやすや眠《ねむ》る歴代《れきだい》の校長《こうちょう》たちを眺《なが》めていた。もう痛《いた》みは止《と》まっていた。

こうしてダンブルドアの部屋《へや》にいて、まもなくダンブルドアに夢《ゆめ》の話《はなし》を聞《き》いてもらえると思《おも》うと、ハリーはなぜかずっと落《お》ち着《つ》いた気分《きぶん》になった。ハリーは机《つくえ》の後《うし》ろの壁《かべ》を見上《みあ》げた。継《つ》ぎはぎだらけのぼろぼろの「組分《くみわ》け帽子《ぼうし》」が、棚《たな》に置《お》いてある。その隣《となり》のガラスケースには、柄《つか》に大《おお》きなルビーをはめ込《こ》んだ、見事《みごと》な銀《ぎん》の剣《つるぎ》が収《おさ》められている。二年生《ねんせい》のとき、組分《くみわ》け帽子《ぼうし》の中《なか》からハリー自身《じしん》が取《と》り出《だ》した、あの剣《つるぎ》だ。かつてこの剣《つるぎ》は、ハリーの寮《りょう》の創始者《そうししゃ》、ゴドリック・グリフィンドールの持《も》ち物《もの》だった。剣《つるぎ》をじっと見《み》つめながら、ハリーは剣《つるぎ》が助《たす》けにきてくれたときのことを、すべての望《のぞ》みが絶《た》たれたと思《おも》ったあの時《とき》のことを思《おも》い出《だ》していた。すると、ガラスケースに、銀色《ぎんいろ》の光《ひかり》が反射《はんしゃ》し、踊《おど》るようにチラチラ揺《ゆ》れているのに気《き》づいた。ハリーは光《ひかり》の射《さ》してくるほうを見《み》た。戸棚《とだな》の戸《と》がきっちり閉《し》まっていなかったのだ。ハリーは戸惑《とまど》いながらフォークスを見《み》た。

それから立《た》ち上《あ》がって、戸棚《とだな》の所《ところ》へ行《い》って戸《と》を開《あ》けた。

浅《あさ》い石《いし》の水盆《すいぼん》が置《お》かれていた。縁《ふち》にぐるりと不思議《ふしぎ》な彫《ほ》り物《もの》がほどこしてある。ルーン文字《もじ》と、ハリーの知《し》らない記号《きごう》だ。銀《ぎん》の光《ひかり》は、水盆《すいぼん》の中《なか》から射《さ》している。中《なか》にはハリーが見《み》たこともない何《なに》かが入《はい》っていた。液体《えきたい》なのか、気体《きたい》なのか、ハリーにはわからなかった。明《あか》るい白《しろ》っぽい銀色《ぎんいろ》の物質《ぶっしつ》で、絶《た》え間《ま》なく動《うご》いている。水面《すいめん》に風《かぜ》が渡《わた》るように、表面《ひょうめん》にさざなみが立《た》ったかと思《おも》うと、雲《くも》のようにちぎれ、なめらかに渦巻《うずま》いた。まるで光《ひかり》が液体《えきたい》になったかのような――風《かぜ》が固体《こたい》になったかのような――ハリーにはどちらとも判断《はんだん》がつかなかった。

ハリーは触《ふ》れてみたかった。どんなものか、感《かん》じてみたかった。しかし、もう魔法界《まほうかい》での経験《けいけん》も四年近《ねんちか》くになれば、得体《えたい》の知《し》れない物質《ぶっしつ》の充満《じゅうまん》した水盆《すいぼん》に手《て》を突《つ》っ込《こ》んでみるのがどんなに愚《おろ》かしいことか、ハリーにもわかるようになっていた。そこでハリーは、ローブから杖《つえ》を取《と》り出《だ》し、校長室《こうちょうしつ》を恐《おそ》る恐《おそ》る見回《みまわ》し、また水盆《すいぼん》の中身《なかみ》に目《め》を戻《もど》し、つついてみた。水盆《すいぼん》の中《なか》の、何《なに》か銀色《ぎんいろ》のものの表面《ひょうめん》が、急速《きゅうそく》に渦巻《うずま》きはじめた。

ハリーは頭《あたま》を戸棚《とだな》に突《つ》っ込《こ》んで、水盆《すいぼん》に顔《かお》を近《ちか》づけた。銀色《ぎんいろ》の物質《ぶっしつ》は透明《とうめい》になっていた。ガラスのようだ。ハリーは、石《いし》の底《そこ》が見《み》えるかと思《おも》いながら、中《なか》をのぞき込《こ》んだ――ところが、不可《ふか》思議《しぎ》な物質《ぶっしつ》の表面《ひょうめん》を通《とお》して見《み》えたのは、底《そこ》ではなく、大《おお》きな部屋《へや》だった。その部屋《へや》の天井《てんじょう》の丸窓《まるまど》から中《なか》を見下《みお》ろしているような感《かん》じだった。

薄明《うすあ》かりの部屋《へや》だ。ハリーは地下室《ちかしつ》ではないかと思《おも》ったくらいだ。窓《まど》がない。ホグワーツ城《じょう》の壁《かべ》の照明《しょうめい》と同《おな》じように、腕木《うでぎ》に松明《たいまつ》がともっているだけだ。ハリーは、ガラス状《じょう》の物質《ぶっしつ》に、ほとんど鼻《はな》がくっつくほど顔《かお》を近《ちか》づけた。部屋《へや》の壁《かべ》にぐるりと、ベンチのようなものが階段状《かいだんじょう》に並《なら》び、どの段《だん》にも魔法使《まほうつか》いや魔女《まじょ》たちがびっしりと座《すわ》っている。部屋《へや》のちょうど中央《ちゅうおう》に椅子《いす》が一脚《いっきゃく》置《お》いてある。その椅子《いす》を見《み》ると、なぜかハリーは不吉《ふきつ》な胸騒《むなさわ》ぎを覚《おぼ》えた。椅子《いす》のひじのところに鎖《くさり》が巻《ま》きつけてあり、椅子《いす》に座《すわ》る者《もの》をいつも縛《しば》りつけておくかのようだった。

ここはどこだろう？　ホグワーツじゃないことはたしかだ。城《しろ》の中《なか》でこんな部屋《へや》は見《み》たことがない。それに、水盆《すいぼん》の底《そこ》の不可思議《ふかしぎ》な部屋《へや》にいる大勢《おおぜい》の魔法使《まほうつか》いたちは、大人《おとな》ばかりだ。ホグワーツにはこんなにたくさんの先生《せんせい》がいないことを、ハリーは知《し》っている。みんな、何《なに》かを待《ま》っているようだ。かぶっている帽子《ぼうし》の先《さき》しか見《み》えなかったが、全員《ぜんいん》が同《おな》じ方向《ほうこう》を向《む》き、誰一人《だれひとり》として話《はなし》をしている者《もの》がいない。

水盆《すいぼん》は円形《えんけい》だが、中《なか》の部屋《へや》は四角《しかく》で、隅《すみ》のほうで何《なに》が起《お》こっているかは、ハリーにはわからない。ハリーは首《くび》をひねるようにして、もっと顔《かお》を近《ちか》づけた。何《なん》とか見《み》たい……。

のぞき込《こ》んでいる得体《えたい》の知《し》れない物質《ぶっしつ》に、ハリーの鼻《はな》の先《さき》が触《ふ》れた。ダンブルドアの部屋《へや》が、ぐらりと大《おお》きく揺《ゆ》れた――ハリーはつんのめり、水盆《みずぼん》の中《なか》の何《なに》かに頭《あたま》から突《つ》っ込《こ》んだ――。

しかし、ハリーは石《いし》の底《そこ》に頭《あたま》を打《う》ちつけはしなかった。何《なに》か氷《こおり》のように冷《つめ》たい黒《くろ》いものの中《なか》を落《お》ちていった。暗《くら》い渦《うず》の中《なか》に吸《す》い込《こ》まれるように――。

そして、突然《とつぜん》、ハリーは水盆《すいぼん》の中《なか》の部屋《へや》の隅《すみ》で、ベンチに座《すわ》っていた。ほかのベンチより一段《いちだん》と高《たか》い場所《ばしょ》だ。たった今《いま》のぞき込《こ》んでいた丸窓《まるまど》が見《み》えるはずだと、ハリーは高《たか》い石《いし》の天井《てんじょう》を見上《みあ》げた。しかし、そこには暗《くら》い硬《かた》い石《いし》があるだけだった。

息《いき》を激《はげ》しくはずませながら、ハリーは周《まわ》りを見回《みまわ》した。部屋《へや》にいる魔法使《まほうつか》いたちは（少《すく》なくとも二百人《にん》はいる）、誰《だれ》もハリーを見《み》ていない。十四歳《さい》の男《おとこ》の子《こ》が、たった今天井《いまてんじょう》からみんなのただ中《なか》に落《お》ちてきたことなど、誰一人気《だれひとりき》づいていないようだ。同《おな》じベンチの隣《となり》に座《すわ》っている魔法使《まほうつか》いのほうを見《み》たハリーは、驚《おどろ》きのあまり大声《おおごえ》を上《あ》げ、その叫《さけ》び声《ごえ》がしんとした部屋《へや》に響《ひび》き渡《わた》った。

ハリーはアルバス・ダンブルドアの隣《となり》に座《すわ》っていた。

「校長先生《こうちょうせんせい》！」

ハリーはのどをしめつけられたような声《こえ》でささやいた。

「すみません——僕《ぼく》、そんなつもりじゃなかったんです——戸棚《とだな》の中《なか》にあった水盆《すいぼん》を見《み》ていただけなんです——僕《ぼく》——ここはどこですか？」

しかし、ダンブルドアは身動《みうご》きもせず、話《はなし》もしない。ハリーをまったく無視《むし》している。ベンチに座《すわ》っているほかの魔法使《まほうつか》いたちと同《おな》じように、ダンブルドアも部屋《へや》の一番隅《いちばんすみ》のほうを見《み》つめている。そこにドアがあった。

ハリーは、ぼうぜんとしてダンブルドアを見《み》つめ、だまりこくって何《なに》かを待《ま》っている、大勢《おおぜい》の魔法使《まほうつか》いたちを見《み》つめ、またダンブルドアを見《み》つめた。そして、ハッと気《き》づいた……。前《まえ》に一度《いちど》、こんな場面《ばめん》に出《で》くわしたことがあった。誰《だれ》もハリーを見《み》てもいないし、聞《き》いてもいなかった。あの時《とき》は、呪《のろ》いのかかった日記帳《にっきちょう》の一ページの中《なか》に落《お》ち込《こ》んだのだ。誰《だれ》かの記憶《きおく》のただ中《なか》に……そして、ハリーの考《かんが》えがそうまちがっていなければ、また同《おな》じようなことが起《お》こったのだ……。

ハリーは右手《みぎて》を上《あ》げ、ちょっとためらったが、ダンブルドアの目《め》の前《まえ》で激《はげ》しく手《て》を振《ふ》ってみた。ダンブルドアは瞬《まばた》きもせず、ハリーを振《ふ》り返《かえ》りもせず、身動《みうご》き一つしなかった。これではっきりした、とハリーは思《おも》った。ダンブルドアならこんなふうにハリーを無視《むし》したりするはずがない。ハリーは「記憶《きおく》」の中《なか》にいるのだ。ここにいるのは現在《げんざい》のダンブルドアではない。しかし、それほど昔《むかし》のことではないはずだ……隣《となり》に座《すわ》ったダンブルドアは、今《いま》と同《おな》じように銀色《ぎんいろ》の髪《かみ》をしている。それにしても、ここはどこなのだろう？　みんな、何《なに》を待《ま》っているのだろう？

ハリーはもっとしっかりあたりを見回《みまわ》した。上《うえ》からのぞいていたときに感《かん》じたように、この部屋《へや》はほとんど地下室《ちかしつ》にまちがいなかった――部屋《へや》というより、むしろ地下牢《ちかろう》のようだ。何《なん》となく陰気《いんき》な、不吉《ふきつ》な空気《くうき》が漂《ただよ》っている。壁《かべ》には絵《え》もなく、何《なん》の飾《かざ》りもない。四方《しほう》の壁《かべ》にびっしりと、ベンチが階段状《かいだんじょう》に並《なら》んでいるだけだ。部屋《へや》のどこからでも、ひじのところに鎖《くさり》のついた椅子《いす》がはっきり見《み》えるようにベンチが並《なら》んでいる。

ここがどこなのか、まだ何《なに》も結論《けつろん》が出《で》ないうちに、足音《あしおと》が聞《き》こえた。地下牢《ちかろう》の隅《すみ》にあるドアが開《ひら》いた。そして三人《にん》の人影《ひとかげ》が入《はい》ってきた――いや、むしろ男《おとこ》が一人《ひとり》と、二人《ふたり》の吸魂鬼《ディメンター》だ。

ハリーは体《からだ》の芯《しん》が冷《つめ》たくなった。吸魂鬼《ディメンター》は、フードで顔《かお》を隠《かく》した背《せ》の高《たか》い生《い》き物《もの》だ。それぞれが、腐《くさ》った死人《しにん》のような手《て》で男《おとこ》の腕《うで》をつかみ、部屋《へや》の中央《ちゅうおう》にある椅子《いす》に向《む》かってするするとゆっくりすべるように動《うご》いていた。中《なか》に挟《はさ》まれた男《おとこ》は気《き》を失《うしな》いかけている。無理《むり》もない……記憶《きおく》の中《なか》では、吸魂鬼《ディメンター》はハリーに手出《てだ》しはできないとわかってはいた。しかし、ハリーは吸魂鬼《ディメンター》の恐《おそ》ろしい力《ちから》をまざまざと覚《おぼ》えている。見《み》つめる魔法使《まほうつか》いたちがギクリと身《み》を引《ひ》く中《なか》、吸魂鬼《ディメンター》が鎖《くさり》つきの椅子《いす》に男《おとこ》を座《すわ》らせ、するすると下《さ》がって部屋《へや》から出《で》ていった。ドアがバタンと閉《し》まった。

ハリーは鎖《くさり》の椅子《いす》に座《すわ》らされた男《おとこ》を見下《みお》ろした。カルカロフだ。ダンブルドアとちがい、カルカロフはずっと若《わか》く見《み》えた。髪《かみ》も山羊《やぎ》ひげも黒々《くろぐろ》としている。なめらかな毛皮《けがわ》ではなく、ぼろぼろの薄《うす》いローブを着《き》ている。震《ふる》えている。ハリーが見《み》ているうちに、椅子《いす》のひじの鎖《くさり》が急《きゅう》に金色《きんいろ》に輝《かがや》き、くねくねはい上《あ》がってカルカロフの腕《うで》に巻《ま》きつき、椅子《いす》に縛《しば》りつけた。

「イゴール・カルカロフ」

ハリーの左手《ひだりて》できびきびした声《こえ》がした。振《ふ》り向《む》くと、クラウチ氏《し》がハリーの隣《となり》のベンチの真《ま》ん中《なか》で立《た》ち上《あ》がっていた。髪《かみ》は黒《くろ》く、しわもずっと少《すく》なく、健康《けんこう》そうでさえていた。

「おまえは魔法省《まほうしょう》に証拠《しょうこ》を提供《ていきょう》するために、アズカバンからここに連《つ》れてこられた。おまえが、我々《われわれ》にとって重要《じゅうよう》な情報《じょうほう》を提示《ていじ》すると理解《りかい》している」

カルカロフは椅子《いす》にしっかり縛《しば》りつけられながらも、できるかぎり背筋《せすじ》を伸《の》ばした。

「そのとおりです。閣下《かっか》」

恐怖《きょうふ》にかられた声《こえ》だったが、それでもそのねっとりした言《い》い方《かた》には聞《き》き覚《おぼ》えがあった。

「私《わたし》は魔法省《まほうしょう》のお役《やく》に立《た》ちたいのです。手《て》を貸《か》したいのです――私《わたし》は魔法省《まほうしょう》がやろうとしていることを知《し》っております――闇《やみ》の帝王《ていおう》の残党《ざんとう》を一網打尽《いちもうだじん》にしようとしていることを。私《わたし》にできることでしたら、何《なん》でも喜《よろこ》んで……」

ベンチからザワザワと声《こえ》が上《あ》がった。カルカロフに関心《かんしん》を持《も》って品定《しなさだ》めをする者《もの》もあれば、不《ふ》信感《しんかん》をあらわにする者《もの》もいた。その時《とき》、ダンブルドアのむこう隣《どなり》から、聞《き》き覚《おぼ》えのあるうなり声《ごえ》が、はっきり聞《き》こえた。

「汚《きたな》いやつ」

ハリーはダンブルドアのむこう側《がわ》を見《み》ようと、身《み》を乗《の》り出《だ》した。マッド‐アイ・ムーディがそこに座《すわ》っていた――ただし、姿形《すがたかたち》が今《いま》とははっきりとちがう。「魔法《まほう》の目《め》」はなく、両眼《りょうがん》とも普《ふ》通《つう》の目《め》だ。激《はげ》しい嫌悪《けんお》に目《め》を細《ほそ》め、両眼《りょうがん》でカルカロフを見下《みお》ろしている。

「クラウチはやつを釈放《しゃくほう》するつもりだ」

ムーディが低《ひく》い声《こえ》でダンブルドアにささやいた。

「やつと取引《とりひき》したのだ。六か月《げつ》もかかってやつを追《お》い詰《つ》めたのに、仲間《なかま》の名前《なまえ》をたくさん吐《は》けば、クラウチはやつを解《と》き放《はな》つつもりだ。いいだろう。情報《じょうほう》とやらを聞《き》こうじゃないか。それからまたまっすぐ吸魂鬼《ディメンター》のところへぶち込《こ》め」

ダンブルドアは高《たか》い折《お》れ曲《ま》がった鼻《はな》から、小《ちい》さく、賛成《さんせい》しかねるという音《おと》を出《だ》した。

「ああ、忘《わす》れておった……あなたは吸魂鬼《ディメンター》がお嫌《きら》いでしたな、アルバス」

ムーディはちゃかすように鼻先《はなさき》で笑《わら》った。

「さよう」

ダンブルドアが静《しず》かに言《い》った。

「たしかに嫌《きら》いじゃ。魔法省《まほうしょう》があのような生《い》き物《もの》と結託《けったく》するのはまちがいじゃと、わしは前々《まえまえ》からそう思《おも》っておった」

「しかし、このような悪党《あくとう》めには……」ムーディが低《ひく》い声《こえ》で言《い》った。

「カルカロフ、仲間《なかま》の名前《なまえ》を明《あ》かすと言《い》うのだな」クラウチが言《い》った。

「聞《き》こう。さあ」

「ご理解《りかい》いただかなければなりませんが」カルカロフが急《いそ》いで言《い》った。

「『名前《なまえ》を言《い》ってはいけないあの人《ひと》』は、いつも極秘《ごくひ》に事《こと》を運《はこ》びました……あの人《ひと》は、むしろ我々《われわれ》が——あの人《ひと》の支持者《しじしゃ》がという意味《いみ》ですが——それに、私《わたし》は、一度《いちど》でもその仲間《なかま》だったことを深《ふか》く悔《く》いておりますが——」

「さっさと言《い》え」ムーディが嘲《あざけ》った。

「——我々《われわれ》は仲間《なかま》の名前《なまえ》を全部《ぜんぶ》知《し》ることはありませんでした——全員《ぜんいん》を把握《はあく》していたのはあの人《ひと》だけでした——」

「それは賢《かしこ》い手《て》だ。カルカロフ、おまえのようなやつが、全員《ぜんいん》を売《う》ることを防《ふせ》いだからな」

ムーディがつぶやいた。

「それでも、何人《なんにん》かの名前《なまえ》を言《い》うことはできるというわけだな？」クラウチが言《い》った。

「そ——そうです」カルカロフがあえぎながら言《い》った。

「しかも、申《もう》し添《そ》えますが、主《おも》だった支持者《しじしゃ》たちです。あの人《ひと》の命令《めいれい》を実行《じっこう》しているのを、この目《め》で見《み》ました。この情報《じょうほう》を提供《ていきょう》いたしますのは、私《わたし》が全面的《ぜんめんてき》にあの人《ひと》を否定《ひてい》し、たえがたいほどに深《ふか》く後悔《こうかい》していることの証《あか》しとして——」

「名前《なまえ》は？」クラウチが鋭《するど》く聞《き》いた。

カルカロフは息《いき》を深《ふか》く吸《す》い込《こ》んだ。

「アントニン・ドロホフ。私《わたし》は——この者《もの》がマグルを、そして——そして闇《やみ》の帝王《ていおう》に従《したが》わぬ者《もの》を、数《かぞ》えきれぬほど拷問《ごうもん》したのを見《み》ました」

「その上《うえ》、その者《もの》を手伝《てつだ》ったのだろうが」ムーディがつぶやいた。

「我々《われわれ》はすでにドロホフを逮捕《たいほ》した」クラウチが言《い》った。

「おまえのすぐあとに捕《つか》まっている」

「まことに？」カルカロフは目《め》を丸《まる》くした。

「そ――それは喜《よろこ》ばしい！」

言葉《ことば》どおりには見《み》えなかった。カルカロフにとって、これは大《おお》きな痛手《いたで》だったと、ハリーにはわかった。せっかくの名前《なまえ》が一つむだになったのだ。

「ほかには？」クラウチが冷《つめ》たく言《い》った。

「も、もちろん……ロジエール」カルカロフがあわてて言《い》った。「エバン・ロジエール」

「ロジエールは死《し》んだ」クラウチが言《い》った。

「彼《かれ》もおまえの直後《ちょくご》に捕《つか》まった。おめおめ捕《つか》まるより戦《たたか》うことを選《えら》び、抵抗《ていこう》して殺《ころ》された」

「わしの一部《いちぶ》を奪《うば》いおったがな」

ムーディがハリーの右隣《みぎどなり》のダンブルドアにささやいた。ハリーはもう一度《いちど》振《ふ》り返《かえ》ってムーディを見《み》た。ムーディが、大《おお》きく欠《か》けた鼻《はな》を指《さ》し示《しめ》しているのが見《み》えた。

「それは――それは当然《とうぜん》の報《むく》いで！」

カルカロフの声《こえ》が、今度《こんど》は明《あき》らかにあわてふためいていた。自分《じぶん》の情報《じょうほう》が魔法省《まほうしょう》にとって何《なん》の役《やく》にも立《た》たないのではと心配《しんぱい》になりはじめたことが、ハリーにもわかった。カルカロフの目《め》が、サッと部屋《へや》の隅《すみ》のドアに走《はし》った。そのむこう側《がわ》に、まちがいなく吸魂鬼《ディメンター》が待《ま》ちかまえている。

「ほかには？」クラウチが言《い》った。

「あります！」カルカロフが答《こた》えた。

「トラバース――マッキノン一家《いっか》の殺害《さつがい》に手《て》を貸《か》しました。マルシベール――『服従《ふくじゅう》の呪文《じゅもん》』を得意《とくい》とし、数《かぞ》えきれないほどの者《もの》に恐《おそ》ろしいことをさせました！　ルックウッドはスパイです。魔法省《まほうしょう》の内部《ないぶ》から、『名前《なまえ》を言《い》ってはいけないあの人《ひと》』に有用《ゆうよう》な情報《じょうほう》を流《なが》しました！」

カルカロフは今度《こんど》こそ金脈《きんみゃく》を当《あ》てた、とハリーは思《おも》った。見《み》ている魔法使《まほうつか》いたちが、いっせいに何《なに》かつぶやいたからだ。

「ルックウッド？」

クラウチは前《まえ》に座《すわ》っている魔女《まじょ》にうなずいて合図《あいず》し、魔女《まじょ》は羊皮紙《ようひし》に何《なに》かを走《はし》り書《が》きした。

「神秘部《しんぴぶ》のオーガスタス・ルックウッドか？」

「その者《もの》です」カルカロフが熱《ねっ》ぽく言《い》った。

「ルックウッドは魔法省《まほうしょう》の内《うち》にも外《そと》にも、うまい場所《ばしょ》に魔法使《まほうつか》いを配《はい》し、そのネットワークを使《つか》って情報《じょうほう》を集《あつ》めたものと思《おも》います――」

「しかし、トラバースやマルシベールはもう我々《われわれ》が握《にぎ》っている」

クラウチが言《い》った。

「よかろう。カルカロフ、これで全部《ぜんぶ》なら、おまえはアズカバンに逆戻《ぎゃくもど》りしてもらう。我々《われわれ》が決定《けってい》を――」

「まだ終《お》わっていません！」カルカロフは必死《ひっし》の面持《おもも》ちだ。「待《ま》ってください。まだあります！」

ハリーの目《め》に、松明《たいまつ》の明《あ》かりでカルカロフの脂汗《あぶらあせ》が見《み》えた。血《ち》の気《け》のない顔《かお》が、黒《くろ》い髪《かみ》やひげとくっきり対照的《たいしょうてき》だ。

「スネイプ！」カルカロフが叫《さけ》んだ。「セブルス・スネイプ！」

「この評議会《ひょうぎかい》はスネイプを無罪《むざい》とした」

クラウチがさげすむように言《い》った。

「アルバス・ダンブルドアが保証人《ほしょうにん》になっている」

「ちがう！」

自分《じぶん》を椅子《いす》に縛《しば》りつけている鎖《くさり》を引《ひ》っ張《ぱ》るようにもがきながら、カルカロフは叫《さけ》んだ。

「誓《ちか》ってもいい！　セブルス・スネイプは死喰《デス・イーター》い人だ！」

ダンブルドアが立《た》ち上《あ》がった。

「この件《けん》に関《かん》しては、わしがすでに証明《しょうめい》しておる」静《しず》かな口調《くちょう》だ。

「セブルス・スネイプはたしかに死喰《デス・イーター》い人ではあったが、ヴォルデモートの失脚《しっきゃく》より前《まえ》に我《われ》らの側《がわ》に戻《もど》り、自《みずか》ら大《おお》きな危険《きけん》をおかして我々《われわれ》の密偵《みってい》になってくれたのじゃ。わしが死喰《デス・イーター》い人ではないのと同《おな》じように、今《いま》やスネイプも死喰《デス・イーター》い人ではないぞ」

ハリーはマッドーアイ・ムーディを振《ふ》り返《かえ》った。ムーディはダンブルドアの背後《はいご》で、はなはだしく疑《うたが》わしいという顔《かお》をしている。

「よろしい、カルカロフ」クラウチが冷《つめ》たく言《い》った。「おまえは役《やく》に立《た》ってくれた。おまえの件《けん》は検討《けんとう》しておこう。その間《かん》、アズカバンに戻《もど》っておれ……」

クラウチの声《こえ》がだんだん遠《とお》ざかっていった。ハリーは周《まわ》りを見回《みまわ》した。地下牢《ちかろう》が、煙《けむり》でできているかのように消《き》えかかっていた。すべてがぼんやりしてきて、自分《じぶん》の体《からだ》しか見《み》えなかった。あたりは渦巻《うずま》く暗闇《くらやみ》……。

そして、地下牢《ちかろう》がまた戻《もど》ってきた。ハリーは別《べつ》の席《せき》に座《すわ》っていた。やはり一番上《いちばんうえ》のベンチだが、今度《こんど》はクラウチ氏《し》の左隣《ひだりどなり》だった。雰囲気《ふんいき》ががらりと変《か》わり、リラックスして、楽《たの》しげでさえあった。壁《かべ》に沿《そ》ってぐるりと座《すわ》っている魔法使《まほうつか》いたちは、何《なに》かスポーツの観戦《かんせん》でもするように、ペチャクチャしゃべっている。ハリーのむかい側《がわ》のベンチで、ちょうど中間《ちゅうかん》くらいの高《たか》さのところにいる魔女《まじょ》が、ハリーの目《め》をとらえた。短《みじか》い金髪《きんぱつ》に、赤紫色《あかむらさきいろ》のローブを着《き》て、黄緑色《きみどりいろ》の羽根《はね》ペンの先《さき》をなめている。まちがいなく、若《わか》いころのリータ・スキーターだ。ハリーは周《まわ》りを見回《みまわ》した。ダンブルドアが、前《まえ》とはちがうローブを着《き》て、また隣《となり》に座《すわ》っていた。クラウチ氏《し》は前《まえ》よりつかれて見《み》え、なぜか前《まえ》よりやつれ、より厳《きび》しい顔《かお》つきに見《み》える……。そうか、これはちがう記《き》憶《おく》なんだ。ちがう日《ひ》の……ちがう裁判《さいばん》だ。

部屋《へや》の隅《すみ》のドアが開《ひら》き、ルード・バグマンが入《はい》ってきた。

しかし、このバグマンは、盛《さか》りを過《す》ぎた姿《すがた》ではなかった。クィディッチの選手《せんしゅ》として最高潮《さいこうちょう》のときにちがいない。まだ鼻《はな》は折《お》れていない。背《せ》が高《たか》く、筋肉質《きんにくしつ》の引《ひ》きしまった体《からだ》だ。バグマンはおどおどしながら、鎖《くさり》のついた椅子《いす》に腰《こし》かけたが、カルカロフのときのように鎖《くさり》が巻《ま》きついて縛《しば》り上《あ》げたりはしなかった。それで元気《げんき》を取《と》り戻《もど》したのか、バグマンは傍聴席《ぼうちょうせき》をざっと眺《なが》め、何《なん》人《にん》かに手《て》を振《ふ》り、ちょっと笑顔《えがお》さえ見《み》せた。

「ルード・バグマン。おまえは、『死喰い人《デス・イーター》』の活動《かつどう》にかかわる罪状《ざいじょう》で、答弁《とうべん》するため、魔法法《まほうほう》律評議会《りつひょうぎかい》に出頭《しゅっとう》したのだ」クラウチが言《い》った。

「すでに、おまえに不利《ふり》な証拠《しょうこ》を聴取《ちょうしゅ》している。まもなく我々《われわれ》の評決《ひょうけつ》が出《で》る。評決《ひょうけつ》を言《い》い渡《わた》す前《まえ》に、何《なに》か自分《じぶん》の証言《しょうげん》につけ加《くわ》えることはないか？」

ハリーは耳《みみ》を疑《うたが》った。ルード・バグマンが「死喰《しく》い人《びと》」？

「ただ」バグマンはバツが悪《わる》そうに笑《わら》いながら言《い》った。

「あの——私《わたし》はちょっとバカでした——」

近《ちか》くの席《せき》にいた魔法使《まほうつか》いたちが、一人《ひとり》、二人《ふたり》、寛大《かんだい》にほほ笑《え》んだ。クラウチは同調《どうちょう》する気《き》にはなれないらしかった。厳格《げんかく》そのもの、嫌悪感《けんおかん》むき出《だ》しの表情《ひょうじょう》で、ルード・バグマンをぐいと見下《みお》ろしている。

「若僧《わかぞう》め、ほんとうのことを言《い》いおったわい」

ハリーの背後《はいご》から、誰《だれ》かがダンブルドアに辛辣《しんらつ》な口調《くちょう》でささやいた。ハリーが振《ふ》り向《む》くと、またそこにムーディが座《すわ》っていた。

「あいつがもともとトロいやつだということを知《し》らなければ、ブラッジャーを食《く》らって、永久《えいきゅう》的《てき》に脳《のう》みそをやられたと言《い》うところだがな……」

「ルドビッチ・バグマン。おまえはヴォルデモート卿《きょう》の支持者《しじしゃ》たちに情報《じょうほう》を渡《わた》したとして逮捕《たいほ》された」クラウチが言《い》った。

「この咎《とが》により、アズカバンに収監《しゅうかん》するのが適当《てきとう》である。期間《きかん》は最低《さいてい》でも――」

しかし、周《まわ》りのベンチから怒号《どごう》が飛《と》んだ。魔法使《まほうつか》いや魔女《まじょ》が壁《かべ》を背《せ》に数人《すうにん》立《た》ち上《あ》がり、クラウチに対《たい》して首《くび》を振《ふ》ったり、拳《こぶし》を振《ふ》り上《あ》げたりしている。

「しかし、申《もう》し上《あ》げたとおり、私《わたし》は知《し》らなかったのです！」

傍聴席《ぼうちょうせき》のざわめきに消《け》されないように声《こえ》を張《は》り上《あ》げ、バグマンが丸《まる》いブルーの目《め》をまん丸《まる》にして、熱《ねつ》っぽく言《い》った。

「まったく知《し》らなかった！　ルックウッドは私《わたし》の父親《ちちおや》の古《ふる》い友人《ゆうじん》で……『例《れい》のあの人《ひと》』の一味《いちみ》とは、考《かんが》えたこともなかった！　私《わたし》は味方《みかた》のために情報《じょうほう》を集《あつ》めてるのだとばっかり思《おも》っていた！　それに、ルックウッドは、将来私《しょうらいわたし》に魔法省《まほうしょう》の仕事《しごと》を世話《せわ》してやると、いつもそう言《い》っていたのです……クィディッチの選手生命《せんしゅせいめい》が終《お》わったら、ですがね……そりゃ、死《し》ぬまでブラッジャーにたたかれ続《つづ》けているわけにはいかないでしょう？」

傍聴席《ぼうちょうせき》から忍《しの》び笑《わら》いが上《あ》がった。

「評決《ひょうけつ》を取《と》る」クラウチが冷《つめ》たく言《い》った。

地下牢《ちかろう》の右手《みぎて》に向《む》かって、クラウチ氏《し》が呼《よ》びかけた。

「陪審《ばいしん》は挙手願《きょしゅねが》いたい……禁固刑《きんこけい》に賛成《さんせい》の者《もの》……」

ハリーは地下牢《ちかろう》の右手《みぎて》を見《み》た。誰《だれ》も手《て》を挙《あ》げていない。壁《かべ》を囲《かこ》む席《せき》で、多《おお》くの魔法使《まほうつか》いたちが拍手《はくしゅ》しはじめた。陪審席《ばいしんせき》の魔女《まじょ》が一人立《ひとりた》ち上《あ》がった。

「何《なに》かね？」クラウチが声《こえ》を張《は》り上《あ》げた。

「先週《せんしゅう》の土曜《どよう》に行《おこな》われたクィディッチのイングランド対《たい》トルコ戦《せん》で、バグマンさんがすばらしい活躍《かつやく》をなさいましたことに、お祝《いわ》いを申《もう》し上《あ》げたいと思《おも》いますわ」

魔女《まじょ》が一気《いっき》に言《い》った。

クラウチはカンカンに怒《おこ》っているようだ。地下牢《ちかろう》は、今《いま》や拍手喝采《はくしゅかっさい》だった。バグマンは、立《た》ち上《あ》がり、ニッコリ笑《わら》っておじぎした。

「情《なさ》けない」

バグマンが地下牢《ちかろう》から出《で》ていくと、クラウチが席《せき》に着《つ》き、吐《は》きすてるようにダンブルドアに言《い》った。

「ルックウッドが仕事《しごと》を世話《せわ》すると？……ルード・バグマンが入省《にゅうしょう》する日《ひ》は、魔法省《まほうしょう》にとって悲《かな》しむべき日《ひ》になるだろう……」

地下牢《ちかろう》がまたぼやけてきた。三度《みたび》はっきりしてきたとき、ハリーはあたりを見回《みまわ》した。ハリーとダンブルドアはまたクラウチ氏《し》の隣《となり》に座《すわ》っていたが、あたりの様子《ようす》は、これほどちがうかと思《おも》うほど様変《さまが》わりしていた。しんと静《しず》まりかえり、クラウチ氏《し》の隣《となり》の席《せき》にいる、弱々《よわよわ》しい、はかなげな魔女《まじょ》の、涙《なみだ》も枯《か》れはてたすすり泣《な》きが時折《ときおり》聞こえるだけだ。魔女《まじょ》は両手《りょうて》で口《くち》にハンカチを押《お》し当《あ》て、その手《て》が細《こま》かく震《ふる》えている。ハリーはクラウチ氏《し》を見上《みあ》げた。いっそうやつれ、白髪《しらが》がぐっと増《ふ》えたように見《み》えた。こめかみがピクピク引《ひ》きつっている。

「連《つ》れてこい」

クラウチ氏《し》の声《こえ》が地下牢《ちかろう》の静寂《しじま》に響《ひび》き渡《わた》った。隅《すみ》のドアが、三度開《みたびひら》いた。今度《こんど》は四人《にん》の被告《ひこく》を、六人《にん》の吸魂鬼《ディメンター》が連行《れんこう》している。傍聴席《ぼうちょうせき》の目《め》がいっせいにクラウチ氏《し》に注《そそ》がれるのを、ハリーは見《み》た。ヒソヒソささやき合《あ》っている者《もの》も何人《なんにん》かいる。

地下牢《ちかろう》の床《ゆか》に、今度《こんど》は鎖《くさり》つきの椅子《いす》が四脚並《きゃくなら》び、吸魂鬼《ディメンター》は四人《にん》を別々《べつべつ》に座《すわ》らせた。がっしりした体《からだ》つきの男《おとこ》は、うつろな目《め》でクラウチを見《み》つめ、それより少《すこ》しやせて、より神経質《しんけいしつ》そうな感《かん》じの男《おとこ》は、傍聴席《ぼうちょうせき》のあちこちにすばやく目《め》を走《はし》らせている。豊《ゆた》かなつやのある黒髪《くろかみ》の魔女《まじょ》は、鎖《くさり》つきの椅子《いす》が王座《おうざ》でもあるかのようにふんぞり返《かえ》り、目《め》を半眼《はんがん》に開《ひら》いていた。最後《さいご》は十八、九の少年《しょうねん》で、恐怖《きょうふ》に凍《こお》りついている。ブルブル震《ふる》え、薄茶色《うすちゃいろ》の髪《かみ》が乱《みだ》れて顔《かお》にかかり、そばかすだらけの肌《はだ》がろうのように白《しろ》くなっていた。クラウチの脇《わき》のか細《ぼそ》い小柄《こがら》な女性《じょせい》は、ハンカチにおえつをもらし、椅子《いす》に座《すわ》ったまま、体《からだ》をわななかせて泣《な》きはじめた。

クラウチが立《た》ち上《あ》がった。目《め》の前《まえ》の四人《にん》を見下《みお》ろすクラウチの顔《かお》には、まじりけなしの憎《にく》しみが表《あらわ》れていた。

「おまえたちは魔法法律評議会《まほうほうりつひょうぎかい》に出頭《しゅっとう》している」クラウチが明確《めいかく》に言《い》った。

「この評議会《ひょうぎかい》は、おまえたちに評決《ひょうけつ》を申《もう》し渡《わた》す。罪状《ざいじょう》は極悪非道《ごくあくひどう》の――」

「お父《とう》さん」薄茶色《うすちゃいろ》の髪《かみ》の少年《しょうねん》が呼《よ》びかけた。「お父《とう》さん……お願《ねが》い……」

「――この評議会《ひょうぎかい》でも類《るい》のないほどの犯罪《はんざい》である」

クラウチはいっそう声《こえ》を張《は》り上《あ》げ、息子《むすこ》の声《こえ》を押《お》しつぶした。

「四人《にん》の罪《つみ》に対《たい》する証拠《しょうこ》の陳述《ちんじゅつ》はすでに終《お》わっている。おまえたちは一人《ひとり》の闇祓《やみばら》い――フランク・ロングボトム――を捕《と》らえ、『磔《はりつけ》の呪《のろ》い』にかけた咎《とが》で訴追《そつい》されている。ロングボトムが、逃亡中《とうぼうちゅう》のおまえたちの主人《しゅじん》である『名前《なまえ》を言《い》ってはいけないあの人《ひと》』の消息《しょうそく》を知《し》っていると思《おも》い込《こ》み、この者《もの》に呪《のろ》いをかけた咎《とが》である――」

「お父《とう》さん、僕《ぼく》はやっていません！」

鎖《くさり》につながれたまま、少年《しょうねん》は上《うえ》に向《む》かって声《こえ》を振《ふ》りしぼった。

「お父《とう》さん、僕《ぼく》は、誓《ちか》って、やっていません。吸魂鬼《ディメンター》のところへ送《おく》り返《かえ》さないで――」

「さらなる罪状《ざいじょう》は」クラウチが大声《おおごえ》を出《だ》した。

「フランク・ロングボトムが情報《じょうほう》を吐《は》こうとしなかったとき、その妻《つま》に対《たい》して『磔《はりつけ》の呪《のろ》い』をかけた咎《とが》である。おまえたちは『名前《なまえ》を言《い》ってはいけないあの人《ひと》』の権力《けんりょく》を回復《かいふく》せしめんとし、その者《もの》が強力《きょうりょく》だった時代《じだい》を、おまえたちの暴力《ぼうりょく》の日々《ひび》を、復活《ふっかつ》せしめんとした。ここで陪審《ばいしん》の評決《ひょうけつ》を――」

「お母《かあ》さん！」上《うえ》を振《ふ》り仰《あお》ぎ少年《しょうねん》が叫《さけ》んだ。クラウチの脇《わき》のか細《ぼそ》い小柄《こがら》な魔女《まじょ》が、体《からだ》を揺《ゆ》すりながらすすり泣《な》きはじめた。

「お母《かあ》さん、お父《とう》さんを止《と》めてください。お母《かあ》さん。僕《ぼく》はやっていない。あれは僕《ぼく》じゃなかったんだ！」

「ここで陪審《ばいしん》の評決《ひょうけつ》を」クラウチが叫《さけ》んだ。

「これらの罪《つみ》は、アズカバンでの終身刑《しゅうしんけい》に値《あたい》すると、私《わたし》はそう信《しん》ずるが、それに賛成《さんせい》の陪審員《ばいしんいん》は挙手《きょしゅ》願《ねが》いたい」

地下牢《ちかろう》の右手《みぎて》に並《なら》んだ魔法使《まほうつか》いや魔女《まじょ》たちが、いっせいに手《て》を挙《あ》げた。バグマンのときと同《おな》じように、壁《かべ》に沿《そ》って並《なら》ぶ傍聴席《ぼうちょうせき》から拍手《はくしゅ》が沸《わ》き起《お》こった。どの顔《かお》も、勝《か》ち誇《ほこ》った残忍《ざんにん》さに満《み》ちている。少年《しょうねん》が泣《な》き叫《さけ》んだ。

「いやだ！　いやだ！　僕《ぼく》、やっていない。やっていない。知《し》らなかったんだ！　あそこに送《おく》らないで。お母《かあ》さん、お父《とう》さんを止《と》めて！」

吸魂鬼《ディメンター》がするすると部屋《へや》に戻《もど》ってきた。少年《しょうねん》の三人《にん》の仲間《なかま》は、だまって椅子《いす》から立《た》ち上《あ》がった。半眼《はんがん》の魔女《まじょ》が、クラウチを見上《みあ》げて叫《さけ》んだ。

「クラウチ、闇《やみ》の帝王《ていおう》は再《ふたた》び立《た》ち上《あ》がるぞ！　我々《われわれ》をアズカバンに放《ほう》り込《こ》むがよい。我々《われわれ》は待《ま》つのみ！　あの方《かた》はよみがえり、我々《われわれ》を迎《むか》えにおいでになる。ほかの従者《じゅうしゃ》の誰《だれ》よりも、我々《われわれ》をおほめくださるであろう！　我々《われわれ》のみが忠実《ちゅうじつ》であった！　我々《われわれ》だけがあの方《かた》をお探《さが》し申《もう》し上《あ》げた」

しかし、少年《しょうねん》はもがいていた。ハリーには、吸魂鬼《ディメンター》の冷《つめ》たい、心《こころ》をなえさせる力《ちから》が、すでに少《しょう》年《ねん》を襲《おそ》っているのがわかったが、それでも少年《しょうねん》は、吸魂鬼《ディメンター》を追《お》い払《はら》おうとしていた。魔女《まじょ》が堂々《どうどう》と地下牢《ちかろう》から出《で》ていき、少年《しょうねん》が抵抗《ていこう》し続《つづ》けるのを、聴衆《ちょうしゅう》は嘲《あざけ》り笑《わら》い、立《た》ち上《あ》がって見物《けんぶつ》している者《もの》もいた。

「僕《ぼく》はあなたの息子《むすこ》だ！」少年《しょうねん》がクラウチに向《む》かって叫《さけ》んだ。

「あなたの息子《むすこ》なのに！」

「おまえは私《わたし》の息子《むすこ》などではない！」

クラウチがどなった。突然《とつぜん》、目《め》が飛《と》び出《だ》した。

「私《わたし》には息子《むすこ》はいない！」

クラウチの隣《となり》のはかなげな魔女《まじょ》が、大《おお》きく息《いき》をのみ、椅子《いす》にくずおれた。気絶《きぜつ》していた。クラウチは気《き》づくそぶりも見《み》せない。

「連《つ》れていけ！」

クラウチが、吸魂鬼《ディメンター》に向《む》かって口角泡《こうかくあわ》を飛《と》ばしながら叫《さけ》んだ。

「連《つ》れていくのだ。そいつらはあそこでくさりはてるがいい！」

「お父《とう》さん！　お父《とう》さん、僕《ぼく》は仲間《なかま》じゃない！　いや！　いやだ！　お父《とう》さん、助《たす》けて！」

「ハリー、そろそろわしの部屋《へや》に戻《もど》る時間《じかん》じゃろう」

ハリーの耳《みみ》に静《しず》かな声《こえ》が聞《き》こえた。

ハリーは目《め》を見張《みは》った。周《まわ》りを見回《みまわ》した。それから自分《じぶん》の隣《となり》を見《み》た。

ハリーの右手《みぎて》に座《すわ》ったアルバス・ダンブルドアは、クラウチの息子《むすこ》が吸魂鬼《ディメンター》に引《ひ》きずられていくのをじっと見《み》ている――そして、ハリーの左手《ひだりて》には、ハリーをじっと見《み》つめるアルバス・ダンブルドアがいた。

「おいで」

左手《ひだりて》のダンブルドアが言《い》った。そして、ハリーのひじを抱《かか》え上《あ》げた。ハリーは体《からだ》が空中《くうちゅう》を昇《のぼ》っていくのを感《かん》じた。地下牢《ちかろう》が自分《じぶん》の周《まわ》りでぼやけていく。一瞬《いっしゅん》、すべてが真《ま》っ暗《くら》になり、それから、まるでゆっくりと宙返《ちゅうがえ》りを打《う》ったような気分《きぶん》がして、突然《とつぜん》どこかにぴたりと着地《ちゃくち》した。どうやら、陽射《ひざ》しのあふれるダンブルドアの部屋《へや》のまばゆい光《ひかり》の中《なか》だ。目《め》の前《まえ》の戸棚《とだな》の中《なか》で、石《いし》の水《すい》盆《ぼん》がチラチラと淡《あわ》い光《ひかり》を放《はな》っている。アルバス・ダンブルドアがハリーのかたわらに立《た》っていた。

「校長先生《こうちょうせんせい》」ハリーは息《いき》をのんだ。

「いけないことをしたのはわかっています——そのつもりはなかったのです——戸棚《とだな》の戸《と》がちょっと開《ひら》いていて、それで——」

「わかっておる」

ダンブルドアは水盆《すいぼん》を持《も》ち上《あ》げ、自分《じぶん》の机《つくえ》まで運《はこ》び、ピカピカの机《つくえ》の上《うえ》にのせた。そして、椅《い》子《す》に腰《こし》かけ、ハリーにむかい側《がわ》に座《すわ》るようにと合図《あいず》した。

ハリーは言《い》われるままに、石《いし》の水盆《すいぼん》を見《み》つめながら座《すわ》った。中身《なかみ》は白《しろ》っぽい銀色《ぎんいろ》の物質《ぶっしつ》に戻《もど》り、目《め》を凝《こ》らして見《み》ている間《あいだ》にも、渦巻《うずま》いたり、波立《なみだ》ったりしている。

「これは何《なん》ですか？」ハリーは恐《おそ》る恐《おそ》る聞《き》いた。

「これか？　これはの、ペンシーブ、『憂《うれ》いの篩《ふるい》』じゃ」

ダンブルドアが答《こた》えた。

「ときどき感《かん》じるのじゃが、この気持《きも》ちは君《きみ》にもわかると思《おも》うがの、考《かんが》えることや思《おも》い出《で》があまりにもいろいろあって、頭《あたま》の中《なか》がいっぱいになってしまったような気《き》がするのじゃ」

「あの」ハリーは正直《しょうじき》に言《い》って、そんな気持《きも》ちになったことがあるとは言《い》えなかった。

「そんなときにはの」

ダンブルドアが石《いし》の水盆《すいぼん》を指差《ゆびさ》した。

「この篩《ふるい》を使《つか》うのじゃ。あふれた想《おも》いを、頭《あたま》の中《なか》からこの中《なか》に注《そそ》ぎ込《こ》んで、時間《じかん》のあるときにゆっくり吟味《ぎんみ》するのじゃよ。このような形《かたち》にしておくとな、わかると思《おも》うが、物事《ものごと》のパターンや関連性《かんれんせい》がわかりやすくなるのじゃ」

「それじゃ……この中身《なかみ》は、先生《せんせい》の『憂《うれ》い』なのですか？」

ハリーは水盆《すいぼん》に渦巻《うずま》く白《しろ》い物質《ぶっしつ》を改《あらた》めて見《み》つめた。

「そのとおりじゃ」ダンブルドアが言《い》った。

「見《み》せてあげよう」

ダンブルドアはローブから杖《つえ》を取《と》り出《だ》し、その先端《せんたん》を、こめかみのあたりの銀色《ぎんいろ》の髪《かみ》に当《あ》てた。杖《つえ》をそこから離《はな》すと、髪《かみ》の毛《け》がくっついているように見《み》えた――しかし、よく見《み》ると、それは、

「憂《うれ》いの篩《ふるい》」を満《み》たしているのと同《おな》じ白《しろ》っぽい銀色《ぎんいろ》の不思議《ふしぎ》な物質《ぶっしつ》が、糸状《いとじょう》になって光《ひか》っているのだった。ダンブルドアは、水盆《みずぼん》に新《あたら》しい「憂《うれ》い」を加《くわ》えたのだ。驚《おどろ》いたことに、ハリーの顔《かお》が水盆《すいぼん》の表面《ひょうめん》に浮《う》かんでいた。

ダンブルドアは、長《なが》い両手《りょうて》でペンシーブの両端《りょうたん》を持《も》ち、篩《ふる》った。ちょうど、砂金掘《さきんほ》りが砂金《さきん》を篩《ふる》い分《わ》けるようなしぐさだ……ハリーの顔《かお》が、いつの間《ま》にかスネイプの顔《かお》になり、口《くち》を開《ひら》いて、天井《てんじょう》に向《む》かって話《はな》しだした。声《こえ》が少《すこ》し反響《はんきょう》している。

「あれが戻《もど》ってきています……カルカロフのもです……これまでよりずっと強《つよ》く、はっきりと……」

「篩《ふるい》の力《ちから》を借《か》りずとも、わしが自分《じぶん》で結《むす》びつけられたじゃろう」

ダンブルドアがため息《いき》をついた。

「しかし、それはそれでよい」

ダンブルドアは半月《はんげつ》めがねの上《うえ》から、ハリーをじっと見《み》た。ハリーは口《くち》をあんぐり開《あ》けて、水《すい》盆《ぼん》の中《なか》で回《まわ》り続《つづ》けるスネイプの顔《かお》を見《み》ていた。

「ファッジ大臣《だいじん》が会合《かいごう》に見《み》えられたとき、ちょうどペンシーブを使《つか》っておっての。急《いそ》いで片《かた》づけたのじゃ。どうも戸棚《とだな》の戸《と》をしっかり閉《し》めなかったようじゃ。当然《とうぜん》、君《きみ》の注意《ちゅうい》を引《ひ》いてしまったことじゃろう」

「ごめんなさい」ハリーが口《くち》ごもった。

ダンブルドアは首《くび》を振《ふ》った。

「好奇心《こうきしん》は罪《つみ》ではない。しかし好奇心《こうきしん》は慎重《しんちょう》に扱《あつか》わんとな……まことに、そうなのじゃよ……」

ダンブルドアは少《すこ》し眉《まゆ》をひそめ、杖《つえ》の先《さき》で水盆《すいぼん》の中《なか》の「想《おも》い」をつついた。すると、たちまち、十六歳《さい》くらいの小太《こぶと》りの女《おんな》の子《こ》が、怒《おこ》った顔《かお》をして現《あらわ》れた。両足《りょうあし》を水盆《すいぼん》に入《い》れたまま、女《おんな》の子《こ》はゆっくり回転《かいてん》しはじめた。ハリーにもダンブルドアにも無頓着《むとんちゃく》だ。話《はな》しはじめると、その声《こえ》はスネイプの声《こえ》と同《おな》じように反響《はんきょう》した。まるで、石《いし》の水盆《すいぼん》の奥底《おくそこ》から聞《き》こえてくるようだ。

「ダンブルドア先生《せんせい》、あいつ、私《わたし》に呪《のろ》いをかけたんです。私《わたし》、ただちょっとあいつをからかっただけなのに。先週《せんしゅう》の木曜《もくよう》に、温室《おんしつ》の陰《かげ》でフローレンスにキスしてたのを見《み》たわよって言《い》っただけなのに……」

「じゃが、バーサ、君《きみ》はどうして」

ダンブルドアが女《おんな》の子《こ》を見《み》ながら、悲《かな》しそうにひとり言《ごと》を言《い》った。女《おんな》の子《こ》は、すでにだまり込《こ》んで回転《かいてん》し続《つづ》けている。

「どうして、そもそもあの子《こ》の跡《あと》をつけたりしたのじゃ？」

「バーサ？」ハリーが女《おんな》の子《こ》を見《み》てつぶやいた。

「この子《こ》がバーサ？——昔《むかし》のバーサ・ジョーキンズ？」

「そうじゃ」

ダンブルドアはそう言《い》うと、再《ふたた》び水盆《すいぼん》の「憂《うれ》い」をつついた。バーサの姿《すがた》はその中《なか》に沈《しず》み込《こ》み、水盆《すいぼん》の「想《おも》い」はまた不透明《ふとうめい》の銀色《ぎんいろ》の物質《ぶっしつ》に戻《もど》った。

「わしが覚《おぼ》えておるバーサの学生時代《がくせいじだい》の姿《すがた》じゃ」

「憂《うれ》いの篩《ふるい》」から出《で》る銀色《ぎんいろ》の光《ひかり》が、ダンブルドアの顔《かお》を照《て》らした。その顔《かお》があまりに老《ふ》け込《こ》んで見《み》えるのに、ハリーは突然《とつぜん》気《き》づいた。もちろん、頭《あたま》では、ダンブルドアが相当《そうとう》の年《とし》だとはわかっていたが、なぜかこれまでただの一度《いちど》も、老人《ろうじん》だとは思《おも》わなかった。

「さて、ハリー」ダンブルドアが静《しず》かに言《い》った。

「君《きみ》がわしの『想《おも》い』にとらわれてしまわないうちに、何《なに》か言《い》いたいことがあったはずじゃな」

「はい。先生《せんせい》——ついさっき『占《うらな》い学《がく》』の授業《じゅぎょう》にいて——そして——あの——居眠《いねむ》りしました」

ハリーは叱《しか》られるのではないかと思《おも》い、ちょっと口《くち》ごもった。が、ダンブルドアは「ようわかるぞ。続《つづ》けるがよい」とだけ言《い》った。

「それで、夢《ゆめ》を見《み》ました」ハリーが続《つづ》けた。

「ヴォルデモート卿《きょう》の夢《ゆめ》です。ワームテールを……先生《せんせい》はワームテールが誰《だれ》か、ご存《ぞん》じですよね……拷問《ごうもん》していました――」

「知《し》っておるとも」ダンブルドアはすぐに答《こた》えた。「さあ、お続《つづ》け」

「ヴォルデモートはふくろうから手紙《てがみ》を受《う》け取《と》りました。たしか、ワームテールの失態《しったい》はつぐなわれた、とか言《い》いました。誰《だれ》かが死《し》んだと言《い》いました。それから、ワームテールは蛇《へび》の餌食《えじき》にはしないと――ヴォルデモートの椅子《いす》のそばに蛇《へび》がいました。それから――それから、こう言《い》いました。そのかわりに僕《ぼく》を餌食《えじき》にするって。そして、ワームテールに『磔《はりつけ》の呪《のろ》い』をかけました――僕《ぼく》の傷痕《きずあと》が痛《いた》みました」ハリーは一気《いっき》に言《い》った。「それで目《め》が覚《さ》めたのです。とても痛《いた》くて」

ダンブルドアはただハリーを見《み》ていた。

「あの――それでおしまいです」ハリーが言《い》った。

「なるほど」ダンブルドアが静《しず》かに言《い》った。「なるほど。さて、今年《ことし》になって、ほかに傷痕《きずあと》が痛《いた》んだことがあるかの？　夏休《なつやす》みに、君《きみ》の目《め》を覚《さ》まさせたとき以外《いがい》にじゃが？」

「いいえ、僕《ぼく》――夏休《なつやす》みに、それで目《め》が覚《さ》めたことを、どうしてご存《ぞん》じなのですか？」

ハリーは驚愕《きょうがく》した。

「シリウスと連絡《れんらく》を取《と》り合《あ》っているのは、君《きみ》だけではない」ダンブルドアが言《い》った。

「わしも、昨年《さくねん》、シリウスがホグワーツを離《はな》れて以来《いらい》、ずっと接触《せっしょく》を続《つづ》けてきたのじゃ。一番安《いちばんあん》全《ぜん》な隠《かく》れ場所《ばしょ》として、あの山中《さんちゅう》の洞穴《ほらあな》を勧《すす》めたのはわしじゃ」

ダンブルドアは立《た》ち上《あ》がり、机《つくえ》のむこうで往《い》ったり来《き》たり歩《ある》きはじめた。ときどきこめかみに杖先《つえさき》を当《あ》て、キラキラ光《ひか》る銀色《ぎんいろ》の「想《おも》い」を取《と》り出《だ》しては、「憂《うれ》いの篩《ふるい》」に入《い》れた。中《なか》の「想《おも》い」が急速《きゅうそく》に渦巻《うずま》きはじめ、ハリーにはもう何《なに》もはっきりしたものが見《み》えなくなった。それはただ、ぼやけた色《いろ》の渦《うず》になっていた。

「校長先生《こうちょうせんせい》？」数分後《すうふんご》、ハリーが静《しず》かに問《と》いかけた。

ダンブルドアは歩《ある》き回《まわ》るのをやめ、ハリーを見《み》た。

「すまなかったのう」ダンブルドアは静《しず》かにそう言《い》うと、再《ふたた》び机《つくえ》の前《まえ》に座《すわ》った。

「あの——あの、どうして僕《ぼく》の傷痕《きずあと》が痛《いた》んだのでしょう？」

ダンブルドアは一瞬《いっしゅん》、じっとハリーを見《み》つめ、それから口《くち》を開《ひら》いた。

「一つの仮説《かせつ》じゃが、仮説《かせつ》にすぎんが……わしの考《かんが》えでは、君《きみ》の傷痕《きずあと》が痛《いた》むのは、ヴォルデモート卿《きょう》が君《きみ》の近《ちか》くにいるとき、もしくは、極《きわ》めて強烈《きょうれつ》な憎《にく》しみにかられているときじゃろう」

「でも……どうして？」

「それは、君《きみ》とヴォルデモートが、かけそこねた呪《のろ》いを通《とお》してつながっているからじゃ」

ダンブルドアが答《こた》えた。

「その傷痕《きずあと》は、ただの傷痕《きずあと》ではない」

「では先生《せんせい》は……あの夢《ゆめ》が……ほんとうに起《お》こったことだと？」

「その可能性《かのうせい》はある」ダンブルドアが言《い》った。

「むしろ――その可能性《かのうせい》が高《たか》い。ハリー――ヴォルデモートを見《み》たかの？」

「いいえ。椅子《いす》の背中《せなか》だけです。でも――何《なに》も見《み》えるものはなかったのではないでしょうか？あの、身体《からだ》がないのでしょう？　でも……でも、それならどうやって杖《つえ》を持《も》ったんだろう？」

ハリーは考《かんが》え込《こ》んだ。

「まさに、どうやって！」ダンブルドアがつぶやいた。「まさに、どうやって……」

ダンブルドアもハリーもしばらくだまり込《こ》んだ。ダンブルドアは部屋《へや》の隅《すみ》を見《み》つめ、ときどきこめかみに杖先《つえさき》を当《あ》て、またしても銀色《ぎんいろ》に輝《かがや》く「想《おも》い」をザワザワと波立《なみだ》つ「憂《うれ》いの篩《ふるい》」に加《くわ》えていった。

「先生《せんせい》」しばらくして、ハリーが言《い》った。

「あの人《ひと》が強《つよ》くなってきたとお考《かんが》えですか？」

「ヴォルデモートがかね？」

ダンブルドアが「憂《うれ》いの篩《ふるい》」のむこうから、ハリーを見《み》つめた。以前《いぜん》にも何度《なんど》か、ダンブルドアはこういう独特《どくとく》の鋭《するど》いまなざしでハリーを見《み》つめたことがある。ハリーはいつも、心《こころ》の奥底《おくそこ》まで見透《みす》かされているような気《き》になるのだ。ムーディの「魔法《まほう》の目《め》」でさえ、これはできないことだと思《おも》えた。

「これもまた、ハリー、わしの仮説《かせつ》にすぎんが」

ダンブルドアは大《おお》きなため息《いき》をついた。その顔《かお》は、今《いま》までになく年老《としお》いて、つかれて見《み》えた。

「ヴォルデモートが権力《けんりょく》の座《ざ》に上《のぼ》り詰《つ》めていたあの時代《じだい》」ダンブルドアが話《はな》しはじめた。

「いろいろな者《もの》が姿《すがた》を消《け》した。それが、一つの特徴《とくちょう》じゃった。バーサ・ジョーキンズは、ヴォルデモートがたしかに最後《さいご》にいたと思《おも》われる場所《ばしょ》で、跡形《あとかた》もなく消《き》えた。クラウチ氏《し》もまた、姿《すがた》を消《け》した……しかもこの学校《がっこう》の敷地内《しきちない》で。それに、第三《だいさん》の行方不明者《ゆくえふめいしゃ》がいるのじゃ。残念《ざんねん》ながら、これはマグルのことなので、魔法省《まほうしょう》は重要視《じゅうようし》しておらぬ。フランク・ブライスという名《な》の男《おとこ》で、ヴォルデモートの父親《ちちおや》が育《そだ》った村《むら》に住《す》んでおった。八月以来《がついらい》、この男《おとこ》の姿《すがた》を見《み》た者《もの》がない。わしは、魔法省《まほうしょう》の友人《ゆうじん》たちとちがい、のう、マグルの新聞《しんぶん》を読《よ》むのじゃよ」

ダンブルドアは真剣《しんけん》な目《め》でハリーを見《み》た。

「これらの失踪事件《しっそうじけん》は、わしには関連性《かんれんせい》があるように思《おも》えるのじゃ。魔法省《まほうしょう》は賛成《さんせい》せんが――君《きみ》は部屋《へや》の外《そと》で待《ま》っているときに聞《き》いたかもしれぬがの」

ハリーはうなずいた。二人《ふたり》はまただまり込《こ》んだ。ダンブルドアは時折《ときおり》「想《おも》い」を引《ひ》き抜《ぬ》いていた。ハリーはもう出《で》ていかなければと思《おも》いながら、好奇心《こうきしん》で椅子《いす》から離《はな》れられなかった。

「先生《せんせい》？」ハリーがまた呼《よ》びかけた。

「何《なん》じゃね、ハリー」ダンブルドアが答《こた》えた。

「あの……お聞《き》きしてもよろしいでしょうか……僕《ぼく》が入《はい》り込《こ》んだ、あの法廷《ほうてい》のような……あの『憂《うれ》いの篩《ふるい》』の中《なか》のことで？」

「よかろう」ダンブルドアの声《こえ》は重《おも》かった。

「わしは何度《なんど》も裁判《さいばん》に出席《しゅっせき》しておるが、その中《なか》でも、ことさら鮮明《せんめい》によみがえってくるのがいくつかある……特《とく》に今《いま》になってのう……」

「あの――先生《せんせい》が僕《ぼく》を見《み》つけた、あの裁判《さいばん》のことですが。クラウチ氏《し》の息子《むすこ》の。おわかりですよね？　あの……ネビルのご両親《りょうしん》のことを話《はな》していたのでしょうか？」

ダンブルドアは鋭《するど》い視線《しせん》でハリーを見《み》た。

「ネビルは、なぜおばあさんに育《そだ》てられたのかを、君《きみ》に一度《いちど》も話《はな》してないのかね？」

ハリーは首《くび》を横《よこ》に振《ふ》った。もう知《し》り合《あ》って四年《ねん》にもなるのに、どうしてこのことを、ネビルに聞《き》いてみようとしなかったのかと、ハリーは首《くび》を振《ふ》りながらいぶかしく思《おも》った。

「そうじゃ。あそこでは、ネビルの両親《りょうしん》のことを話《はな》しておったのじゃ」

ダンブルドアが答《こた》えた。

「父親《ちちおや》のフランクは、ムーディ先生《せんせい》と同《おな》じように、闇祓《やみばら》いじゃった。君《きみ》が聞《き》いたとおり、ヴォルデモートの失脚《しっきゃく》のあと、その消息《しょうそく》を吐《は》けと、母親《ははおや》ともども拷問《ごうもん》されたのじゃ」

「それで、二人《ふたり》は死《し》んでしまったのですか？」ハリーは小《ちい》さな声《こえ》で聞《き》いた。

「いや」

ダンブルドアの声《こえ》は苦々《にがにが》しさに満《み》ちていた。ハリーはそんなダンブルドアの声《こえ》を一度《いちど》も聞《き》いたことがなかった。

「正気《しょうき》を失《うしな》ったのじゃ。二人《ふたり》とも、聖《せい》マンゴ魔法疾患傷害病院《まほうしっかんしょうがいびょういん》に入《はい》っておる。ネビルは休暇《きゅうか》になると、おばあさんに連《つ》れられて見舞《みま》いに行《い》っているはずじゃ。二人《ふたり》には息子《むすこ》だということもわからんのじゃが」

ハリーは恐怖《きょうふ》に打《う》ちのめされ、その場《ば》にただ座《すわ》っていた。知《し》らなかった……この四年間《ねんかん》、知《し》ろうともしなかった……。

「ロングボトム夫妻《ふさい》は、人望《じんぼう》があった」

ダンブルドアの話《はなし》が続《つづ》いた。

「ヴォルデモートの失脚後《しっきゃくご》、みんながもう安全《あんぜん》だと思《おも》ったときに、二人《ふたり》が襲《おそ》われたのじゃ。この事件《じけん》に関《かん》しては、わしがそれまで知《し》らなかったような、激《はげ》しい怒《いか》りの波《なみ》が巻《ま》き起《お》こった。魔法《まほう》省《しょう》には、二人《ふたり》を襲《おそ》った者《もの》たちを是《ぜ》が非《ひ》でも逮捕《たいほ》しなければならないというプレッシャーがかかっておった。残念《ざんねん》ながら、ロングボトム夫妻《ふさい》の証言《しょうげん》は——二人《ふたり》があういう状態《じょうたい》じゃったから——ほとんど信憑性《しんぴょうせい》がなかった」

「それじゃ、クラウチさんの息子《むすこ》は、関係《かんけい》してなかったかもしれないのですか？」

ハリーは言葉《ことば》をかみしめながら聞《き》いた。

ダンブルドアが首《くび》を振《ふ》った。

「それについては、わしには何《なん》とも言《い》えん」

ハリーは再《ふたた》びだまって「憂《うれ》いの篩《ふるい》」を見《み》つめたまま座《すわ》っていた。どうしても聞《き》きたい質問《しつもん》が、あと二つあった……しかし、それは、まだ生《い》きている人《ひと》たちの罪《つみ》に関《かん》する疑問《ぎもん》だった……。

「あの」ハリーが言《い》った。「バグマンさんは……」

「……あれ以来《いらい》、一度《いちど》も闇《やみ》の活動《かつどう》で罪《つみ》に問《と》われたことはない」

ダンブルドアは落《お》ち着《つ》いた声《こえ》で答《こた》えた。

「そうですね」

ハリーは急《いそ》いでそう言《い》うと、また「憂《うれ》いの篩《ふるい》」の中身《なかみ》を見《み》つめた。ダンブルドアが「想《おも》い」を入《い》れるのをやめたので、今《いま》は渦《うず》がゆっくりと動《うご》いていた。

「それから……あの……」

「憂《うれ》いの篩《ふるい》」がハリーのかわりに質問《しつもん》しているかのように、スネイプの顔《かお》が再《ふたた》び浮《う》かんで揺《ゆ》れた。ダンブルドアはそれを見下《みお》ろし、それから目《め》を上《あ》げてハリーを見《み》た。

「スネイプ先生《せんせい》も同《おな》じことじゃ」ダンブルドアが言《い》った。

ハリーはダンブルドアの明《あか》るいブルーの瞳《ひとみ》を見《み》つめた。そして、ほんとうに知《し》りたかった疑問《ぎもん》が、思《おも》わず口《くち》を突《つ》いて出《で》てしまった。

「校長先生《こうちょうせんせい》？　先生《せんせい》はどうして、スネイプ先生《せんせい》がほんとうにヴォルデモートに従《したが》うのをやめたのだと思《おも》われたのですか？」

ダンブルドアは、ハリーの食《く》い入《い》るようなまなざしを、数秒間《すうびょうかん》じっと受《う》け止《と》めていた。そしてこう言《い》った。

「それはの、ハリー、スネイプ先生《せんせい》とわしとの問題《もんだい》じゃ」

ハリーはこれでダンブルドアとの話《はなし》は終《お》わりだと悟《さと》った。ダンブルドアは怒《おこ》っているようには見《み》えなかったが、そのきっぱりとした口調《くちょう》が、ハリーに、もう帰《かえ》りなさいと言《い》っていた。ハリーは立《た》ち上《あ》がった。ダンブルドアも立《た》ち上《あ》がった。

「ハリー」

ハリーが扉《とびら》のところまで行《い》くと、ダンブルドアが呼《よ》びかけた。

「ネビルの両親《りょうしん》のことは、誰《だれ》にも明《あ》かすではないぞ。みんなにいつ話《はな》すかは、あの子《こ》が決《き》めることじゃ。その時《とき》が来《く》ればの」

「わかりました、先生《せんせい》」ハリーは立《た》ち去《さ》ろうとした。

「それと――」

ハリーは振《ふ》り返《かえ》った。

ダンブルドアは「憂《うれ》いの篩《ふるい》」をのぞき込《こ》むように立《た》っていた。銀色《ぎんいろ》の丸《まる》い光《ひかり》が下《した》からダンブルドアの顔《かお》を照《て》らし、これまでになく老《ふ》け込《こ》んで見《み》えた。ダンブルドアは一瞬《いっしゅん》ハリーを見《み》つめ、それからおもむろに言《い》った。

「第三《だい》の課題《かだい》じゃが、幸運《こううん》を祈《いの》っておるぞ」

第《だい》31章《しょう》　第《だい》三の課題《かだい》

「ダンブルドアも、『例《れい》のあの人《ひと》』が強大《きょうだい》になりつつあるって、そう考《かんが》えてるのかい？」

ロンがささやくように言《い》った。

「憂《うれ》いの篩《ふるい》」で見《み》てきたことの全部《ぜんぶ》と、ダンブルドアがそのあとでハリーに話《はな》したり、見《み》せたりしてくれたことのほとんどすべてを、ハリーはもう、ロンとハーマイオニーに話《はな》し終《お》わっていた――もちろん、シリウスにも教《おし》えた。ダンブルドアの部屋《へや》を出《で》るとすぐに、ハリーはシリウスにふくろう便《びん》を送《おく》っていた。ハリー、ロン、ハーマイオニーは、その夜《よる》、またしても遅《おそ》くまで談話《だんわ》室《しつ》に残《のこ》り、納得《なっとく》のいくまで同《おな》じ話《はなし》をくり返《かえ》した。最後《さいご》にはハリーは頭《あたま》がぐらぐらしてきた。ダンブルドアが、いろいろな想《おも》いで頭《あたま》がいっぱいになり、あふれた分《ぶん》を取《と》り出《だ》すとホッとする、と言《い》った気持《きも》ちがハリーにもよくわかった。

ロンは談話室《だんわしつ》の暖炉《だんろ》の火《ひ》をじっと見《み》つめていた。それほど寒《さむ》い夜《よる》でもないのに、ロンがブルッと震《ふる》えるのを、ハリーは見《み》たような気《き》がした。

「それに、スネイプを信用《しんよう》してるのか？」ロンが言《い》った。

「死喰《しく》い人《びと》だったって知《し》ってても、ほんとにスネイプを信用《しんよう》してるのかい？」

「うん」ハリーが言《い》った。

ハーマイオニーはもう十分間《ぶんかん》もだまり込んだままだった。額《ひたい》を両手《りょうて》で押《お》さえ、自分《じぶん》のひざを見《み》つめたまま座《すわ》っている。ハリーは、ハーマイオニーも「憂《うれ》いの篩《ふるい》」が必要《ひつよう》みたいだと思《おも》った。

「リータ・スキーター」

やっと、ハーマイオニーがつぶやいた。

「なんで今《いま》の今《いま》、あんな女《おんな》のことを心配《しんぱい》してられるんだ？」ロンはあきれたという口調《くちょう》だ。

「あの女《おんな》のことで心配《しんぱい》してるんじゃないの」

ハーマイオニーは自分《じぶん》のひざに向《む》かって言《い》った。

「ただ、ちょっと思《おも》いついたのよ……『三本《さんぼん》の箒《ほうき》』であの女《おんな》が私《わたし》に言《い》ったこと、覚《おぼ》えてる？『ルード・バグマンについちゃ、あんたの髪《かみ》の毛《け》が縮《ちぢ》み上《あ》がるようなことをつかんでいるんだ』って。今回《こんかい》のことがあの女《おんな》の言《い》ってた意味《いみ》じゃないかしら？　スキーターはバグマンの裁判《さいばん》の記事《きじ》を書《か》いたし、死喰《しく》い人《びと》にバグマンが情報《じょうほう》を流《なが》したって、知《し》ってた。それに、ウィンキーもよ。覚《おぼ》えてるでしょ……『バグマンさんは悪《わる》い魔法使《まほうつか》い』って。クラウチさんはバグマンが刑《けい》を逃《のが》れたことでカンカンだったでしょうし、そのことを家《いえ》で話《はな》したはずよ」

「うん。だけど、バグマンはわざと情報《じょうほう》を流《なが》したわけじゃないだろ？」

ハーマイオニーは「わからないわ」とばかりに肩《かた》をすくめた。

「それに、ファッジは**マダム・マクシーム**がクラウチを襲《おそ》ったと考《かんが》えたのかい？」

ロンがハリーのほうを向《む》いた。

「うん。だけど、それはクラウチがボーバトンの馬車《ばしゃ》のそばで消《き》えたから、そう言《い》っただけだよ」

「僕《ぼく》たちはマダムのことなんて、考《かんが》えもしなかったよな？」

ロンが考《かんが》え込《こ》むように言《い》った。

「ただし、マダムは絶対《ぜったい》に巨人《きょじん》の血《ち》が入《はい》ってる。あの人《ひと》は認《みと》めたがらないけど――」

「そりゃそうよ」

ハーマイオニーが目《め》を上《あ》げて、きっぱり言《い》った。

「リータがハグリッドのお母《かあ》さんのことを書《か》いたとき、どうなったか知《し》ってるでしょ。ファッジを見《み》てよ。マダムが半巨人《はんきょじん》だからって、すぐにそんな結論《けつろん》に飛《と》びつくなんて。偏見《へんけん》もいいとこじゃない？　ほんとうのことを言《い》った結果《けっか》そんなことになるなら、私《わたし》だってきっと『骨《ほね》が太《ふと》いだけだ』って言《い》うわよ」

ハーマイオニーが腕時計《うでどけい》を見《み》た。

「まだ何《なん》にも練習《れんしゅう》してないわ！」

ハーマイオニーは「ショック！」という顔《かお》をした。

「『妨害《ぼうがい》の呪《のろ》い』を練習《れんしゅう》するつもりだったのに！　あしたは絶対《ぜったい》にやるわよ！　さあ、ハリー、少《すこ》し寝《ね》ておかなきゃ」

ハリーとロンはのろのろと寝室《しんしつ》への階段《かいだん》を上《あ》がった。パジャマに着替《きが》えながら、ハリーはネビルのベッドのほうを見《み》た。ダンブルドアとの約束《やくそく》どおり、ハリーはロンにもハーマイオニーにもネビルの両親《りょうしん》のことを話《はな》さなかった。めがねをはずし、四本柱《ほんばしら》のベッドにはい登《のぼ》りながら、ハリーは、両親《りょうしん》が生《い》きていても、子供《こども》である自分《じぶん》をわかってもらえなかったら、どんな気持《きも》ちだろうと思《おも》いやった。ハリーは知《し》らない人《ひと》から、孤児《こじ》でかわいそうだと同情《どうじょう》されることがしばしばあるが、ネビルのほうがもっと同情《どうじょう》されてもいいんだ。ネビルのいびきを聞《き》きながら、ハリーはそう思《おも》った。ベッドに横《よこ》になり、暗闇《くらやみ》の中《なか》で、ハリーはロングボトム夫妻《ふさい》を拷問《ごうもん》した連中《れんちゅう》への怒《いか》りと憎《にく》しみがどっと押《お》し寄《よ》せてくるのを感《かん》じた……法廷《ほうてい》からクラウチの息子《むすこ》が、仲間《なかま》と一緒《いっしょ》に吸魂鬼《ディメンター》に引《ひ》きずられていくときに、聴衆《ちょうしゅう》が罵倒《ばとう》する声《こえ》を、ハリーは思《おも》い出《だ》していた……その気持《きも》ちがわかった……そして、蒼白《そうはく》になって泣《な》き叫《さけ》んでいた少年《しょうねん》の顔《かお》を思《おも》い出《だ》した。あの少年《しょうねん》が、あれから一年後《ねんご》には死《し》んだのだと気《き》づいて、ハリーはどきりとした……。ヴォルデモートだ。暗闇《くらやみ》の中《なか》で、ベッドの天蓋《てんがい》を見《み》つめながら、ハリーは思《おも》った。すべてヴォルデモートのせいなのだ……家族《かぞく》をバラバラにし、いろいろな人生《じんせい》をめちゃめちゃにしたのは、ヴォルデモートなのだ……。

ロンとハーマイオニーは、期末試験《きまつしけん》の勉強《べんきょう》をしなければならないはずだ。第《だい》三の課題《かだい》が行《おこな》われる日《ひ》に試験《しけん》が終《お》わる予定《よてい》だ。にもかかわらず、二人《ふたり》はハリーの準備《じゅんび》を手伝《てつだ》うほうにほとんどの時《じ》間《かん》を費《つい》やしていた。

「心配《しんぱい》しないで」

ハリーがそのことを指摘《してき》し、しばらくは自分一人《じぶんひとり》で練習《れんしゅう》するから、と言《い》うと、ハーマイオニーはそう答《こた》えた。

「少《すく》なくとも、『闇《やみ》の魔術《まじゅつ》に対《たい》する防衛術《ぼうえいじゅつ》』では、私《わたし》たち、きっと最高点《さいこうてん》を取《と》るわよ。授業《じゅぎょう》じゃ、こんなにいろいろな呪文《じゅもん》は絶対勉強《ぜったいべんきょう》できなかったわ」

「僕《ぼく》たち全員《ぜんいん》が闇祓《やみばら》いになるときのための、いい訓練《くんれん》さ」

ロンは教室《きょうしつ》にブンブン迷《まよ》い込《こ》んだスズメバチに「妨害《ぼうがい》の呪《のろ》い」をかけ、空中《くうちゅう》でぴたりと動《うご》きを止《と》めながら、興奮《こうふん》したように言《い》った。

六月《がつ》に入《はい》ると、ホグワーツ城《じょう》にまたしても興奮《こうふん》と緊張《きんちょう》がみなぎった。学期《がっき》が終《お》わる一週間前《しゅうかんまえ》に行《おこな》われる第《だい》三の課題《かだい》を、誰《だれ》もが心待《こころま》ちにしていた。ハリーは機会《きかい》あるごとに「呪《のろ》い」を練習《れんしゅう》していた。これまでの課題《かだい》より、今度《こんど》の課題《かだい》には自信《じしん》があった。もちろん、今度《こんど》も危険《きけん》で難《むずか》しいにはちがいないが、ムーディの言《い》うとおり、ハリーにはこれまでの実績《じっせき》がある。今《いま》までもハリーは、怪物《かいぶつ》や魔法《まほう》の障害物《しょうがいぶつ》を何《なん》とか乗《の》り越《こ》えてきた。今度《こんど》は前《まえ》もって知《し》らされている分《ぶん》だけ、準備《じゅんび》するチャンスがある。

学校中《がっこうじゅう》いたるところで、ハリーたち三人《にん》にばったりでくわすのにうんざりしたマクゴナガル先生《せんせい》が、空《あ》いている「変身術《へんしんじゅつ》」の教室《きょうしつ》を昼休《ひるやす》みに使《つか》ってよろしいと、ハリーに許可《きょか》を与《あた》えた。ハリーはまもなくいろいろな呪文《じゅもん》を習得《しゅうとく》した。「妨害《ぼうがい》の呪《のろ》い」は、攻撃《こうげき》してくる者《もの》の動《うご》きを鈍《にぶ》らせて妨害《ぼうがい》する術《じゅつ》。「粉々呪文《こなごなじゅもん》」は、硬《かた》いものを吹《ふ》き飛《と》ばして通《とお》り道《みち》をあける術《じゅつ》。「四方位呪文《しほういじゅもん》」はハーマイオニーが見《み》つけてきた便利《べんり》な術《じゅつ》で、杖《つえ》で北《きた》の方角《ほうがく》を指《さ》させ、迷路《めいろ》の中《なか》で正《ただ》しい方向《ほうこう》に進《すす》んでいるかどうかをチェックすることができる。しかし、「盾《たて》の呪文《じゅもん》」はうまくできなかった。一時的《いちじてき》に自分《じぶん》の周《まわ》りに見《み》えない壁《かべ》を築《きず》き、弱《よわ》い呪《のろ》いなら跳《は》ね返《かえ》すことができるはずの呪文《じゅもん》だが、ハーマイオニーは、ねらい定《さだ》めた「くらげ足《あし》の呪《のろ》い」で、見事《みごと》に見《み》えない壁《かべ》を粉々《こなごな》にした。ハーマイオニーが反対呪文《はんたいじゅもん》を探《さが》している十分《ぷん》ぐらいの間《あいだ》、ハリーはクニャクニャする足《あし》で教室《きょうしつ》を歩《ある》き回《まわ》るはめになった。

「でも、なかなかいい線《せん》行《い》ってるわよ」

ハーマイオニーはリストを見《み》て、習得《しゅうとく》した呪文《じゅもん》を×印《じるし》で消《け》しながら、励《はげ》ました。

「このうちのどれかは必《かなら》ず役《やく》に立《た》つはずよ」

「あれ見《み》ろよ」

ロンが窓際《まどぎわ》に立《た》って呼《よ》んだ。校庭《こうてい》を見下《みお》ろしている。

「マルフォイのやつ、何《なに》やってるんだ？」

ハリーとハーマイオニーが見《み》にいった。マルフォイ、クラッブ、ゴイルが校庭《こうてい》の木陰《こかげ》に立《た》っていた。クラッブとゴイルは見張《みは》りに立《た》っているようだ。二人《ふたり》ともニヤニヤしている。マルフォイは口《くち》のところに手《て》をかざして、その手《て》に向《む》かって何《なに》かしゃべっていた。

「トランシーバーで話《はな》してるみたいだな」ハリーが変《へん》だなあという顔《かお》をした。

「そんなはずないわ」ハーマイオニーが言《い》った。

「言《い》ったでしょ。そんなものはホグワーツの中《なか》では通《つう》じないのよ。さあ、ハリー」

ハーマイオニーはきびきびとそう言《い》い、窓《まど》から離《はな》れて教室《きょうしつ》の中央《ちゅうおう》に戻《もど》った。

「もう一度《いちど》やりましょ。『盾《たて》の呪文《じゅもん》』」

シリウスは今《いま》や毎日《まいにち》のようにふくろう便《びん》をよこした。ハーマイオニーと同《おな》じように、ハリーはまず最後《さいご》の課題《かだい》をパスすることに集中《しゅうちゅう》し、それ以外《いがい》は後回《あとまわ》しにするように、という考《かんが》えらしい。ハリーへの手紙《てがみ》に、ホグワーツの敷地外《しきちがい》で起《お》こっていることは、何《なん》であれ、ハリーの責任《せきにん》ではないし、ハリーの力《ちから》ではどうすることもできないのだからと、毎回書《まいかいか》いてよこした。

ヴォルデモートがほんとうに再《ふたた》び力《ちから》をつけてきているにせよ、私《わたし》にとっては、君《きみ》の安全《あんぜん》を確保《かくほ》するのが第一《だいいち》だ。ダンブルドアの保護《ほご》の下《もと》にあるかぎり、やつはとうてい君《きみ》に手《て》出《だ》しはできない。しかし、いずれにしても危険《きけん》をおかさないように。迷路《めいろ》を安全《あんぜん》に通過《つうか》することだけに集中《しゅうちゅう》すること。ほかのことは、そのあとで気《き》にすればよい。

六月二十四日《がつ　か》が近《ちか》づくにつれ、ハリーは神経《しんけい》がたかぶってきた。しかし、第一《だい》と第二《だい》の課題《かだい》のときほどひどくはなかった。一つには、今度《こんど》はできるかぎりの準備《じゅんび》はした、という自信《じしん》があった。もう一つには、これが最後《さいご》のハードルだからだ。うまくいこうがいくまいが、ようやく試合《しあい》は終《お》わる。そうしたらどんなにホッとすることか。

第三《だい》の課題《かだい》が行《おこな》われる日《ひ》の朝《あさ》、グリフィンドールの朝食《ちょうしょく》のテーブルは大《おお》にぎわいだった。伝書《でんしょ》ふくろうが飛《と》んできて、ハリーにシリウスからの「がんばれ」カードを渡《わた》した。羊皮紙一枚《ようひしまい》を折《お》りたたみ、中《なか》に泥《どろ》んこの犬《いぬ》の足型《あしがた》が押《お》してあるだけだったが、ハリーにとってはとてもうれしいカードだった。コノハズクが、いつものように『日刊予言者新聞《にっかんよげんしゃしんぶん》』の朝刊《ちょうかん》を持《も》って、ハーマイオニーのところにやってきた。新聞《しんぶん》を広《ひろ》げて一面《めん》に目《め》を通《とお》したハーマイオニーが、口《くち》いっぱいにふくんだかぼちゃジュースを新聞《しんぶん》に吐《は》きかけた。

「どうしたの？」

ハリーとロンがハーマイオニーを見《み》つめて、同時《どうじ》に言《い》った。

「何《なん》でもないわ」

ハーマイオニーはあわててそう言《い》うと、新聞《しんぶん》を隠《かく》そうとした。が、ロンが引《ひ》ったくった。見出《みだ》しを見《み》たロンが目《め》を丸《まる》くした。

「何《なん》てこった。よりによって今日《きょう》かよ。あのばばぁ」

「何《なん》だい？」ハリーが聞《き》いた。「またリータ・スキーター？」

「いいや」ロンもハーマイオニーと同《おな》じように、新聞《しんぶん》を隠《かく》そうとした。

「僕《ぼく》のことなんだね？」ハリーが言《い》った。

「ちがうよ」ロンのうそは見《み》え見《み》えだった。

ハリーが新聞《しんぶん》を見《み》せてと言《い》う前《まえ》に、ドラコ・マルフォイが、大広間《おおひろま》のむこうのスリザリンのテーブルから大声《おおごえ》で呼《よ》びかけた。

「おーい、ポッター！　ポッター！　頭《あたま》は大丈夫《だいじょうぶ》か？　気分《きぶん》は悪《わる》くないか？　まさか暴《あば》れだして僕《ぼく》たちを襲《おそ》ったりしないだろうね？」

マルフォイも『日刊予言者新聞《にっかんよげんしゃしんぶん》』を手《て》にしていた。スリザリンのテーブルは、端《はし》から端《はし》までクスクス笑《わら》いながら、座《すわ》ったままで身《み》をひねり、ハリーの反応《はんのう》を見《み》ようとしている。

「見《み》せてよ」ハリーがロンに言《い》った。

「貸《か》して」

ロンはしぶしぶ新聞《しんぶん》を渡《わた》した。ハリーが開《ひら》いてみると、大見出《おおみだ》しの下《した》で、自分《じぶん》の写真《しゃしん》がこっちを見《み》つめていた。

ハリー・ポッターの「危険《きけん》な奇行《きこう》」

「名前《なまえ》を言《い》ってはいけないあの人《ひと》」を破《やぶ》ったあの少年《しょうねん》が、情緒不安定《じょうちょふあんてい》、もしくは危険《きけん》な状態《じょうたい》にある。と、本紙《ほんし》の特派員《とくはいん》、リータ・スキーターが書《か》いている。

ハリー・ポッターの奇行《きこう》に関《かん》する驚《おどろ》くべき証拠《しょうこ》が最近明《さいきんあか》るみに出《で》た。三校対抗試合《さんこうたいこうじあい》のような過酷《かこく》な試合《しあい》に出《で》ることの是非《ぜひ》が問《と》われるばかりか、ホグワーツに在籍《ざいせき》すること自《じ》体《たい》が疑問視《ぎもんし》されている。

本紙《ほんし》の独占情報《どくせんじょうほう》によれば、ポッターは学校《がっこう》でひんぱんに失神《しっしん》し、額《ひたい》の傷痕《きずあと》（「例《れい》のあの人《ひと》」がハリー・ポッターを殺《ころ》そうとした呪《のろ》いの遺物《いぶつ》）の痛《いた》みを訴《うった》えることもしばしばだという。去《さ》る月曜日《げつようび》、「占《うらな》い学《がく》」の授業中《じゅぎょうちゅう》、ポッターが、傷痕《きずあと》の痛《いた》みがたえがたく授《じゅ》業《ぎょう》を続《つづ》けることができないと言《い》って、教室《きょうしつ》から飛《と》び出《だ》していくのを本紙記者《ほんしきしゃ》が目撃《もくげき》した。

聖《せい》マンゴ魔法疾患傷害病院《まほうしっかんしょうがいびょういん》の最高権威《さいこうけんい》の専門医《せんもんい》たちによれば、「例《れい》のあの人《ひと》」に襲《おそ》われた傷《きず》が、ポッターの脳《のう》に影響《えいきょう》を与《あた》えている可能性《かのうせい》があるという。また、傷《きず》がまだ痛《いた》むというポッターの主張《しゅちょう》は、根深《ねぶか》い錯乱状態《さくらんじょうたい》の表《あらわ》れである可能性《かのうせい》があるという。

「痛《いた》いふりをしているかもしれませんね」専門医《せんもんい》の一人《ひとり》が語《かた》った。「気《き》を引《ひ》きたいという願望《がんぼう》の表《あらわ》れであるかもしれません」

日刊予言者新聞《にっかんよげんしゃしんぶん》は、ホグワーツ校《こう》の校長《こうちょう》、アルバス・ダンブルドアが魔法社会《まほうしゃかい》からひた隠《かく》しにしてきた、ハリー・ポッターに関《かん》する憂慮《ゆうりょ》すべき事実《じじつ》をつかんだ。

「ポッターは蛇語《へびご》を話《はな》せます」ホグワーツ校《こう》四年生《ねんせい》の、ドラコ・マルフォイが明《あ》かした。「二、三年前《ねんまえ》、生徒《せいと》が大勢襲《おおぜいおそ》われました。『決闘《けっとう》クラブ』で、ポッターがかんしゃくを起《お》こし、ほかの男子学生《だんしがくせい》に蛇《へび》をけしかけてからは、ほとんどみんなが、事件《じけん》の裏《うら》にポッターがいると考《かんが》えていました。でも、すべてはもみ消《け》されたのです。しかし、ポッターは狼人間《おおかみにんげん》や巨人《きょじん》とも友達《ともだち》です。少《すこ》しでも権力《けんりょく》を得《え》るためには、あいつは何《なん》でもやると思《おも》います」

蛇語《へびご》とは、蛇《へび》と話《はな》す能力《のうりょく》のことで、これまでずっと、闇《やみ》の魔術《まじゅつ》の一つと考《かんが》えられてきた。現代《げんだい》の最《もっと》も有名《ゆうめい》な蛇語使《へびごづか》いは、誰《だれ》あろう、「例《れい》のあの人《ひと》」その人《ひと》である。匿名希望《とくめいきぼう》の「闇《やみ》の魔術《まじゅつ》に対《たい》する防衛術連盟《ぼうえいじゅつれんめい》」の会員《かいいん》は、蛇語《へびご》を話《はな》す者《もの》は、誰《だれ》であれ「尋問《じんもん》する価値《かち》がある」と語《かた》った。「個人的《こじんてき》には、蛇《へび》と会話《かいわ》することができるような者《もの》は、みんな非常《ひじょう》にあやしいと思《おも》いますね。何《なに》しろ、蛇《へび》というのは、闇《やみ》の魔術《まじゅつ》の中《なか》でも最悪《さいあく》の術《じゅつ》に使《つか》われることが多《おお》いですし、歴史的《れきしてき》にも邪悪《じゃあく》な者《もの》たちとの関連性《かんれんせい》がありますからね」。また、「狼人間《おおかみにんげん》や巨人《きょじん》など、邪悪《じゃあく》な生《い》き物《もの》との親交《しんこう》を求《もと》めるようなやつは、暴力《ぼうりょく》を好《この》む傾《けい》向《こう》があるように思《おも》えますね」とも語《かた》った。

アルバス・ダンブルドアはこのような少年《しょうねん》に三校対抗試合《さんこうたいこうじあい》への出場《しゅつじょう》を許《ゆる》すべきかどうか、当然考慮《とうぜんこうりょ》すべきであろう。試合《しあい》に是《ぜ》が非《ひ》でも勝《か》ちたいばかりに、ポッターが闇《やみ》の魔《ま》術《じゅつ》を使《つか》うのではないかと恐《おそ》れる者《もの》もいる。その試合《しあい》の第《だい》三の課題《かだい》は今夕行《こんせきおこな》われる。

「僕《ぼく》にちょっと愛想《あいそ》が尽《つ》きたみたいだね」

ハリーは新聞《しんぶん》をたたみながら、気軽《きがる》に言《い》った。

むこうのスリザリンのテーブルでは、マルフォイ、クラッブ、ゴイルがハリーに向《む》かって、ゲラゲラ笑《わら》い、頭《あたま》を指《ゆび》でたたいたり、気味《きみ》の悪《わる》いバカ顔《がお》をして見《み》せたり、舌《した》を蛇《へび》のようにチラチラ震《ふる》わせたりしていた。

「あの女《おんな》、『占《うらな》い学《がく》』で傷痕《きずあと》が痛《いた》んだこと、どうして知《し》ってたのかなぁ？」ロンが言《い》った。

「どうやったって、あそこにはいたはずないし、絶対《ぜったい》あいつに聞《き》こえたはずないよ――」

「窓《まど》が開《あ》いてた」ハリーが言《い》った。

「息《いき》がつけなかったから、開《あ》けたんだ」

「あなた、北塔《きたとう》のてっぺんにいたのよ！」ハーマイオニーが言《い》った。

「あなたの声《こえ》がずーっと下《した》の校庭《こうてい》に届《とど》くはずないわ！」

「まあね。魔法《まほう》で盗聴《とうちょう》する方法《ほうほう》は、君《きみ》が見《み》つけるはずだったよ！」ハリーが言《い》った。

「あいつがどうやったか、君《きみ》が教《おし》えてくれよ！」

「ずっと調《しら》べてるわ！」ハーマイオニーが言《い》った。

「でも私《わたし》……でもね……」

ハーマイオニーの顔《かお》に、夢見《ゆめみ》るような不思議《ふしぎ》な表情《ひょうじょう》が浮《う》かんだ。ゆっくりと片手《かたて》を上《あ》げ、指《ゆび》で髪《かみ》をくしけずった。

「大丈夫《だいじょうぶ》か？」

ロンが顔《かお》をしかめてハーマイオニーを見《み》た。

「ええ」

ハーマイオニーがひっそりと言《い》った。もう一度《いちど》指《ゆび》で髪《かみ》をすくようになで、それからその手《て》を、見《み》えないトランシーバーに話《はな》しているかのように口元《くちもと》に持《も》っていった。ハリーとロンは顔《かお》を見合《みあ》わせた。

「もしかしたら」

ハーマイオニーが宙《ちゅう》を見《み》つめて言《い》った。

「たぶんそうだわ……。それだったら誰《だれ》にも見《み》えないし……ムーディだって見《み》えない……。それに、窓《まど》の桟《さん》にだって乗《の》れる……。でもあの女《おんな》は許《ゆる》されてない……絶《ぜっ》対《たい》に許《きょ》可《か》されていない……まちがいない。あの女《おんな》を追《お》い詰《つ》めたわよ！　ちょっと図《と》書《しょ》館《かん》に行《い》かせて――たしかめるわ！」

そう言《い》うと、ハーマイオニーはかばんをつかみ、大広間《おおひろま》を飛《と》び出《だ》していった。

「おい！」後《うし》ろからロンが呼《よ》びかけた。「あと十分《ぷん》で『魔《ま》法《ほう》史《し》』の試《し》験《けん》だぞ！　おったまげー」

ロンがハリーを振《ふ》り返《かえ》った。

「試《し》験《けん》に遅《おく》れるかもしれないのに、それでも行《い》くなんて、よっぽどあのスキーターのやつを嫌《きら》ってるんだな。君《きみ》、ビンズのクラスでどうやって時《じ》間《かん》をつぶすつもりだ？――また本《ほん》を読《よ》むか？」

対《たい》抗《こう》試《じ》合《あい》の代《だい》表《ひょう》選《せん》手《しゅ》は期《き》末《まつ》試《し》験《けん》を免《めん》除《じょ》されていたので、ハリーはこれまで、試《し》験《けん》の時《じ》間《かん》には教《きょう》室《しつ》の一《いち》番《ばん》後《うし》ろに座《すわ》り、第《だい》三の課《か》題《だい》のために新《あたら》しい呪《じゅ》文《もん》を探《さが》していた。

「だろうな」

ハリーが答《こた》えた。ちょうどその時《とき》、マクゴナガル先《せん》生《せい》がグリフィンドールのテーブル沿《ぞ》いに、ハリーに近《ちか》づいてきた。

「ポッター、代《だい》表《ひょう》選《せん》手《しゅ》は朝《ちょう》食《しょく》後《ご》に大広間《おおひろま》の脇《わき》の小《こ》部《べ》屋《や》に集《しゅう》合《ごう》です」先《せん》生《せい》が言《い》った。

「でも、競技《きょうぎ》は今夜《こんや》です！」

時間《じかん》をまちがえたのではないかと不安《ふあん》になり、ハリーは炒《い》り卵《たまご》をうっかりローブにこぼしてしまった。

「それはわかっています、ポッター」マクゴナガル先生《せんせい》が言《い》った。

「いいですか、代表選手《だいひょうせんしゅ》の家族《かぞく》が招待《しょうたい》されて最終課題《さいしゅうかだい》の観戦《かんせん》に来《き》ています。みなさんにご挨拶《あいさつ》する機会《きかい》だというだけです」

マクゴナガル先生《せんせい》が立《た》ち去《さ》り、ハリーはその後《うし》ろであぜんとしていた。

「まさか、マクゴナガル先生《せんせい》、ダーズリーたちが来《く》ると思《おも》っているんじゃないだろうな？」

ハリーがロンに向《む》かってぼうぜんと問《と》いかけた。

「さあ」ロンが言《い》った。

「ハリー、僕《ぼく》、急《いそ》がなくちゃ。ビンズのに遅《おく》れちゃう。あとでな」

ほとんど人《ひと》がいなくなった大広間《おおひろま》で、ハリーは朝食《ちょうしょく》をすました。フラー・デラクールがレイブンクローのテーブルから立《た》ち上《あ》がり、大広間《おおひろま》から脇《わき》の小部屋《こべや》に向《む》かっているセドリックと一緒《いっしょ》に部屋《へや》に入《はい》った。クラムもすぐあとに前《まえ》かがみになって入《はい》っていった。ハリーは動《うご》かなかった。やはり小部屋《こべや》に入《はい》りたくなかった。家族《かぞく》なんていない――少《すく》なくとも、ハリーが命《いのち》を危険《きけん》にさらして戦《たたか》うのを見《み》にきてくれる家族《かぞく》はいない。しかし、図書館《としょかん》にでも行《い》ってもうちょっと呪文《じゅもん》の復習《ふくしゅう》をしようかと、立《た》ち上《あ》がりかけたその時《とき》、小部屋《こべや》のドアが開《ひら》いて、セドリックが顔《かお》を突《つ》き出《だ》した。

「ハリー、来《こ》いよ。みんな君《きみ》を待《ま》ってるよ！」

ハリーはまったく当惑《とうわく》しながら立《た》ち上《あ》がった。ダーズリーたちが来《く》るなんて、ありうるだろうか？　大広間《おおひろま》を横切《よこぎ》り、ハリーは小部屋《こべや》のドアを開《あ》けた。

ドアのすぐ内側《うちがわ》にセドリックと両親《りょうしん》がいた。ビクトール・クラムは、隅《すみ》のほうで黒《くろ》い髪《かみ》の父親《ちちおや》、母親《ははおや》とブルガリア語《ご》で早口《はやくち》に話《はな》している。クラムの鉤鼻《かぎばな》は父親《ちちおや》ゆずりだ。部屋《へや》の反対側《はんたいがわ》で、フラーが母親《ははおや》とフランス語《ご》でペチャクチャしゃべっている。フラーの妹《いもうと》のガブリエルが母親《ははおや》と手《て》をつないでいた。ハリーを見《み》て手《て》を振《ふ》ったので、ハリーも手《て》を振《ふ》った。それから、暖炉《だんろ》の前《まえ》でハリーにニッコリ笑《わら》いかけているウィーズリーおばさんとビルが目《め》に入《はい》った。

「びっくりでしょ！」

ハリーがニコニコしながら近《ちか》づいていくと、ウィーズリーおばさんが興奮《こうふん》しながら言《い》った。

「あなたを見《み》にきたかったのよ、ハリー！」

おばさんはかがんでハリーのほおにキスした。

「元気《げんき》かい？」

ビルがハリーに笑《わら》いかけながら握手《あくしゅ》した。

「チャーリーも来《き》たかったんだけど、休《やす》みが取《と》れなくてね。ホーンテールとの対戦《たいせん》のときの君《きみ》はすごかったって言《い》ってたよ」

フラー・デラクールが、相当関心《そうとうかんしん》がありそうな目《め》で、母親《ははおや》の肩越《かたご》しに、ビルをちらちら見《み》ているのにハリーは気《き》がついた。フラーにとっては、長髪《ちょうはつ》も牙《きば》のイヤリングもまったく問題《もんだい》ではないのだと、ハリーにもわかった。

「ほんとうにうれしいです」

ハリーは口《くち》ごもりながらウィーズリーおばさんに言《い》った。

「僕《ぼく》、一瞬《いっしゅん》、考《かんが》えちゃった――ダーズリー一家《いっか》かと――」

「ンンン」

ウィーズリーおばさんが口《くち》をキュッと結《むす》んだ。おばさんはいつも、ハリーの前《まえ》でダーズリー一《いっ》家《か》を批判《ひはん》するのはひかえていたが、その名前《なまえ》を聞《き》くたびに目《め》がピカッと光《ひか》るのだった。

「学校《がっこう》はなつかしいよ」

ビルが小部屋《こべや》の中《なか》を見回《みまわ》した（「太《ふと》った婦人《レディ》」の友達《ともだち》のバイオレットが、絵《え》の中《なか》からビルにウィンクした）。

「もう五年《ねん》も来《き》てないな。あのいかれた騎士《きし》の絵《え》、まだあるかい？　カドガン卿《きょう》の？」

「ある、ある」ハリーが答《こた》えた。ハリーは去年《きょねん》カドガン卿《きょう》に会《あ》っていた。

「『太《ふと》った婦人《レディ》』は？」ビルが聞《き》いた。

「あの婦人《レディ》は母《かあ》さんの時代《じだい》からいるわ」おばさんが言《い》った。

「ある晩《ばん》、朝《あさ》の四時《じ》に寮《りょう》に戻《もど》ったら、こっぴどく叱《しか》られたわ――」

「朝《あさ》の四時《じ》まで、母《かあ》さん、寮《りょう》の外《そと》で何《なに》してたの？」ビルが驚《おどろ》いて母親《ははおや》を探《さぐ》るような目《め》で見《み》た。

ウィーズリーおばさんは目《め》をキラキラさせてふくみ笑《わら》いをした。

「あなたのお父《とう》さんと二人《ふたり》で夜《よる》の散歩《さんぽ》をしてたのよ」おばさんが答《こた》えた。

「そしたら、お父《とう》さん、アポリオン・プリングルに捕《つか》まってね――あのころの管理人《かんりにん》よ――お父《とう》さんは今《いま》でもおしおきの痕《あと》が残《のこ》ってるわ」

「案内《あんない》してくれるか、ハリー？」ビルが言《い》った。

「ああ、いいよ」三人《にん》は大広間《おおひろま》に出《で》るドアのほうに歩《ある》いていった。

エイモス・ディゴリーのそばを通《とお》り過《す》ぎようとすると、ディゴリーが振《ふ》り向《む》いた。

「よう、よう、いたな」

ディゴリーはハリーを上《うえ》から下《した》までじろじろ見《み》た。

「セドリックが同点《どうてん》に追《お》いついたので、そうそういい気《き》にもなっていられないだろう？」

「何《なん》のこと？」ハリーが聞《き》いた。

「気《き》にするな」

セドリックが父親《ちちおや》の背後《はいご》で顔《かお》をしかめながらハリーにささやいた。

「リータ・スキーターの三大魔法学校対抗試合《さんだいまほうがっこうたいこうじあい》の記事以来《きじいらい》、ずっと腹《はら》を立《た》てているんだ――ほら、君《きみ》がホグワーツでただ一人《ひとり》の代表選手《だいひょうせんしゅ》みたいな書《か》き方《かた》をしたから」

「訂正《ていせい》しようともしなかっただろうが？」

エイモス・ディゴリーが、ウィーズリーおばさんやビルと一緒《いっしょ》にドアから出《で》ながら、ハリーに聞《き》こえるように大声《おおごえ》で言《い》った。

「しかし……セド、目《め》に物見《ものみ》せてやれ。一度《いちど》あの子《こ》を負《ま》かしたろうが？」

「エイモス！　リータ・スキーターは、ごたごたを引《ひ》き起《お》こすためには何《なん》でもやるのよ」

ウィーズリーおばさんが腹立《はらだ》たしげに言《い》った。

「そのぐらいのこと、あなた、魔法省《まほうしょう》に勤《つと》めてたらおわかりのはずでしょう！」

ディゴリー氏《し》は怒《おこ》って何《なに》か言《い》いたそうな顔《かお》をしたが、奥《おく》さんがその腕《うで》を押《お》さえるように手《て》を置《お》くと、ちょっと肩《かた》をすくめただけで顔《かお》をそむけた。

陽光《ようこう》がいっぱいの校庭《こうてい》を、ビルやウィーズリーおばさんを案内《あんない》して回《まわ》り、ボーバトンの馬車《ばしゃ》やダームストラングの船《ふね》を見《み》せたりして、ハリーはとても楽《たの》しく午前中《ごぜんちゅう》を過《す》ごした。おばさんは、卒業後《そつぎょうご》に植《う》えられた「暴《あば》れ柳《やなぎ》」にとても興味《きょうみ》を持《も》ったし、ハグリッドの前《まえ》の森番《もりばん》、オッグの想《おも》い出《で》を長々《ながなが》と話《はな》してくれた。

「パーシーは元気《げんき》？」

温室《おんしつ》の周《まわ》りを散歩《さんぽ》しながら、ハリーが聞《き》いた。

「よくないね」ビルが言《い》った。

「とってもうろたえてるの」

おばさんはあたりを見回《みまわ》しながら声《こえ》を低《ひく》めて言《い》った。

「魔法省《まほうしょう》は、クラウチさんが消《き》えたことを伏《ふ》せておきたいわけ。でも、パーシーは、クラウチさんの送《おく》ってきていた指令《しれい》についての尋問《じんもん》に呼《よ》び出《だ》されてね。本人《ほんにん》が書《か》いたものではない可能性《かのうせい》があるって、魔法省《まほうしょう》はそう思《おも》っているらしいの。パーシーはストレス状態《じょうたい》だわ。魔法省《まほうしょう》では、今夜《こんや》の試合《しあい》の五番目《ばんめ》の審査員《しんさいん》として、パーシーにクラウチさんの代理《だいり》を務《つと》めさせてくれないの。コーネリウス・ファッジが審査員《しんさいん》になるわ」

三人《にん》は昼食《ちゅうしょく》をとりに城《しろ》に戻《もど》った。

「ママ——ビル！」

グリフィンドールのテーブルに着《つ》いたロンが驚《おどろ》いて言《い》った。

「こんなところで、どうしたの？」

「ハリーの最後《さいご》の競技《きょうぎ》を見《み》にきたのよ」

ウィーズリーおばさんが楽《たの》しそうに言《い》った。

「お料理《りょうり》をしなくていいってのは、ほんと、たまにはいいものね。試験《しけん》はどうだったの？」

「あ……大丈夫《だいじょうぶ》さ」ロンが言《い》った。

「小鬼《ゴブリン》の反逆者《はんぎゃくしゃ》の名前《なまえ》を全部《ぜんぶ》は思《おも》い出《だ》せなかったから、いくつかでっち上《あ》げたけど、問題《もんだい》ないよ」

ウィーズリーおばさんの厳《きび》しい顔《かお》をよそに、ロンはミートパイを皿《さら》に取《と》った。

「みんなおんなじような名前《なまえ》だから。ボロひげのボドロッドとか、薄汚《うすぎたな》いウルグだとかさ。難《むずか》しくなかったよ」

フレッド、ジョージ、ジニーもやってきて、隣《となり》に座《すわ》った。ハリーはまるで「隠《かく》れ穴《あな》」に戻《もど》ったかのような楽《たの》しい気分《きぶん》だった。夕方《ゆうがた》の試合《しあい》を心配《しんぱい》することさえ忘《わす》れていたが、昼食《ちゅうしょく》も半《なか》ばを過《す》ぎたころ、ハーマイオニーが現《あらわ》れて、ハッと思《おも》い出《だ》した。リータ・スキーターのことで、ハーマイオニーが何《なに》かひらめいたことがあったはずだ。

「何《なに》かわかった？　例《れい》の――」

ハーマイオニーは、ウィーズリーおばさんのほうをちらりと見《み》て、「言《い》っちゃダメよ」というふうに首《くび》を振《ふ》った。

「こんにちは、ハーマイオニー」

ウィーズリーおばさんの言《い》い方《かた》がいつもとちがって堅《かた》かった。

「こんにちは」

ウィーズリーおばさんの冷《つめ》たい表情《ひょうじょう》を見《み》て、ハーマイオニーの笑顔《えがお》がこわばった。

ハリーは二人《ふたり》を見比《みくら》べた。

「ウィーズリーおばさん、リータ・スキーターが『週刊魔女《しゅうかんまじょ》』に書《か》いたあのバカな記事《きじ》を本気《ほんき》にしたりしてませんよね？　だって、ハーマイオニーは僕《ぼく》のガールフレンドじゃないもの」

「あら！」おばさんが言《い》った。「ええ――もちろん本気《ほんき》にしてませんよ！」

しかし、そのあとは、おばさんのハーマイオニーに対《たい》する態度《たいど》がずっと温《あたた》かくなった。

ハリー、ビル、ウィーズリーおばさんの三人《にん》は、城《しろ》の周《まわ》りをぶらぶら散歩《さんぽ》して午後《ごご》を過《す》ごし、晩餐会《ばんさんかい》に大広間《おおひろま》に戻《もど》った。今度《こんど》はルード・バグマンとコーネリウス・ファッジが教職員《きょうしょくいん》テーブルに着《つ》いていた。バグマンはうきうきしているようだったが、コーネリウス・ファッジは、マダム・マクシームの隣《となり》で、厳《きび》しい表情《ひょうじょう》でだまりこくっていた。マダム・マクシームは食事《しょくじ》に没頭《ぼっとう》していたが、ハリーはマダムの目《め》が赤《あか》いように思《おも》った。ハグリッドが同《おな》じテーブルの端《はし》からしょっちゅうマダムのほうに目《め》を走《はし》らせていた。

食事《しょくじ》はいつもより品数《しなかず》が多《おお》かったが、ハリーは今《いま》や本格的《ほんかくてき》に気《き》がたかぶりはじめ、あまり食《た》べられなかった。魔法《まほう》をかけられた天井《てんじょう》が、ブルーから日暮《ひぐ》れの紫《むらさき》に変《か》わりはじめたとき、ダンブルドアが教職員《きょうしょくいん》テーブルで立《た》ち上《あ》がった。大広間《おおひろま》がシーンとなった。

「紳士《しんし》、淑女《しゅくじょ》のみなさん。あと五分《ふん》たつと、みなさんにクィディッチ競技場《きょうぎじょう》に行《い》くように、わしからお願《ねが》いすることになる。三大魔法学校対抗試合《さんだいまほうがっこうたいこうじあい》、最後《さいご》の課題《かだい》が行《おこな》われる。代表選手《だいひょうせんしゅ》は、バグマン氏《し》に従《したが》って、今《いま》すぐ競技場《きょうぎじょう》に行《い》くのじゃ」

ハリーは立《た》ち上《あ》がった。グリフィンドールのテーブルからいっせいに拍手《はくしゅ》が起《お》こった。ウィーズリー一家《いっか》とハーマイオニーに激励《げきれい》され、ハリーはセドリック、フラー、クラムと一緒《いっしょ》に大広間《おおひろま》を出《で》た。

「ハリー、落《お》ち着《つ》いてるか？」

校庭《こうてい》に下《お》りる石段《いしだん》のところで、バグマンが話《はな》しかけた。

「自信《じしん》があるかね？」

「大丈夫《だいじょうぶ》です」

ハリーが答《こた》えた。ある程度《ていど》ほんとうだった。神経《しんけい》はとがっていたが、こうして歩《ある》きながらも頭《あたま》の中《なか》で、これまで練習《れんしゅう》してきた呪《まじな》いや呪文《じゅもん》を何度《なんど》もくり返《かえ》していたし、全部思《ぜんぶおも》い出《だ》すことができるので、気分《きぶん》が楽《らく》になっていた。

全員《ぜんいん》でクィディッチ競技場《きょうぎじょう》へと歩《ある》いたが、今《いま》はとても競技場《きょうぎじょう》には見《み》えなかった。六メートルほどの高《たか》さの生《い》け垣《がき》が周《まわ》りをぐるりと囲《かこ》み、正面《しょうめん》にすきまが空《あ》いている。巨大《きょだい》な迷路《めいろ》への入口《いりぐち》だ。中《なか》の通路《つうろ》は、暗《くら》く、薄気味悪《うすきみわる》かった。

五分後《ふんご》に、スタンドに人《ひと》が入《はい》りはじめた。何百人《なんびゃくにん》という生徒《せいと》が次々《つぎつぎ》に着席《ちゃくせき》し、あたりは興奮《こうふん》した声《こえ》と、ドヤドヤと大勢《おおぜい》の足音《あしおと》で満《み》たされた。空《そら》は今《いま》や澄《す》んだ濃紺《のうこん》に変《か》わり、一番星《いちばんぼし》が瞬《またた》きはじめた。ハグリッド、ムーディ先生《せんせい》、マクゴナガル先生《せんせい》、フリットウィック先生《せんせい》が競技場《きょうぎじょう》に入《にゅう》場《じょう》し、バグマンと選手《せんしゅ》のところへやってきた。全員《ぜんいん》、大《おお》きな赤《あか》く光《ひか》る星《ほし》を帽子《ぼうし》につけていたが、ハグリッドだけは、モールスキンのチョッキの背《せ》につけていた。

「私《わたくし》たちが迷路《めいろ》の外側《そとがわ》を巡回《じゅんかい》しています」

マクゴナガル先生《せんせい》が代表選手《だいひょうせんしゅ》に言《い》った。

「何《なに》か危険《きけん》に巻《ま》き込《こ》まれて、助《たす》けを求《もと》めたいときには、空中《くうちゅう》に赤《あか》い火花《ひばな》を打《う》ち上《あ》げなさい。私《わたくし》たちのうち誰《だれ》かが救出《きゅうしゅつ》します。おわかりですか？」

代表選手《だいひょうせんしゅ》たちがうなずいた。

「では、持《も》ち場《ば》についてください！」

バグマンが元気《げんき》よく四人《にん》の巡回者《じゅんかいしゃ》に号令《ごうれい》した。

「がんばれよ、ハリー」

ハグリッドがささやいた。そして四人《にん》は、迷路《めいろ》のどこかの持《も》ち場《ば》につくため、バラバラな方向《ほうこう》へと歩《ある》きだした。バグマンが杖《つえ》をのど元《もと》に当《あ》て、「ソノーラス！　響《ひび》け！」と唱《とな》えると、魔法《まほう》で拡大《かくだい》された声《こえ》がスタンドに響《ひび》き渡《わた》った。

「紳士《しんし》、淑女《しゅくじょ》のみなさん。第三《だい》の課題《かだい》、そして、三大魔法学校対抗試合最後《さんだいまほうがっこうたいこうじあいさいご》の課題《かだい》がまもなく始《はじ》まります！　現在《げんざい》の得点状況《とくてんじょうきょう》をもう一度《いちど》お知《し》らせしましょう。同点《どうてん》一位《い》、得点《とくてん》八十五点《てん》――セドリック・ディゴリー君《くん》とハリー・ポッター君《くん》。両名《りょうめい》ともホグワーツ校《こう》！」

大歓声《だいかんせい》と拍手《はくしゅ》に驚《おどろ》き、禁《きん》じられた森《もり》の鳥《とり》たちが、暮《く》れかかった空《そら》にバタバタと飛《と》び上《あ》がった。

「三位《い》、八十点《てん》――ビクトール・クラム君《くん》。ダームストラング専門学校《せんもんがっこう》！」

また拍手《はくしゅ》が沸《わ》いた。

「そして、四位《い》――フラー・デラクール嬢《じょう》、ボーバトン・アカデミー！」

ウィーズリーおばさんとビル、ロン、ハーマイオニーが、観客席《かんきゃくせき》の中《なか》ほどの段《だん》でフラーに礼《れい》儀正《ぎただ》しく拍手《はくしゅ》を送《おく》っているのが、かろうじて見《み》えた。ハリーが手《て》を振《ふ》ると、四人《にん》がニッコリと手《て》を振《ふ》り返《かえ》した。

「では……ホイッスルが鳴《な》ったら、ハリーとセドリック！」バグマンが言《い》った。

「三――二――一――」

バグマンがピッと笛《ふえ》を鳴《な》らした。ハリーとセドリックが急《いそ》いで迷路《めいろ》に入《はい》った。

そびえるような生《い》け垣《がき》が、通路《つうろ》に黒《くろ》い影《かげ》を落《お》としていた。高《たか》く分厚《ぶあつ》い生《い》け垣《がき》のせいか、魔法《まほう》がかけられているからなのか、いったん迷路《めいろ》に入《はい》ると、周《まわ》りの観衆《かんしゅう》の音《おと》はまったく聞《き》こえなくなった。ハリーはまた水《みず》の中《なか》にいるような気《き》がしたほどだ。杖《つえ》を取《と》り出《だ》し、「ルーモス！　光《ひかり》よ！」とつぶやくと、セドリックもハリーの後《うし》ろで同《おな》じことをつぶやいているのが聞《き》こえてきた。

五十メートルも進《すす》むと、分《わ》かれ道《みち》に出《で》た。二人《ふたり》は顔《かお》を見合《みあ》わせた。

「じゃあね」

ハリーはそう言《い》うと左《ひだり》の道《みち》に入《はい》った。セドリックは右《みぎ》をとった。

ハリーは、バグマンが二度目《どめ》のホイッスルを鳴《な》らす音《おと》を聞《き》いた。クラムが迷路《めいろ》に入《はい》ったのだ。ハリーは速度《そくど》を上《あ》げた。ハリーの選《えら》んだ道《みち》は、まったく何《なに》もいないようだった。右《みぎ》に曲《ま》がり、急《いそ》ぎ足《あし》で、杖《つえ》を頭上《ずじょう》に高《たか》くかかげ、なるべく先《さき》のほうが見《み》えるようにして歩《ある》いた。しかし、見《み》えるものは何《なに》もない。

遠《とお》くで、バグマンのホイッスルが鳴《な》った。これで代表選手全員《だいひょうせんしゅぜんいん》が迷路《めいろ》に入《はい》ったことになる。

ハリーはしょっちゅう後《うし》ろを振《ふ》り返《かえ》った。またしても誰《だれ》かに見《み》られているような、あの感覚《かんかく》に襲《おそ》われていた。空《そら》がだんだん群青色《ぐんじょういろ》になり、迷路《めいろ》は刻一刻《こくいっこく》と暗《くら》くなってきた。ハリーは二つ目《め》の分《わ》かれ道《みち》に出《で》た。

「方角示《ほうがくしめ》せ！」

ハリーは杖《つえ》を手《て》の平《ひら》に平《たい》らにのせてつぶやいた。

杖《つえ》はくるりと一回転《いっかいてん》し、右《みぎ》を示《しめ》した。そこは生《い》け垣《がき》が密生《みっせい》している。そっちが北《きた》だ。迷路《めいろ》の中心《ちゅうしん》に行《い》くには、北西《ほくせい》の方角《ほうがく》に進《すす》む必要《ひつよう》があるということはわかっている。一番《いちばん》よいのは、ここで左《ひだり》の道《みち》を行《い》き、なるべく早《はや》く右《みぎ》に折《お》れることだ。

左《ひだり》の道《みち》もがらんとしていた。ハリーは右折《うせつ》する道《みち》を見《み》つけて曲《ま》がった。ここでも何《なに》も障害物《しょうがいぶつ》がない。しかし、何《なに》も障害《しょうがい》がないことが、なぜか、かえって不安《ふあん》な気持《きも》ちにさせた。これまでに絶《ぜっ》対何《たいなに》かに出会《であ》っているはずではないのか？　迷路《めいろ》が、まやかしの安心感《あんしんかん》でハリーを誘《さそ》い込《こ》んでいるかのようだ。その時《とき》、ハリーはすぐ後《うし》ろで何《なに》かが動《うご》く気配《けはい》を感《かん》じ、杖《つえ》を突《つ》き出《だ》し、攻撃《こうげき》の体勢《たいせい》を取《と》った。しかし、杖灯《つえあか》りの先《さき》にいたのは、セドリックだった。右側《みぎがわ》の道《みち》から急《いそ》いで現《あらわ》れたところだった。ひどくショックを受《う》けている様子《ようす》で、ローブのそでがくすぶっている。

「ハグリッドの『尻尾爆発《しっぽばくはつ》スクリュート』だ！」

セドリックが歯《は》を食《く》いしばって言《い》った。

「ものすごい大《おお》きさだ――やっと振《ふ》り切《き》った！」

セドリックは頭《かぶり》を振《ふ》り、たちまち別《べつ》の道《みち》へと飛《と》び込《こ》み、姿《すがた》を消《け》した。スクリュートとの距離《きょり》を充分《じゅうぶん》に取《と》らなければと、ハリーは再《ふたた》び急《いそ》いだ。そして、角《かど》を曲《ま》がったとたん、目《め》に入《はい》ったのは――。

吸魂鬼《ディメンター》がするすると近《ちか》づいてくる。身《み》の丈《たけ》四メートル、顔《かお》はフードで隠《かく》れ、くさったかさぶただらけの両手《りょうて》を伸《の》ばし、見《み》えない目《め》で、ハリーのほうを探《さぐ》るような手《て》つきで近《ちか》づいてくる。ゴロゴロと末期《まつご》の息《いき》のような息《いき》づかいが聞《き》こえる。じとっと冷《ひ》や汗《あせ》が流《なが》れる気持《きも》ちの悪《わる》さがハリーを襲《おそ》った。しかし、どうすればよいか、ハリーにはわかっていた……。

ハリーはできるだけ幸福《こうふく》な瞬間《しゅんかん》を思《おも》い浮《う》かべた。迷路《めいろ》から抜《ぬ》け出《だ》し、ロンやハーマイオニーと喜《よろこ》び合《あ》っている自分《じぶん》の姿《すがた》に全神経《ぜんしんけい》を集中《しゅうちゅう》した。そして杖《つえ》を上《あ》げ、叫《さけ》んだ。

「エクスペクト　パトローナム！　守護霊《しゅごれい》よ来《き》たれ！」

銀色《ぎんいろ》の牡鹿《おじか》がハリーの杖先《つえさき》から噴《ふ》き出《だ》し、吸魂鬼《ディメンター》めがけてかけていった。吸魂鬼《ディメンター》はあとずさりし、ローブのすそを踏《ふ》んづけてよろめいた……ハリーは吸魂鬼《ディメンター》が転《ころ》びかける姿《すがた》を初《はじ》めて見《み》た。

「待《ま》て！」

銀《ぎん》の守護霊《しゅごれい》のあとから前進《ぜんしん》しながら、ハリーが叫《さけ》んだ。

「おまえはまね妖怪《ボガート》だ！　リディクラス！　ばかばかしい！」

ポンと大《おお》きな音《おと》がして、形態模写《けいたいもしゃ》をする妖怪《ようかい》は爆発《ばくはつ》し、あとには霞《かすみ》が残《のこ》った。銀色《ぎんいろ》の牡鹿《おじか》も霞《かすみ》で見《み》えなくなった。一緒《いっしょ》にいてほしかった……道連《みちづ》れができたのに……。しかし、ハリーは進《すす》んだ。できるだけ早《はや》く、静《しず》かに、耳《みみ》を澄《す》まし、再《ふたた》び杖《つえ》を高《たか》く掲《かか》げて進《すす》んだ。

左《ひだり》……右《みぎ》……また左《ひだり》……袋小路《ふくろこうじ》に二度《にど》突《つ》き当《あ》たった。また「四方位呪文《しほういじゅもん》」を使《つか》い、東《ひがし》に寄《よ》り過《す》ぎていることがわかった。引《ひ》き返《かえ》してまた右《みぎ》に曲《ま》がると、前方《ぜんぽう》に奇妙《きみょう》な金色《こんじき》の霧《きり》が漂《ただよ》っているのが見《み》えた。

ハリーは杖灯《つえあか》りをそれに当《あ》てながら、慎重《しんちょう》に近《ちか》づいた。魔性《ましょう》の誘《さそ》いのように見《み》える。霧《きり》を吹《ふ》き飛《と》ばして道《みち》をあけることができるものかどうか、ハリーは迷《まよ》った。

「レダクト！　粉々《こなごな》！」ハリーが唱《とな》えた。

呪文《じゅもん》は霧《きり》の真《ま》ん中《なか》を突《つ》き抜《ぬ》けて、何《なん》の変化《へんか》もなかった。それもそのはずだ、とハリーは気《き》づいた。「粉々呪文《こなごなじゅもん》」は固体《こたい》に効《き》くものだ。霧《きり》の中《なか》を歩《ある》いて抜《ぬ》けたらどうなるだろう？　試《ため》してみる価値《かち》があるだろうか？　それとも引《ひ》き返《かえ》そうか？

迷《まよ》っていると、静《しず》けさを破《やぶ》って悲鳴《ひめい》が聞《き》こえた。

「フラー？」ハリーが叫《さけ》んだ。

深閑《しんかん》としている。ハリーは周《まわ》りをぐるりと見回《みまわ》した。フラーの身《み》に何《なに》が起《お》こったのだろう？　悲鳴《ひめい》は前方《ぜんぽう》のどこからか聞《き》こえてきたようだ。ハリーは息《いき》を深《ふか》く吸《す》い込《こ》み、魔《ま》の霧《きり》の中《なか》に走《はし》り込《こ》んだ。

天地《てんち》が逆《さか》さまになった。ハリーは地面《じめん》からぶら下《さ》がり、髪《かみ》は垂《た》れ、めがねは鼻《はな》からずり落《お》ち、底《そこ》なしの空《そら》に落《お》ちていきそうだった。めがねを鼻先《はなさき》に押《お》しつけ、逆《さか》さまにぶら下《さ》がったまま、ハリーは恐怖《きょうふ》におちいっていた。芝生《しばふ》が今《いま》や天井《てんじょう》になり、両足《りょうあし》が芝生《しばふ》に貼《は》りつけられているかのようだった。頭《あたま》の下《した》には星《ほし》の散《ち》りばめられた暗《くら》い空《そら》がはてしなく広《ひろ》がっていた。片足《かたあし》を動《うご》かそうとすれば、完全《かんぜん》に地上《ちじょう》から落《お》ちてしまうような感《かん》じがした。

「**考《かんが》えろ**」

体中《からだじゅう》の血《ち》が頭《あたま》に逆流《ぎゃくりゅう》してくる中《なか》で、ハリーは自分《じぶん》に言《い》い聞《き》かせた。

「考《かんが》えるんだ……」

しかし、練習《れんしゅう》した呪文《じゅもん》の中《なか》には、天《てん》と地《ち》が急《きゅう》に逆転《ぎゃくてん》する現象《げんしょう》と戦《たたか》うためのものは一つもなかった。思《おも》いきって足《あし》を動《うご》かしてみようか？　耳《みみ》の中《なか》で、血液《けつえき》がドクンドクンと脈《みゃく》打つ音《おと》が聞《き》こえた。道《みち》は二つに一つ——試《ため》しに動《うご》いてみること。さもなければ赤《あか》い火花《ひばな》を打《う》ち上《あ》げて救出《きゅうしゅつ》してもらい、失格《しっかく》すること。

ハリーは目《め》を閉《と》じて、下《した》に広《ひろ》がる無限《むげん》の虚空《こくう》が見《み》えないようにした。そして、力《ちから》いっぱい芝生《しばふ》の天井《てんじょう》から右足《みぎあし》を引《ひ》き抜《ぬ》いた。

とたんに、世界《せかい》は元《もと》に戻《もど》った。ハリーは前《まえ》かがみにのめり、すばらしく硬《かた》い地面《じめん》の上《うえ》に両《りょう》ひざをついていた。ショックで、ハリーは一時的《いちじてき》に足《あし》がなえたように感《かん》じた。気《き》を落《お》ち着《つ》かせるため、ハリーは深《ふか》く息《いき》を吸《す》い込《こ》み、再《ふたた》び立《た》ち上《あ》がり、前方《ぜんぽう》へと急《いそ》いだ。かけだしながら肩越《かたご》しに振《ふ》り返《かえ》ると、金色《こんじき》の霧《きり》は何事《なにごと》もなかったかのように、月明《つきあ》かりを受《う》けてキラキラとハリーに向《む》かってきらめいていた。

二本《ほん》の道《みち》が交差《こうさ》する場所《ばしょ》で、ハリーは立《た》ち止《ど》まり、どこかにフラーがいないかと見回《みまわ》した。叫《さけ》んだのはフラーにちがいなかった。フラーは何《なに》に出会《であ》ったのだろう？　大丈夫《だいじょうぶ》だろうか？　赤《あか》い火花《ひばな》が上《あ》がった気配《けはい》はない——フラーが自分《じぶん》で切《き》り抜《ぬ》けたということだろうか？　それとも、杖《つえ》を取《と》ることができないほどたいへんな目《め》にあっているのだろうか？　だんだん不安《ふあん》をつのらせながら、ハリーは二股《ふたまた》の道《みち》を右《みぎ》にとった……しかし、同時《どうじ》にハリーは、ある思《おも》いを振《ふ》り切《き》ることができなかった。**代表選手《だいひょうせんしゅ》が一人落伍《ひとりらくご》した……。**

優勝杯《ゆうしょうはい》はどこか近《ちか》くにある。フラーはもう落伍《らくご》してしまったようだ。僕《ぼく》はここまで来《き》たんだ。ほんとうに優勝《ゆうしょう》したら？　ほんの一瞬《いっしゅん》――期《き》せずして代表選手《だいひょうせんしゅ》になってしまってから初《はじ》めてだったが――全校《ぜんこう》の前《まえ》で三校対抗試合《さんこうたいこうじあい》の優勝杯《ゆうしょうはい》を差《さ》し上《あ》げている自分《じぶん》の姿《すがた》が再《ふたた》び目《め》に浮《う》かんだ……。

それから十分間《ぷんかん》、ハリーは、袋小路以外《ふくろこうじいがい》は何《なん》の障害《しょうがい》にもあわなかった。同《おな》じ場所《ばしょ》で、二度同《どおな》じように曲《ま》がり方《かた》をまちがえたが、やっと新《あたら》しいルートを見《み》つけ、その道《みち》をかけ足《あし》で進《すす》んだ。杖灯《つえあか》りが波打《なみう》ち、生《い》け垣《がき》に映《うつ》った自分《じぶん》の影《かげ》が、チラチラ揺《ゆ》れ、ゆがんだ。一つ角《かど》を曲《ま》がったところで、ハリーはとうとう「尻尾爆発《しっぽばくはつ》スクリュート」にでくわしてしまった。

セドリックの言《い》うとおりだった――ものすごく大《おお》きい。長《なが》さ三メートルはある。何《なに》よりも巨大《きょだい》なサソリにそっくりだった。長《なが》いとげを背中《せなか》のほうに丸《まる》め込《こ》んでいる。ハリーが杖灯《つえあか》りを向《む》けると、その光《ひかり》で分厚《ぶあつ》い甲殻《こうかく》がギラリと光《ひか》った。

「ステューピファイ！　まひせよ！」

呪文《じゅもん》はスクリュートの殻《から》に当《あ》たって跳《は》ね返《かえ》った。ハリーは間一髪《かんいっぱつ》でそれをかわしたが、髪《かみ》が焦《こ》げる臭《にお》いがした。呪文《じゅもん》が頭《あたま》のてっぺんの毛《け》を焦《こ》がしたのだ。スクリュートがしっぽから火《ひ》を噴《ふ》き、ハリーめがけて飛《と》びかかってきた。

「インペディメンタ！　妨害《ぼうがい》せよ！」ハリーが叫《さけ》んだ。

呪文《じゅもん》はまたスクリュートの殻《から》に当《あ》たって、跳《は》ね返《かえ》った。ハリーは数歩《すうほ》よろけて倒《たお》れた。

「インペディメンタ！」

スクリュートはハリーからほんの数《すう》センチのところで動《うご》かなくなった――かろうじて殻《から》のない下腹部《かふくぶ》の肉《にく》の部分《ぶぶん》に呪文《じゅもん》を当《あ》てたのだ。ハリーはハァハァと息《いき》を切《き》らしてスクリュートから離《はな》れ、必死《ひっし》で逆方向《ぎゃくほうこう》へと走《はし》った――妨害呪文《ぼうがいじゅもん》は一時的《いちじてき》なもので、スクリュートはすぐにも肢《あし》が動《うご》くようになるはずだ。

ハリーは左《ひだり》の道《みち》をとった。行《い》き止《ど》まりだった。右《みぎ》の道《みち》もまたそうだった。心臓《しんぞう》をドキドキさせながら、ハリーは自分自身《じぶんじしん》を押《お》しとどめ、もう一度《いちど》「四方位呪文《しほういじゅもん》」を使《つか》った。そして元来《もとき》た道《みち》を戻《もど》り、北西《ほくせい》に向《む》かう道《みち》を選《えら》んだ。

新《あたら》しい道《みち》を急《いそ》ぎ足《あし》で数分歩《すうふんある》いたとき、その道《みち》と平行《へいこう》に走《はし》る道《みち》で何《なに》かが聞《き》こえ、ハリーはぴたりと足《あし》を止《と》めた。

「何《なに》をする気《き》だ？」セドリックが叫《さけ》んでいる。「いったい何《なに》をする気《き》なんだ？」

それからクラムの声《こえ》が聞《き》こえた。

「クルーシオ！　苦《くる》しめ！」

突然《とつぜん》、セドリックの悲鳴《ひめい》があたりに響《ひび》き渡《わた》った。ハリーはぞっとした。何《なん》とかセドリックのほうに行《い》く道《みち》を見《み》つけようと、前方《ぜんぽう》に向《む》かって走《はし》った。しかし、見《み》つからない。ハリーはもう一度《いちど》「粉々呪文《こなごなじゅもん》」を使《つか》った。あまり効《き》き目《め》はなかったが、それでも生《い》け垣《がき》に小《ちい》さな焼《や》け焦《こ》げ穴《あな》が開《あ》いた。ハリーはそこに足《あし》を突《つ》っ込《こ》み、うっそうとからみ合《あ》った茨《いばら》や小枝《こえだ》をけって、その穴《あな》を大《おお》きくした。ローブが破《やぶ》れたが、無理《むり》やりその穴《あな》を通《とお》り抜《ぬ》け、右側《みぎがわ》を見《み》ると、セドリックが地面《じめん》でのた打《う》ち回《まわ》っていた。クラムが覆《おお》いかぶさるように立《た》っている。

ハリーは体勢《たいせい》を立《た》てなおし、クラムに杖《つえ》を向《む》けた。その時《とき》クラムが目《め》を上《あ》げ、背《せ》を向《む》けて走《はし》り出《だ》した。

「ステューピファイ！　まひせよ！」ハリーが叫《さけ》んだ。

呪文《じゅもん》はクラムの背中《せなか》に当《あ》たった。クラムはその場《ば》でぴたりと止《と》まり、芝生《しばふ》の上《うえ》にうつ伏《ぶ》せに倒《たお》れ、ピクリとも動《うご》かなくなった。ハリーはセドリックのところへかけつけた。もうけいれんは止《と》まっていたが、両手《りょうて》で顔《かお》を覆《おお》い、ハァハァ息《いき》をはずませながら横《よこ》たわっていた。

「大丈夫《だいじょうぶ》か？」

ハリーはセドリックの腕《うで》をつかみ、大声《おおごえ》で聞《き》いた。

「ああ」

セドリックがあえぎながら言《い》った。

「ああ……信《しん》じられないよ……クラムが後《うし》ろから忍《しの》び寄《よ》って……音《おと》に気《き》づいて振《ふ》り返《かえ》ったんだ。そしたら、クラムが僕《ぼく》に杖《つえ》を向《む》けて……」

セドリックが立《た》ち上《あ》がった。まだ震《ふる》えている。セドリックとハリーはクラムを見下《みお》ろした。

「信《しん》じられない……クラムは大丈夫《だいじょうぶ》だと思《おも》ったのに」

クラムを見《み》つめながら、ハリーが言《い》った。

「僕《ぼく》もだ」セドリックが言《い》った。

「さっき、フラーの悲鳴《ひめい》が聞《き》こえた？」ハリーが聞《き》いた。

「ああ」セドリックが言《い》った。

「クラムがフラーもやったと思《おも》うかい？」

「わからない」ハリーは考《かんが》え込《こ》んだ。

「このままここに残《のこ》して行《い》こうか？」セドリックがつぶやいた。

「だめだ」ハリーが言《い》った。

「赤《あか》い火花《ひばな》を上《あ》げるべきだと思《おも》う。誰《だれ》かが来《き》てクラムを拾《ひろ》ってくれる……じゃないと、たぶんスクリュートに食《く》われちゃう」

「当然《とうぜん》の報《むく》いだ」

セドリックがつぶやいた。しかし、それでも自分《じぶん》の杖《つえ》を上《あ》げ、空中《くうちゅう》に赤《あか》い火花《ひばな》を打《う》ち上《あ》げた。火花《ひばな》は空高《そらたか》く漂《ただよ》い、クラムの倒《たお》れている場所《ばしょ》を知《し》らせた。

ハリーとセドリックは暗《くら》い中《なか》であたりを見回《みまわ》しながら、しばらくたたずんでいた。それからセドリックが口《くち》を開《ひら》いた。

「さあ……そろそろ行《い》こうか……」

「えっ？　ああ……うん……そうだね……」

奇妙《きみょう》な瞬間《しゅんかん》だった。ハリーとセドリックは、ほんのしばらくだったが、クラムに対抗《たいこう》することで手《て》を組《く》んでいた――今《いま》、互《たが》いに競争相手《きょうそうあいて》だという事実《じじつ》がよみがえってきた。二人《ふたり》とも無言《むごん》で暗《くら》い道《みち》を歩《ある》いた。そしてハリーは左《ひだり》へ、セドリックは右《みぎ》へと分《わ》かれた。セドリックの足音《あしおと》はまもなく消《き》えていった。

ハリーは「四方位呪文《しほういじゅもん》」を使《つか》って、正《ただ》しい方向《ほうこう》をたしかめながら進《すす》んだ。勝負《しょうぶ》はハリーかセドリックにしぼられた。優勝杯《ゆうしょうはい》に先《さき》にたどり着《つ》きたいという思《おも》いが、今《いま》までになく強《つよ》く燃《も》え上《あ》がった。しかし、ハリーはたった今目撃《いまもくげき》した、クラムの行動《こうどう》が信《しん》じられなかった。「許《ゆる》されざる呪文《じゅもん》」を同類《どうるい》であるヒトに使《つか》うことは、アズカバンでの終身刑《しゅうしんけい》に値《あたい》すると、ムーディに教《おそ》わった。クラムはそこまでして三校対抗優勝杯《さんこうたいこうゆうしょうはい》が欲《ほ》しいと思《おも》うはずがない……ハリーは足《あし》を速《はや》めた。

ときどき袋小路《ふくろこうじ》にぶつかったが、だんだん闇《やみ》が濃《こ》くなることから、ハリーは迷路《めいろ》の中心《ちゅうしん》に近《ちか》づいているとはっきり感《かん》じた。長《なが》いまっすぐな道《みち》を、ハリーは勢《いきお》いよくずんずん歩《ある》いた。すると、また何《なに》かうごめくものが見《み》えた。杖灯《つえあか》りに照《て》らし出《だ》されたのは、とてつもない生《い》き物《もの》だった。『怪物的《かいぶつてき》な怪物《かいぶつ》の本《ほん》』で、絵《え》だけでしか見《み》たことのない生《い》き物《もの》だ。

スフィンクスだ。巨大《きょだい》なライオンの胴体《どうたい》、見事《みごと》な爪《つめ》を持《も》つ四肢《しし》、長《なが》い黄色味《きいろみ》を帯《お》びた尾《お》の先《さき》は茶色《ちゃいろ》の房《ふさ》になっている。しかし、その頭部《とうぶ》は女性《じょせい》だった。ハリーが近《ちか》づくと、スフィンクスは切《き》れ長《なが》のアーモンド形《がた》の目《め》を向《む》けた。ハリーは戸惑《とまど》いながら杖《つえ》を上《あ》げた。スフィンクスは伏《ふ》せて飛《と》びかかろうという姿勢《しせい》ではなく、左右《さゆう》に往《い》ったり来《き》たりしてハリーの行《ゆ》く手《て》をふさいでいた。

スフィンクスが、深《ふか》いしわがれた声《こえ》で話《はな》しかけた。

「おまえはゴールのすぐ近《ちか》くにいる。一番《いちばん》の近道《ちかみち》はわたしを通《とお》り越《こ》していく道《みち》だ」

「それじゃ……それじゃ、どうか、道《みち》をあけてくれませんか？」

答《こた》えはわかっていたが、それでもハリーは言《い》ってみた。

「だめだ」

スフィンクスは往《い》ったり来《き》たりをやめない。

「通《とお》りたければ、わたしのなぞなぞに答《こた》えるのだ。一度《いちど》で正《ただ》しく答《こた》えれば――通《とお》してあげよう。答《こた》えをまちがえば――おまえを襲《おそ》う。黙《もく》して答《こた》えなければ――わたしのところから返《かえ》してあげよう。無傷《むきず》で」

ハリーは胃袋《いぶくろ》がガクガクと数段落《すうだんお》ち込《こ》むような気《き》がした。こういうのが得意《とくい》なのはハーマイオニーだ。僕《ぼく》じゃない。ハリーは勝算《しょうさん》を計《はか》った。謎《なぞ》が難《むずか》しければだまっていよう。無傷《むきず》で帰《かえ》れる。そして、中心部《ちゅうしんぶ》への別《べつ》なルートを探《さが》そう。

「了解《りょうかい》」ハリーが言《い》った。「なぞなぞを出《だ》してくれますか？」

スフィンクスは道《みち》の真《ま》ん中《なか》で、後脚《あとあし》を折《お》って座《すわ》り、謎《なぞ》をかけた。

最初《さいしょ》のヒント。変装《へんそう》して生《い》きるひと誰《だれ》だ
秘密《ひみつ》の取引《とりひき》、うそばかりつくひと誰《だれ》だ

二つ目《め》のヒント。誰《だれ》でもはじめに持《も》っていて
途中《とちゅう》にまだまだ持《も》っていて、何《なん》だのさいごは何《なん》だ？
最後《さいご》のヒントはただの音《おと》。言葉《ことば》探《さが》しに苦労《くろう》して
よく出《だ》す音《おと》は何《なん》の音《おと》

つないでごらん。答《こた》えてごらん。

キスしたくない生《い》き物《もの》は何《なん》だ？


ハリーは、口《くち》をあんぐり開《あ》けてスフィンクスを見《み》た。

「もう一度《いちど》言《い》ってくれる？……もっとゆっくり」ハリーはおずおずと頼《たの》んだ。

スフィンクスはハリーを見《み》て瞬《まばた》きし、ほほ笑《え》んで、なぞなぞをくり返《かえ》した。

「全部《ぜんぶ》のヒントを集《あつ》めると、キスしたくない生《い》き物《もの》の名前《なまえ》になるんだね？」ハリーが聞《き》いた。

スフィンクスはただ謎《なぞ》めいたほほ笑《え》みを見《み》せただけだった。ハリーはそれを「イエス」だと取《と》った。ハリーは知恵《ちえ》をしぼった。キスしたくない動物《どうぶつ》ならたくさんいる。すぐに「尻尾爆発《しっぽばくはつ》ス

クリュート」を思《おも》いついたが、これが答《こた》えではないと、何《なん》となくわかった。ヒントを解《と》かなければならないはずだ……。

「変装《へんそう》した人《ひと》」

ハリーはスフィンクスを見《み》つめながらつぶやいた。

「うそをつく人《ひと》……アー……それは――ペテン師《し》。ちがうよ、まだこれが答《こた》えじゃないよ！　アー――スパイ？　あとでもう一回《かいかんが》考えよう……二つ目《め》のヒントをもう一回言《かいい》ってもらえますか？」

スフィンクスはなぞなぞの二つ目《め》のヒントをくり返《かえ》した。

「誰《だれ》でもはじめに持《も》っていて」ハリーはくり返《かえ》した。

「アー……わかんない……途中《とちゅう》にまだまだ持《も》っていて……最後《さいご》のヒントをもう一度《いちど》？」

スフィンクスが最後《さいご》の四行《ぎょう》をくり返《かえ》した。

「ただの音《おと》。言葉探《ことばさが》しに苦労《くろう》して」ハリーはくり返《かえ》した。

「アー……それは……アー……待《ま》てよ――『アー』！　『アー』っていう音《おと》だ！」

スフィンクスはハリーにほほ笑《え》んだ。

「スパイ……アー……スパイ……アー……」

ハリーも左右《さゆう》に往《い》ったり来《き》たりしていた。

「キスしたくない生《い》き物《もの》……スパイダァー！　クモだ！」

スフィンクスは前《まえ》よりもっとニッコリして、立《た》ち上《あ》がり、前脚《まえあし》をぐんと伸《の》ばし、脇《わき》によけてハリーに道《みち》をあけた。

「ありがとう！」

ハリーは自分《じぶん》の頭《あたま》がさえているのに感心《かんしん》しながら全速力《ぜんそくりょく》で先《さき》に進《すす》んだ。もうすぐそこにちがいない。そうにちがいない……杖《つえ》の方位《ほうい》が、この道《みち》はぴったり合《あ》っていることを示《しめ》している。何《なに》か恐《おそ》ろしいものにさえ出合《であ》わなければ、勝《か》つチャンスはある……。

分《わ》かれ道《みち》に出《で》た。道《みち》を選《えら》ばなければならない。

「方角示せ《ほうがくしめ》！」

ハリーがまた杖《つえ》にささやくと、杖《つえ》はくるりと回《まわ》って右手《みぎて》の道《みち》を示《しめ》した。ハリーがその道《みち》を大急《おおいそ》ぎで進《すす》むと、前方《ぜんぽう》に明《あ》かりが見《み》えた。

三校対抗試合優勝杯《さんこうたいこうじあいゆうしょうはい》が百メートルほど先《さき》の台座《だいざ》で輝《かがや》いている。ハリーがかけ出《だ》したその時《とき》、黒《くろ》い影《かげ》がハリーの行《ゆ》く手《て》に飛《と》び出《だ》した。セドリックが、優勝杯目指《ゆうしょうはいめざ》して全速力《ぜんそくりょく》で走《はし》っていた。

セドリックが先《さき》にあそこに着《つ》くだろう。ハリーは絶対《ぜったい》に追《お》いつけるはずがない。セドリックのほうがずっと背《せ》が高《たか》いし、足《あし》も長《なが》い――。

その時《とき》ハリーは、何《なに》か巨大《きょだい》なものが、左手《ひだりて》の生《い》け垣《がき》の上《うえ》にいるのを見《み》つけた。ハリーの行《い》く手《て》と交差《こうさ》する道《みち》に沿《そ》って、急速《きゅうそく》に動《うご》いている。あまりにも速《はや》い。このままではセドリックが衝突《しょうとつ》する。セドリックは優勝杯《ゆうしょうはい》だけを見《み》ているので、それに気《き》づいていない――。

「セドリック！」ハリーが叫《さけ》んだ。「左《ひだり》を見《み》て！」

セドリックが左《ひだり》のほうを見《み》て、間一髪《かんいっぱつ》で身《み》をひるがえし、衝突《しょうとつ》をさけた。しかし、あわてて足《あし》がもつれ、転《ころ》んだ。ハリーはセドリックの杖《つえ》が手《て》を離《はな》れて飛《と》ぶのを見《み》た。同時《どうじ》に、巨大《きょだい》な蜘蛛《くも》が行《ゆ》く手《て》の道《みち》に現《あらわ》れ、セドリックにのしかかろうとした。

「ステューピファイ！　まひせよ！」

ハリーが叫《さけ》んだ。呪文《じゅもん》は毛《け》むくじゃらの黒《くろ》い巨体《きょたい》を直撃《ちょくげき》したが、せいぜい小石《こいし》を投《な》げつけたくらいの効果《こうか》しかなかった。蜘蛛《くも》はぐいと身《み》を引《ひ》き、ガサガサと向《む》きを変《か》えて、今度《こんど》はハリーに向《む》かってきた。

「まひせよ！　妨害《ぼうがい》せよ！　まひせよ！」

何《なん》の効《き》き目《め》もない――蜘蛛《くも》が大《おお》き過《す》ぎるせいか、魔力《まりょく》が強《つよ》いせいか、呪文《じゅもん》をかけても蜘蛛《くも》を怒《おこ》らせるばかりだ――。ギラギラした恐《おそ》ろしい八つの黒《くろ》い目《め》と、かみそりのようなはさみがちらりと見《み》えた次《つぎ》の瞬間《しゅんかん》、蜘蛛《くも》はハリーに覆《おお》いかぶさっていた。

ハリーは蜘蛛《くも》の前肢《まえあし》に挟《はさ》まれ、宙吊《ちゅうづ》りになってもがいていた。蜘蛛《くも》をけとばそうとして片足《かたあし》がはさみに触《ふ》れた瞬間《しゅんかん》、ハリーは激痛《げきつう》に襲《おそ》われた──セドリックが「まひせよ！」と叫《さけ》んでいるのが聞《き》こえたが、ハリーの呪文《じゅもん》と同《おな》じく、効《き》き目《め》はなかった──蜘蛛《くも》がはさみをもう一度《いちど》開《ひら》いたとき、ハリーは杖《つえ》を上《あ》げて叫《さけ》んだ。

「エクスペリアームス！　武器《ぶき》よ去《さ》れ！」

効《き》いた──「武装解除呪文《ぶそうかいじょじゅもん》」で蜘蛛《くも》はハリーを取《と》り落《お》とした。そのかわり、ハリーは四メートルの高《たか》みから、足《あし》から先《さき》に落下《らっか》した。体《からだ》の下《した》で、すでに傷《きず》ついていた脚《あし》が、ぐにゃりとつぶれた。考《かんが》える間《ま》もなく、ハリーは、スクリュートのときと同《おな》じように、蜘蛛《くも》の下腹部《かふくぶ》めがけて杖《つえ》を高《たか》く構《かま》え、叫《さけ》んだ。

「ステューピファイ！　まひせよ！」同時《どうじ》にセドリックも同《おな》じ呪文《じゅもん》を叫《さけ》んだ。

一つの呪文《じゅもん》ではできなかったことが、二つ呪文《じゅもん》が重《かさ》なることで効果《こうか》を上《あ》げた──蜘蛛《くも》はごろんと横倒《よこだお》しになり、そばの生《い》け垣《がき》を押《お》しつぶし、もつれた毛《け》むくじゃらの肢《あし》を道《みち》に投《な》げ出《だ》していた。

「ハリー！」

セドリックの叫《さけ》ぶ声《こえ》が聞《き》こえた。

「大丈夫《だいじょうぶ》か？　蜘蛛《くも》の下敷《したじ》きか？」

「いいや」

ハリーがあえぎながら答《こた》えた。脚《あし》を見《み》ると、おびただしい出血《しゅっけつ》だ。破《やぶ》れたローブに、蜘蛛《くも》のはさみのべっとりとした糊《のり》のような分泌物《ぶんぴつぶつ》がこびりついているのが見《み》えた。立《た》とうとしたが、片足《かたあし》がぐらぐらして、体《からだ》の重《おも》みを支《ささ》えきれなかった。ハリーは生《い》け垣《がき》に寄《よ》りかかって、あえぎながら周《まわ》りを見《み》た。

セドリックが三校対抗優勝杯《さんこうたいこうゆうしょうはい》のすぐそばに立《た》っていた。優勝杯《ゆうしょうはい》はその背後《はいご》で輝《かがや》いている。

「さあ、それを取《と》れよ」

ハリーが息《いき》を切《き》らしながらセドリックに言《い》った。

「さあ、取《と》れよ。君《きみ》が先《さき》に着《つ》いたんだから」

しかし、セドリックは動《うご》かなかった。ただそこに立《た》ってハリーを見《み》ている。それから振《ふ》り返《かえ》って優勝杯《ゆうしょうはい》を見《み》た。金色《きんいろ》の光《ひかり》に浮《う》かんだセドリックの顔《かお》が、どんなに欲《ほ》しいかを語《かた》っている。セドリックはもう一度《いちど》こちらを振《ふ》り向《む》き、生《い》け垣《がき》で体《からだ》を支《ささ》えているハリーを見《み》た。

セドリックは深《ふか》く息《いき》を吸《す》った。

「君《きみ》が取《と》れよ。君《きみ》が優勝《ゆうしょう》するべきだ。迷路《めいろ》の中《なか》で、君《きみ》は僕《ぼく》を二度《ど》も救《すく》ってくれた」

「そういうルールじゃない」

ハリーはそう言《い》いながら腹《はら》が立《た》った。脚《あし》がひどく痛《いた》む。蜘蛛《くも》を振《ふ》り払《はら》おうと戦《たたか》って、体中《からだじゅう》がずきずきする。こんなに努力《どりょく》したのに、セドリックが僕《ぼく》より一足早《ひとあしはや》かった。チョウをダンスパーティに誘《さそ》ったときにハリーを出《だ》し抜《ぬ》いたのと同《おな》じだ。

「優勝杯《ゆうしょうはい》に先《さき》に到着《とうちゃく》した者《もの》が得点《とくてん》するんだ。君《きみ》だ。僕《ぼく》、こんな足《あし》じゃ、どんなに走《はし》ったって勝《か》てっこない」

セドリックは首《くび》を振《ふ》りながら、優勝杯《ゆうしょうはい》から離《はな》れ、「失神《しっしん》」させられている大蜘蛛《おおぐも》のほうに二、三歩近《ぼちか》づいた。

「できない」

「かっこつけるな」ハリーはじれったそうに言《い》った。

「取《と》れよ。そして二人《ふたり》ともここから出《で》るんだ」

セドリックは生《い》け垣《がき》にしがみついてやっと体《からだ》を支《ささ》えているハリーをじっと見《み》た。

「君《きみ》はドラゴンのことを教《おし》えてくれた」セドリックが言《い》った。

「あの時前《ときまえ》もって知《し》らなかったら、僕《ぼく》は第《だい》一の課題《かだい》でもう落伍《らくご》していたろう」

「あれは、僕《ぼく》も人《ひと》に助《たす》けてもらったんだ」

ハリーは血《ち》だらけの脚《あし》をロープでぬぐおうとしながら、そっけなく言《い》った。

「君《きみ》も卵《たまご》のことで助《たす》けてくれた――あいこだよ」

「卵《たまご》のことは、僕《ぼく》もはじめから人《ひと》に助《たす》けてもらったんだ」

「それでもあいこだ」

ハリーはそっと足《あし》を試《ため》しながら言《い》った。体重《たいじゅう》をその足《あし》にかけると、ぐらぐらした。蜘蛛《くも》がハリーを取《と》り落《お》としたとき、くじいてしまったのだ。

「第二《だい》の課題《かだい》のとき、君《きみ》はもっと高《たか》い得点《とくてん》を取《と》るべきだった」セドリックは頑固《がんこ》だった。

「君《きみ》は人質全員《ひとじちぜんいん》が助《たす》かるようにあとに残《のこ》った。僕《ぼく》もそうするべきだった」

「僕《ぼく》だけがバカだから、あの歌《うた》を本気《ほんき》にしたんだ！」ハリーは苦々《にがにが》しげに言《い》った。

「いいから優勝杯《ゆうしょうはい》を取《と》れよ！」

「できない」セドリックが言《い》った。

セドリックはもつれた蜘蛛《くも》の肢《あし》をまたいでハリーのところにやってきた。ハリーはまじまじとセドリックを見《み》つめた。セドリックは本気《ほんき》なんだ。ハッフルパフがこの何百年間《なんびゃくねんかん》も手《て》にしたことのないような栄光《えいこう》から身《み》を引《ひ》こうとしている。

「さあ、行《い》くんだ」

セドリックが言《い》った。ありったけの意志《いし》を最後《さいご》の一滴《いってき》まで振《ふ》りしぼって言《い》った言葉《ことば》のようだった。しかし、断固《だんこ》とした表情《ひょうじょう》で腕組《うでぐ》みし、セドリックの決心《けっしん》は揺《ゆ》るがないようだ。

ハリーはセドリックを見《み》て、優勝杯《ゆうしょうはい》を見《み》た。一瞬《いっしゅん》、まばゆいばかりの一瞬《いっしゅん》、ハリーは優勝杯《ゆうしょうはい》を持《も》って迷路《めいろ》から出《で》ていく自分《じぶん》の姿《すがた》を思《おも》い浮《う》かべた。高々《たかだか》と優勝杯《ゆうしょうはい》を掲《かか》げ、観衆《かんしゅう》の歓声《かんせい》が聞《き》こえ、チョウの顔《かお》が称讃《しょうさん》で輝《かがや》く。光景《こうけい》がこれまでよりはっきりと目《め》に浮《う》かんだ……そして、すぐにその光景《こうけい》は消《き》え去《さ》り、ハリーは影《かげ》の中《なか》に浮《う》かぶセドリックのかたくなな顔《かお》を見《み》つめていた。

「二人《ふたり》ともだ」ハリーが言《い》った。

「えっ？」

「二人一緒《ふたりいっしょ》に取《と》ろう。ホグワーツの優勝《ゆうしょう》に変《か》わりはない。二人《ふたり》引《ひ》き分《わ》けだ」

セドリックはハリーをじっと見《み》た。組《く》んでいた腕《うで》を解《と》いた。

「君《きみ》――君《きみ》、それでいいのか？」

「ああ」ハリーが答《こた》えた。

「ああ……僕《ぼく》たち助《たす》け合《あ》ったよね？　二人《ふたり》ともここにたどり着《つ》いた。一緒《いっしょ》に取《と》ろう」

一瞬《いっしゅん》、セドリックは耳《みみ》を疑《うたが》うような顔《かお》をした。それからニッコリ笑《わら》った。

「話《はなし》は決《き》まった」セドリックが言《い》った。

「さあここへ」

セドリックはハリーの肩《かた》を抱《だ》くように抱《かか》え、優勝杯《ゆうしょうはい》ののった台《だい》まで足《あし》を引《ひ》きずって歩《ある》くのを支《ささ》えた。たどり着《つ》くと、優勝杯《ゆうしょうはい》の輝《かがや》く取《と》っ手《て》にそれぞれ片手《かたて》を伸《の》ばした。

「三つ数《かぞ》えて、いいね？」ハリーが言《い》った。

「一――二――三――」

ハリーとセドリックが同時《どうじ》に取《と》っ手《て》をつかんだ。

とたんに、ハリーはへその裏側《うらがわ》のあたりがぐいと引《ひ》っ張《ぱ》られるように感《かん》じた。両足《りょうあし》が地面《じめん》を離《はな》れた。優勝杯《ゆうしょうはい》の取《と》っ手《て》から手《て》がはずれない。風《かぜ》のうなり、色《いろ》の渦《うず》の中《なか》を、優勝杯《ゆうしょうはい》はハリーを引《ひ》っ張《ぱ》っていく。セドリックも一緒《いっしょ》に。

第《だい》32章《しょう》　骨肉《こつにく》そして血《ち》

　ハリーは足《あし》が地面《じめん》を打《う》つのを感《かん》じた。けがした片足《かたあし》がくずおれ、前《まえ》のめりに倒《たお》れた。優勝杯《ゆうしょうはい》からやっと手《て》が離《はな》れた。ハリーは顔《かお》を上《あ》げた。

「ここはどこだろう？」ハリーが言《い》った。

　セドリックは首《くび》を横《よこ》に振《ふ》り、立《た》ち上《あ》がってハリーを助《たす》け起《お》こした。二人《ふたり》はあたりを見回《みまわ》した。ホグワーツからは完全《かんぜん》に離《はな》れていた。何《なん》キロも——いや、もしかしたら何百《なんびゃっ》キロも——遠《とお》くまで来《き》てしまったのはたしかだ。城《しろ》を取《と》り囲《かこ》む山々《やまやま》さえ見《み》えなかった。二人《ふたり》は、暗《くら》い、草《くさ》ぼうぼうの墓場《はかば》に立《た》っていた。右手《みぎて》にイチイの大木《たいぼく》があり、そのむこうに小《ちい》さな教会《きょうかい》の黒《くろ》いりんかくが見《み》えた。左手《ひだりて》には丘《おか》がそびえ、その斜面《しゃめん》に堂々《どうどう》とした古《ふる》い館《やかた》が立《た》っている。ハリーには、かろうじて館《やかた》のりんかくだけが見《み》えた。

　セドリックは三校対抗優勝杯《さんこうたいこうゆうしょうはい》を見下《みお》ろし、それからハリーを見《み》た。

「優勝杯《ゆうしょうはい》が『移動《ポート》キー』になっているって、君《きみ》は誰《だれ》かから聞《き》いていたか？」

「全然《ぜんぜん》」ハリーが墓場《はかば》を見回《みまわ》しながら言《い》った。深閑《しんかん》と静《しず》まり返《かえ》り、薄気味《うすきみ》が悪《わる》い。

「これも課題《かだい》の続《つづ》きなのかな？」

「わからない」セドリックは少《すこ》し不安《ふあん》げな声《こえ》で言《い》った。

「杖《つえ》を出《だ》しておいたほうがいいだろうな？」

「ああ」ハリーが言《い》った。

セドリックのほうが先《さき》に杖《つえ》のことを言《い》ったのが、ハリーにはうれしかった。二人《ふたり》は杖《つえ》を取《と》り出《だ》した。ハリーはずっとあたりを見回《みまわ》し続《つづ》けていた。またしても、誰《だれ》かに見《み》られているという、奇妙《きみょう》な感《かん》じがしていた。

「誰《だれ》か来《く》る」ハリーが突然《とつぜん》言《い》った。

暗《くら》がりでじっと目《め》を凝《こ》らすと、墓石《はかいし》の間《あいだ》を、まちがいなくこちらに近《ちか》づいてくる人影《ひとかげ》がある。顔《かお》までは見分《みわ》けられなかったが、歩《ある》き方《かた》や腕《うで》の組《く》み方《かた》から、何《なに》かを抱《かか》えていることだけはわかった。誰《だれ》かはわからないが、小柄《こがら》で、フードつきのマントをすっぽりかぶって顔《かお》を隠《かく》している。そして——その姿《すがた》がさらに数歩近《すうほちか》づき、二人《ふたり》との距離《きょり》が一段《いちだん》と狭《せば》まってきたとき——ハリーはその影《かげ》が抱《かか》えているものが、赤《あか》ん坊《ぼう》のように見《み》えた……それとも単《たん》にローブを丸《まる》めただけのものだろうか？

ハリーは杖《つえ》を少《すこ》し下《お》ろし、横目《よこめ》でセドリックをちらりと見《み》た。セドリックもハリーにいぶかしげな視線《しせん》を返《かえ》した。そして二人《ふたり》とも近《ちか》づく影《かげ》に目《め》を戻《もど》した。

その影《かげ》は、二人《ふたり》からわずか二メートルほど先《さき》の、丈高《たけだか》の大理石《だいりせき》の墓石《はかいし》のそばで止《と》まった。一瞬《いっしゅん》、ハリー、セドリック、そしてその小柄《こがら》な姿《すがた》が互《たが》いに見《み》つめ合《あ》った。

その時《とき》、何《なん》の前触《まえぶ》れもなしに、ハリーの傷痕《きずあと》に激痛《げきつう》が走《はし》った。これまで一度《いちど》も感《かん》じたことがないような苦痛《くつう》だった。両手《りょうて》で顔《かお》を覆《おお》ったハリーの指《ゆび》の間《あいだ》から、杖《つえ》がすべり落《お》ち、ハリーはがっくりひざを折《お》った。地面《じめん》に座《すわ》り込《こ》み、痛《いた》みでまったく何《なに》も見《み》えず、今《いま》にも頭《あたま》が割《わ》れそうだった。

ハリーの頭《あたま》の上《うえ》で、どこか遠《とお》くのほうから聞《き》こえるようなかん高《だか》い冷《つめ》たい声《こえ》がした。

「よけいなやつは殺《ころ》せ！」

シュッという音《おと》とともに、もう一つ別《べつ》のかん高《だか》い声《こえ》が夜《よる》の闇《やみ》をつんざいた。

「アバダ　ケダブラ！」

緑《みどり》の閃光《せんこう》がハリーの閉《と》じたまぶたの裏《うら》で光《ひか》った。何《なに》か重《おも》いものがハリーの脇《わき》の地面《じめん》に倒《たお》れる音《おと》がした。あまりの傷痕《きずあと》の痛《いた》さに吐《は》き気《け》がした。その時《とき》、ふと痛《いた》みが薄《うす》らいだ。何《なに》が見《み》えるかと思《おも》うと、目《め》を開《あ》けることさえ恐《おそ》ろしかったが、ハリーはじんじん痛《いた》む目《め》を開《あ》けた。

セドリックがハリーの足元《あしもと》に大《だい》の字《じ》に倒《たお》れていた。死《し》んでいる。

一瞬《いっしゅん》が永遠《えいえん》に感《かん》じられた。ハリーはセドリックの顔《かお》を見《み》つめた。うつろに見開《みひら》かれた、廃屋《はいおく》の窓《まど》ガラスのように無表情《むひょうじょう》なセドリックの灰色《はいいろ》の目《め》を。少《すこ》し驚《おどろ》いたように半開《はんびら》きになったセドリックの口元《くちもと》を。信《しん》じられなかった。受《う》け入《い》れられなかった。信《しん》じられないという思《おも》いのほかは、感覚《かんかく》がまひしていた。誰《だれ》かが自分《じぶん》を引《ひ》きずっていく。

フードをかぶった小柄《こがら》な男《おとこ》が、手《て》にした包《つつ》みを下《した》に置《お》き、杖灯《つえあか》りをつけ、ハリーを大理石《だいりせき》の墓《はか》石《いし》のほうに引《ひ》きずっていった。杖灯《つえあか》りにちらりと照《て》らし出《だ》された墓碑銘《ぼひめい》を目《め》にした。そのとたん、ハリーは無理《むり》やり後《うし》ろ向《む》きにされ、背中《せなか》をその墓石《はかいし》に押《お》しつけられた。

トム・リドル

フードの男《おとこ》は、今度《こんど》は杖《つえ》から頑丈《がんじょう》な縄《なわ》を出《だ》し、ハリーを首《くび》から足首《あしくび》まで墓石《はかいし》にぐるぐる巻《ま》きに縛《しば》りつけはじめた。ハッハッと、浅《あさ》く荒《あら》い息《いき》づかいがフードの奥《おく》から聞《き》こえた。抵抗《ていこう》するハリーを、男《おとこ》がなぐった――男《おとこ》の手《て》は指《ゆび》が一本《いっぽん》欠《か》けている。ハリーはフードの下《した》の男《おとこ》が誰《だれ》なのかがわかった。ワームテールだ。

「おまえだったのか！」ハリーは絶句《ぜっく》した。

しかし、ワームテールは答《こた》えなかった。縄《なわ》を巻《ま》きつけ終《お》わると、縄目《なわめ》の固《かた》さをたしかめるのに余念《よねん》がなかった。結《むす》び目《め》をあちこち不器用《ぶきよう》にさわりながら、ワームテールの指《ゆび》が、止《と》めようもなく小刻《こきざ》みに震《ふる》えていた。ハリーが墓石《はかいし》にしっかり縛《しば》りつけられ、びくともできない状態《じょうたい》だとたしかめると、ワームテールはマントから黒《くろ》い布《ぬの》を一握《ひとにぎ》り取《と》り出《だ》し、乱暴《らんぼう》にハリーの口《くち》に押《お》し込《こ》んだ。それから、一言《ひとこと》も言《い》わず、ハリーに背《せ》を向《む》け、急《いそ》いで立《た》ち去《さ》った。ハリーは声《こえ》も出《だ》せず、ワームテールがどこへ行《い》ったのかを見《み》ることもできなかった。墓石《はかいし》の裏《うら》を見《み》ようとしても、首《くび》が回《まわ》せない。ハリーは真正面《ましょうめん》しか見《み》ることができなかった。

セドリックのなきがらが五、六メートルほど先《さき》に横《よこ》たわっている。そこから少《すこ》し離《はな》れたところに、優勝杯《ゆうしょうはい》が星明《ほしあ》かりを受《う》けて冷《つめ》たく光《ひか》りながら転《ころ》がっていた。ハリーの杖《つえ》はセドリックの足元《あしもと》に落《お》ちている。ハリーが赤《あか》ん坊《ぼう》だと思《おも》ったローブの包《つつ》みは、墓《はか》のすぐ前《まえ》にあった。包《つつ》みはじれったそうに動《うご》いているようだ。包《つつ》みを見《み》つめると、ハリーの傷痕《きずあと》が再《ふたた》び焼《や》けるように痛《いた》んだ……その時《とき》、ハリーはハッと気《き》づいた。ローブの包《つつ》みの中身《なかみ》は見《み》たくない……包《つつ》みは開《あ》けないでくれ。

足元《あしもと》で音《おと》がした。見下《みお》ろすと、ハリーが縛《しば》りつけられている墓石《はかいし》を包囲《ほうい》するように、巨大《きょだい》な蛇《へび》が草《くさ》むらをはいずり回《まわ》っている。ワームテールのゼイゼイという荒《あら》い息《いき》づかいがまた一段《いちだん》と大《おお》きくなってきた。何《なに》か重《おも》いものを押《お》し動《うご》かしているようだ。やがてワームテールがハリーの視野《しや》の中《なか》に入《はい》ってきた。石《いし》の大鍋《おおなべ》を押《お》して、墓《はか》の前《まえ》まで運《はこ》んでいた。何《なに》か水《みず》のようなものでなみなみと満《み》たされている――ピシャピシャとはねる音《おと》が聞《き》こえた――ハリーがこれまで使《つか》ったどの鍋《なべ》よりも大《おお》きい。巨大《きょだい》な石鍋《いしなべ》の胴《どう》は大人《おとな》一人《ひとり》が充分《じゅうぶん》、中《なか》に座《すわ》れるほどの大《おお》きさだ。

地上《ちじょう》に置《お》かれた包《つつ》みは、何《なに》かが中《なか》から出《で》たがっているように、ますます絶《た》え間《ま》なくもぞもぞと動《うご》いていた。ワームテールは、今度《こんど》は鍋《なべ》の底《そこ》のところで杖《つえ》を使《つか》い、忙《いそが》しく動《うご》いていた。突然《とつぜん》パチパチと鍋底《なべぞこ》に火《ひ》が燃《も》え上《あ》がった。大蛇《だいじゃ》はずるずると暗闇《くらやみ》に消《き》えていった。

鍋《なべ》の中《なか》の液体《えきたい》はすぐに熱《あつ》くなった。表面《ひょうめん》がボコボコ沸騰《ふっとう》しはじめたばかりでなく、それ自身《じしん》が燃《も》えているかのように火《ひ》の粉《こ》が散《ち》りはじめた。湯気《ゆげ》が濃《こ》くなり、火《ひ》かげんを見《み》るワームテールのりんかくがぼやけた。包《つつ》みの中《なか》の動《うご》きがますます激《はげ》しくなった。ハリーの耳《みみ》に、再《ふたた》びあのかん高《だか》い冷《つめ》たい声《こえ》が聞《き》こえた。

「急《いそ》げ！」

今《いま》や液面全体《えきめんぜんたい》が火花《ひばな》でまばゆいばかりだった。ダイヤモンドを散《ち》りばめてあるかのようだ。

「準備《じゅんび》ができました。ご主人様《しゅじんさま》」

「さあ……」冷《つめ》たい声《こえ》が言《い》った。

ワームテールが地上《ちじょう》に置《お》かれた包《つつ》みを開《ひら》き、中《なか》にあるものがあらわになった。ハリーは絶叫《ぜっきょう》したが、口《くち》の詰《つ》め物《もの》が声《こえ》を押《お》し殺《ころ》した。

まるでワームテールが地面《じめん》の石《いし》をひっくり返《かえ》し、その下《した》から、醜《みにく》い、べっとりした、目《め》の見《み》えない何《なに》かをむき出《だ》しにしたようだった――いや、その百倍《ばい》も悪《わる》い。ワームテールが抱《かか》えていたものは、縮《ちぢ》こまった人間《にんげん》の子供《こども》のようだった。ただし、こんなに子供《こども》らしくないものは見《み》たことがない。髪《かみ》の毛《け》はなく、うろこに覆《おお》われたような、赤《あか》むけのどす黒《ぐろ》いものだ。手足《てあし》は細《ほそ》く弱々《よわよわ》しく、その顔《かお》は――この世《よ》にこんな顔《かお》をした子供《こども》がいるはずがない――のっぺりと蛇《へび》のような顔《かお》で、赤《あか》い目《め》がギラギラしている。

そのものは、ほとんど無力《むりょく》に見《み》えた。細《ほそ》い両手《りょうて》を上《あ》げ、ワームテールの首《くび》に巻《ま》きつけると、ワームテールがそれを持《も》ち上《あ》げた。その時《とき》フードが頭《あたま》からずれ落《お》ち、ワームテールの弱々《よわよわ》しい青《あお》白《じろ》い顔《かお》が火《ひ》に照《て》らされた。その生《い》き物《もの》を大鍋《おおなべ》の縁《ふち》まで運《はこ》ぶとき、ワームテールの顔《かお》に激《はげ》しい嫌悪《けんお》感《かん》が浮《う》かんだのをハリーは見《み》た。一瞬《いっしゅん》、液体《えきたい》の表面《ひょうめん》に踊《おど》る火花《ひばな》が、生《い》き物《もの》の邪悪《じゃあく》なのっぺりした顔《かお》を照《て》らし出《だ》すのを見《み》た。それから、ワームテールはその生《い》き物《もの》を大鍋《おおなべ》に入《い》れた。ジュッという音《おと》とともに、その姿《すがた》は液面《えきめん》から見《み》えなくなった。弱々《よわよわ》しい体《からだ》がコツンと小《ちい》さな音《おと》を立《た》てて、鍋底《なべぞこ》に落《お》ちたのをハリーは聞《き》いた。

おぼれてしまいますように――ハリーは願《ねが》った。傷痕《きずあと》の焼《や》けるような痛《いた》みはほとんど限界《げんかい》を超《こ》えていた。おぼれてしまえ……お願《ねが》いだ……。

ワームテールが何《なに》か言葉《ことば》を発《はっ》している。声《こえ》は震《ふる》え、恐怖《きょうふ》で分別《ふんべつ》もつかないかのように見《み》えた。杖《つえ》を上《あ》げ、両目《りょうめ》を閉《と》じ、ワームテールは夜《よる》の闇《やみ》に向《む》かって唱《とな》えた。

「父親《ちちおや》の骨《ほね》、知《し》らぬ間《ま》に与《あた》えられん。父親《ちちおや》は息子《むすこ》をよみがえらせん！」

ハリーの足元《あしもと》の墓《はか》の表面《ひょうめん》がパックリ割《わ》れた。ワームテールの命《めい》ずるままに、細《こま》かい塵《ちり》、芥《あくた》が宙《ちゅう》を飛《と》び、静《しず》かに鍋《なべ》の中《なか》に降《ふ》り注《そそ》ぐのを、ハリーは恐怖《きょうふ》にかられながら見《み》ていた。ダイヤモンドのような液面《えきめん》が割《わ》れ、シュウシュウと音《おと》がした。四方八方《しほうはっぽう》に火花《ひばな》を散《ち》らし、液体《えきたい》は鮮《あざ》やかな毒々《どくどく》しい青《あお》に変《か》わった。

ワームテールは、今度《こんど》はヒイヒイ泣《な》きながら、マントから細長《ほそなが》い銀色《ぎんいろ》に光《ひか》る短剣《たんけん》を取《と》り出《だ》した。ワームテールの声《こえ》が恐怖《きょうふ》に凍《こお》りついたようなすすり泣《な》きに変《か》わった。

「下僕《しもべ》の――肉《にく》、よ、喜《よろこ》んで差《さ》し出《だ》されん。――下僕《しもべ》は――ご主人様《しゅじんさま》を――よみがえらせん」

ワームテールは右手《みぎて》を前《まえ》に出《だ》した――指《ゆび》が欠《か》けた手《て》だ。左手《ひだりて》にしっかり短剣《たんけん》を握《にぎ》り――振《ふ》り上《あ》げた。

ハリーはワームテールが何《なに》をしようとしているかを、事《こと》の直前《ちょくぜん》に悟《さと》った――ハリーは両目《りょうめ》をできるだけ固《かた》く閉《と》じた。が、夜《よる》をつんざく悲鳴《ひめい》に耳《みみ》をふさぐことができなかった。まるでハリー自《じ》身《しん》が短剣《たんけん》に刺《さ》されたかのように、ワームテールの絶叫《ぜっきょう》がハリーを貫《つらぬ》いた。何《なに》かが地面《じめん》に倒《たお》れる音《おと》、ワームテールの苦《くる》しみあえぐ声《こえ》、何《なに》かが大鍋《おおなべ》に落《お》ちるバシャッというのいやな音《おと》が聞《き》こえた。ハリーは目《め》を開《あ》ける気《き》になれなかった……しかし液体《えきたい》はその間《あいだ》に燃《も》えるような赤《あか》になり、その明《あ》かりが、ハリーの閉《と》じたまぶたを通《とお》して入《はい》ってきた。

ワームテールは苦痛《くつう》にあえぎ、うめき続《つづ》けていた。その苦《くる》しそうな息《いき》がハリーの顔《かお》にかかって、初《はじ》めてハリーは、ワームテールがすぐ目《め》の前《まえ》にいることに気《き》づいた。

「敵《かたき》の血《ち》、……力《ちから》ずくで奪《うば》われん。……汝《なんじ》は……敵《かたき》をよみがえらせん」

ハリーにはどうすることもできない。あまりにもきつく縛《しば》りつけられていた……。目《め》を細《ほそ》め、縄目《なわめ》がどうにもならないと知《し》りながらも、もがき、ハリーは銀色《ぎんいろ》に光《ひか》る短剣《たんけん》が、ワームテールの残《のこ》った一本《ぽん》の手《て》の中《なか》で震《ふる》えているのを見《み》た。そして、その切《き》っ先《さき》が、右腕《みぎうで》のひじの内側《うちがわ》を貫《つらぬ》くのを感《かん》じた。鮮血《せんけつ》が切《き》れたローブのそでににじみ、滴《したた》り落《お》ちた。ワームテールは痛《いた》みにあえぎ続《つづ》けながら、ポケットからガラスの薬瓶《くすりびん》を取《と》り出《だ》し、ハリーの傷口《きずぐち》に押《お》し当《あ》て、滴《したた》る血《ち》を受《う》けた。

ハリーの血《ち》を持《も》ち、ワームテールはよろめきながら大鍋《おおなべ》に戻《もど》り、その中《なか》に血《ち》を注《そそ》いだ。鍋《なべ》の液《えき》体《たい》はたちまち目《め》もくらむような白《しろ》に変《か》わった。任務《にんむ》を終《お》えたワームテールは、がっくりと鍋《なべ》のそばにひざをつき、くずおれるように横《よこ》ざまに倒《たお》れた。手首《てくび》を切《き》り落《お》とされて血《ち》を流《なが》している腕《うで》を抱《かか》えて地面《じめん》に転《ころ》がり、ワームテールはあえぎ、すすり泣《な》いていた。

大鍋《おおなべ》はぐつぐつと煮《に》え立《た》ち、四方八方《しほうはっぽう》にダイヤモンドのような閃光《せんこう》を放《はな》っている。その目《め》もくらむような明《あか》るさに、周《まわ》りのものすべてが真《ま》っ黒《くろ》なビロードで覆《おお》われてしまったように見《み》えた。何事《なにごと》も起《お》こらない……。

おぼれてしまえ。ハリーはそう願《ねが》った。失敗《しっぱい》しますように……。

突然《とつぜん》、大鍋《おおなべ》から出《で》ていた火花《ひばな》が消《き》えた。そのかわり、濛々《もうもう》たる白《しろ》い蒸気《じょうき》がうねりながら立《た》ち昇《のぼ》ってきた。濃《こ》い蒸気《じょうき》がハリーの目《め》の前《まえ》のすべてのものを隠《かく》した。立《た》ち込《こ》める蒸気《じょうき》で、ワームテールも、セドリックも、何《なに》も見《み》えない……失敗《しっぱい》だ。ハリーは思《おも》った……おぼれたんだ……どうか……どうかあれを死《し》なせて……。

しかし、その時《とき》、目《め》の前《まえ》の靄《もや》の中《なか》にハリーが見《み》たものは、氷《こおり》のような恐怖《きょうふ》をかき立《た》てた。大鍋《おおなべ》の中《なか》から、ゆっくりと立《た》ち上《あ》がったのは、がいこつのようにやせ細《ほそ》った、背《せ》の高《たか》い男《おとこ》の黒《くろ》い影《かげ》だった。

「ローブを着《き》せろ」

蒸気《じょうき》のむこうから、かん高《だか》い冷《つめ》たい声《こえ》がした。ワームテールは、すすり泣《な》き、うめき、手首《てくび》のなくなった腕《うで》をかばいながらも、あわてて地面《じめん》に置《お》いてあった黒《くろ》いローブを拾《ひろ》い、立《た》ち上《あ》がって片手《かたて》でローブを持《も》ち上《あ》げ、ご主人様《しゅじんさま》の頭《あたま》からかぶせた。

やせた男《おとこ》は、ハリーをじっと見《み》ながら大鍋《おおなべ》をまたいだ……ハリーも見《み》つめ返《かえ》した。その顔《かお》は、この三年間《ねんかん》ハリーを悪夢《あくむ》で悩《なや》ませ続《つづ》けた顔《かお》だった。がいこつよりも白《しろ》い顔《かお》、細長《ほそなが》い、真《ま》っ赤《か》な不気味《ぶきみ》な目《め》、蛇《へび》のように平《たい》らな鼻《はな》、切《き》れ込《こ》みを入《い》れたような鼻《はな》の穴《あな》……。

ヴォルデモート卿《きょう》は復活《ふっかつ》した。

第《だい》33章《しょう》　死喰い人《デス・イーター》

ヴォルデモートはハリーから目《め》をそらし、自分《じぶん》の身体《からだ》を調《しら》べはじめた。手《て》はまるで大《おお》きな蒼《あお》ざめた蜘蛛《くも》のようだ。ヴォルデモートは蒼白《あおじろ》い長《なが》い指《ゆび》で自分《じぶん》の胸《むね》を、腕《うで》を、顔《かお》をいとおしむようになでた。赤《あか》い目《め》の瞳孔《どうこう》は、猫《ねこ》の目《め》のように縦《たて》に細《ほそ》く切《き》れ、暗闇《くらやみ》でさらに明《あか》るくギラギラしていた。両手《りょうて》を挙《あ》げて指《ゆび》を折《お》り曲《ま》げるヴォルデモートの顔《かお》は、うっとりと勝《か》ち誇《ほこ》っていた。地面《じめん》に横《よこ》たわり、ピクピクけいれんしながら血《ち》を流《なが》しているワームテールのことも、いつの間《ま》にか戻《もど》ってきて、シャーッ、シャーッと音《おと》を立《た》てながらハリーの周《まわ》りをはい回《まわ》っている大蛇《だいじゃ》のことも、まるで気《き》にとめていない。ヴォルデモートは、不自然《ふしぜん》に長《なが》い指《ゆび》のついた手《て》をポケットの奥《おく》に突《つ》っ込《こ》み、杖《つえ》を取《と》り出《だ》した。いつくしむようにやさしく杖《つえ》をなで、それから杖《つえ》を上《あ》げてワームテールに向《む》けた。ワームテールは地上《ちじょう》から浮《う》き上《あ》がり、ハリーが縛《しば》りつけられている墓石《はかいし》にたたきつけられ、その足元《あしもと》にくしゃくしゃになって泣《な》きわめきながら転《ころ》がった。ヴォルデモートは冷《つめ》たい、無慈悲《むじひ》な高笑《たかわら》いを上《あ》げ、真《ま》っ赤《か》な目《め》をハリーに向《む》けた。

ワームテールのローブは今《いま》や血糊《ちのり》でテカテカ光《ひか》っていた。手《て》を切《き》り落《お》とした腕《うで》をローブで覆《おお》っている。

「ご主人様《しゅじんさま》……」ワームテールは声《こえ》を詰《つ》まらせた。

「ご主人様《しゅじんさま》……あなた様《さま》はお約束《やくそく》なさった……たしかにお約束《やくそく》なさいました……」

「腕《うで》を伸《の》ばせ」ヴォルデモートが物憂《ものう》げに言《い》った。

「おお、ご主人様《しゅじんさま》……ありがとうございます、ご主人様《しゅじんさま》……」

ワームテールは血《ち》の滴《したた》る腕《うで》を突《つ》き出《だ》した。しかし、ヴォルデモートはまたしても笑《わら》った。

「ワームテールよ。別《べつ》なほうの腕《うで》だ」

「ご主人様《しゅじんさま》、どうか……**それだけは**……」

ヴォルデモートはかがみ込《こ》んでワームテールの左手《ひだりて》を引《ひ》っ張《ぱ》り、ワームテールのローブのそでを、ぐいとひじの上《うえ》までめくり上《あ》げた。その肌《はだ》に、生々《なまなま》しい赤《あか》い入《い》れ墨《ずみ》のようなものをハリーは見《み》た——どくろだ。口《くち》から蛇《へび》が飛《と》び出《だ》している——クィディッチ・ワールドカップで空《そら》に現《あらわ》れたあの形《かたち》と同《おな》じだ。闇《やみ》の印《しるし》。ヴォルデモートはワームテールが止《と》めどなく泣《な》き続《つづ》けるのを無視《むし》して、その印《しるし》をていねいに調《しら》べた。

「戻《もど》っているな」ヴォルデモートが低《ひく》く言《い》った。

「全員《ぜんいん》が、これに気《き》づいたはずだ……そして、今《いま》こそ、わかるのだ……今《いま》こそ、はっきりするのだ……」

ヴォルデモートは長《なが》い蒼白《あおじろ》い人差《ひとさ》し指《ゆび》を、ワームテールの腕《うで》の印《しるし》に押《お》し当《あ》てた。

ハリーの額《ひたい》の傷痕《きずあと》がまたしても焼《や》けるように鋭《するど》く痛《いた》んだ。ワームテールがまた新《あら》たに叫《さけ》び声《ごえ》を上《あ》げた。ヴォルデモートがワームテールの腕《うで》の印《しるし》から指《ゆび》を離《はな》すと、その印《しるし》が真《ま》っ黒《くろ》に変《か》わっているのをハリーは見《み》た。

ヴォルデモートは残忍《ざんにん》な満足《まんぞく》の表情《ひょうじょう》を浮《う》かべて立《た》ち上《あ》がり、頭《あたま》をぐいとのけぞらせると、暗《くら》い墓場《はかば》をひとわたり眺《なが》め回《まわ》した。

「それを感《かん》じたとき、戻《もど》る勇気《ゆうき》のある者《もの》が何人《なんにん》いるか」

ヴォルデモートは赤《あか》い目《め》をギラつかせて星《ほし》を見《み》すえながらつぶやいた。

「そして、離《はな》れようとする愚《おろ》か者《もの》が何人《なんにん》いるか」

ヴォルデモートはハリーとワームテールの前《まえ》を、往《い》ったり来《き》たりしはじめた。その目《め》はずっと墓場《はかば》を見渡《みわた》し続《つづ》けている。一、二分《ふん》たったころ、ヴォルデモートは再《ふたた》びハリーを見下《みお》ろした。蛇《へび》のような顔《かお》が残忍《ざんにん》な笑《わら》いにゆがんだ。

「ハリー・ポッター、おまえは、俺様《おれさま》の父《ちち》の遺《い》がいの上《うえ》におるのだ」

ヴォルデモートが歯《は》を食《く》いしばったまま、低《ひく》い声《こえ》で言《い》った。

「マグルの愚《おろ》か者《もの》よ……ちょうどおまえの母親《ははおや》のように。しかし、どちらも使《つか》い道《みち》はあったわけだな？　おまえの母親《ははおや》は子供《こども》を護《まも》って死《し》んだ……俺様《おれさま》は父親《ちちおや》を殺《ころ》した。死《し》んだ父親《ちちおや》がどんなに役《やく》立《だ》ったか、見《み》てのとおりだ……」

ヴォルデモートがまた笑《わら》った。往《い》ったり来《き》たりしながら、ヴォルデモートはあたりを見回《みまわ》し、蛇《へび》は相変《あいか》わらず草地《くさち》に円《えん》を描《えが》いてはいずっていた。

「丘《おか》の上《うえ》の館《やかた》が見《み》えるか、ポッター？　俺様《おれさま》の父親《ちちおや》はあそこに住《す》んでいた。母親《ははおや》はこの村《むら》に住《す》む魔女《まじょ》で、父親《ちちおや》と恋《こい》に落《お》ちた。しかし、正体《しょうたい》を打《う》ち明《あ》けたとき、父《ちち》は母《はは》を捨《す》てた……父《ちち》は、俺様《おれさま》の父親《ちちおや》は、魔法《まほう》を嫌《きら》っていた……」

「やつは母《はは》を捨《す》て、マグルの両親《りょうしん》の元《もと》に戻《もど》った。俺様《おれさま》が生《う》まれる前《まえ》のことだ、ポッター。そして母《はは》は、俺様《おれさま》を産《う》むと死《し》んだ。残《のこ》された俺様《おれさま》は、マグルの孤児院《こじいん》で育《そだ》った……しかし、俺様《おれさま》はやつを見《み》つけると誓《ちか》った……復讐《ふくしゅう》してやった。俺様《おれさま》に自分《じぶん》の名前《なまえ》をつけた、あの愚《おろ》か者《もの》に……トム・リドル……」

ヴォルデモートは、墓《はか》から墓《はか》へとすばやく目《め》を走《はし》らせながら、歩《ある》き回《まわ》り続《つづ》けていた。

「俺様《おれさま》が自分《じぶん》の家族《かぞく》の歴史《れきし》を物語《ものがた》るとは……」ヴォルデモートが低《ひく》い声《こえ》で言《い》った。

「なんと、俺様《おれさま》も感傷的《かんしょうてき》になったものよ……しかし、見《み》ろ、ハリー！　俺様《おれさま》の真《しん》の家族《かぞく》が戻《もど》ってきた……」

マントをひるがえす音《おと》があたりにみなぎった。墓《はか》と墓《はか》の間《あいだ》から、イチイの木《き》の陰《かげ》から、暗《くら》がりという暗《くら》がりから、魔法使《まほうつか》いが「姿《すがた》あらわし」していた。全員《ぜんいん》がフードをかぶり、仮面《かめん》をつけている。そして、一人《ひとり》また一人《ひとり》と、全員《ぜんいん》が近《ちか》づいてきた……ゆっくりと、慎重《しんちょう》に、まるでわが目《め》を疑《うたが》うというふうに……。ヴォルデモートはだまってそこに立《た》ち、全員《ぜんいん》を待《ま》った。その時《とき》、「死喰《しく》い人《びと》」の一人《ひとり》が、ひざまずき、ヴォルデモートにはい寄《よ》ってその黒《くろ》いローブのすそにキスした。

「ご主人様《しゅじんさま》……ご主人様《しゅじんさま》……」その死喰《しく》い人《びと》がつぶやいた。

その後《うし》ろにいた死喰《しく》い人《びと》たちが、同《おな》じようにひざまずいてヴォルデモートの前《まえ》にはい寄《よ》り、ローブにキスした。それから後《うし》ろに退《しりぞ》き、無言《むごん》のまま全員《ぜんいん》が輪《わ》になって立《た》った。その輪《わ》は、トム・リドルの墓《はか》を囲《かこ》み、ハリー、ヴォルデモート、そしてすすり泣《な》き、ピクピクけいれんしている塊《かたまり》――ワームテールを取《と》り囲《かこ》んだ。しかし、輪《わ》には切《き》れ目《め》があった。まるであとから来《く》る者《もの》を待《ま》つかのようだった。ヴォルデモートはしかし、これ以上《いじょう》来《く》るとは思《おも》っていないようだ。ヴォルデモートがフードをかぶった顔《かお》をぐるりと見渡《みわた》した。すると、風《かぜ》もないのに、輪《わ》がガサガサと震《ふる》えた。

「よう来た。死喰《デス・イーター》い人たちよ」

ヴォルデモートが静《しず》かに言《い》った。

「十三年《ねん》……最後《さいご》に我々《われわれ》が会《あ》ってから十三年《ねん》だ。しかしおまえたちは、それがきのうのことであったかのように、俺様《おれさま》の呼《よ》びかけに応《こた》えた……さすれば、我々《われわれ》はいまだに『闇《やみ》の印《しるし》』の下《もと》に結《むす》ばれている！　それにちがいないか？」

ヴォルデモートは恐《おそ》ろしい顔《かお》をのけぞらせ、切《き》れ込《こ》みを入《い》れたような鼻腔《びくう》をふくらませた。

「罪《つみ》のにおいがする」ヴォルデモートが言《い》った。

「あたりに罪《つみ》のにおいが流《なが》れているぞ」

輪《わ》の中《なか》に、二度目《どめ》の震《ふる》えが走《はし》った。誰《だれ》もがヴォルデモートからあとずさりしたくてたまらないのに、どうしてもそれができない、という震《ふる》えだった。

「おまえたち全員《ぜんいん》が、無傷《むきず》で健《すこ》やかだ。魔力《まりょく》も失《うしな》われていない――こんなにすばやく現《あらわ》れるとは！　――そこで俺様《おれさま》は自問《じもん》する……この魔法使《まほうつか》いの一団《いちだん》は、ご主人様《しゅじんさま》に永遠《えいえん》の忠誠《ちゅうせい》を誓《ちか》ったのに、なぜ、そのご主人様《しゅじんさま》を助《たす》けに来《こ》なかったのか？」

誰《だれ》も口《くち》をきかなかった。地上《ちじょう》に転《ころ》がり、腕《うで》から血《ち》を流《なが》しながら、まだすすり泣《な》いているワームテール以外《いがい》は、動《うご》く者《もの》もない。

「そして、自答《じとう》するのだ」

ヴォルデモートがささやくように言《い》った。

「やつらは俺様《おれさま》が敗《やぶ》れたと信《しん》じたのにちがいない。いなくなったと思《おも》ったのだろう。やつらは俺《おれ》様《さま》の敵《てき》の間《あいだ》にスルリと立《た》ち戻《もど》り、無罪《むざい》を、無知《むち》を、そして呪縛《じゅばく》されていたことを申《もう》し立《た》てたのだ……」

「それなれば、と俺様《おれさま》は自問《じもん》する。なぜやつらは、俺様《おれさま》が再《ふたた》び立《た》つとは思《おも》わなかったのか？　俺《おれ》様《さま》がとっくの昔《むかし》に、死《し》から身《み》を護《まも》る手段《しゅだん》を講《こう》じていたと知《し》っているおまえたちが、なぜ？　生《い》ける魔法使《まほうつか》いの誰《だれ》よりも、俺様《おれさま》の力《ちから》が強《つよ》かったとき、その絶大《ぜつだい》なる力《ちから》の証《あか》しを見《み》てきたおまえたちが、なぜ？」

「そして俺様《おれさま》は自《みずか》ら答《こた》える。たぶんやつらは、より偉大《いだい》な力《ちから》が――ヴォルデモート卿《きょう》をさえ打《う》ち負《ま》かす力《ちから》が存在《そんざい》するのではないかと、信《しん》じたのであろう……たぶんやつらは、今《いま》や、ほかの者《もの》に忠誠《ちゅうせい》を尽《つ》くしているのだろう……たぶんあの凡人《ぼんじん》の、穢《けが》れた血《ち》の、そしてマグルの味方《みかた》、アルバス・ダンブルドアにか？」

ダンブルドアの名《な》が出《で》ると、輪《わ》になった死喰《しく》い人《びと》たちが動揺《どうよう》し、あるものは頭《かぶり》を振《ふ》り、ブツブツつぶやいた。

ヴォルデモートは無視《むし》した。

「俺様《おれさま》は失望《しつぼう》した……失望《しつぼう》させられたと告白《こくはく》する……」

一人《ひとり》の死喰《しく》い人《びと》が突然《とつぜん》、輪《わ》を崩《くず》して前《まえ》に飛《と》び出《だ》した。頭《あたま》からつま先《さき》まで震《ふる》えながら、その死喰《しく》い人《びと》はヴォルデモートの足元《あしもと》にひれ伏《ふ》した。

「ご主人様《しゅじんさま》！」死喰《しく》い人《びと》が悲鳴《ひめい》のような声《こえ》を上《あ》げた。

「ご主人様《しゅじんさま》、お許《ゆる》しを！　我々全員《われわれぜんいん》をお許《ゆる》しください！」

ヴォルデモートが笑《わら》いだした。そして杖《つえ》を上《あ》げた。

「クルーシオ！　苦《くる》しめ！」

その死喰《しく》い人《びと》は地面《じめん》をのたうって悲鳴《ひめい》を上《あ》げた。ハリーはその声《こえ》が周囲《しゅうい》の家《いえ》まで聞《き》こえるにちがいないと思《おも》った……警察《けいさつ》が来《く》るといい。ハリーは必死《ひっし》に願《ねが》った……誰《だれ》でもいい……何《なん》でもいいから……。

ヴォルデモートは杖《つえ》を下《さ》げた。拷問《ごうもん》された死喰《しく》い人《びと》は、息《いき》も絶《た》え絶《だ》えに地面《じめん》に横《よこ》たわっていた。

「起《お》きろ、エイブリー」

ヴォルデモートが低《ひく》い声《こえ》で言《い》った。

「立《た》て。許《ゆる》しを請《こ》うだと？　俺様《おれさま》は許《ゆる》さぬ。俺様《おれさま》は忘《わす》れぬ。十三年《ねん》もの長《なが》い間《あいだ》だ……おまえを許《ゆる》す前《まえ》に十三年分《ねんぶん》のつけを払《はら》ってもらうぞ。ワームテールはすでに借《か》りの一部《いちぶ》を返《かえ》した。ワームテール、そうだな？」

ヴォルデモートは泣《な》き続《つづ》けているワームテールを見下《みお》ろした。

「貴様《きさま》が俺様《おれさま》の下《もと》に戻《もど》ったのは、忠誠心《ちゅうせいしん》からではなく、かつての仲間《なかま》たちを恐《おそ》れたからだ。ワームテールよ、この苦痛《くつう》は当然《とうぜん》の報《むく》いだ。わかっているな？」

「はい、ご主人《しゅじん》様《さま》」ワームテールがうめいた。

「どうか、ご主人様《しゅじんさま》……お願《ねが》いです……」

「しかし、貴様《きさま》は俺様《おれさま》が身体《からだ》を取《と》り戻《もど》すのを助《たす》けた」

ヴォルデモートは地《じ》べたですすり泣《な》くワームテールを眺《なが》めながら、冷《つめ》たく言《い》った。

「虫《むし》けらのような裏切《うらぎ》り者《もの》だが、貴様《きさま》は俺様《おれさま》を助《たす》けた……ヴォルデモート卿《きょう》は助《たす》ける者《もの》にはほうびを与《あた》える……」

ヴォルデモートは再《ふたた》び杖《つえ》を上《あ》げ、空中《くうちゅう》でくるくる回《まわ》した。回《まわ》した跡《あと》に、溶《と》けた銀《ぎん》のようなものが一筋《ひとすじ》、輝《かがや》きながら宙《ちゅう》に浮《う》いていた。一瞬《いっしゅん》、何《なん》の形《かたち》もなくよじれるように動《うご》いていたが、やがてそれは、人《ひと》の手《て》の形《かたち》になり、月光《げっこう》のように明《あか》るく輝《かがや》きながら舞《ま》い下《お》りて、血《ち》を流《なが》しているワームテールの手首《てくび》にはまった。

ワームテールは急《きゅう》に泣《な》きやんだ。息《いき》づかいは荒《あら》く、とぎれがちだったが、ワームテールは顔《かお》を上《あ》げ、信《しん》じられないという面持《おもも》ちで、銀《ぎん》の手《て》を見《み》つめた。まるで輝《かがや》く銀《ぎん》の手袋《てぶくろ》をはめたように、その手《て》は継《つ》ぎ目《め》なく腕《うで》についていた。ワームテールは輝《かがや》く指《ゆび》を曲《ま》げ伸《の》ばしした。それから、震《ふる》えながら地面《じめん》の小枝《こえだ》をつまみ上《あ》げ、もみ砕《くだ》いて粉々《こなごな》にした。

「わが君《きみ》」ワームテールがささやいた。

「ご主人様《しゅじんさま》……すばらしい……ありがとうございます……ありがとうございます……」

ワームテールはひざまずいたまま、急《いそ》いでヴォルデモートのそばににじり寄《よ》り、ローブのすそにキスした。

「ワームテールよ、貴様《きさま》の忠誠心《ちゅうせいしん》が二度《にど》と揺《ゆ》るがぬよう」

「わが君《きみ》、けっして……けっしてそんなことは……」

ワームテールは立《た》ち上《あ》がり、顔《かお》に涙《なみだ》の跡《あと》を光《ひか》らせ、新《あたら》しい力強《ちからづよ》い手《て》を見《み》つめながら輪《わ》の中《なか》に入《はい》った。ヴォルデモートは、今度《こんど》はワームテールの右側《みぎがわ》の男《おとこ》に近《ちか》づいた。

「ルシウス、抜《ぬ》け目《め》のない友《とも》よ」

男《おとこ》の前《まえ》で立《た》ち止《ど》まったヴォルデモートがささやいた。

「世間的《せけんてき》には立派《りっぱ》な体面《たいめん》を保《たも》ちながら、おまえは昔《むかし》のやり方《かた》を捨《す》ててはいないと聞《き》きおよぶ。今《いま》でも先頭《せんとう》に立《た》って、マグルいじめを楽《たの》しんでいるようだが？　しかし、ルシウス、おまえは一度《いちど》たりとも俺様《おれさま》を探《さが》そうとはしなかった……クィディッチ・ワールドカップでのおまえのたくらみは、さぞかしおもしろかっただろうな……しかし、そのエネルギーを、おまえのご主人様《しゅじんさま》を探《さが》し、助《たす》けるほうに向《む》けたほうがよかったのではないのか？」

「わが君《きみ》、私《わたくし》は常《つね》に準備《じゅんび》しておりました」

フードの下《した》から、ルシウス・マルフォイの声《こえ》が、すばやく答《こた》えた。

「あなた様《さま》の何《なん》らかの印《しるし》があれば、あなた様《さま》のご消息《しょうそく》がちらとでも耳《みみ》に入《はい》れば、私《わたくし》はすぐにおそばに馳《は》せ参《さん》じるつもりでございました。何物《なにもの》も、私《わたくし》を止《と》めることはできなかったでしょう――」

「それなのに、おまえは、この夏《なつ》、忠実《ちゅうじつ》なる死喰《デス・イーター》い人《ー》が空《そら》に打《う》ち上《あ》げた俺様《おれさま》の印《しるし》を見《み》て、逃《に》げたというのか？」

ヴォルデモートは気《け》だるそうに言《い》った。マルフォイ氏《し》は突然口《とつぜんくち》をつぐんだ。

「そうだ。ルシウスよ、俺様《おれさま》はすべてを知《し》っているぞ……おまえには失望《しつぼう》した……これからはもっと忠実《ちゅうじつ》に仕《つか》えてもらうぞ」

「もちろんでございます、わが君《きみ》、もちろんですとも……お慈悲《じひ》を感謝《かんしゃ》いたします……」

ヴォルデモートは先《さき》へと進《すす》み、マルフォイの隣《となり》に空《あ》いている空間《くうかん》を――ゆうに二人分《ふたりぶん》の大《おお》きな空間《くうかん》を——立《た》ち止《ど》まってじっと見《み》つめた。

「レストレンジたちがここに立《た》つはずだった」ヴォルデモートが静《しず》かに言《い》った。

「しかし、あの二人《ふたり》はアズカバンに葬《ほうむ》られている。忠実《ちゅうじつ》な者《もの》たちだった。俺様《おれさま》を見捨《みす》てるよりはアズカバン行《い》きを選《えら》んだ……アズカバンが開放《かいほう》されたときには、レストレンジたちは最高《さいこう》の栄誉《えいよ》を受《う》けるであろう。吸魂鬼《ディメンター》も我々《われわれ》に味方《みかた》するであろう……あの者《もの》たちは、生来我《せいらいわれ》らが仲間《なかま》なのだ……消《き》え去《さ》った巨人《きょじん》たちも呼《よ》び戻《もど》そう……忠実《ちゅうじつ》なる下僕《しもべ》たちのすべてを、そして、誰《だれ》もが震撼《しんかん》する生《い》き物《もの》たちを、俺様《おれさま》の下《もと》に帰《かえ》らせようぞ……」

ヴォルデモートはさらに歩《ほ》を進《すす》めた。何人《なんにん》かの死喰《しく》い人《びと》の前《まえ》をだまって通《とお》り過《す》ぎ、何人《なんにん》かの前《まえ》では立《た》ち止《ど》まって話《はな》しかけた。

「マクネア……今《いま》では魔法省《まほうしょう》で危険生物《きけんせいぶつ》の処分《しょぶん》をしておるとワームテールが話《はな》していたが？　マクネアよ、ヴォルデモート卿《きょう》が、まもなくもっといい犠牲者《ぎせいしゃ》を与《あた》えてつかわす……」

「ご主人様《しゅじんさま》、ありがたき幸《しあわ》せ……ありがたき幸《しあわ》せ」マクネアがつぶやくように言《い》った。

「そしておまえたち」

ヴォルデモートはフードをかぶった一番大《いちばんおお》きい二人《ふたり》の前《まえ》に移動《いどう》した。

「クラッブだな……今度《こんど》はましなことをしてくれるのだろうな？　クラッブ？　そして、おまえ、ゴイル？」

二人《ふたり》はぎこちなく頭《あたま》を下《さ》げ、のろのろとつぶやいた。

「はい、ご主人様《しゅじんさま》……」

「そういたします。ご主人様《しゅじんさま》……」

「おまえもそうだ、ノットよ」

ゴイル氏《し》の影《かげ》の中《なか》で前《まえ》かがみになっている姿《すがた》の前《まえ》を通《とお》り過《す》ぎながら、ヴォルデモートが言《い》った。

「わが君《きみ》、私《わたくし》はあなた様《さま》の前《まえ》にひれ伏《ふ》します。私《わたくし》めは最《もっと》も忠実《ちゅうじつ》なる——」

「もうよい」ヴォルデモートが言《い》った。

ヴォルデモートは輪《わ》の一番大《いちばんおお》きく空《あ》いているところに立《た》ち、まるでそこに立《た》つ死喰《しく》い人《びと》が見《み》えるかのように、うつろな赤《あか》い目《め》でその空間《くうかん》を見回《みまわ》した。

「そしてここには、六人《にん》の死喰い人《デス・イーター》が欠《か》けている……三人《にん》は俺様《おれさま》の任務《にんむ》で死《し》んだ。一人《ひとり》は臆病《おくびょう》風《かぜ》に吹《ふ》かれて戻《もど》らぬ……思《おも》い知《し》ることになるだろう。一人《ひとり》は永遠《えいえん》に俺様《おれさま》の下《もと》を去《さ》った……もちろん、死《し》あるのみ……そして、もう一人《ひとり》、最《もっと》も忠実《ちゅうじつ》なる下僕《しもべ》であり続《つづ》けた者《もの》は、すでに任務《にんむ》に就《つ》いている」

死喰《しく》い人《びと》たちがざわめいた。仮面《かめん》の下《した》から、横目《よこめ》づかいで互《たが》いにすばやく目《め》を見交《みか》わしているのを、ハリーは見《み》た。

「その忠実《ちゅうじつ》なる下僕《しもべ》はホグワーツにあり、その者《もの》の尽力《じんりょく》により今夜《こんや》は我《われ》らが若《わか》き友人《ゆうじん》をお迎《むか》えした……」

「そうれ」ヴォルデモートの唇《くちびる》のない口《くち》がニヤリと笑《わら》い、死喰《しく》い人《びと》の目《め》がハリーのほうにサッと飛《と》んだ。

「ハリー・ポッターが、俺様《おれさま》のよみがえりのパーティにわざわざご参加《さんか》くださった。俺様《おれさま》の賓客《ひんきゃく》と言《い》いきってもよかろう」

沈黙《ちんもく》が流《なが》れた。そしてワームテールの右側《みぎがわ》の死喰《しく》い人《びと》が前《まえ》に進《すす》み出《で》た。ルシウス・マルフォイの声《こえ》が、仮面《かめん》の下《した》から聞《き》こえた。

「ご主人様《しゅじんさま》、我々《われわれ》は知《し》りたくてなりません……どうぞお教《おし》えください……どのようにして成《な》しとげられたのでございましょう……この奇跡《きせき》を……どのようにして、あなた様《さま》は我々《われわれ》のもとにお戻《もど》りになられたのでございましょう……」

「ああ、それは、ルシウス、長《なが》い話《はなし》だ」ヴォルデモートが言《い》った。

「その始《はじ》まりは――そしてその終《お》わりは――ここにおられる若《わか》き友人《ゆうじん》なのだ」

ヴォルデモートは悠々《ゆうゆう》とハリーの隣《となり》に来《き》て立《た》ち、輪《わ》の全員《ぜんいん》の目《め》が自分《じぶん》とハリーの二人《ふたり》に注《そそ》がれるようにした。大蛇《だいじゃ》は相変《あいか》わらずぐるぐると円《えん》を描《えが》いていた。

「おまえたちも知《し》ってのとおり、世間《せけん》はこの小僧《こぞう》が俺様《おれさま》の凋落《ちょうらく》の原因《げんいん》だと言《い》ったな？」

ヴォルデモートが赤《あか》い目《め》をハリーに向《む》け、低《ひく》い声《こえ》で言《い》った。ハリーの傷痕《きずあと》が焼《や》けるように痛《いた》みはじめ、あまりの激痛《げきつう》にハリーは悲鳴《ひめい》を上《あ》げそうになった。

「おまえたち全員《ぜんいん》が知《し》ってのとおり、俺様《おれさま》が力と身体を失ったあの夜、俺様はこの小僧《こぞう》を殺《ころ》そうとした。母親《ははおや》が、この小僧《こぞう》を救《すく》おうとして死《し》んだ――そして、母親《ははおや》は、自分《じぶん》でも知《し》らずに、こやつを、この俺様《おれさま》にも予想《よそう》だにつかなかったやり方《かた》で護《まも》った……俺様《おれさま》はこやつに触《ふ》れることができなかった」

ヴォルデモートは、蒼白《あおじろ》い長《なが》い指《ゆび》の一本《ぽん》を、ハリーのほおに近《ちか》づけた。

「この小僧《こぞう》の母親《ははおや》は、自《みずか》らの犠牲《ぎせい》の印《しるし》をこやつに残《のこ》した……昔《むかし》からある魔法《まほう》だ。俺様《おれさま》はそれに気《き》づくべきだった。見逃《みのが》したのは不覚《ふかく》だった……しかし、それはもういい。今《いま》はこの小僧《こぞう》に触《ふ》れることができるのだ」

ハリーは冷《ひ》やりとした蒼白《あおじろ》い長《なが》い指《ゆび》の先《さき》が触《ふ》れるのを感《かん》じ、傷痕《きずあと》の痛《いた》みで頭《あたま》が割《わ》れるかと思《おも》うほどだった。

ヴォルデモートはハリーの耳元《みみもと》で低《ひく》く笑《わら》い、指《ゆび》を離《はな》した。そして死喰《しく》い人《びと》に向《む》かって話《はな》し続《つづ》けた。

「我《わ》が朋輩《ほうばい》よ、俺様《おれさま》の誤算《ごさん》だった。認《みと》めよう。俺様《おれさま》の呪《のろ》いは、あの女《おんな》の愚《おろ》かな犠牲《ぎせい》のおかげで跳《は》ね返《かえ》り、我《わ》が身《み》を襲《おそ》った。あぁぁー……痛《いた》みを超《こ》えた痛《いた》み、朋輩《ほうばい》よ、これほどの苦《くる》しみとは思《おも》わなかった。俺様《おれさま》は肉体《にくたい》から引《ひ》き裂《さ》かれ、霊魂《れいこん》にも満《み》たない、ゴーストの端《はし》くれにも劣《おと》るものになった……しかし、俺様《おれさま》はまだ生《い》きていた。それを何《なん》と呼《よ》ぶか、俺様《おれさま》にもわからぬ……誰《だれ》よりも深《ふか》く不死《ふし》の道《みち》へと入《はい》り込《こ》んでいたこの俺様《おれさま》が、そういう状態《じょうたい》になったのだ。おまえたちは、俺様《おれさま》の目指《めざ》すものを知《し》っておろう——死《し》の克服《こくふく》だ。そして今《いま》、俺様《おれさま》は証明《しょうめい》した。俺様《おれさま》の実験《じっけん》のどれかが効《こう》を奏《そう》したらしい……あの呪《のろ》いは俺様《おれさま》を殺《ころ》していたはずなのだが、俺様《おれさま》は死《し》なかったのだ。しかしながら、俺様《おれさま》は最《もっと》も弱《よわ》い生《い》き物《もの》よりも力《ちから》なく、自《みずか》らを救《すく》う術《すべ》もなかった……肉体《にくたい》を持《も》たない身《み》だからだ。自《みずか》らを救《すく》うに役立《やくだ》つかもしれぬ呪文《じゅもん》のすべては、杖《つえ》を使《つか》う必要《ひつよう》があったのだ……」

「あのころ、俺様《おれさま》は、眠《ねむ》ることもなく、一秒《びょう》一秒《びょう》を、はてしなく、ただ存在《そんざい》し続《つづ》けることに力《ちから》を尽《つ》くした……遠《とお》く離《はな》れた地《ち》で、森《もり》の中《なか》に住《す》みつき、俺様《おれさま》は待《ま》った……誰《だれ》か忠実《ちゅうじつ》な死喰い人《デス・イーター》が、俺様《おれさま》を見《み》つけようとするにちがいない……誰《だれ》かがやってきて、俺様自身《おれさまじしん》ではできない魔法《まほう》を使《つか》い、俺様《おれさま》の身体《からだ》を復活《ふっかつ》させるにちがいない……しかし、待《ま》つだけむだだった……」

聞《き》き入《い》る死喰《しく》い人《びと》の中《なか》に、またしても震《ふる》えが走《はし》った。ヴォルデモートは、その恐怖《きょうふ》の沈黙《ちんもく》がうねり高《たか》まるのを待《ま》って話《はなし》を続《つづ》けた。

「俺様《おれさま》に残《のこ》されたただ一つの力《ちから》があった。誰《だれ》かの肉体《にくたい》に取《と》り憑《つ》くことだ。しかし、ヒトどもがうじゃうじゃしているところには、怖《こわ》くて行《い》けなかった。『闇祓《やみばら》い』どもがまだあちこちで俺様《おれさま》を探《さが》していることを知《し》っていたからな。時《とき》には動物《どうぶつ》に取《と》り憑《つ》いた——もちろん、蛇《へび》が俺様《おれさま》の好《この》みだが——しかし、動物《どうぶつ》の体内《たいない》にいても、霊魂《れいこん》だけで過《す》ごすのとあまり変《か》わりはなかった。あいつらの体《からだ》は、魔法《まほう》を行《おこな》うのには向《む》いていない……それに、俺様《おれさま》が取《と》り憑《つ》くと、あいつらの命《いのち》を縮《ちぢ》めた。どれも長続《ながつづ》きしなかった……」

「そして……四年前《ねんまえ》のことだ……俺様《おれさま》のよみがえりが確実《かくじつ》になったかに見《み》えた。ある魔法使《まほうつか》いが——若造《わかぞう》で、愚《おろ》かな、だまされやすいやつだったが——我《わ》が住処《すみか》としていた森《もり》に迷《まよ》い込《こ》んできて、俺様《おれさま》に出会《であ》った。ああ、あの男《おとこ》こそ、夢《ゆめ》にまで見《み》た千載一遇《せんざいいちぐう》の機会《きかい》に見《み》えた……何《なに》しろ、その魔《ま》法使《ほうつか》いはダンブルドアの学校《がっこう》の教師《きょうし》だった……その男《おとこ》は、やすやすと俺様《おれさま》の思《おも》いのままになった……その男《おとこ》が俺様《おれさま》をこの国《くに》に連《つ》れ戻《もど》り、やがて俺様《おれさま》はその男《おとこ》の肉体《にくたい》に取《と》り憑《つ》いた。そして、我《わ》が命令《めいれい》をその男《おとこ》が実行《じっこう》するのを、身近《みぢか》で監視《かんし》した。しかし我《わ》が計画《けいかく》はついえた。賢者《けんじゃ》の石《いし》を奪《うば》うことができなかったのだ。永遠《えいえん》の命《いのち》を確保《かくほ》することができなかった。じゃまが入《はい》った……またしてもくじかれた。ハリー・ポッターに……」

再《ふたた》び沈黙《ちんもく》が訪《おとず》れた。動《うご》くものは何一《なにひと》つない。イチイの木《こ》の葉《は》さえ動《うご》かない。死喰《しく》い人《びと》たちは、仮面《かめん》の中《なか》からギラギラした視線《しせん》をヴォルデモートとハリーに注《そそ》ぎ、じっと動《うご》かなかった。

「下僕《しもべ》は、俺様《おれさま》がその体《からだ》を離《はな》れたときに死《し》んだ。そして俺様《おれさま》は、またしても元《もと》のように弱《よわ》くなった」

ヴォルデモートは語《かた》り続《つづ》けた。

「俺様《おれさま》は、元《もと》の隠《かく》れ家《が》に戻《もど》った。二度《にど》と力《ちから》を取《と》り戻《もど》せないのではないかと恐《おそ》れたことを隠《かく》しはすまい……そうだ。あれは俺様《おれさま》の最悪《さいあく》のときであったかもしれぬ……もはや取《と》り憑《つ》くべき魔法使《まほうつか》いが都合《つごう》よく現《あらわ》れるとは思《おも》えなかった……わが死喰《デス・イーター》い人たちの誰《だれ》かが、俺様《おれさま》の消息《しょうそく》を気《き》にかけるであろうという望《のぞ》みを、その時《とき》、俺様《おれさま》はもう捨《す》てていた……」

輪《わ》の中《なか》の仮面《かめん》の魔法使《まほうつか》いが、一人二人《ひとりふたり》、バツが悪《わる》そうにもぞもぞしたが、ヴォルデモートは気《き》にも止《と》めない。

「そして、ほとんど望《のぞ》みを失《うしな》いかけたとき、ついに事《こと》は起《お》こった。その時《とき》からまだ一年《ねん》とたっていないのだが……一人《ひとり》の下僕《しもべ》が戻《もど》ってきた。ここにいるワームテールだ。この男《おとこ》は、法《ほう》の裁《さば》きを逃《のが》れるため、自《みずか》らの死《し》を偽装《ぎそう》したが、かつては友《とも》として親《した》しんだ者《もの》たちから隠《かく》れ家《が》を追《お》われ、ご主人様《しゅじんさま》の下《もと》に帰《かえ》ろうと決心《けっしん》したのだ。俺様《おれさま》が隠《かく》れていると長年《ながねん》うわさされていた国《くに》で、ワームテールは俺様《おれさま》を探《さが》した……もちろん途中《とちゅう》で出会《であ》ったネズミに助《たす》けられたのだ。ワームテールよ、貴様《きさま》はネズミと妙《みょう》に親密《しんみつ》なのだな？　こやつの薄汚《うすぎたな》い友人《ゆうじん》たちが、アルバニアの森《もり》の奥深《おくふか》くに、ネズミもさける場所《ばしょ》があると、こやつに教《おし》えたのだ。やつらのような小動物《しょうどうぶつ》が暗《くら》い影《かげ》に取《と》り憑《つ》かれて死《し》んでゆく場所《ばしょ》があるとな……」

「しかし、こやつが俺様《おれさま》の下《もと》に戻《もど》る旅《たび》は、たやすいものではなかった。そうだな？　ワームテールよ。ある晩《ばん》、俺様《おれさま》を見《み》つけられるかと期待《きたい》していた森《もり》のはずれで、腹《はら》を空《す》かせ、こやつは愚《おろ》かにも、食《た》べ物欲《ものほ》しさにある旅籠《はたご》に立《た》ち寄《よ》った……そこで出会《であ》ったのは、こともあろうに、魔法《まほう》省《しょう》の魔女《まじょ》、バーサ・ジョーキンズだ。そうだったな？」

「さて、運命《うんめい》が、ヴォルデモート卿《きょう》にどのように幸《さいわ》いしたかだ。ワームテールにとっては、ここで見《み》つかったのは運《うん》の尽《つ》き、そして俺様《おれさま》にとっては、よみがえりの最後《さいご》の望《のぞ》みを断《た》たれるところだった。しかし、ワームテールは、こやつにそんな才覚《さいかく》があったかと思《おも》わせるような機転《きてん》を働《はたら》かせた――こやつはバーサ・ジョーキンズを丸《まる》め込《こ》んで、夜《よる》の散歩《さんぽ》に誘《さそ》い出《だ》した。こやつはバーサをねじ伏《ふ》せた……その女《おんな》を俺様《おれさま》のもとへ連《つ》れてきたのだ。そして、すべてを破滅《はめつ》させるかもしれなかったバーサ・ジョーキンズが、逆《ぎゃく》に俺様《おれさま》にとって、思《おも》いもかけない贈《おく》り物《もの》となってくれた……というのは――ほんのわずか説得《せっとく》しただけで――この女《おんな》はまさに情報《じょうほう》の宝庫《ほうこ》になってくれた」

「この女《おんな》は、三校対抗試合《さんこうたいこうじあい》が今年《ことし》ホグワーツで行《おこな》われると話《はな》してくれた。俺様《おれさま》が連絡《れんらく》を取《と》りさえすれば、喜《よろこ》んで俺様《おれさま》を助《たす》けるであろう忠実《ちゅうじつ》な死喰い人《デス・イーター》を知《し》っているとも言《い》った。いろいろ教《おし》えてくれたものだ……しかし、この女《おんな》にかけられていた『忘却術《ぼうきゃくじゅつ》』を破《やぶ》るのに俺様《おれさま》が使《つか》った方法《ほうほう》は強力《きょうりょく》だった。そこで、有益《ゆうえき》な情報《じょうほう》を引《ひ》き出《だ》してしまったあとは、この女《おんな》の心《こころ》も体《からだ》も、修復不能《しゅうふくふのう》なまでに破壊《はかい》されてしまっていた。この女《おんな》はもう用済《ようず》みだった。俺様《おれさま》が取《と》り憑《つ》くこともできなかった。俺様《おれさま》はこの女《おんな》を処分《しょぶん》した」


ヴォルデモートはゾクッとするような笑《え》みを浮《う》かべた。その赤《あか》い目《め》はうつろで残虐《ざんぎゃく》だった。

「ワームテールの体《からだ》は、言《い》うまでもなく、取《と》り憑《つ》くのには適《てき》していなかった。こやつは死《し》んだことになっているので、顔《かお》を見《み》られたら、あまりに注意《ちゅうい》を引《ひ》き過《す》ぎる。しかし、こやつは肉体《にくたい》を使《つか》う能力《のうりょく》があった。俺様《おれさま》の召使《めしつか》いにはそれが必要《ひつよう》だったのだ。魔法使《まほうつか》いとしてはお粗末《そまつ》なやつだが、ワームテールは俺様《おれさま》の指示《しじ》に従《したが》う能力《のうりょく》はあった。俺様《おれさま》は、未発達《みはったつ》で虚弱《きょじゃく》な者《もの》であれ、まがりなりにも自分自身《じぶんじしん》の身体《からだ》を得《え》るための指示《しじ》をこやつに与《あた》えた。真《しん》の再生《さいせい》に不可欠《ふかけつ》な材料《ざいりょう》がそろうまで仮《かり》の住処《すみか》にする身体《からだ》だ……俺様《おれさま》が発明《はつめい》した呪《のろ》いを一つ、二つ……それと、かわいいナギニの助《たす》けを少《すこ》し借《か》り」――ヴォルデモートの赤《あか》い目《め》があたりをぐるぐる回《まわ》り続《つづ》けている蛇《へび》をとらえた――

「一角獣《ユニコーン》の血《ち》と、ナギニから絞《しぼ》った蛇《へび》の毒《どく》から作《つく》り上《あ》げた魔法薬《まほうやく》……俺様《おれさま》はまもなくほとんど人《ひと》の形《かたち》にまで戻《もど》り、旅《たび》ができるまで力《ちから》を取《と》り戻《もど》した」

「もはや賢者《けんじゃ》の石《いし》を奪《うば》うことはかなわぬ。ダンブルドアが石《いし》を破壊《はかい》するように取《と》り計《はか》らったことを俺様《おれさま》は知《し》っていたからだ。しかし俺様《おれさま》は不死《ふし》を求《もと》める前《まえ》に、滅《めっ》する命《いのち》をもう一度《いちど》受《う》け入《い》れるつもりだった。目標《もくひょう》を低《ひく》くしたのだ……昔《むかし》の身体《からだ》と昔《むかし》の力《ちから》で妥協《だきょう》してもよいと」

「それを達成《たっせい》するには――古《ふる》い闇《やみ》の魔術《まじゅつ》だが、今宵俺様《こよいおれさま》をよみがえらせた魔法薬《まほうやく》には――強力《きょうりょく》な材料《ざいりょう》が三つ必要《ひつよう》だということはわかっていた。さて、その一つはすでに手《て》の内《うち》にあった。ワームテール、そうだな？　下僕《しもべ》の与《あた》える肉《にく》だ……」

「我《わ》が父《ちち》の骨《ほね》。当然《とうぜん》それは、ここに来《く》ることを意味《いみ》した。父親《ちちおや》の骨《ほね》が埋《う》まっているところだ。しかし、敵《かたき》の血《ち》は……ワームテールは適当《てきとう》な魔法使《まほうつか》いを使《つか》わせようとした。そうだな？　ワームテールよ。俺様《おれさま》を憎《にく》んでいた魔法使《まほうつか》いなら誰《だれ》でもいい……憎《にく》んでいる者《もの》はまだ大勢《おおぜい》いるからな。しかし、失脚《しっきゃく》のときより強力《きょうりょく》になってよみがえるには、俺様《おれさま》が使《つか》わなければならないのはただ一人《ひとり》だと、俺様《おれさま》は知《し》っていた。ハリー・ポッターの血《ち》が欲《ほ》しかったのだ。十三年前《ねんまえ》、我《わ》が力《ちから》を奪《うば》い去《さ》った者《もの》の血《ち》が欲《ほ》しかった。さすれば、母親《ははおや》がかつてこの小僧《こぞう》に与《あた》えた護《まも》りの力《ちから》の名残《なごり》が、俺《おれ》様《さま》の血管《けっかん》にも流《なが》れることになるだろう……」

「しかし、どうやってハリー・ポッターを手《て》に入《い》れるか？　ハリー・ポッター自身《じしん》でさえ気《き》づかないほど、この小僧《こぞう》はしっかり護《まも》られている。その昔《むかし》、ダンブルドアが、この小僧《こぞう》の将来《しょうらい》に備《そな》える措置《そち》を任《まか》されたときに、ダンブルドア自身《じしん》が工夫《くふう》したある方法《ほうほう》で護《まも》られている。ダンブルドアは古《ふる》い魔法《まほう》を使《つか》った。親《しん》せきの庇護《ひご》の下《もと》にあるかぎり、この小僧《こぞう》は確実《かくじつ》に保護《ほご》される。こやつがあそこにいれば、この俺様《おれさま》でさえ手出《てだ》しができない……しかし、クィディッチ・ワールドカップがあるではないか……そこでは親《しん》せきからも、ダンブルドアからも離《はな》れ、保護《ほご》は弱《よわ》まると、俺様《おれさま》は考《かんが》えた。しかし、魔法省《まほうしょう》の魔法使《まほうつか》いたちが集結《しゅうけつ》しているただ中《なか》で誘拐《ゆうかい》を試《こころ》みるほど、俺様《おれさま》の力《ちから》はまだ回復《かいふく》していなかった。そのあとになると、この小僧《こぞう》はホグワーツに帰《かえ》ってしまう。そこでは、朝《あさ》から晩《ばん》まで、あの鼻曲《はなま》がりの、マグルびいきのばか者《もの》の庇護《ひご》の下《もと》だ。それではどうやってハリー・ポッターを手《て》に入《い》れるか？」

「そうだ……もちろん、バーサ・ジョーキンズの情報《じょうほう》を使《つか》う。ホグワーツに送《おく》り込《こ》んだ、我《わ》が忠《ちゅう》実《じつ》な死喰《デス・イーター》い人《》を使《つか》うのだ。この小僧《こぞう》の名前《なまえ》が『炎《ほのお》のゴブレット』に入《はい》るように取《と》り計《はか》らうのだ。我《わ》が死喰《デス・イーター》い人《》を使《つか》い、ハリーが試合《しあい》に必《かなら》ず勝《か》つようにする——ハリー・ポッターが最初《さいしょ》に優勝《ゆうしょう》杯《はい》に触《ふ》れるようにする——優勝杯《ゆうしょうはい》は我《わ》が死喰《デス・イーター》い人《》が『移動《ポート》キー《キー》』に変《か》えておき、それがこやつをここまで連《つ》れてくる。ダンブルドアの助《たす》けも保護《ほご》も届《とど》かないところへ、そして待《ま》ち受《う》ける俺様《おれさま》の両腕《りょううで》の中《なか》に連《つ》れてくるのだ。このとおり、小僧《こぞう》はここにいる……俺様《おれさま》の凋落《ちょうらく》の元《もと》になったと信《しん》じられている、その小僧《こぞう》が……」

ヴォルデモートはゆっくり進《すす》み出《で》て、ハリーのほうに向《む》きなおった。杖《つえ》を上《あ》げた。

「クルーシオ！　苦《くる》しめ！」

これまで経験《けいけん》したどんな痛《いた》みをも超《こ》える痛《いた》みだった。自分《じぶん》の骨《ほね》が燃《も》えている。額《ひたい》の傷痕《きずあと》に沿《そ》って頭《あたま》が割《わ》れているにちがいない。両目《りょうめ》が頭《あたま》の中《なか》でぐるぐる狂《くる》ったように回《まわ》っている。終《お》わってほしい……気《き》を失《うしな》ってしまいたい……死《し》んだほうがましだ……。

するとそれは過《す》ぎ去《さ》った。ハリーはヴォルデモートの父親《ちちおや》の墓石《はかいし》に縛《しば》りつけられたまま、ぐったりと縄目《なわめ》にもたれ、霧《きり》のかかったような視界《しかい》の中《なか》で、ギラギラ輝《かがや》く赤《あか》い目《め》を見上《みあ》げていた。死《し》喰《く》い人《びと》の笑《わら》い声《ごえ》が夜《よる》の闇《やみ》を満《み》たして響《ひび》いている。

「見《み》たか。この小僧《こぞう》がただの一度《いちど》でも俺様《おれさま》より強《つよ》かったなどと考《かんが》えるのは、なんと愚《おろ》かしいことだったか」ヴォルデモートが言《い》った。

「しかし、誰《だれ》の心《こころ》にも絶対《ぜったい》にまちがいがないようにしておきたい。ハリー・ポッターが我《わ》が手《て》を逃《のが》れたのは、単《たん》なる幸運《こううん》だったのだ。今《いま》、ここで、おまえたち全員《ぜんいん》の前《まえ》でこやつを殺《ころ》すことで、俺様《おれさま》の力《ちから》を示《しめ》そう。ダンブルドアの助《たす》けもなく、この小僧《こぞう》のために死《し》んでゆく母親《ははおや》もない。だが、俺様《おれさま》はこやつにチャンスをやろう。戦《たたか》うことを許《ゆる》そう。そうすれば、どちらが強《つよ》いのか、おまえたちの心《こころ》に一点《いってん》の疑《うたが》いも残《のこ》るまい。もう少《すこ》し待《ま》て、ナギニ」

ヴォルデモートがささやくと、蛇《へび》はするすると、死喰《しく》い人《びと》が立《た》ち並《なら》んで見《み》つめている草《くさ》むらのあたりに消《き》えた。

「さあ、縄目《なわめ》を解《と》け、ワームテール。そして、こやつの杖《つえ》を返《かえ》してやれ」

第《だい》34章《しょう》　直前呪文《ちょくぜんじゅもん》

ワームテールがハリーに近《ちか》づいた。縄目《なわめ》が解《と》かれる前《まえ》に何《なん》とか自分《じぶん》の体《からだ》を支《ささ》えようと、ハリーは足《あし》を踏《ふ》ん張《ば》った。ワームテールはできたばかりの銀《ぎん》の手《て》を上《あ》げ、ハリーの口《くち》をふさいでいた布《ぬの》を引《ひ》っ張《ぱ》り出《だ》し、ハリーを墓石《はかいし》に縛《しば》りつけていた縄目《なわめ》を、手《て》の一振《ひとふ》りで切《き》り離《はな》した。

ほんの一瞬《いっしゅん》のすきがあった。そのすきにハリーは逃《に》げることを考《かんが》えられたかもしれない。しかし、草《くさ》ぼうぼうの墓場《はかば》に立《た》ち上《あ》がったとき、ハリーの傷《きず》ついた足《あし》がぐらついた。死喰《しく》い人《びと》の輪《わ》が、ハリーとヴォルデモートを囲《かこ》んで小《ちい》さくなり、現《あらわ》れなかった死喰《しく》い人《びと》の空間《くうかん》も埋《う》まってしまった。

ワームテールが輪《わ》の外《そと》に出《で》て、セドリックのなきがらが横《よこ》たわっているところまで行《い》き、ハリーの杖《つえ》を持《も》って戻《もど》ってきた。ワームテールは、ハリーの目《め》をさけるようにして、杖《つえ》をハリーの手《て》に乱暴《らんぼう》に押《お》しつけ、それから見物《けんぶつ》している死喰《しく》い人《びと》の輪《わ》に戻《もど》った。

「ハリー・ポッター、決闘《けっとう》のやり方《かた》は学《まな》んでいるな？」

闇《やみ》の中《なか》で赤《あか》い目《め》をギラギラさせながら、ヴォルデモートが低《ひく》い声《こえ》で言《い》った。

その言葉《ことば》で、ハリーは、二年前《ねんまえ》にほんの少《すこ》し参加《さんか》したホグワーツの決闘《けっとう》クラブのことを、まるで前世《ぜんせ》の出来事《できごと》のように思《おも》い出《だ》した。……ハリーがそこで学《まな》んだのは、「エクスペリアームス、武器《ぶき》よ去《さ》れ」という武装解除《ぶそうかいじょ》の呪文《じゅもん》だけだった。……それが何《なん》になるというのか？　たとえヴォルデモートから杖《つえ》を奪《うば》ったとしても、死喰《しく》い人《びと》に取《と》り囲《かこ》まれて、少《すく》なく見《み》ても三十対《たい》一の多勢《たぜい》に無勢《ぶぜい》だ。こんな場面《ばめん》に対処《たいしょ》できるようなものは、いっさい何《なに》も習《なら》っていない。

これこそムーディが常《つね》に警告《けいこく》していた場面《ばめん》なのだと、ハリーにはわかった……防《ふせ》ぎようのない「アバダ　ケダブラ」の呪文《じゅもん》だ――それに、ヴォルデモートの言《い》うとおりだ――今度《こんど》は、僕《ぼく》のために死《し》んでくれる母《かあ》さんはいない……僕《ぼく》は無防備《むぼうび》だ……。

「ハリー、互《たが》いにおじぎをするのだ」

ヴォルデモートは軽《かる》く腰《こし》を折《お》ったが、蛇《へび》のような顔《かお》をまっすぐハリーに向《む》けたままだった。

「さあ、儀式《ぎしき》の詳細《しょうさい》には従《したが》わねばならぬ……ダンブルドアはおまえに礼儀《れいぎ》を守《まも》ってほしかろう……死《し》におじぎをするのだ、ハリー」

死喰《しく》い人《びと》たちはまた笑《わら》っていた。ヴォルデモートの唇《くちびる》のない口《くち》がほくそ笑《え》んでいた。ハリーはおじぎをしなかった。殺《ころ》される前《まえ》にヴォルデモートにもてあそばれてなるものか……そんな楽《たの》しみを与《あた》えてやるものか……。

「おじぎをしろと言《い》ったはずだ」

ヴォルデモートが杖《つえ》を上《あ》げた――すると、巨大《きょだい》な見《み》えない手《て》がハリーを容赦《ようしゃ》なく前《まえ》に曲《ま》げているかのように、背骨《せぼね》が丸《まる》まるのを感《かん》じた。死喰《しく》い人《びと》がいっそう大笑《おおわら》いした。

「よろしい」

ヴォルデモートがまた杖《つえ》を上《あ》げながら、低《ひく》い声《こえ》で言《い》った。ハリーの背《せ》を押《お》していた力《ちから》もなくなった。

「さあ、今度《こんど》は、男《おとこ》らしく俺様《おれさま》のほうを向《む》け……背筋《せすじ》を伸《の》ばし、誇《ほこ》り高《たか》く、おまえの父親《ちちおや》が死《し》んだときのように……」

「さあ――決闘《けっとう》だ」

ヴォルデモートが杖《つえ》を上《あ》げると、ハリーが何《なん》ら身《み》を護《まも》る手段《しゅだん》を取《と》る間《ま》もなく、身動《みうご》きすらできないうちに、またしても「磔《はりつけ》の呪《のろ》い」がハリーを襲《おそ》った。あまりに激《はげ》しい、全身《ぜんしん》を消耗《しょうもう》させる痛《いた》みに、ハリーはもはや自分《じぶん》がどこにいるのかもわからなかった……白熱《はくねつ》したナイフが全身《ぜんしん》の皮膚《ひふ》を一寸刻《いっすんきざ》みにした。頭《あたま》が激痛《げきつう》で爆発《ばくはつ》しそうだ。ハリーはこれまでの生涯《しょうがい》でこんな大声《おおごえ》で叫《さけ》んだことがないというほど、大《おお》きな悲鳴《ひめい》を上《あ》げていた――。

そして、痛《いた》みが止《と》まった。ハリーは地面《じめん》を転《ころ》がり、よろよろと立《た》ち上《あ》がった。自分《じぶん》の手《て》を切《き》り落《お》としたあの時《とき》のワームテールと同《おな》じように、ハリーはどうしようもなく体《からだ》が震《ふる》えていた。見物《けんぶつ》している死喰《しく》い人《びと》の輪《わ》に、ハリーはふらふらと横《よこ》ざまに倒《たお》れ込《こ》んだが、死喰《しく》い人《びと》はハリーをヴォルデモートのほうへ押《お》し戻《もど》した。

「一休《ひとやす》みだ」

ヴォルデモートの切《き》れ込《こ》みのような鼻《はな》の穴《あな》が、興奮《こうふん》でふくらんでいた。

「ほんの一休《ひとやす》みだ……ハリー、痛《いた》かったろう？　もう二度《にど》としてほしくないだろう？」

ハリーは答《こた》えなかった。僕《ぼく》はセドリックと同《おな》じように死《し》ぬのだ。情《なさ》け容赦《ようしゃ》のない赤《あか》い目《め》がそう語《かた》っていた……僕《ぼく》は死《し》ぬんだ。しかも、何《なに》もできずに……しかし、もてあそばせはしない。ヴォルデモートの言《い》いなりになどなるものか……命乞《いのちご》いなどしない……。

「もう一度《いちど》やってほしいかどうか聞《き》いているのだが？」

ヴォルデモートが静《しず》かに言《い》った。

「答《こた》えるのだ！　インペリオ！　服従《ふくじゅう》せよ！」

そしてハリーは、生涯《しょうがい》で三度目《どめ》のあの状態《じょうたい》を感《かん》じた。すべての思考《しこう》が停止《ていし》し、頭《あたま》がからっぽになるあの感覚《かんかく》だ……ああ、考《かんが》えないのは、何《なん》という至福《しふく》。ふわふわと浮《う》かび、夢《ゆめ》を見《み》ているようだ……。

「いやだ」と答《こた》えればいいのだ……「いやだ」と言《い》え……「いやだ」と言《い》いさえすればいいのだ……。

「僕《ぼく》は言《い》わないぞ」

ハリーの頭《あたま》の片隅《かたすみ》で、強《つよ》い声《こえ》がした。

「答《こた》えるものか……」

「いやだ」と言《い》えばいいのだ……。

答《こた》えない。答《こた》えないぞ……。

「いやだ」と言《い》えばいいのだ……。

「僕《ぼく》は言《い》わないぞ！」

言葉《ことば》がハリーの口《くち》から飛《と》び出《だ》し、墓場中《はかばじゅう》に響《ひび》き渡《わた》った。そして冷水《れいすい》を浴《あ》びせられたかのように、突然夢見心地《とつぜんゆめみごこち》が消《き》え去《さ》った――同時《どうじ》に、体中《からだじゅう》に残《のこ》っていた「磔《はりつけ》の呪《のろ》い」の痛《いた》みがどっと戻《もど》ってきた――そして、自分《じぶん》がどこにいるのか、何《なに》が自分《じぶん》を待《ま》ち構《かま》えているのかも……。

「言《い》わないだと？」

ヴォルデモートが静《しず》かに言《い》った。死喰《しく》い人《びと》はもう笑《わら》ってはいなかった。

「『いやだ』と言《い》わないのか？　ハリー、従順《じゅうじゅん》さは徳《とく》だと、死《し》ぬ前《まえ》に教《おし》える必要《ひつよう》があるな……もう一度《いちど》痛《いた》い薬《くすり》をやったらどうかな？」

ヴォルデモートが杖《つえ》を上《あ》げた。しかし、今度《こんど》はハリーも用意《ようい》ができていた。クィディッチできたえた反射神経《はんしゃしんけい》で、ハリーは横《よこ》っ飛《と》びに地上《ちじょう》に伏《ふ》せた。ヴォルデモートの父親《ちちおや》の大理石《だいりせき》の墓石《はかいし》の裏側《うらがわ》に転《ころ》がり込《こ》むと、ハリーを捕《と》らえそこねた呪文《じゅもん》が墓石《はかいし》をバリッと割《わ》る音《おと》が聞《き》こえた。

「隠《かく》れんぼじゃないぞ、ハリー」

ヴォルデモートの冷《つめ》たい猫《ねこ》なで声《ごえ》がだんだん近《ちか》づいてきた。死喰《しく》い人《びと》が笑《わら》っている。

「俺様《おれさま》から隠《かく》れられるものか。もう決闘《けっとう》はあきたのか？　ハリー、今《いま》すぐ息《いき》の根《ね》を止《と》めてほしいのか？　出《で》てこい、ハリー……出《で》てきて遊《あそ》ぼうじゃないか……あっという間《ま》だ……痛《いた》みもないかもしれぬ……俺様《おれさま》にはわかるはずもないが……死《し》んだことがないからな……」

ハリーは墓石《はかいし》の陰《かげ》でうずくまり、最期《さいご》が来《き》たことを悟《さと》った。望《のぞ》みはない……助《たす》けは来《こ》ない。

ヴォルデモートがさらに近《ちか》づく気配《けはい》を感《かん》じながら、ハリーはただ一つのことを思《おも》いつめていた。恐《おそ》れをも、理性《りせい》をも超《こ》えた一つのことを——子供《こども》の隠《かく》れんぼのようにここにうずくまったまま死《し》ぬものか。ヴォルデモートの足元《あしもと》にひざまずいて死《し》ぬものか……父《とう》さんのように、堂々《どうどう》と立《た》ち上《あ》がって死《し》ぬのだ。たとえ防衛《ぼうえい》が不可能《ふかのう》でも、僕《ぼく》は身《み》を護《まも》るために戦《たたか》って死《し》ぬのだ……。

ヴォルデモートの、蛇《へび》のような顔《かお》が墓石《はかいし》のむこうからのぞき込《こ》む前《まえ》に、ハリーは立《た》ち上《あ》がった……杖《つえ》をしっかり握《にぎ》りしめ、体《からだ》の前《まえ》にすっとかまえ、ハリーは墓石《はかいし》をくるりと回《まわ》り込《こ》んで、ヴォルデモートと向《む》き合《あ》った。

ヴォルデモートも用意《ようい》ができていた。ハリーが「エクスペリアームス！」と叫《さけ》ぶと同時《どうじ》に、ヴォルデモートが「アバダ　ケダブラ！」と叫《さけ》んだ。

ヴォルデモートの杖《つえ》から緑《みどり》の閃光《せんこう》が走《はし》ったのと、ハリーの杖《つえ》から赤《あか》い閃光《せんこう》が飛《と》び出《だ》したのと、同時《どうじ》だった――二つの閃光《せんこう》が空中《くうちゅう》でぶつかった――そして、突然《とつぜん》、ハリーの杖《つえ》が、電流《でんりゅう》が貫《つらぬ》いたかのように振動《しんどう》しはじめた。ハリーの手《て》は杖《つえ》を握《にぎ》ったまま動《うご》かなかった。いや、手《て》を離《はな》したくても離《はな》せなかった――そして、細《ほそ》い一筋《ひとすじ》の光《ひかり》が、もはや赤《あか》でもなく、緑《みどり》でもなく、まばゆい濃《こ》い金《こん》色《じき》の糸《いと》のように、二つの杖《つえ》を結《むす》んだ――驚《おどろ》いてその光《ひかり》を目《め》で追《お》ったハリーは、その先《さき》にヴォルデモートの蒼白《あおじろ》い長《なが》い指《ゆび》を見《み》た。同《おな》じように震《ふる》え、振動《しんどう》している杖《つえ》を握《にぎ》りしめたままだ。

そして――ハリーの予想《よそう》もしていなかったことが起《お》きた――足《あし》が地上《ちじょう》を離《はな》れるのを感《かん》じたのだ。杖同士《つえどうし》が金色《こんじき》に輝《かがや》く糸《いと》に結《むす》ばれたまま、ハリーとヴォルデモートの二人《ふたり》は、空中《くうちゅう》に浮《う》き上《あ》がっていった。二人《ふたり》はヴォルデモートの父親《ちちおや》の墓石《はかいし》から離《はな》れて、すべるように飛《と》び、墓石《はかいし》も何《なに》もない場《ば》所《しょ》に着地《ちゃくち》した……。死喰《しく》い人《びと》は口々《くちぐち》に叫《さけ》び、ヴォルデモートに指示《しじ》を仰《あお》いでいた。死喰《しく》い人《びと》がまた近《ちか》づいてきて、ハリーとヴォルデモートの周《まわ》りに輪《わ》を作《つく》りなおした。そのすぐあとを蛇《へび》がするするとはってきた。何人《なんにん》かの死喰《しく》い人《びと》が杖《つえ》を取《と》り出《だ》した――。

ハリーとヴォルデモートをつないでいた金色《こんじき》の糸《いと》が裂《さ》けた。杖同士《つえどうし》をつないだまま、光《ひかり》が一千本《ぼん》あまりに分《わ》かれ、ハリーとヴォルデモートの上《うえ》に高々《たかだか》と弧《こ》を描《えが》き、二人《ふたり》の周《まわ》りを縦横《じゅうおう》に交差《こうさ》し、やがて二人《ふたり》は、金色《こんじき》のドーム形《がた》の網《あみ》、光《ひかり》のかごですっぽり覆《おお》われた。その外側《そとがわ》を死喰《しく》い人《びと》がジャッカルのように取《と》り巻《ま》いていたが、その叫《さけ》び声《ごえ》は、今《いま》は不思議《ふしぎ》に遠《とお》くに聞《き》こえた……。

「手《て》を出《だ》すな！」

ヴォルデモートが死喰《しく》い人《びと》に向《む》かって叫《さけ》んだ。その赤《あか》い目《め》が、今《いま》まさに起《お》こっていることに驚愕《きょうがく》してカッと見開《みひら》かれ、二人《ふたり》の杖《つえ》をいまだにつないだままの光《ひかり》の糸《いと》を断《た》ち切《き》ろうともがいている。ハリーはますます強《つよ》く、両手《りょうて》で杖《つえ》にしがみついた。そして、金色《きんいろ》の糸《いと》は切《き》れることなくつながっていた。

「命令《めいれい》するまで何《なに》もするな！」

ヴォルデモートが死喰《しく》い人《びと》に向《む》かって叫《さけ》んだ。

その時《とき》、この世《よ》のものとも思《おも》えない美《うつく》しい調《しら》べがあたりを満《み》たした……その調《しら》べは、ハリーとヴォルデモートを包《つつ》んで振動《しんどう》している、光《ひかり》が織《お》りなす網《あみ》の、一本一本《いっぽんいっぽん》の糸《いと》から聞《き》こえてくる。ハリーはそれが何《なん》の調《しら》べかわかっていた。これまで生涯《しょうがい》で一度《いちど》しか聞《き》いたことはなかったが……不《ふ》死鳥《しちょう》の歌《うた》だ……。

ハリーにとって、それは希望《きぼう》の調《しら》べだった……これまでの生涯《しょうがい》に聞《き》いた中《なか》で、最《もっと》も美《うつく》しく、最《もっと》もうれしい響《ひび》きだった……その歌《うた》が、ハリーの周囲《しゅうい》にだけではなく、体《からだ》の中《なか》に響《ひび》くように感《かん》じられた……ハリーにダンブルドアを思《おも》い出《だ》させる調《しら》べだった。そして、その音《おと》は、まるで友人《ゆうじん》がハリーの耳元《みみもと》に話《はな》しかけているようだった……。

糸《いと》を切《き》るでないぞ。

わかっています。ハリーはその調《しら》べに語《かた》りかけた。切《き》ってはいけないことは……。しかし、そう思《おも》ったとたん、切《き》らないということが難《むずか》しくなった。ハリーの杖《つえ》がこれまでよりずっと激《はげ》しく振動《しんどう》しはじめた……。そして、ハリーとヴォルデモートをつなぐ光《ひかり》の糸《いと》も、今《いま》や変化《へんか》していた……。それは、まるで、いくつもの大《おお》きな光《ひかり》の玉《たま》が、二本《ほん》の杖《つえ》の間《あいだ》をすべって、往《い》ったり来《き》たりしているようだった――光《ひかり》の玉《たま》がゆっくり、着実《ちゃくじつ》にハリーの杖《つえ》のほうにすべってくると、ハリーの手《て》の中《なか》で杖《つえ》が身震《みぶる》いするのが感《かん》じられた。光線《こうせん》は今《いま》、ヴォルデモートからハリーに向《む》かって動《うご》いている。そして、杖《つえ》が怒《いか》りに震《ふる》えている。ハリーはそんな気《き》がした……。

一番近《いちばんちか》くの光《ひかり》の玉《たま》がハリーの杖先《つえさき》にさらに近《ちか》づくと、指《ゆび》の下《した》で、杖《つえ》の柄《つか》が熱《あつ》くなり、そのあまりの熱《あつ》さに、火《ひ》を噴《ふ》いて燃《も》えるのではないかと思《おも》った。その玉《たま》が近《ちか》づけば近《ちか》づくほど、ハリーの杖《つえ》は激《はげ》しく震《ふる》えた。その玉《たま》に触《ふ》れたら、杖《つえ》はそれ以上《いじょう》たえられないにちがいないとハリーは思《おも》った。ハリーの手《て》の中《なか》で、杖《つえ》は今《いま》にも砕《くだ》けそうだった――。

ハリーはその玉《たま》をヴォルデモートのほうに押《お》し返《かえ》そうと、気力《きりょく》を最後《さいご》の一滴《いってき》まで振《ふ》りしぼった。耳《みみ》には不死鳥《ふしちょう》の歌《うた》をいっぱいに響《ひび》かせ、目《め》は激《はげ》しく、しっかり玉《たま》を凝視《ぎょうし》して……すると、ゆっくりと、非常《ひじょう》にゆっくりと、光《ひかり》の玉《たま》の列《れつ》が震《ふる》えて止《と》まった。そして、また同《おな》じようにゆっくりと、反対《はんたい》の方向《ほうこう》へ動《うご》きだした……今度《こんど》はヴォルデモートの杖《つえ》が異常《いじょう》に激《はげ》しく震《ふる》える番《ばん》だった……ヴォルデモートは驚《おどろ》き、そして恐怖《きょうふ》の色《いろ》さえ見《み》せた……。

光《ひかり》の玉《たま》の一つがヴォルデモートの杖先《つえさき》からほんの数《すう》センチのところでヒクヒク震《ふる》えていた。ハリーは自分《じぶん》でもなぜそんなことをするのかわからず、それがどんな結果《けっか》をもたらすのかも知《し》らなかった……しかし、ハリーは今《いま》、これまでに一度《いちど》もやったことがないくらい神経《しんけい》を集中《しゅうちゅう》し、その光《ひかり》の玉《たま》を、ヴォルデモートの杖《つえ》に押《お》し込《こ》もうとしていた……そして、ゆっくりと……非常《ひじょう》にゆっくりと……その玉《たま》は金《きん》の糸《いと》に沿《そ》って動《うご》いた……一瞬《いっしゅん》、玉《たま》が震《ふる》えた……そして、その玉《たま》が杖先《つえさき》に触《ふ》れた……。

たちまち、ヴォルデモートの杖《つえ》が、あたりに響《ひび》き渡《わた》る苦痛《くつう》の叫《さけ》びを上《あ》げはじめた……そして――ヴォルデモートはぎょっとして、赤《あか》い目《め》をカッと見開《みひら》いた――濃《こ》い煙《けむり》のような手《て》が杖先《つえさき》から飛《と》び出《だ》し、消《き》えた……ヴォルデモートがワームテールに与《あた》えた手《て》のゴースト……さらに苦痛《くつう》の悲鳴《ひめい》……そして、ずっと大《おお》きい何《なに》かがヴォルデモートの杖先《つえさき》から、花《はな》が開《ひら》くように出《で》てきた。何《なに》か灰色《はいいろ》がかった大《おお》きなもの、濃《こ》い煙《けむり》の塊《かたまり》のようなものだ……それは頭部《とうぶ》だった……次《つぎ》は胴体《どうたい》、腕《うで》……セドリックの上半身《じょうはんしん》だ。

ハリーがショックで杖《つえ》を取《と》り落《お》とすとしたら、きっとこの時《とき》だったろう。しかし、ハリーは、金色《こんじき》の光《ひかり》の糸《いと》がつながり続《つづ》けるよう、本能的《ほんのうてき》にしっかり杖《つえ》を握《にぎ》りしめていた。ヴォルデモートの杖先《つえさき》から、セドリック・ディゴリーの濃《こ》い灰色《はいいろ》のゴーストが（ほんとうにゴーストだったろうか？　あまりにしっかりした体《からだ》だ）、まるで狭《せま》いトンネルを無理《むり》やり抜《ぬ》け出《だ》してきたように、その全身《ぜんしん》を現《あらわ》したときも、ハリーは杖《つえ》を離《はな》さなかった……セドリックの影《かげ》はその場《ば》に立《た》ち、金色《こんじき》の光《ひかり》の糸《いと》を端《はし》から端《はし》まで眺《なが》め、口《くち》を開《ひら》いた。

「ハリー、がんばれ」

その声《こえ》は遠《とお》くから聞《き》こえ、反響《はんきょう》していた。ハリーはヴォルデモートを見《み》た……大《おお》きく見開《みひら》いた赤《あか》い目《め》はまだ驚愕《きょうがく》していた……ハリーと同《おな》じように、ヴォルデモートにもこれは予想外《よそうがい》だったのだ……そして、ハリーは、金色《こんじき》のドームの外側《そとがわ》をうろうろしている死喰《しく》い人《びと》たちの恐《おそ》れおののく叫《さけ》びをかすかに聞《き》いた……。

杖《つえ》がまたしても苦痛《くつう》の叫《さけ》びを上《あ》げた……すると杖先《つえさき》から、また何《なに》かが現《あらわ》れた……またしても濃《こ》い影《かげ》のような頭部《とうぶ》だった。そのすぐあとに腕《うで》と胴体《どうたい》が続《つづ》いた……ハリーが夢《ゆめ》で見《み》たあの年老《としお》いた男《おとこ》が、セドリックと同《おな》じように、杖先《つえさき》から自分《じぶん》をしぼり出《だ》すようにして出《で》てきた……そのゴーストは、いやその影《かげ》は、いやその何《なん》だかわからないものは、セドリックの隣《となり》に落《お》ち、ステッキに寄《よ》りかかって、ちょっと驚《おどろ》いたように、ハリーとヴォルデモートを、金色《こんじき》の網《あみ》を、そして二本《ほん》の結《むす》ばれた杖《つえ》をじろじろ眺《なが》めた。

「そんじゃ、あいつはほんとの魔法使《まほうつか》いだったのか？」

老人《ろうじん》はヴォルデモートを見《み》ながらそう言《い》った。

「俺《おれ》を殺《ころ》しやがった。あいつが……。やっつけろ、坊《ぼう》や……」

その時《とき》すでに、もう一つの頭《あたま》が現《あらわ》れていた……灰色《はいいろ》の煙《けむり》の像《ぞう》のような頭部《とうぶ》は、今度《こんど》は女性《じょせい》のものだ……杖《つえ》が動《うご》かないようにしっかり押《お》さえて、両腕《りょううで》をぶるぶる震《ふる》わせながら、ハリーはその女《じょ》性《せい》が地上《ちじょう》に落《お》ちるのを見《み》ていた。女性《じょせい》はほかの影《かげ》たちと同《おな》じように立《た》ち上《あ》がり、目《め》を見張《みは》った……。

バーサ・ジョーキンズの影《かげ》は、目《め》の前《まえ》の戦《たたか》いを、目《め》を丸《まる》くして眺《なが》めた。

「離《はな》すんじゃないよ。絶対《ぜったい》！」

その声《こえ》も、セドリックのと同《おな》じように、遠《とお》くから聞《き》こえてくるように反響《はんきょう》した。

「あいつにやられるんじゃないよ、ハリー――杖《つえ》を離《はな》すんじゃないよ！」

バーサも、ほかの二つの影《かげ》のような姿《すがた》も、金色《こんじき》の網《あみ》の内側《うちがわ》に沿《そ》って歩《ある》きはじめた。死喰《しく》い人《びと》が外側《そとがわ》を右往左往《うおうさおう》している……ヴォルデモートに殺《ころ》された犠牲者《ぎせいしゃ》たちは、二人《ふたり》の決闘者《けっとうしゃ》の周《まわ》りを回《まわ》りながら、ささやいた。ハリーには激励《げきれい》の言葉《ことば》をささやき、ハリーのところまでは届《とど》かない低《ひく》い声《こえ》で、ヴォルデモートをののしっていた。

そしてまた、別《べつ》の頭《あたま》がヴォルデモートの杖先《つえさき》から現《あらわ》れた……一目見《ひとめみ》て、ハリーにはそれが誰《だれ》なのかがわかった……セドリックが杖《つえ》から現《あらわ》れた瞬間《しゅんかん》からずっとそれを待《ま》っていたかのように、ハリーにはわかっていた……この夜《よる》ハリーが、ほかの誰《だれ》よりも強《つよ》く心《こころ》に思《おも》っていた女性《じょせい》なのだから……。

髪《かみ》の長《なが》い若《わか》い女性《じょせい》の煙《けむり》のような影《かげ》が、バーサと同《おな》じように地上《ちじょう》に落《お》ち、すっと立《た》ってハリーを見《み》つめた……。ハリーの腕《うで》は今《いま》やどうにもならないほど激《はげ》しく震《ふる》えていたが、ハリーも母親《ははおや》のゴーストを見《み》つめ返《かえ》した。

「お父《とう》さんが来《き》ますよ……」女性《じょせい》が静《しず》かに言《い》った。

「お父《とう》さんのためにもがんばるのよ……大丈夫《だいじょうぶ》……がんばって……」

そして、父親《ちちおや》がやってきた……。最初《さいしょ》は頭《あたま》が、それから体《からだ》が……背《せ》の高《たか》い、ハリーと同《おな》じくしゃくしゃな髪《かみ》。ジェームズ・ポッターの煙《けむり》のような姿《すがた》が、ヴォルデモートの杖先《つえさき》から花開《はなひら》くように現《あらわ》れた。その姿《すがた》は地上《ちじょう》に落《お》ち、妻《つま》と同《おな》じようにすっくと立《た》った。そしてハリーのほうに近《ちか》づき、ハリーを見下《みお》ろして、ほかの影《かげ》と同《おな》じように遠《とお》くから響《ひび》くような声《こえ》で、静《しず》かに話《はな》しかけた。殺戮《さつりく》の犠牲者《ぎせいしゃ》に周《まわ》りを徘徊《はいかい》され、恐怖《きょうふ》で鉛色《なまりいろ》の顔《かお》をしたヴォルデモートに聞《き》こえないよう、低《ひく》い声《こえ》だった……。

「つながりが切《き》れると、私《わたし》たちはほんの少《すこ》しの間《あいだ》しかとどまっていられない……それでもおまえのために時間《じかん》をかせいであげよう……移動《ポート》キーのところまで行《い》きなさい。それがおまえをホグワーツに連《つ》れ帰《かえ》ってくれる……ハリー、わかったね？」

「はい」

手《て》の中《なか》ですべり、抜《ぬ》け落《お》ちそうになる杖《つえ》を必死《ひっし》でつかみながら、ハリーはあえぎあえぎ答《こた》えた。

「ハリー……」セドリックの影《かげ》がささやいた。

「僕《ぼく》の体《からだ》を連《つ》れて帰《かえ》ってくれないか？　僕《ぼく》の両親《りょうしん》の所《ところ》へ……」

「わかった」

ハリーは杖《つえ》を離《はな》さないために、顔《かお》がゆがむほど力《ちから》を込《こ》めていた。

「さあ、やりなさい」父親《ちちおや》の声《こえ》がささやいた。

「走《はし》る準備《じゅんび》をして……さあ、今《いま》だ……」

「行《い》くぞ！」

ハリーが叫《さけ》んだ。どっちにせよ、もう一刻《いっこく》も杖《つえ》をつかんでいることはできないと思《おも》った――ハリーは渾身《こんしん》の力《ちから》で杖《つえ》を上《うえ》にねじ上《あ》げた。すると金色《こんじき》の糸《いと》が切《き》れた。光《ひかり》のかごが消《き》え去《さ》り、不死《ふし》鳥《ちょう》の歌《うた》がふっつりとやんだ――しかし、ヴォルデモートの犠牲者《ぎせいしゃ》の影《かげ》は消《き》えていなかった――ハリーの姿《すがた》をヴォルデモートの目《め》から隠《かく》すように、ヴォルデモートに迫《せま》っていった。

ハリーは走《はし》った。こんなに走《はし》ったことはないと思《おも》えるほど走《はし》った。途中《とちゅう》であっけにとられている死喰《しく》い人《びと》を二人《ふたり》跳《は》ね飛《と》ばした。墓石《はかいし》で身《み》をかばいながら、ジグザグと走《はし》った。死喰《しく》い人《びと》の呪《のろ》いが追《お》いかけてくるのを感《かん》じながら、呪《のろ》いが墓石《はかいし》に当《あ》たる音《おと》を聞《き》きながら走《はし》った――呪《のろ》いと墓石《はかいし》をかわしながら、ハリーはセドリックのなきがらに向《む》かって飛《と》ぶように走《はし》った。足《あし》の痛《いた》みももはや感《かん》じない。やらなければならないことに、全身全霊《ぜんしんぜんれい》を傾《かたむ》けて走《はし》った――。

「やつを『失神《しっしん》』させろ！」ヴォルデモートの叫《さけ》びが聞《き》こえた。

セドリックまであと三メートル。ハリーは赤《あか》い閃光《せんこう》をよけて大理石《だいりせき》の天使《てんし》の像《ぞう》の陰《かげ》に飛《と》び込《こ》んだ。呪文《じゅもん》が像《ぞう》に当《あ》たり、天使《てんし》の片翼《かたよく》の先《さき》が粉々《こなごな》になった。杖《つえ》をいっそう固《かた》く握《にぎ》りしめ、ハリーは天使《てんし》の陰《かげ》から飛《と》び出《だ》した――。

「インペディメンタ！　妨害《ぼうがい》せよ！」

杖《つえ》を肩《かた》に担《かつ》ぎ、追《お》いかけてくる死喰《しく》い人《びと》に、当《あ》てずっぽうに杖先《つえさき》を向《む》けながら、ハリーが叫《さけ》んだ。

わめき声《ごえ》がくぐもったので、少《すく》なくとも一人《ひとり》は阻止《そし》できたと思《おも》ったが、振《ふ》り返《かえ》ってたしかめているひまはない。ハリーは優勝杯《ゆうしょうはい》を飛《と》び越《こ》え、後《うし》ろでいよいよ盛《さか》んに杖《つえ》が炸裂《さくれつ》するのを聞《き》きながら、身《み》を伏《ふ》せた。倒《たお》れ込《こ》むと同時《どうじ》に、ますます多《おお》くの閃光《せんこう》が頭上《ずじょう》を飛《と》び越《こ》していった。ハリーはセドリックの腕《うで》をつかもうと手《て》を伸《の》ばした――。

「どけ！　俺様《おれさま》が殺《ころ》してやる！　やつは俺様《おれさま》のものだ！」

ヴォルデモートがかん高《だか》く叫《さけ》んだ。

ハリーの手《て》がセドリックの手首《てくび》をつかんだ。ハリーとヴォルデモートとの間《あいだ》には墓石《はかいし》一つしかない。しかし、セドリックは重過《おもす》ぎて、運《はこ》べない。優勝杯《ゆうしょうはい》に手《て》が届《とど》かない――。

暗闇《くらやみ》の中《なか》で、ヴォルデモートの真《ま》っ赤《か》な目《め》がメラメラと燃《も》えた。ハリーに向《む》けて杖《つえ》を構《かま》え、口《くち》元《もと》がニヤリとゆがむのを、ハリーは見《み》た。

「アクシオ！　来《こ》い！」

ハリーは優勝杯《ゆうしょうはい》に杖《つえ》を向《む》けて叫《さけ》んだ。

優勝杯《ゆうしょうはい》がすっと浮《う》き上《あ》がり、ハリーに向《む》かって飛《と》んできた――ハリーは、その取《と》っ手《て》をつかんだ――。

ヴォルデモートの怒《いか》りの叫《さけ》びが聞《き》こえたと同時《どうじ》に、ハリーはへその裏側《うらがわ》がぐいと引《ひ》っ張《ぱ》られるのを感《かん》じた。『移動《ポート》キー』が作動《さどう》したのだ――風《かぜ》と色《いろ》の渦《うず》の中《なか》を、『移動《ポート》キー』はぐんぐんハリーを連《つ》れ去《さ》った。セドリックも一緒《いっしょ》に……二人《ふたり》は、帰《かえ》っていく……。

第《だい》35章《しょう》　真実薬《ベリタセラム》

　ハリーは地面《じめん》にたたきつけられるのを感《かん》じた。顔《かお》が芝生《しばふ》に押《お》しつけられ、草《くさ》いきれが鼻腔《びくう》を満《み》たした。「移動《ポート》キー」に運《はこ》ばれている間《あいだ》、ハリーは目《め》を閉《と》じていた。そして今《いま》も、そのまま目《め》を閉《と》じていた。ハリーは動《うご》かなかった。体中《からだじゅう》の力《ちから》が抜《ぬ》けてしまったようだった。頭《あたま》がひどくくらくらして、体《からだ》の下《した》で地面《じめん》が、船《ふね》のデッキのように揺《ゆ》れているような感《かん》じがした。体《からだ》を安定《あんてい》させるため、ハリーはそれまでしっかりつかんでいた二つのものを、いっそう強《つよ》く握《にぎ》りしめた――なめらかな冷《つめ》たい優勝杯《ゆうしょうはい》の取《と》っ手《て》と、セドリックのなきがらだ。どちらかを離《はな》せば、脳《のう》みその端《はし》に広《ひろ》がってきた真《ま》っ暗闇《くらやみ》の中《なか》にすべり込《こ》んでいきそうな気《き》がした。ショックと疲労《ひろう》で、ハリーは地面《じめん》に横《よこ》たわったまま、草《くさ》の香《かお》りを吸《す》い込《こ》んで、待《ま》った……誰《だれ》かが何《なに》かをするのを待《ま》った……何《なに》かが起《お》こるのを待《ま》った……その間《あいだ》、額《ひたい》の傷痕《きずあと》が鈍《にぶ》く痛《いた》んだ……。

　突然《とつぜん》耳《みみ》を聾《ろう》するばかりの音《おと》の洪水《こうずい》で、頭《あたま》が混乱《こんらん》した。四方八方《しほうはっぽう》から声《こえ》がする。足音《あしおと》が、叫《さけ》び声《ごえ》がする……ハリーは騒音《そうおん》に顔《かお》をしかめながらじっとしていた。悪夢《あくむ》が過《す》ぎ去《さ》るのを待《ま》つかのように……。

二本《ほん》の手《て》が乱暴《らんぼう》にハリーをつかみ、仰向《あおむ》けにした。

「ハリー！　ハリー！」

ハリーは目《め》を開《あ》けた。

見上《みあ》げる空《そら》に星《ほし》が瞬《またた》き、アルバス・ダンブルドアがかがんでハリーをのぞき込《こ》んでいた。大勢《おおぜい》の黒《くろ》い影《かげ》が、二人《ふたり》の周《まわ》りを取《と》り囲《かこ》み、だんだん近《ちか》づいてきた。みんなの足音《あしおと》で、頭《あたま》の下《した》の地面《じめん》が振動《しんどう》しているような気《き》がした。

ハリーは迷路《めいろ》の入口《いりぐち》に戻《もど》ってきていた。スタンドが上《うえ》のほうに見《み》え、そこにうごめく人影《ひとかげ》が見《み》え、その上《うえ》に星《ほし》が見《み》えた。

ハリーは優勝杯《ゆうしょうはい》を離《はな》したが、セドリックはますますしっかりと引《ひ》き寄《よ》せた。空《あ》いたほうの手《て》を上《あ》げ、ハリーはダンブルドアの手首《てくび》をとらえた。ダンブルドアの顔《かお》がときどきぼうっと霞《かす》んだ。

「あの人《ひと》が戻《もど》ってきました」ハリーがささやいた。

「戻《もど》ったんです。ヴォルデモートが」

「何事《なにごと》かね？　何《なに》が起《お》こったのかね？」

コーネリウス・ファッジの顔《かお》が逆《さか》さまになって、ハリーの上《うえ》に現《あらわ》れた。愕然《がくぜん》として蒼白《そうはく》だった。

「何《なん》たることだ――ディゴリー！」ファッジの顔《かお》がささやいた。

「ダンブルドア――死《し》んでいるぞ！」

同《おな》じ言葉《ことば》がくり返《かえ》された。周《まわ》りに集《あつ》まってきた人々《ひとびと》の影《かげ》が、息《いき》をのみ、自分《じぶん》の周《まわ》りに同《おな》じ言葉《ことば》を伝《つた》えた……叫《さけ》ぶように伝《つた》える者《もの》――金切《かなき》り声《ごえ》で伝《つた》える者《もの》――言葉《ことば》が夜《よる》の闇《やみ》に伝播《でんぱ》した――「死《し》んでいる！」「死《し》んでいる！」「セドリック・ディゴリーが！　死《し》んでいる！」

「ハリー、手《て》を離《はな》しなさい」

ファッジの言《い》う声《こえ》が聞《き》こえ、ぐったりしたセドリックの体《からだ》から、ハリーの手《て》を指《ゆび》で引《ひ》きはがそうとしているのを感《かん》じた。しかし、ハリーはセドリックを離《はな》さなかった。

すると、ダンブルドアの顔《かお》が――まだぼやけ、霧《きり》がかかっているような顔《かお》が近《ちか》づいてきた。

「ハリー、もう助《たす》けることはできんのじゃ。終《お》わったのじゃよ。離《はな》しなさい」

「セドリックは、僕《ぼく》に連《つ》れて帰《かえ》ってくれと言《い》いました」

ハリーがつぶやいた――大切《たいせつ》なことなんだ。説明《せつめい》しなければと思《おも》った。

「セドリックは僕《ぼく》に、ご両親《りょうしん》の所《ところ》に連《つ》れて帰《かえ》ってくれと言《い》いました……」

「もうよい、ハリー……さあ、離《はな》しなさい……」

ダンブルドアはかがみ込《こ》んで、やせた老人《ろうじん》とは思《おも》えない力《ちから》でハリーを抱《だ》き起《お》こし、立《た》たせた。

ハリーはよろめいた。頭《あたま》がずきずきした。傷《いた》んだ足《あし》は、もはや体《からだ》を支《ささ》えることができなかった。周《まわ》りの群集《ぐんしゅう》がもっと近《ちか》づこうと、押《お》し合《あ》いへし合《あ》いしながら、暗《くら》い顔《かお》でハリーを取《と》り囲《かこ》んだ。

「どうしたんだ？」「どこか悪《わる》いのか？」「ディゴリーが死《し》んでる！」

「医務室《いむしつ》に連《つ》れていかなければ！」ファッジが大声《おおごえ》で言《い》った。

「この子《こ》は病気《びょうき》だ。けがしている――ダンブルドア、ディゴリーの両親《りょうしん》を。二人《ふたり》ともここに来《き》ている。スタンドに……」

「ダンブルドア、私《わたし》がハリーを医務室《いむしつ》に連《つ》れていこう。私《わたし》が連《つ》れていく――」

「いや、むしろここに――」

「ダンブルドア、エイモス・ディゴリーが走《はし》ってくるぞ……こちらに来《く》る……話《はな》したほうがいいのじゃないかね――ディゴリーの目《め》に入《はい》る前《まえ》に？」

「ハリー、ここにじっとしているのじゃ――」

女《おんな》の子《こ》たちが泣《な》きわめき、ヒステリー気味《ぎみ》にしゃくり上《あ》げていた……。ハリーの目《め》にその光景《こうけい》が、奇妙《きみょう》に映《うつ》ったり消《き》えたりしている……。

「大丈夫《だいじょうぶ》だ、ハリー。わしがついているぞ……行《い》くのだ……医務室《いむしつ》へ……」

「ダンブルドアがここを動《うご》くなって言《い》った」

ハリーはガサガサに荒《あ》れた声《こえ》で言《い》った。傷痕《きずあと》がずきずきして、今《いま》にも吐《は》きそうだった。目《め》の前《まえ》がますますぼんやりしてきた。

「おまえは横《よこ》になっていなければ……さあ、行《い》くのだ……」

ハリーより大《おお》きくて強《つよ》い誰《だれ》かが、ハリーを半《なか》ば引《ひ》きずるように、半《なか》ば抱《かか》えるようにして、おびえる群衆《ぐんしゅう》の中《なか》を進《すす》んだ。その誰《だれ》かがハリーを支《ささ》え、人垣《ひとがき》を押《お》しのけるようにして城《しろ》に向《む》かう途中《とちゅう》、周囲《しゅうい》から息《いき》をのむ声《こえ》、悲鳴《ひめい》、叫《さけ》び声《ごえ》がハリーの耳《みみ》に入《はい》ってきた。芝生《しばふ》を横切《よこぎ》り、湖《みずうみ》やダームストラングの船《ふね》を通《とお》り過《す》ぎた。ハリーには、自分《じぶん》を支《ささ》えて歩《ある》かせているその男《おとこ》の荒《あら》い息《いき》づかい以外《いがい》は何《なに》も聞《き》こえなかった。

「ハリー、何《なに》があったのだ？」

しばらくして、ハリーを抱《かか》え上《あ》げて石段《いしだん》を上《のぼ》りながら、その男《おとこ》が聞《き》いた。コツッ、コツッ、コツッ。マッド－アイ・ムーディだ。

「優勝杯《ゆうしょうはい》は『移動《ポー》キー《ト》』でした」

玄関《げんかん》ホールを横切《よこぎ》りながら、ハリーが言《い》った。

「僕《ぼく》とセドリックを墓場《はかば》に連《つ》れていって……そして、そこにヴォルデモートがいた……ヴォルデモート卿《きょう》が……」

コツッ、コツッ、コツッ。大理石《だいりせき》の階段《かいだん》を上《あ》がって……。

「闇《やみ》の帝王《ていおう》がそこにいたと？　それからどうした？」

「セドリックを殺《ころ》して……あの連中《れんちゅう》がセドリックを殺《ころ》したんだ……」

「それで？」

コツッ、コツッ、コツッ。廊下《ろうか》を渡《わた》って……。

「薬《くすり》を作《つく》って……身体《からだ》を取《と》り戻《もど》した……」

「闇《やみ》の帝王《ていおう》が身体《からだ》を取《と》り戻《もど》したと？　あの人《ひと》が戻《もど》ってきたと？」

「それに、死喰《しく》い人《びと》たちも来《き》た……。そして僕《ぼく》、決闘《けっとう》をして……」

「おまえが、闇《やみ》の帝王《ていおう》と決闘《けっとう》した？」

「逃《のが》れた……。僕《ぼく》の杖《つえ》が……何《なに》か不思議《ふしぎ》なことをして……。僕《ぼく》、父《とう》さんと母《かあ》さんを見《み》た……ヴォルデモートの杖《つえ》から出《で》てきたんだ……」

「さあ、ハリー、ここに……。ここに来《き》て、座《すわ》って……もう大丈夫《だいじょうぶ》だ……。これを飲《の》め……」

ハリーは鍵《かぎ》がカチャリとかかる音《おと》を聞《き》き、コップが手《て》に押《お》しつけられるのを感《かん》じた。

「飲《の》むんだ……。気分《きぶん》がよくなるから……。さあ、ハリー、いったい何《なに》が起《お》こったのか、わしは正確《せいかく》に知《し》っておきたい……」

ムーディはハリーが薬《くすり》を飲《の》みほすのを手伝《てつだ》った。のどが焼《や》けるような胡椒味《こしょうあじ》で、ハリーは咳《せ》き込《こ》んだ。ムーディの部屋《へや》が、そしてムーディ自身《じしん》が少《すこ》しはっきり見《み》えてきた……ムーディはファッジと同《おな》じくらい蒼白《そうはく》に見《み》え、両眼《りょうがん》が瞬《まばた》きもせずしっかりとハリーを見《み》すえていた。

「ヴォルデモートが戻《もど》ったのか？　ハリー？　それはたしかか？　どうやって戻《もど》ったのだ？」

「あいつは父親《ちちおや》の墓《はか》からと、ワームテールと僕《ぼく》から材料《ざいりょう》を取《と》った」

ハリーが言《い》った。頭《あたま》はだんだんはっきりしてきたし、傷痕《きずあと》の痛《いた》みもそうひどくはなかった。

ムーディの部屋《へや》が暗《くら》かったにもかかわらず、今《いま》はその顔《かお》がはっきりと見《み》えた。遠《とお》くのクィディッチ競技場《きょうぎじょう》から、まだ悲鳴《ひめい》や叫《さけ》び声《ごえ》が聞《き》こえてきた。

「闇《やみ》の帝王《ていおう》はおまえから何《なに》を取《と》ったのだ？」ムーディが聞《き》いた。

「血《ち》を」

ハリーは腕《うで》を上《あ》げた。ワームテールが短剣《たんけん》で切《き》り裂《さ》いたそでが破《やぶ》れていた。

ムーディはシューッと長《なが》い息《いき》をもらした。

「それで、死喰い人《デス・イーター》は？　やつらは戻《もど》ってきたのか？」

「はい」ハリーが答《こた》えた。「大勢《おおぜい》……」

「あの人《ひと》は死喰い人《デス・イーター》をどんなふうに扱《あつか》ったかね？」ムーディが静《しず》かに聞《き》いた。

「許《ゆる》したか？」

しかし、ハリーはハッと気《き》づいた。ダンブルドアに話《はな》すべきだった。あの時《とき》、すぐに話《はな》すべきだった――「ホグワーツに死喰《しく》い人《びと》がいるんです。ここに、死喰《しく》い人《びと》がいる――そいつが僕《ぼく》の名《な》前《まえ》を『炎《ほのお》のゴブレット』に入《い》れて、僕《ぼく》に最後《さいご》までやりとげさせたんだ――」

ハリーは起《お》き上《あ》がろうとした。しかし、ムーディが押《お》し戻《もど》した。

「誰《だれ》が死喰《デス・イーター》い人か、わしは知《し》っている」ムーディが落《お》ち着《つ》いて言《い》った。

「カルカロフ？」ハリーが興奮《こうふん》して言《い》った。

「どこにいるんです？　もう捕《つか》まえたんですか？　閉《と》じ込《こ》めてあるんですか？」

「カルカロフ？」

ムーディは奇妙《きみょう》な笑《わら》い声《ごえ》を上《あ》げた。

「カルカロフは今夜《こんや》逃《に》げ出《だ》したわ。腕《うで》についた闇《やみ》の印《しるし》が焼《や》けるのを感《かん》じてな。闇《やみ》の帝王《ていおう》の忠実《ちゅうじつ》なる支持者《しじしゃ》を、あれだけ多《おお》く裏切《うらぎ》ったやつだ。連中《れんちゅう》に会《あ》いたくはなかろう……しかし、そう遠《とお》くへは逃《に》げられまい。闇《やみ》の帝王《ていおう》には敵《てき》を追跡《ついせき》するやり方《かた》がある」

「カルカロフがいなくなった？　逃《に》げた？　でも、それじゃ――僕《ぼく》の名前《なまえ》をゴブレットに入《い》れたのは、カルカロフじゃないの？」

「ちがう」

ムーディは言葉《ことば》をかみしめるように言《い》った。

「ちがう。あいつではない。わしがやったのだ」

ハリーはその言葉《ことば》を聞《き》いた。しかし、飲《の》み込《こ》めなかった。

「まさか、ちがう」ハリーが言《い》った。

「先生《せんせい》じゃない……先生《せんせい》がするはずがない……」

「わしがやった。たしかだ」

ムーディの「魔法《まほう》の目《め》」がぐるりと動《うご》き、ぴたっとドアを見《み》すえた。外《そと》に誰《だれ》もいないことをたしかめているのだと、ハリーにはわかった。同時《どうじ》にムーディは杖《つえ》を出《だ》してハリーに向《む》けた。

「それでは、あのお方《かた》はやつらを許《ゆる》したのだな？ 自由《じゆう》の身《み》になっていた死喰い人《デス・イーター》の連中《れんちゅう》を？アズカバンをまぬかれたやつらを？」

「何《なん》ですって？」

ハリーはムーディが突《つ》きつけている杖《つえ》の先《さき》を見《み》ていた。悪《わる》い冗談《じょうだん》だ。きっとそうだ。

「聞《き》いているのだ」ムーディが低《ひく》い声《こえ》で言《い》った。

「あのお方《かた》をお探《さが》ししようともしなかったカスどもを、あのお方《かた》はお許《ゆる》しになったのかと、聞《き》いているのだ。あのお方《かた》のためにアズカバンに入《はい》るという勇気《ゆうき》もなかった、裏切《うらぎ》りの臆病者《おくびょうもの》たちを。クィディッチ・ワールドカップで仮面《かめん》をかぶってはしゃぐ勇気《ゆうき》はあっても、この俺《おれ》が空《そら》に打《う》ち上《あ》げた闇《やみ》の印《しるし》を見《み》て逃《に》げ出《だ》した、不実《ふじつ》な、役《やく》にも立《た》たないうじ虫《むし》どもを」

「**先生《せんせい》が打《う》ち上《あ》げた**……いったい何《なに》をおっしゃっているのですか……?」

「ハリー、俺《おれ》は言《い》ったはずだ……言《い》っただろう。俺《おれ》が何《なに》よりも憎《にく》むのは、自由《じゆう》の身《み》になった死喰い人《デス・イーター》だ。一番必要《いちばんひつよう》とされていたその時《とき》に、ご主人様《しゅじんさま》に背《せ》を向《む》けたやつらだ。あのお方《かた》がやつらを罰《ばっ》せられることを、俺《おれ》は期待《きたい》していた。ご主人様《しゅじんさま》が、あいつらを拷問《ごうもん》なさることを期待《きたい》した。ハリー、あのお方《かた》が連中《れんちゅう》を痛《いた》い目《め》にあわせたと言《い》ってくれ……」

ムーディは突然狂気《とつぜんきょうき》の笑《え》みを浮《う》かべ、顔《かお》を輝《かがや》かせた。

「言《い》ってくれ。あのお方《かた》が、俺《おれ》だけが忠実《ちゅうじつ》であり続《つづ》けたとおっしゃったと……あらゆる危険《きけん》をおかして、俺《おれ》は、あのお方《かた》が何《なに》よりも欲《ほ》しがっておいでだったものを、御前《おんまえ》にお届《とど》けしようとした**……おまえをな**」

「ちがう……あ――あなたのはずがない……」

「別《べつ》な学校《がっこう》の名前《なまえ》を使《つか》って、『炎《ほのお》のゴブレット』におまえの名前《なまえ》を入《い》れたのは誰《だれ》だ? この俺《おれ》だ。おまえを傷《きず》つけたり、試合《しあい》でおまえが優勝《ゆうしょう》するのをじゃまするおそれがあれば、そいつらを全員《ぜんいん》脅《おど》しつけたのは誰《だれ》だ？　この俺《おれ》だ。ハグリッドをそそのかして、ドラゴンをおまえに見《み》せるように仕向《しむ》けたのは誰《だれ》だ？　この俺《おれ》だ。おまえがドラゴンをやっつけるにはこれしかないという方法《ほうほう》を思《おも》いつかせたのは誰《だれ》だ？　**この俺《おれ》だ**」

ムーディの「魔法《まほう》の目《め》」がドアから離《はな》れ、ハリーを見《み》すえた。ゆがんだ口《くち》が、ますます大《おお》きくひん曲《ま》がった。

「簡単《かんたん》ではなかったぞ、ハリー。あやしまれずに、おまえが課題《かだい》を成《な》しとげるように誘導《ゆうどう》するのはな。おまえの成功《せいこう》の陰《かげ》に俺《おれ》の手《て》が見《み》えないようにするには、俺《おれ》の狡猾《こうかつ》さを、余《あま》すところなく使《つか》わなければならなかった。おまえがあまりにやすやすと全部《ぜんぶ》の課題《かだい》をやってのければ、ダンブルドアは大《おお》いに疑《うたが》っただろう。おまえがいったん迷路《めいろ》に入《はい》れば、そして、できればかなりハンディをつけて先発《せんぱつ》してくれれば――その時《とき》は、ほかの代表選手《だいひょうせんしゅ》を取《と》り除《のぞ》き、おまえの行《ゆ》く手《て》に何《なん》の障害《しょうがい》もないようにするチャンスはある。そう思《おも》っていた。しかし、俺《おれ》はおまえのばかさかげんとも戦《たたか》わなければならなかった。第《だい》二の課題《かだい》……しくじるのではないかと、俺《おれ》が最《もっと》も恐《おそ》れていたときだ。俺《おれ》はおまえをしっかり見張《みは》っていた。おまえが卵《たまご》の謎《なぞ》を解《と》けないでいたことを、俺《おれ》は知《し》っていた。そこで、またおまえにヒントをくれてやらねばならなかった――」

「もらわなかった」ハリーはかすれた声《こえ》で言《い》った。

「セドリックがヒントをくれたんだ――」

「水《みず》の中《なか》で開《ひら》けとセドリックに教《おし》えたのは誰《だれ》だ？　それは俺《おれ》だ。セドリックがおまえにそれを教《おし》えるにちがいないと、確信《かくしん》があった。ポッター、誠実《せいじつ》な人間《にんげん》は扱《あつか》いやすい。セドリックが、おまえにドラゴンのことを教《おし》えてもらった礼《れい》をしたいだろうと、俺《おれ》はそう考《かんが》えた。セドリックはそのとおりにした。それでも、ポッター、おまえは失敗《しっぱい》しそうだった。俺《おれ》はいつも見張《みは》っていた……図書館《としょかん》にいる間《あいだ》もずっとだ。おまえの必要《ひつよう》としていた本《ほん》が、はじめからおまえの寮《りょう》にあったことに、気《き》づかなかったのか？　俺《おれ》はずいぶん前《まえ》から仕組《しく》んでおいたのだ。あのロングボトムの小僧《こぞう》にやった。覚《おぼ》えていないのか？『地中海《ちちゅうかい》の水生魔法植物《すいせいまほうしょくぶつ》』の本《ほん》を。あの本《ほん》が、『エラ昆布《こんぶ》』について、おまえが必要《ひつよう》なことを、全部《ぜんぶ》教《おし》えてくれたろうに。おまえは誰《だれ》にでも聞《き》くだろう、誰《だれ》にでも助《たす》けを求《もと》めるだろうと、俺《おれ》は期待《きたい》していた。ロングボトムなら、すぐにでもおまえに教《おし》えてくれたろうに。しかし、おまえはそうしなかった……聞《き》かなかった……。おまえには、自尊心《じそんしん》の強《つよ》い、何《なん》でも一人《ひとり》でやろうとするところがある。おかげで、何《なに》もかもだめになってしまうところだった」

「それでは俺《おれ》はどうすればよいのか？　どこか疑《うたが》われないところから、おまえに情報《じょうほう》を吹《ふ》き込《こ》むしかない。おまえはクリスマス・ダンスパーティのとき、ドビーという屋敷《やしき》しもべ妖精《ようせい》がプレゼントをくれたと俺《おれ》に言《い》った。俺《おれ》は、洗濯物《せんたくもの》のローブを取《と》りに来《く》るよう、しもべ妖精《ようせい》を職員室《しょくいんしつ》に呼《よ》んだ。そして、やつの前《まえ》で一芝居打《ひとしばいう》って、マクゴナガル先生《せんせい》と大声《おおごえ》で話《はなし》をした。誰《だれ》が人質《ひとじち》になったかとか、ポッターは『エラ昆布《こんぶ》』を使《つか》うことを思《おも》いつくだろうか、と話《はな》した。するとおまえのかわいい妖精《ようせい》の友人《ゆうじん》は、すぐさまスネイプの研究室《けんきゅうしつ》の戸棚《とだな》に飛《と》んでいき、それから急《いそ》いでおまえを探《さが》した……」

ムーディの杖《つえ》は、依然《いぜん》としてまっすぐにハリーの心臓《しんぞう》を指《さ》していた。ムーディの肩越《かたご》しに、壁《かべ》にかかった「敵鏡《てきかがみ》」が見《み》え、煙《けむり》のような影《かげ》がいくつかうごめいていた。

「ポッター、おまえはあの湖《みずうみ》で、ずいぶん長《なが》い時間《じかん》かかっていた。おぼれてしまったのかと思《おも》ったぐらいだ。しかし、ダンブルドアは、おまえの愚《おろ》かさを高潔《こうけつ》さだと考《かんが》え、高《たか》い点《てん》をつけた。俺《おれ》はまたホッとした」

「今夜《こんや》の迷路《めいろ》も、本来《ほんらい》なら、おまえはもちろんもっと苦労《くろう》するはずだった」

ムーディが言《い》った。

「楽《らく》だったのは、俺《おれ》が巡回《じゅんかい》していて、生《い》け垣《がき》の外側《そとがわ》から中《なか》を見透《みす》かし、おまえの行《ゆ》く手《て》の障害物《しょうがいぶつ》を呪文《じゅもん》で取《と》り除《のぞ》くことができたからだ。フラー・デラクールは、通《とお》り過《す》ぎたときに呪文《じゅもん》で『失神《しっしん》』させた。クラムにはディゴリーをやっつけさせ、おまえの優勝杯《ゆうしょうはい》への道《みち》をすっきりさせようと、『服従の呪文《ふくじゅうじゅもん》』をかけた」

ハリーはムーディを見《み》つめた。この人《ひと》が……ダンブルドアの友人《ゆうじん》で、有名《ゆうめい》な「闇祓《やみばら》い」のこの人《ひと》が……多《おお》くの死喰《しく》い人《びと》を捕《と》らえたというこの人《ひと》が……こんなことを……わけがわからない……つじつまが合《あ》わない……。

「敵鏡《てきかがみ》」に映《うつ》った煙《けむり》のような影《かげ》が次第《しだい》にはっきりしてきて、姿《すがた》が明瞭《めいりょう》になってきた。ムーディの肩越《かたご》しに、三人《にん》のりんかくがだんだん近《ちか》づいてくるのが見《み》えた。しかし、ムーディは見《み》ていない。「魔法《まほう》の目《め》」はハリーを見《み》すえている。

「闇《やみ》の帝王《ていおう》は、おまえを殺《ころ》しそこねた。ポッター、あのお方《かた》は、**それ**を強《つよ》くお望《のぞ》みだった」

ムーディがささやいた。

「かわりに俺《おれ》がやりとげたら、あのお方《かた》がどんなに俺《おれ》をほめてくださることか。俺《おれ》はおまえをあのお方《かた》に差《さ》し上《あ》げたのだ——あのお方《かた》が、よみがえりのために何《なに》よりも必要《ひつよう》だったおまえを——そして、あのお方《かた》のためにおまえを殺《ころ》せば、俺《おれ》は、ほかのどの死喰《デス・イーター》い人よりも高《たか》い名誉《めいよ》を受《う》けるだろう。俺《おれ》はあのお方《かた》の、最《もっと》もいとしく、最《もっと》も身近《みぢか》な支持者《しじしゃ》になるだろう……息子《むすこ》よりも身近《みぢか》な……」

ムーディの普通《ふつう》の目《め》がふくれ上《あ》がり、「魔法《まほう》の目《め》」はハリーをにらみつけていた。ドアはかんぬきがかかっている。自分《じぶん》の杖《つえ》を取《と》ろうとしても、絶対《ぜったい》に間《ま》に合《あ》わないと、ハリーにはわかっていた……。

「闇《やみ》の帝王《ていおう》と俺《おれ》は」

ムーディはしゃべり続《つづ》けた。今《いま》や、ハリーの前《まえ》にぬっと立《た》ってハリーを毒々《どくどく》しい目《め》つきで見下《みお》ろしているムーディは、まったく正気《しょうき》を失《うしな》っているように見《み》えた。

「……共通点《きょうつうてん》が多《おお》い。二人《ふたり》とも、たとえば、父親《ちちおや》に失望《しつぼう》していた……まったく幻滅《げんめつ》していた。二人《ふたり》とも、父親《ちちおや》と同《おな》じ名前《なまえ》をつけられるという屈辱《くつじょく》を味《あじ》わった。そして二人《ふたり》とも、同《おな》じ楽《たの》しみを味《あじ》わった……まったくのすばらしい楽《たの》しみだ……自分《じぶん》の父親《ちちおや》を殺《ころ》し、闇《やみ》の秩序《ちつじょ》が確実《かくじつ》に隆盛《りゅうせい》し続《つづ》けるようにしたのだ！」

「狂《くる》ってる！」

ハリーが叫《さけ》んだ――叫《さけ》ばずにはいられなかった――。

「おまえは狂《くる》っている！」

「狂《くる》っている？　俺《おれ》が？」

ムーディの声《こえ》が止《と》めどなく高《たか》くなってきた。

「今《いま》にわかる！　闇《やみ》の帝王《ていおう》がお戻《もど》りになり、俺《おれ》があのお方《かた》のおそばにいる今《いま》、どっちが狂《くる》っているか、わかるようになる。あのお方が戻《もど》られた。ハリー・ポッター、おまえはあのお方《かた》を征服《せいふく》してはいない――そして今《いま》――俺《おれ》がおまえを征服《せいふく》する！」

ムーディは杖《つえ》を上《あ》げた。口《くち》を開《ひら》いた。ハリーはローブに手《て》を突《つ》っ込《こ》んだ――。

「ステューピファイ！　まひせよ！」

目《め》もくらむような赤《あか》い閃光《せんこう》が飛《と》び、バリバリ、メキメキとごう音《おん》を上《あ》げて、ムーディの部屋《へや》の戸《と》が吹《ふ》っ飛《と》んだ――。

ムーディはのけぞるように吹《ふ》き飛《と》ばされ、床《ゆか》に投《な》げ出《だ》された。ハリーは、つい今《いま》しがたまでムーディの顔《かお》があったところを見《み》つめた。「敵鏡《てきかがみ》」の中《なか》からハリーを見《み》つめ返《かえ》している姿《すがた》があった。アルバス・ダンブルドア、スネイプ先生《せんせい》、マクゴナガル先生《せんせい》の姿《すがた》だ。振《ふ》り向《む》くと、三人《にん》が戸《と》口《ぐち》に立《た》ち、ダンブルドアが先頭《せんとう》で杖《つえ》をかまえていた。

その瞬間《しゅんかん》、ハリーは初《はじ》めてわかった。ダンブルドアが、ヴォルデモートの恐《おそ》れる唯一人《ただひとり》の魔法《まほう》使《つか》いだという意味《いみ》が。気《き》を失《うしな》ったマッド-アイ・ムーディの姿《すがた》を見下《みお》ろすダンブルドアの形相《ぎょうそう》は、ハリーが想像《そうぞう》もしたことがないほどすさまじかった。あの柔和《にゅうわ》なほほ笑《え》みは消《き》え、めがねのむこうの目《め》には、踊《おど》るようなキラキラした光《ひかり》はない。年《とし》を経《へ》た顔《かお》のしわの一本《ぽん》一本《ぽん》に、冷《つめ》たい怒《いか》りが刻《きざ》まれていた。体《からだ》が焼《や》けるような熱《ねつ》を発《はっ》しているかのように、ダンブルドアの体《からだ》からエネルギーが周囲《しゅうい》に放《はな》たれていた。

ダンブルドアは部屋《へや》に入《はい》り、意識《いしき》を失《うしな》ったムーディの体《からだ》の下《した》に足《あし》を入《い》れ、けり上《あ》げて顔《かお》がよく見《み》えるようにした。スネイプがあとから入《はい》ってきて、自分《じぶん》の顔《かお》がまだ映《うつ》っている「敵鏡《てきかがみ》」をのぞき込《こ》んだ。鏡《かがみ》の中《なか》の顔《かお》が、部屋《へや》の中《なか》をじろりと見《み》た。

マクゴナガル先生《せんせい》はまっすぐハリーのところへやってきた。

「さあ、いらっしゃい。ポッター」

マクゴナガル先生《せんせい》がささやいた。真一文字《まいちもんじ》の薄《うす》い唇《くちびる》が、今《いま》にも泣《な》き出《だ》しそうにヒクヒクしていた。

「さあ、行《い》きましょう……医務室《いむしつ》へ……」

「待《ま》て」ダンブルドアが鋭《するど》く言《い》った。

「ダンブルドア、この子《こ》は行《い》かなければ――ごらんなさい――今夜一晩《こんやひとばん》で、もうどんな目《め》にあったか――」

「ミネルバ、その子《こ》はここにとどまるのじゃ。ハリーに納得《なっとく》させる必要《ひつよう》がある」

ダンブルドアはきっぱり言《い》った。

「納得《なっとく》してこそ初《はじ》めて受《う》け入《い》れられるのじゃ。受《う》け入《い》れてこそ初《はじ》めて回復《かいふく》がある。この子《こ》は知《し》らねばならん。今夜自分《こんやじぶん》をこのような苦《くる》しい目《め》にあわせたのがいったい何者《なにもの》で、なぜなのかを」

「ムーディが」

ハリーが言《い》った。まだまったく信《しん》じられない気持《きも》ちだった。

「いったいどうしてムーディが？」

「こやつはアラスター・ムーディではない」ダンブルドアが静《しず》かに言《い》った。

「ハリー、君《きみ》はアラスター・ムーディに会《あ》ったことがない。本物《ほんもの》のムーディなら、今夜《こんや》のようなことが起《お》こったあとで、わしの目《め》の届《とど》くところから君《きみ》を連《つ》れ去《さ》るはずがないのじゃ。こやつが君《きみ》を連《つ》れていった瞬間《しゅんかん》、わしにはわかった――そして、跡《あと》を追《お》ったのじゃ」

ダンブルドアはぐったりしたムーディの上《うえ》にかがみ込《こ》み、そのローブの中《なか》に手《て》を入《い》れた。そして、ムーディの携帯用酒瓶《けいたいようさかびん》と鍵束《かぎたば》を取《と》り出《だ》し、マクゴナガル先生《せんせい》とスネイプのほうを振《ふ》り向《む》いた。

「セブルス、君《きみ》の持《も》っている『真実薬《ベリタセラム》』の中《なか》で一番強力《いちばんきょうりょく》なのを持《も》ってきてくれぬか。それから厨房《ちゅうぼう》に行《い》き、ウィンキーという屋敷妖精《やしきようせい》を連《つ》れてくるよう。ミネルバ、ハグリッドの小屋《こや》に行《い》ってくださらんか。大《おお》きな黒《くろ》い犬《いぬ》がかぼちゃ畑《ばたけ》にいるはずじゃ。犬《いぬ》をわしの部屋《へや》に連《つ》れていき、まもなくわしも行《い》くからとその犬《いぬ》に伝《つた》え、それからここに戻《もど》ってくるのじゃ」

スネイプもマクゴナガルも、奇妙《きみょう》な指示《しじ》もあるものだと思《おも》ったかもしれない。しかし、二人《ふたり》ともそんなそぶりは見《み》せなかった。二人《ふたり》はすぐさまきびすを返《かえ》し、部屋《へや》から出《で》ていった。ダンブルドアは七つの錠前《じょうまえ》がついたトランクのところへ歩《ある》いていき、一本目《ぽんめ》の鍵《かぎ》を錠前《じょうまえ》に差《さ》し込《こ》んでトランクを開《あ》けた。中《なか》には呪文《じゅもん》の本《ほん》がぎっしり詰《つ》まっていた。ダンブルドアはトランクを閉《し》め、二本目《ほんめ》の鍵《かぎ》を二つ目《め》の錠前《じょうまえ》に差《さ》し込《こ》み、再《ふたた》びトランクを開《あ》けた。呪文《じゅもん》の本《ほん》は消《き》えていた。今度《こんど》は壊《こわ》れた「かくれん防止器《スニーコスコープ》」や、羊皮紙《ようひし》、羽根《はね》ペン、銀色《ぎんいろ》の透明《とうめい》マントらしいものが入《はい》っていた。ダンブルドアが三つ目《め》、四つ目《め》、五つ目《め》、六つ目《め》と、次々《つぎつぎ》に鍵《かぎ》を合《あ》わせ、トランクを開《ひら》くのを、ハリーは驚《おどろ》いて見《み》つめていた。開《ひら》くたびに、トランクの中身《なかみ》がちがっていた。七番目《ばんめ》の鍵《かぎ》が錠前《じょうまえ》に差《さ》し込《こ》まれ、ふたがパッと開《ひら》いた。ハリーは驚《おどろ》いて叫《さけ》び声《ごえ》をもらした。

たて穴《あな》のような、地下室《ちかしつ》のようなものが見下《みお》ろせた。三メートルほど下《した》の床《ゆか》に横《よこ》たわり、深々《ふかぶか》と眠《ねむ》っている、やせおとろえ飢《う》えた姿《すがた》。それが本物《ほんもの》のマッドーアイ・ムーディだった。木製《もくせい》の義足《ぎそく》はなく、「魔法《まほう》の目《め》」が入《はい》っているはずの眼窩《がんか》は、閉《と》じたまぶたの下《した》でからっぽのようだった。白髪《しらが》まじりの髪《かみ》の一部《いちぶ》がなくなっていた。ハリーは雷《かみなり》に打《う》たれたかのように、トランクの中《なか》で眠《ねむ》るムーディと、気《き》を失《うしな》って床《ゆか》に転《ころ》がっているムーディをまじまじと見比《みくら》べた。

ダンブルドアはトランクの縁《ふち》をまたぎ、中《なか》に降《お》りていき、眠《ねむ》っているムーディのかたわらの床《ゆか》に軽々《かるがる》と着地《ちゃくち》し、ムーディの上《うえ》に身《み》をかがめた。

「『失神術《しっしんじゅつ》』じゃ――『服従《ふくじゅう》の呪文《じゅもん》』で従《したが》わされておるな――非常《ひじょう》に弱《よわ》っておる」

ダンブルドアが言《い》った。

「もちろん、ムーディを生《い》かしておく必要《ひつよう》があったじゃろう。ハリー、そのペテン師《し》のマントを投《な》げてよこすのじゃ。ムーディは凍《こご》えておる。マダム・ポンフリーに看《み》てもらわねば。しかし急《きゅう》を要《よう》するほどではなさそうじゃ」

ハリーは言《い》われたとおりにした。ダンブルドアはムーディにマントをかけ、端《はし》を折《お》り込《こ》んで包《つつ》み、再《ふたた》びトランクをまたいで出《で》てきた。それから机《つくえ》の上《うえ》に立《た》てておいた携帯用酒瓶《けいたいようさかびん》を取《と》り、ふたを開《あ》けてひっくり返《かえ》した。床《ゆか》にねばねばした濃厚《のうこう》な液体《えきたい》がこぼれ落《お》ちた。

「ポリジュース薬《やく》じゃ、ハリー」ダンブルドアが言《い》った。

「単純《たんじゅん》でしかも見事《みごと》な手口《てぐち》じゃ。ムーディは、けっして、自分《じぶん》の携帯用酒瓶《けいたいようさかびん》からでないと飲《の》まなかった。そのことはよく知《し》られていた。このペテン師《し》は、当然《とうぜん》のことじゃが、ポリジュース薬《やく》を作《つく》り続《つづ》けるのに、本物《ほんもの》のムーディをそばに置《お》く必要《ひつよう》があった。ムーディの髪《かみ》をごらん……」

ダンブルドアはトランクの中《なか》のムーディを見下《みお》ろした。

「ペテン師《し》はこの一年間《ねんかん》、ムーディの髪《かみ》を切《き》り取《と》り続《つづ》けた。髪《かみ》がふぞろいになっているところが見《み》えるか？　しかし、偽《にせ》ムーディは、今夜《こんや》は興奮《こうふん》のあまり、これまでのようにひんぱんに飲《の》むのを忘《わす》れていた可能性《かのうせい》がある……一時間《じかん》ごとに……きっちり毎時間《まいじかん》……今《いま》にわかるじゃろう……」

ダンブルドアは机《つくえ》のところにあった椅子《いす》を引《ひ》き、腰《こし》かけて、床《ゆか》のムーディをじっと見《み》た。ハリーもじっと見《み》た。何分間《なんぷんかん》かの沈黙《ちんもく》が流《なが》れた……。

すると、ハリーの目《め》の前《まえ》で、床《ゆか》の男《おとこ》の顔《かお》が変《か》わりはじめた。傷痕《きずあと》は消《き》え、肌《はだ》がなめらかになり、そがれた鼻《はな》はまともになり、小《ちい》さくなりはじめた。長《なが》いたてがみのような白髪《しらが》まじりの髪《かみ》は、頭《とう》皮《ひ》の中《なか》に引《ひ》き込《こ》まれていき、色《いろ》が薄茶《うすちゃ》に変《か》わった。突然《とつぜん》ガタンと大《おお》きな音《おと》がして、木製《もくせい》の義足《ぎそく》が落《お》ち、足《あし》がその場所《ばしょ》に生《は》え出《で》てきた。次《つぎ》の瞬間《しゅんかん》、「魔法《まほう》の目《め》」が男《おとこ》の顔《かお》から飛《と》び出《だ》し、そのかわりに本物《ほんもの》の目玉《めだま》が現《あらわ》れた。「魔法《まほう》の目《め》」は床《ゆか》を転《ころ》がっていき、くるくるとあらゆる方向《ほうこう》に回《まわ》り続《つづ》けていた。

目《め》の前《まえ》に横《よこ》たわる、少《すこ》しそばかすのある、色白《いろじろ》の、薄茶色《うすちゃいろ》の髪《かみ》をした男《おとこ》を、ハリーは見《み》た。ハリーはこの男《おとこ》が誰《だれ》かを知《し》っていた。ダンブルドアの「憂《うれ》いの篩《ふるい》」で見《み》たことがある。クラウチ氏《し》に、無実《むじつ》を訴《うった》えながら、吸魂鬼《ディメンター》に法廷《ほうてい》から連《つ》れ出《だ》されていった……しかし、今《いま》は目《め》の周《まわ》りにしわがあり、ずっと老《ふ》けて見《み》えた。

廊下《ろうか》を急《いそ》ぎ足《あし》でやってくる足音《あしおと》がした。スネイプが足元《あしもと》にウィンキーを従《したが》えて戻《もど》ってきた。そのすぐ後《うし》ろにマクゴナガル先生《せんせい》がいた。

「クラウチ！」スネイプが、戸口《とぐち》で立《た》ちすくんだ。「バーティ・クラウチ！」

「なんてことでしょう」

マクゴナガル先生《せんせい》も、立《た》ちすくんで床《ゆか》の男《おとこ》を見《み》つめた。

汚《よご》れきって、よれよれのウィンキーが、スネイプの足元《あしもと》からのぞき込《こ》んだ。ウィンキーは口《くち》をあんぐり開《あ》け、金切《かなき》り声《ごえ》を上《あ》げた。

「バーティさま、バーティさま、こんなところで何《なに》を？」

ウィンキーは飛《と》び出《だ》して、その若《わか》い男《おとこ》の胸《むね》にすがった。

「あなたたちはこの人《ひと》を殺《ころ》された・・・・・！　この人《ひと》を殺《ころ》されました・・・・・！　ご主人《しゅじん》さまの坊《ぼ》っちゃまを！」

「『失神術《しっしんじゅつ》』にかかっているだけじゃ、ウィンキー」

ダンブルドアが言《い》った。

「どいておくれ。セブルス、薬《くすり》は持《も》っておるか？」

スネイプがダンブルドアに、澄《す》みきった透明《とうめい》な液体《えきたい》の入《はい》った小《ちい》さなガラス瓶《びん》を渡《わた》した。授業《じゅぎょう》中《ちゅう》に、ハリーに飲《の》ませるとスネイプが脅《おど》した、ベリタセラム、真実薬《しんじつやく》だ。ダンブルドアは立《た》ち上《あ》がり、床《ゆか》の男《おとこ》の上《うえ》にかがみ込《こ》み、男《おとこ》の上半身《じょうはんしん》を起《お》こして「敵鏡《てきかがみ》」の下《した》の壁《かべ》に寄《よ》りかからせた。

「敵鏡《てきかがみ》」にはダンブルドア、スネイプ、マクゴナガルの影《かげ》がまだ映《うつ》っていて、部屋《へや》にいる全員《ぜんいん》をにらんでいた。ウィンキーはひざまずいたまま、顔《かお》を手《て》で覆《おお》って震《ふる》えている。ダンブルドアは男《おとこ》の口《くち》をこじ開《あ》け、薬《くすり》を三滴《てき》流《なが》し込《こ》んだ。それから杖《つえ》を男《おとこ》の胸《むね》に向《む》け、「リナベイト！　蘇生《そせい》せよ！」と唱《とな》えた。

クラウチの息子《むすこ》は目《め》を開《あ》けた。顔《かお》がゆるみ、焦点《しょうてん》の合《あ》わない目《め》をしている。ダンブルドアは、顔《かお》と顔《かお》が同《おな》じ高《たか》さになるように男《おとこ》の前《まえ》にひざをついた。

「聞《き》こえるかね？」ダンブルドアが静《しず》かに聞《き》いた。

男《おとこ》はまぶたをパチパチさせた。

「はい」男《おとこ》がつぶやいた。

「話《はな》してほしいのじゃ」ダンブルドアがやさしく言《い》った。

「どうやってここに来《き》たのかを。どうやってアズカバンを逃《のが》れたのじゃ？」

クラウチは深《ふか》く身《み》を震《ふる》わせて、深々《ふかぶか》と息《いき》を吸《す》い込《こ》み、抑揚《よくよう》のない、感情《かんじょう》のない声《こえ》で話《はな》しはじめた。

「母《はは》が助《たす》けてくれた。母《はは》は自分《じぶん》がまもなく死《し》ぬことを知《し》っていたのだ。母《はは》の最後《さいご》の願《ねが》いとして俺《おれ》を救出《きゅうしゅつ》するように父《ちち》を説《と》き伏《ふ》せた。俺《おれ》をけっして愛《あい》してくれなかった父《ちち》だが、母《はは》を愛《あい》していた。

父《ちち》は承知《しょうち》した。二人《ふたり》が訪《たず》ねてきた。俺《おれ》に、母《はは》の髪《かみ》を一本《ぽんい》入れたポリジュース薬《やく》をくれた。母《はは》は俺《おれ》の髪《かみ》を入《い》れたものを飲《の》んだ。俺《おれ》と母《はは》の姿《すがた》が入《い》れ替《か》わった」

ウィンキーが震《ふる》えながら頭《かぶり》を振《ふ》った。

「もう、それ以上《いじょう》言《い》わないで、バーティ坊《ぼ》っちゃま、どうかそれ以上《いじょう》は。お父《とう》さまが困《こま》らせら・・・れます！」

しかし、クラウチはまた深《ふか》く息《いき》を吸《す》い込《こ》み、相変《あいか》わらず一本調子《いっぽんぢょうし》で話《はな》し続《つづ》けた。

「吸魂鬼《ディメンター》は目《め》が見《み》えない。健康《けんこう》な者《もの》が一名《めい》と、死《し》にかけた者《もの》が一名《めい》、アズカバンに入《はい》るのを感《かん》じ取《と》っていた。健康《けんこう》な者《もの》一名《めい》と、死《し》にかけた者《もの》一名《めい》が出《で》ていくのも感《かん》じ取《と》った。父《ちち》は囚人《しゅうじん》の誰《だれ》かが独房《どくぼう》の戸《と》のすきまから見《み》ていたりする場合《ばあい》のことを考《かんが》え、俺《おれ》に母《はは》の姿《すがた》をさせて、密《ひそ》かに連《つ》れ出《だ》したのだ」

「母《はは》はまもなくアズカバンで死《し》んだ。最後《さいご》までポリジュース薬《やく》を飲《の》み続《つづ》けるように気《き》をつけていた。母《はは》は俺《おれ》の名前《なまえ》で、俺《おれ》の姿《すがた》のまま埋葬《まいそう》された。誰《だれ》もが母《はは》を俺《おれ》だと思《おも》った」

男《おとこ》のまぶたがパチパチした。

「そして、君《きみ》の父親《ちちおや》は、君《きみ》を家《いえ》に連《つ》れ帰《かえ》ってから、どうしたのだね？」

ダンブルドアが静《しず》かに聞《き》いた。

「母《はは》の死《し》を装《よそお》った。静《しず》かな、身内《みうち》だけの葬式《そうしき》だった。母《はは》の墓《はか》はからっぽだ。屋敷《やしき》しもべ妖精《ようせい》の世《せ》話《わ》で、俺《おれ》は健康《けんこう》を取《と》り戻《もど》した。それから俺《おれ》は隠《かく》され、管理《かんり》されなければならなかった。父《ちち》は俺《おれ》をおとなしくさせるためにいくつかの呪文《じゅもん》を使《つか》わなければならなかった。俺《おれ》は、元気《げんき》を取《と》り戻《もど》したとき、ご主人様《しゅじんさま》を探《さが》し出《だ》すことしか考《かんが》えなかった……ご主人様《しゅじんさま》の下《もと》で仕《つか》えることしか考《かんが》えなかった」

「お父上《ちちうえ》は君《きみ》をどうやっておとなしくさせたのじゃ？」ダンブルドアが聞《き》いた。

「『服従《ふくじゅう》の呪文《じゅもん》』だ」男《おとこ》が答《こた》えた。

「俺《おれ》は父《ちち》に管理《かんり》されていた。昼《ひる》も夜《よる》も無理《むり》やり透明《とうめい》マントを着《き》せられた。いつも、俺《おれ》はしもべ妖《よう》精《せい》と一緒《いっしょ》だった。しもべ妖精《ようせい》が俺《おれ》を監視《かんし》し、世話《せわ》した。妖精《ようせい》は俺《おれ》を哀《あわ》れんだ。ときどきは気晴《きば》らしさせるようにと、妖精《ようせい》が父《ちち》を説《と》き伏《ふ》せた。おとなしくしていたらそのほうびとして」

「バーティ坊《ぼ》っちゃま。バーティ坊《ぼ》っちゃま」

ウィンキーは顔《かお》を覆《おお》ったまますすり泣《な》いた。

「この人《ひと》たちにお話《はな》ししてはならないでございます。あたしたちは困《こま》らせられます……」

「君《きみ》がまだ生《い》きていることを、誰《だれ》かに見《み》つかったことがあるのかね？」

ダンブルドアがやさしく聞《き》いた。

「君《きみ》のお父上《ちちうえ》と屋敷妖精《やしきようせい》以外《いがい》に、誰《だれ》か知《し》っていたかね？」

「はい」クラウチが言《い》った。まぶたがまたパチパチした。

「父《ちち》の役所《やくしょ》の魔女《まじょ》で、バーサ・ジョーキンズ。あの女《おんな》が、父《ちち》のサインをもらいに書類《しょるい》を持《も》って家《いえ》に来《き》た。父《ちち》は不在《ふざい》だった。ウィンキーが中《なか》に通《とお》して、台所《だいどころ》に戻《もど》った。俺《おれ》のところに。しかし、バーサ・ジョーキンズはウィンキーが俺《おれ》に話《はなし》をしているのを聞《き》いた。あの女《おんな》は調《しら》べに入《はい》ってきた。透明《とうめい》マントに隠《かく》れているのが誰《だれ》なのかを充分想像《じゅうぶんそうぞう》することができるほどの、話《はなし》の内容《ないよう》を聞《き》いてしまった。父《ちち》が帰宅《きたく》した。あの女《おんな》が父《ちち》を問《と》いつめた。父《ちち》は、あの女《おんな》が知《し》ってしまったことを忘《わす》れさせるのに、強力《きょうりょく》な『忘却術《ぼうきゃくじゅつ》』をかけた。あまりに強過《つよす》ぎて、あの女《おんな》の記憶《きおく》は永久《えいきゅう》にそこなわれたと父《ちち》が言《い》った」

「あの女《おんな》の人《ひと》はどうしてご主人《しゅじん》さまの個人的《こじんてき》なことにおせっかいを焼《や》くのでしょう？」

ウィンキーがすすり泣《な》いた。

「どうしてあの女《おんな》の人《ひと》は、あたしたちをそっとしておかないのでしょう？」

「クィディッチ・ワールドカップについて話《はな》しておくれ」ダンブルドアが言《い》った。

「ウィンキーが父《ちち》を説《と》き伏《ふ》せた」クラウチが依然《いぜん》として抑揚《よくよう》のない声《こえ》で言《い》った。

「何《なん》か月《げつ》もかけて父《ちち》を説《と》き伏《ふ》せた。俺《おれ》は何年《なんねん》も家《いえ》から出《で》ていなかった。俺《おれ》はクィディッチが好《す》きだった。ウィンキーが、行《い》かせてやってくれと頼《たの》んだ。透明《とうめい》マントを着《き》せるから、観戦《かんせん》できると。もう一度《いちど》新鮮《しんせん》な空気《くうき》を吸《す》わせてあげてくれと。ウィンキーは、お母《かあ》さまもきっとそれをお望《のぞ》みですと言《い》った。母《はは》が俺《おれ》を自由《じゆう》にするために死《し》んだのだと父《ちち》に言《い》った。お母《かあ》さまが坊《ぼ》っちゃまを救《すく》ったのは、生涯幽閉《しょうがいゆうへい》の身《み》にするためではありませんと、ウィンキーが言《い》った。父《ちち》はついに折《お》れた」

「計画《けいかく》は慎重《しんちょう》だった。父《ちち》は、俺《おれ》とウィンキーを、まだ早《はや》いうちに貴賓席《きひんせき》に連《つ》れていった。ウィンキーが父《ちち》の席《せき》を取《と》っているという手《て》はずだった。姿《すがた》の見《み》えない俺《おれ》がそこに座《すわ》った。みんながいなくなってから俺《おれ》たちが退席《たいせき》すればよい。ウィンキーは一人《ひとり》で座《すわ》っているように見《み》える。誰《だれ》も気《き》づかないだろう」

「しかし、ウィンキーは、俺《おれ》がだんだん強《つよ》くなっていることを知《し》らなかった。父《ちち》の『服従《ふくじゅう》の呪《じゅ》文《もん》』を、俺《おれ》は破《やぶ》りはじめていた。ときどきほとんど自分自身《じぶんじしん》に戻《もど》ることがあった。短《みじか》い間《あいだ》だが、父《ちち》の管理《かんり》を逃《のが》れたと思《おも》えるときがあった。それが、ちょうど貴賓席《きひんせき》にいるときに起《お》こった。深《ふか》い眠《ねむ》りから覚《さ》めたような感《かん》じだ。俺《おれ》は公衆《こうしゅう》の中《なか》にいた。試合《しあい》の真《ま》っ最中《さいちゅう》だ。そして、前《まえ》の男《おとこ》の子《こ》のポケットから杖《つえ》が突《つ》き出《だ》しているのが見《み》えた。アズカバンに行《い》く前《まえ》から、ずっと杖《つえ》は許《ゆる》されていなかった。俺《おれ》はその杖《つえ》を盗《ぬす》んだ。ウィンキーは知《し》らなかった。ウィンキーは高所恐怖症《こうしょきょうふしょう》だ。顔《かお》を隠《かく》していた」

「バーティ坊《ぼ》っちゃま、悪《わる》い子《こ》です！」

ウィンキーが指《ゆび》の間《あいだ》からボロボロ涙《なみだ》をこぼしながら、小《ちい》さな声《こえ》で言《い》った。

「それで、杖《つえ》を取《と》ったのじゃな」ダンブルドアが言《い》った。

「そして、杖《つえ》で何《なに》をしたのじゃ？」

「俺《おれ》たちはテントに戻《もど》った」クラウチが言《い》った。

「その時《とき》やつらの騒《さわ》ぎを聞《き》いた。死喰い人《デス・イーター》の騒《さわ》ぎを。アズカバンに入《はい》ったことがない連中《れんちゅう》だ。あのお方《かた》に背《せ》を向《む》けたやつらだ。あのお方《かた》のために苦《くる》しんだことがないやつらだ。あいつらは、俺《おれ》のようにつながれてはいなかった。やつらは自由《じゆう》にあのお方《かた》をお探《さが》しできたのに、そうしなかった。マグルをもてあそんでいただけだ。やつらの声《こえ》が俺《おれ》を呼《よ》び覚《さ》ました。ここ何年《なんねん》もなかったほど、俺《おれ》の頭《あたま》ははっきりしていた。俺《おれ》は怒《おこ》った。手《て》には杖《つえ》があった。俺《おれ》は、ご主人様《しゅじんさま》に忠義《ちゅうぎ》を尽《つ》くさなかったやつらを襲《おそ》いたかった。父《ちち》はテントにいなかった。マグルを助《たす》けに行《い》ったあとだった。ウィンキーは俺《おれ》が怒《おこ》っているのを見《み》て心配《しんぱい》した。ウィンキーは自分《じぶん》なりの魔法《まほう》を使《つか》って俺《おれ》を自分《じぶん》の体《からだ》に縛《しば》りつけた。ウィンキーは俺《おれ》をテントから引《ひ》っ張《ぱ》り出《だ》し、死喰い人《デス・イーター》から遠《とお》ざけようと森《もり》へ引《ひ》っ張《ぱ》っていった。俺《おれ》はウィンキーを引《ひ》き止《と》めようとした。俺《おれ》はキャンプ場《じょう》に戻《もど》りたかった。死喰い人《デス・イーター》の連中《れんちゅう》に、闇《やみ》の帝王《ていおう》への忠義《ちゅうぎ》とは何《なに》かを見《み》せつけてやりたかった。そして不忠者《ふちゅうもの》を罰《ばっ》したかった。俺《おれ》は盗《ぬす》んだ杖《つえ》で空《そら》に『闇《やみ》の印《しるし》』を打《う》ち上《あ》げた」

「魔法省《まほうしょう》の役人《やくにん》がやってきた。四方八方《しほうはっぽう》に『失神《しっしん》の呪文《じゅもん》』が発射《はっしゃ》された。そのうちの一つが木《き》の間《あいだ》から俺《おれ》とウィンキーが立《た》っているところに届《とど》いた。俺《おれ》たち二人《ふたり》を結《むす》んでいた絆《きずな》が切《き》れた。二人《ふたり》とも『失神《しっしん》』させられた」

「ウィンキーが見《み》つかったとき、父《ちち》は必《かなら》ず俺《おれ》がそばにいると知《し》っていた。ウィンキーが見《み》つかった潅木《かんぼく》の中《なか》を探《さが》し、父《ちち》は俺《おれ》が倒《たお》れているのをさわってたしかめた。父《ちち》は魔法省《まほうしょう》の役人《やくにん》たちが森《もり》からいなくなるのを待《ま》った。そして俺《おれ》に『服従《ふくじゅう》の呪文《じゅもん》』をかけ、家《いえ》に連《つ》れ帰《かえ》った。父《ちち》はウィンキーを解雇《かいこ》した。ウィンキーは父《ちち》の期待《きたい》に添《そ》えなかった。俺《おれ》に杖《つえ》を持《も》たせたし、もう少《すこ》しで俺《おれ》を逃《に》がすところだった」

ウィンキーは絶望的《ぜつぼうてき》な泣《な》き声《ごえ》を上《あ》げた。

「家《いえ》にはもう、父《ちち》と俺《おれ》だけになった。そして……そしてその時《とき》……」

クラウチの頭《あたま》が、首《くび》の上《うえ》でぐるりと回《まわ》り、その顔《かお》に狂気《きょうき》の笑《わら》いが広《ひろ》がった。

「ご主人様《しゅじんさま》が俺《おれ》を探《さが》しにおいでになった……」

「ある夜遅《よるおそ》く、ご主人様《しゅじんさま》は下僕《しもべ》のワームテールの腕《うで》に抱《だ》かれて、俺《おれ》の家《いえ》にお着《つ》きになった。俺《おれ》がまだ生《い》きていることがおわかりになったのだ。ご主人様《しゅじんさま》はアルバニアでバーサ・ジョーキンズを捕《と》らえ、拷問《ごうもん》した。あの女《おんな》はいろいろとご主人様《しゅじんさま》に話《はな》した。三大魔法学校対抗試合《さんだいまほうがっこうたいこうじあい》のこと、闇祓《やみばら》いのムーディがホグワーツで教《おし》えることになったことも話《はな》した。ご主人様《しゅじんさま》は、父《ちち》があの女《おんな》にかけた『忘却呪文《ぼうきゃくじゅもん》』さえ破《やぶ》るほどに拷問《ごうもん》した。あの女《おんな》は俺《おれ》がアズカバンから逃《に》げたことを話《はな》した。父《ちち》が俺《おれ》を幽閉《ゆうへい》し、ご主人様《しゅじんさま》を探《さが》し求《もと》めないようにしていると、あの女《おんな》が話《はな》した。そこでご主人様《しゅじんさま》は、俺《おれ》がまだ忠実《ちゅうじつ》な従者《じゅうしゃ》であることが——たぶん最《もっと》も忠実《ちゅうじつ》な者《もの》であることが——おわかりになった。ご主人様《しゅじんさま》はバーサの情報《じょうほう》に基《もと》づいて、ある計画《けいかく》を練《ね》られた。俺《おれ》が必要《ひつよう》だった。ご主人様《しゅじんさま》は真《ま》夜中近《よなかちか》くにおいでになった。父《ちち》が玄関《げんかん》に出《で》た」

人生《じんせい》で一番楽《いちばんたの》しいときを思《おも》い出《だ》すかのように、クラウチの顔《かお》にますます笑《え》みが広《ひろ》がった。ウィンキーの指《ゆび》の間《あいだ》から、恐怖《きょうふ》で凍《こお》りついた茶色《ちゃいろ》の目《め》がのぞいていた。驚《おどろ》きのあまり口《くち》もきけない様《よう》子《す》だ。

「あっという間《ま》だった。父《ちち》はご主人様《しゅじんさま》の『服従《ふくじゅう》の呪文《じゅもん》』にかかった。今度《こんど》は父《ちち》が幽閉《ゆうへい》され、管理《かんり》される立場《たちば》だった。ご主人様《しゅじんさま》は、父《ちち》がいつものように仕事《しごと》を続《つづ》け、何事《なにごと》もなかったかのように振《ふ》る舞《ま》うように服従《ふくじゅう》させた。そして俺《おれ》は解放《かいほう》され、目覚《めざ》めた。俺《おれ》はまた自分《じぶん》を取《と》り戻《もど》した。ここ何《なん》年《ねん》もなかったほど生《い》き生《い》きした」

「そして、ヴォルデモート卿《きょう》は君《きみ》に何《なに》をさせたのかね？」ダンブルドアが聞《き》いた。

「あのお方《かた》のために、あらゆる危険《きけん》をおかす覚悟《かくご》があるかと、俺《おれ》にお聞《き》きになった。もちろんだ。あのお方《かた》にお仕《つか》えして、俺《おれ》の力《ちから》をあのお方《かた》に認《みと》めていただくのが、俺《おれ》の最大《さいだい》の夢《ゆめ》、最大《さいだい》の望《のぞ》みだった。あのお方《かた》はホグワーツに忠実《ちゅうじつ》な召使《めしつか》いを送《おく》り込《こ》む必要《ひつよう》があると、俺《おれ》におっしゃった。三《さん》校対抗試合《こうたいこうじあい》の間《あいだ》、それと気取《けど》られずに、ハリー・ポッターを誘導《ゆうどう》する召使《めしつか》いが必要《ひつよう》だった。ハリー・ポッターを監視《かんし》する召使《めしつか》い。ハリー・ポッターが確実《かくじつ》に優勝杯《ゆうしょうはい》にたどり着《つ》くようにする召使《めしつか》い。優勝杯《ゆうしょうはい》を『移動《ポー》キー《ト》』にし、最初《さいしょ》にそれに触《ふ》れたものをご主人様《しゅじんさま》の下《もと》に連《つ》れていくようにする召使《めしつか》い。しかし、その前《まえ》に――」

「君《きみ》にはアラスター・ムーディが必要《ひつよう》だった」

ダンブルドアの声《こえ》は相変《あいか》わらず落《お》ち着《つ》いていたが、そのブルーの目《め》は、メラメラと燃《も》えていた。

「ワームテールと俺《おれ》がやった。その前《まえ》にポリジュース薬《やく》を準備《じゅんび》しておいた。ムーディの家《いえ》に出《で》かけた。ムーディは抵抗《ていこう》した。騒《さわ》ぎが起《お》こった。何《なん》とか間《ま》に合《あ》ってやつをおとなしくさせた。あいつ自身《じしん》の魔法《まほう》のトランクの一室《いっしつ》にあいつを押《お》し込《こ》んだ。あいつの髪《かみ》の毛《け》を少《すこ》し取《と》って、薬《くすり》に入《い》れた。俺《おれ》がそれを飲《の》んで、ムーディになりすました。俺《おれ》はあいつの義足《ぎそく》と『魔法《まほう》の目《め》』をつけた。準備《じゅんび》を整《ととの》えて、騒《さわ》ぎを聞《き》きつけてマグルの処理《しょり》にかけつけたアーサー・ウィーズリーに会《あ》った。俺《おれ》はごみバケツを庭《にわ》で暴《あば》れさせ、アーサー・ウィーズリーに、何者《なにもの》かが庭《にわ》に忍《しの》び込《こ》んだのでごみバケツが警報《けいほう》を発《はっ》したと言《い》った。それから俺《おれ》は、ムーディの服《ふく》や闇《やみ》の検知器《けんちき》をムーディと一緒《いっしょ》にトランクに詰《つ》め、ホグワーツに出発《しゅっぱつ》した。ムーディは『服従《ふくじゅう》の呪文《じゅもん》』にかけて生《い》かしておいた。あいつに質問《しつもん》したいことがあった。ダンブルドアでさえだますことができるよう、あいつの過去《かこ》も、くせも学《まな》ばなければならなかった。ポリジュース薬《やく》を作《つく》るのに、あいつの髪《かみ》の毛《け》も必要《ひつよう》だった。ほかの材料《ざいりょう》は簡単《かんたん》だった。毒《どく》ツルヘビの皮《かわ》は地下牢《ちかろう》から盗《ぬす》んだ。魔法薬《まほうやく》の先生《せんせい》に研究室《けんきゅうしつ》で見《み》つかったときは、捜索命令《そうさくめいれい》を執行《しっこう》しているのだと言《い》った」

「ムーディを襲《おそ》ったあと、ワームテールはどうしたのかね？」ダンブルドアが聞《き》いた。

「ワームテールは父《ちち》の家《いえ》で、ご主人様《しゅじんさま》の世話《せわ》と父《ちち》の監視《かんし》に戻《もど》った」

「しかしお父上《ちちうえ》は逃《に》げ出《だ》した」ダンブルドアが言《い》った。

「そうだ。しばらくして、俺《おれ》がやったと同《おな》じように、父《ちち》は『服従《ふくじゅう》の呪文《じゅもん》』に抵抗《ていこう》しはじめた。何《なに》が起《お》こっているのか、父《ちち》はときどき気《き》がついた。ご主人様《しゅじんさま》は、父《ちち》が家《いえ》を出《で》るのはもはや安全《あんぜん》ではないとお考《かんが》えになった。ご主人様《しゅじんさま》は父《ちち》に魔法省《まほうしょう》への手紙《てがみ》を書《か》かせることにした。父《ちち》に命《めい》じて、病《びょう》気《き》だという手紙《てがみ》を書《か》かせた。しかし、ワームテールは義務《ぎむ》をおこたった。充分《じゅうぶん》に警戒《けいかい》していなかった。父《ちち》は逃《に》げ出《だ》した。ご主人様《しゅじんさま》は父《ちち》がホグワーツに向《む》かったと判断《はんだん》なさった。父《ちち》はダンブルドアにすべてを打《う》ち明《あ》け、告白《こくはく》するつもりだった。俺《おれ》をアズカバンからこっそり連《つ》れ出《だ》したと自《じ》白《はく》するつもりだった」

「ご主人様《しゅじんさま》は父《ちち》が逃《に》げたと知《し》らせをよこした。あのお方《かた》は、何《なん》としてでも父《ちち》を止《と》めるようにとおっしゃった。そこで俺《おれ》は待機《たいき》して見張《みは》っていた。ハリー・ポッターから手《て》に入《い》れた地図《ちず》を使った。もう少《すこ》しですべてをだいなしにしてしまうかもしれなかった、あの地図《ちず》だ」

「地図《ちず》？」ダンブルドアが急《いそ》いで聞《き》いた。

「何《なん》の地図《ちず》じゃ？」

「ポッターのホグワーツ地図《ちず》だ。ポッターは俺《おれ》をその地図《ちず》で見《み》つけた。ポッターは、ある晩《ばん》、俺《おれ》がポリジュースの材料《ざいりょう》をスネイプの研究室《けんきゅうしつ》から盗《ぬす》むところを地図《ちず》で見《み》た。俺《おれ》は父《ちち》と同《おな》じ名前《なまえ》なので、ポッターは俺《おれ》を父《ちち》だと思《おも》った。俺《おれ》はその夜《よる》、ポッターから地図《ちず》を取《と》り上《あ》げた。俺《おれ》はポッターに、『クラウチ氏《し》は闇《やみ》の魔法使《まほうつか》いを憎《にく》んでいる』と言《い》った。ポッターは父《ちち》がスネイプを追《お》っていると思《おも》ったようだ」

「一週間《しゅうかん》、俺《おれ》は父《ちち》がホグワーツに着《つ》くのを待《ま》った。ついにある晩《ばん》、父《ちち》が校庭内《こうていない》に入《はい》ってくるのを、地図《ちず》が示《しめ》した。俺《おれ》は透明《とうめい》マントをかぶり、父《ちち》に会《あ》いに出《で》ていった。父《ちち》は禁《きん》じられた森《もり》の周《まわ》りを歩《ある》いていた。その時《とき》ポッターが来《き》た。クラムもだ。俺《おれ》は待《ま》った。ポッターにけがをさせるわけにはいかない。ご主人様《しゅじんさま》がポッターを必要《ひつよう》としている。ポッターがダンブルドアを迎《むか》えに走《はし》った。

俺《おれ》はクラムに『失神術《しっしんじゅつ》』をかけ、父《ちち》を殺《ころ》した」

「あぁぁぁぁ！」ウィンキーが嘆《なげ》き叫《さけ》んだ。

「坊《ぼ》っちゃま、バーティ坊《ぼう》っちゃま、何《なに》をおっしゃるのです？」

「君《きみ》はお父上《ちちうえ》を殺《ころ》したのじゃな」

ダンブルドアが依然《いぜん》として静《しず》かな声《こえ》で言《い》った。

「遺体《いたい》はどうしたのじゃ？」

「禁《きん》じられた森《もり》の中《なか》に運《はこ》んだ。透明《とうめい》マントで覆《おお》った。その時俺《ときおれ》は、地図《ちず》を持《も》っていた。地図《ちず》で、ポッターが城《しろ》にかけ込《こ》むのが見《み》えた。ポッターはスネイプに出会《であ》った。ダンブルドアが加《くわ》わった。ポッターがダンブルドアを連《つ》れて城《しろ》から出《で》てくるのを見《み》た。俺《おれ》は森《もり》から出《で》て、二人《ふたり》の後《うし》ろに回《まわ》り、現場《げんば》に戻《もど》って二人《ふたり》に会《あ》った。ダンブルドアには、スネイプが俺《おれ》に現場《げんば》を教《おし》えてくれたと言《い》った」

「ダンブルドアは俺《おれ》に、クラウチ氏《し》を探《さが》せと言《い》った。俺《おれ》は父親《ちちおや》の遺体《いたい》の所《ところ》に戻《もど》り、地図《ちず》を見《み》ていた。みんながいなくなってから、俺《おれ》は父《ちち》の遺体《いたい》を変身《へんしん》させ、骨《ほね》に変《か》えた……。透明《とうめい》マントを着《き》て、その骨《ほね》を、ハグリッドの小屋《こや》の前《まえ》の、掘《ほ》り返《かえ》されたばかりの場所《ばしょ》に埋《う》めた」

すすり泣《な》きを続《つづ》けるウィンキーの声以外《こえいがい》は、物音《ものおと》一つしない。

やがて、ダンブルドアが言《い》った。

「そして、今夜《こんや》……」

「俺《おれ》は夕食前《ゆうしょくまえ》に、優勝杯《ゆうしょうはい》を迷路《めいろ》に運《はこ》び込《こ》む仕事《しごと》を買《か》って出《で》た」

バーティ・クラウチがささやくように言《い》った。

「俺《おれ》はそれを『移動《ポート》キー』に変《か》えた。ご主人様《しゅじんさま》の計画《けいかく》はうまくいった。あのお方《かた》は権力《けんりょく》の座《ざ》に戻《もど》ったのだ。そして俺《おれ》は、ほかの魔法使《まほうつか》いが夢見《ゆめみ》ることもかなわぬ栄誉《えいよ》を、あのお方《かた》から与《あた》えられるだろう」

狂気《きょうき》の笑《え》みが再《ふたた》び顔《かお》を輝《かがや》かせ、クラウチは頭《あたま》をだらりと肩《かた》にもたせかけた。そのかたわらで、ウィンキーがさめざめと泣《な》き続《つづ》けていた。

第《だい》36章《しょう》 決別《けつべつ》

ダンブルドアが立《た》ち上《あ》がった。嫌悪《けんお》の色《いろ》を顔《かお》に浮《う》かべ、しばらくバーティ・クラウチを見《み》つめていた。そしてもう一度《いちど》杖《つえ》を上《あ》げると、杖先《つえさき》から飛《と》び出《だ》した縄《なわ》が、ひとりでにバーティ・クラウチにぐるぐる巻《ま》きついてしっかり縛《しば》り上《あ》げた。

ダンブルドアがマクゴナガル先生《せんせい》のほうを見《み》た。

「ミネルバ、ハリーを上《うえ》に連《つ》れていく間《あいだ》、ここで見張《みは》りを頼《たの》んでもよいかの？」

「もちろんですわ」

マクゴナガル先生《せんせい》が答《こた》えた。たった今誰《いまだれ》かが嘔吐《おうと》するのを見《み》て、自分《じぶん》も吐《は》きたくなったような顔《かお》をしていた。しかし、杖《つえ》を取《と》り出《だ》してバーティ・クラウチに向《む》けたとき、その手《て》はしっかりしていた。

「セブルス」

ダンブルドアがスネイプのほうを向《む》いた。

「マダム・ポンフリーに、ここに下《お》りてくるように頼《たの》んでくれんか？　アラスター・ムーディを医務室《いむしつ》に運《はこ》ばねばならん。そのあとで校庭《こうてい》に行《い》き、コーネリウス・ファッジを探《さが》して、この部屋《へや》に連《つ》れてきてくれ。ファッジはまちがいなく、自分《じぶん》でクラウチを尋問《じんもん》したいことじゃろう。ファッジに、わしに用《よう》があれば、あと半時間《はんじかん》もしたら、わしは医務室《いむしつ》に行《い》っておると伝《つた》えてくれ」

スネイプはうなずき、無言《むごん》でサッと部屋《へや》を出《で》ていった。

「ハリー？」ダンブルドアがやさしく言《い》った。

ハリーは立《た》ち上《あ》がったが、またぐらりとした。クラウチの話《はなし》を聞《き》いている間《あいだ》は気《き》づかなかった痛《いた》みが、今完全《いまかんぜん》に戻《もど》ってきた。その上《うえ》、体《からだ》が震《ふる》えているのに気《き》づいた。ダンブルドアはハリーの腕《うで》をつかみ、介助《かいじょ》しながら暗《くら》い廊下《ろうか》に出《で》た。

「ハリー、まずわしの部屋《へや》に来《き》てほしい」

ダンブルドアは廊下《ろうか》を歩《ある》きながら静《しず》かに言《い》った。

「シリウスがそこで待《ま》っておる」

ハリーはうなずいた。一種《いっしゅ》の無感覚状態《むかんかくじょうたい》と非現実感《ひげんじつかん》とが、ハリーを襲《おそ》っていた。しかし、ハリーは気《き》にならなかった。むしろうれしかった。優勝杯《ゆうしょうはい》に触《ふ》れてから起《お》こったことについて、何《なに》も考《かんが》えたくなかった。写真《しゃしん》のように鮮《あざ》やかに、くっきりと、頭《あたま》の中《なか》に明滅《めいめつ》する記憶《きおく》をじっくり調《しら》べてみる気《き》にはなれなかった。トランクの中《なか》のマッド-アイ・ムーディ、手首《てくび》のない腕《うで》をかばいながら地面《じめん》にへたり込《こ》んでいるワームテール、湯気《ゆげ》の立《た》ち昇《のぼ》る大鍋《おおなべ》からよみがえったヴォルデモート、セドリック……死《し》んでいる……両親《りょうしん》の元《もと》に返《かえ》してくれと頼《たの》んだセドリック……。

「校長先生《こうちょうせんせい》」ハリーが口《くち》ごもった。「ディゴリーさんご夫妻《ふさい》はどこに？」

「スプラウト先生《せんせい》と一緒《いっしょ》じゃ」

ダンブルドアが言《い》った。バーティ・クラウチを尋問《じんもん》している間《あいだ》、ずっと平静《へいせい》だったダンブルドアの声《こえ》が、初《はじ》めてわずかに震《ふる》えた。

「スプラウト先生《せんせい》はセドリックの寮《りょう》の寮監《りょうかん》じゃ。あの子《こ》のことを一番《いちばん》よくご存《ぞん》じじゃ」

怪獣《ガーゴイル》の石像《せきぞう》の前《まえ》に来《き》た。ダンブルドアが合言葉《あいことば》を言《い》うと、石像《せきぞう》が脇《わき》に飛《と》びのいた。ダンブルドアとハリーは、動《うご》くらせん階段《かいだん》で樫《かし》の扉《とびら》まで上《のぼ》っていった。ダンブルドアが扉《とびら》を押《お》し開《あ》けた。

そこに、シリウスが立《た》っていた。アズカバンから逃亡《とうぼう》してきたときのように、蒼白《そうはく》でやつれた顔《かお》をしている。シリウスは一気《いっき》に部屋《へや》を横切《よこぎ》ってやってきた。

「ハリー、大丈夫《だいじょうぶ》か？　私《わたし》の思《おも》ったとおりだ——こんなことになるのではないかと思《おも》っていた——いったい何《なに》があった？」

ハリーを介助《かいじょ》して机《つくえ》の前《まえ》の椅子《いす》に座《すわ》らせながら、シリウスの手《て》が震《ふる》えていた。

「いったい何《なに》があったのだ？」シリウスがいっそう急《せ》き込《こ》んで尋《たず》ねた。

ダンブルドアがバーティ・クラウチの話《はなし》を、一部始終《いちぶしじゅう》シリウスに語《かた》りはじめた。ハリーは半分《はんぶん》しか聞《き》いていなかった。つかれはて、体中《からだじゅう》の骨《ほね》が痛《いた》んだ。眠《ねむ》りに落《お》ちて何《なに》も考《かんが》えず、何《なに》も感《かん》じなくなるまで、何時間《なんじかん》も何時間《なんじかん》も、じゃまされず、ひたすらそこに座《すわ》っていたかった。

やわらかな羽音《はおと》がした。不死鳥《ふしちょう》のフォークスが、止《と》まり木《き》を離《はな》れ、部屋《へや》のむこうから飛《と》んできて、ハリーのひざに止《と》まった。

「やあ、フォークス」

ハリーは小《ちい》さな声《こえ》でそう言《い》うと、不死鳥《ふしちょう》の真紅《しんく》と金色《こんじき》の美《うつく》しい羽《はね》をなでた。フォークスは安《やす》らかに瞬《まばた》きしながらハリーを見上《みあ》げた。ひざに感《かん》じる温《ぬく》もりと重《おも》みが心《こころ》を癒《い》やした。

ダンブルドアが話《はな》し終《お》えた。そして、机《つくえ》のむこう側《がわ》に、ハリーと向《む》き合《あ》って座《すわ》った。ダンブルドアはハリーを見《み》つめた。ハリーはその目《め》をさけた。――ダンブルドアは僕《ぼく》に質問《しつもん》するつもりだ。僕《ぼく》に、すべてをもう一度《いちど》思《おも》い出《だ》させようとしている。

「ハリー、迷路《めいろ》の移動《ポート》キーに触《ふ》れてから、何《なに》が起《お》こったのか、わしは知《し》る必要《ひつよう》があるのじゃ」

ダンブルドアが言《い》った。

「ダンブルドア、明日《あす》の朝《あさ》まで待《ま》てませんか？」

シリウスが厳《きび》しい声《こえ》で言《い》った。シリウスは片方《かたほう》の手《て》をハリーの肩《かた》に置《お》いていた。

「眠《ねむ》らせてやりましょう。休《やす》ませてやりましょう」

ハリーはシリウスへの感謝《かんしゃ》の気持《きも》ちがどっとあふれるのを感《かん》じた。しかし、ダンブルドアはシリウスの言葉《ことば》を無視《むし》した。ダンブルドアがハリーのほうに身《み》を乗《の》り出《だ》した。ハリーは気《き》が進《すす》まないままに顔《かお》を上《あ》げ、ダンブルドアのブルーの瞳《ひとみ》を見《み》つめた。

「それで救《すく》えるのなら」ダンブルドアがやさしく言《い》った。

「君《きみ》を魔法《まほう》の眠《ねむ》りにつかせ、今夜《こんや》の出来事《できごと》を考《かんが》えるのを先延《さきの》ばしにすることで君《きみ》を救《すく》えるなら、わしはそうするじゃろう。しかし、そうではないのじゃ。一時的《いちじてき》に痛《いた》みをまひさせれば、あとになって感《かん》じる痛《いた》みは、もっとひどい。君《きみ》は、わしの期待《きたい》をはるかに超《こ》える勇気《ゆうき》を示《しめ》した。もう一《いち》度《ど》その勇気《ゆうき》を示《しめ》してほしい。何《なに》が起《お》きたか、わしらに聞《き》かせてくれ」

不死鳥《ふしちょう》が一声《ひとこえ》、やわらかに震《ふる》える声《こえ》で鳴《な》いた。その声《こえ》が空気《くうき》を震《ふる》わせると、ハリーは、熱《あつ》い液《えき》体《たい》が一滴《いってき》、のどを通《とお》り、胃《い》に入《はい》り、体《からだ》が温《あたた》まり、力《ちから》が湧《わ》いてくるような気《き》がした。

ハリーは深《ふか》く息《いき》を吸《す》い込《こ》み、話《はな》しはじめた。話《はな》しながら、その夜《よる》の光景《こうけい》の一つ一つが、目《め》の前《まえ》にくり広《ひろ》げられるように感《かん》じられた。ヴォルデモートをよみがえらせたあの液体《えきたい》から出《で》る火花《ひばな》。

周囲《しゅうい》の墓《はか》と墓《はか》の間《あいだ》から「姿《すがた》あらわし」してくる死喰《しく》い人《びと》。優勝杯《ゆうしょうはい》のそばに横《よこ》たわるセドリックのなきがら。

ハリーの肩《かた》をしっかりつかんだまま、一、二度《ど》、シリウスが何《なに》か言《い》いたそうな声《こえ》を出《だ》した。しかし、ダンブルドアは手《て》を上《あ》げてそれを制《せい》した。ハリーにはそのほうがうれしかった。話《はな》しだしてしまえば、続《つづ》けて話《はな》してしまうほうが楽《らく》だった。ホッとすると言《い》ってもよかった。何《なに》か毒《どく》のようなものが体《からだ》から抜《ぬ》き取《と》られていくような気分《きぶん》でさえあった。話《はな》し続《つづ》けるには、ハリーの意志《いし》のすべてを振《ふ》りしぼらなければならなかった。それでも、話《はな》し終《お》われば、気持《きも》ちがすっきりするような予感《よかん》がした。

ワームテールが短剣《たんけん》でハリーの腕《うで》を突《つ》き刺《さ》した件《くだり》になると、シリウスが激《はげ》しくののしった。ダンブルドアがあまりにすばやく立《た》ち上《あ》がったので、ハリーは驚《おどろ》いた。ダンブルドアは机《つくえ》を回《まわ》り込《こ》んでやってきて、ハリーに腕《うで》を出《だ》して見《み》せるように言《い》った。ハリーは、切《き》り裂《さ》かれたローブと、その下《した》の傷《きず》を二人《ふたり》に見《み》せた。

「僕《ぼく》の血《ち》が、ほかの誰《だれ》の血《ち》よりも、あの人《ひと》を強《つよ》くすると、ヴォルデモートが言《い》ってました」

ハリーがダンブルドアに言《い》った。

「僕《ぼく》を護《まも》っているものが――僕《ぼく》の母《はは》が残《のこ》してくれたものが――あの人《ひと》にも入《はい》るのだと言《い》ってまし

た。そのとおりでした――ヴォルデモートは僕《ぼく》にさわっても傷《きず》つきませんでした。僕《ぼく》の顔《かお》をさわったんです」

ほんの一瞬《いっしゅん》、ハリーはダンブルドアの目《め》に勝《か》ち誇《ほこ》ったような光《ひかり》を見《み》たような気《き》がした。しかし、次《つぎ》の瞬間《しゅんかん》、ハリーはきっと勘《かん》ちがいだったんだと思《おも》った。机《つくえ》のむこう側《がわ》に戻《もど》ったダンブルドアが、ハリーがこれまで見《み》たこともないほど老《ふ》け込《こ》んで、つかれて見《み》えたからだ。

「なるほど」

ダンブルドアは再《ふたた》び腰《こし》をかけた。

「ヴォルデモートはその障害《しょうがい》については克服《こくふく》したというわけじゃな。ハリー、続《つづ》けるのじゃ」

ハリーは話《はな》し続《つづ》けた。ヴォルデモートが大鍋《おおなべ》からどのようによみがえったのかを語《かた》り、死喰《しく》い人《びと》たちへのヴォルデモートの演説《えんぜつ》を、思《おも》い出《だ》せるかぎり話《はな》して聞《き》かせた。それから、ヴォルデモートがハリーの縄目《なわめ》を解《と》き、杖《つえ》を返《かえ》し、決闘《けっとう》しようとしたことを話《はな》した。

しかし、金色《こんじき》の光《ひかり》がハリーとヴォルデモートの杖同士《つえどうし》をつないだ件《くだり》では、ハリーはのどを詰《つ》まらせた。話《はな》し続《つづ》けようとしても、ヴォルデモートの杖《つえ》から現《あらわ》れたものの記憶《きおく》が、どっとあふれ、胸《むね》がいっぱいになってしまったのだ。セドリックが出《で》てくるのが見《み》える。年老《としお》いた男《おとこ》が、バーサ・ジョーキンズが……母《はは》が……父《ちち》が……。

シリウスが沈黙《ちんもく》を破《やぶ》ってくれたのが、ハリーにはありがたかった。

「杖《つえ》がつながった？」

シリウスはハリーを見《み》て、ダンブルドアを見《み》た。

「なぜなんだ？」

ハリーも再《ふたた》びダンブルドアを見上《みあ》げた。ダンブルドアは何《なに》かに強《つよ》く魅《ひ》かれた顔《かお》をしていた。

「直前呪文《ちょくぜんじゅもん》じゃな」ダンブルドアがつぶやいた。

ダンブルドアの目《め》がハリーの目《め》をじっと見《み》つめた。二人《ふたり》の間《あいだ》に、目《め》に見《み》えない光線《こうせん》が走《はし》り、理《り》解《かい》し合《あ》ったかのようだった。

「呪文逆戻《じゅもんぎゃくもど》し効果《こうか》？」シリウスが鋭《するど》い声《こえ》で言《い》った。

「さよう」ダンブルドアが言《い》った。

「ハリーの杖《つえ》とヴォルデモートの杖《つえ》には共通《きょうつう》の芯《しん》が使《つか》ってある。それぞれに同《おな》じ不死鳥《ふしちょう》の尾羽根《おばね》が一枚《まい》ずつ入《はい》っている。じつは、この不死鳥《ふしちょう》なのじゃ」

ダンブルドアはハリーのひざに安《やす》らかに止《と》まっている真紅《しんく》と金色《こんじき》の鳥《とり》を指差《ゆびさ》した。

「僕《ぼく》の杖《つえ》の羽根《はね》は、フォークスの？」ハリーは驚《おどろ》いた。

「そうじゃ」ダンブルドアが答《こた》えた。

「四年前《ねんまえ》、オリバンダー翁《おう》が、君《きみ》があの店《みせ》を出《で》た直後《ちょくご》に手紙《てがみ》をくれての、君《きみ》が二本目《ほんめ》の杖《つえ》を買《か》ったと教《おし》えてくれたのじゃ」

「すると、杖《つえ》が兄弟杖《きょうだいづえ》に出会《であ》うと、何《なに》が起《お》こるのだろう？」シリウスが言《い》った。

「お互《たが》いに相手《あいて》に対《たい》して正常《せいじょう》に作動《さどう》しない」ダンブルドアが言《い》った。

「しかし、杖《つえ》の持《も》ち主《ぬし》が、二つを無理《むり》に戦《たたか》わせると……非常《ひじょう》に稀《まれ》な現象《げんしょう》が起《お》こる」

「どちらか一本《ぽん》が、もう一本《ぽん》に対《たい》して、それまでにかけた呪文《じゅもん》を吐《は》き出《だ》させる——逆《ぎゃく》の順序《じゅんじょ》で。一番新《いちばんあたら》しい呪文《じゅもん》を最初《さいしょ》に……そしてそれ以前《いぜん》にかけたものを次々《つぎつぎ》に……」

ダンブルドアがたしかめるような目《め》でハリーを見《み》た。ハリーがうなずいた。

「ということは」

ダンブルドアがハリーの顔《かお》から目《め》を離《はな》さず、ゆっくりと言《い》った。

「セドリックが何《なん》らかの形《かたち》で現《あらわ》れたのじゃな？」

ハリーがまたうなずいた。

「ディゴリーが生《い》き返《かえ》った？」シリウスが鋭《するど》い声《こえ》で言《い》った。

「どんな呪文《じゅもん》をもってしても、死者《ししゃ》を呼《よ》び覚《さ》ますことはできぬ」

ダンブルドアが重苦《おもくる》しく言《い》った。

「こだまが逆《ぎゃく》の順序《じゅんじょ》で返《かえ》ってくるようなことが起《お》こったのじゃろう。生《い》きていたときのセドリックの姿《すがた》の影《かげ》が杖《つえ》から出《で》てきた……そうじゃな、ハリー？」

「セドリックが僕《ぼく》に話《はな》しかけました」ハリーが言《い》った。急《きゅう》にまた体《からだ》が震《ふる》えだした。

「ゴースト……セドリックのゴースト、それとも、何《なん》だったのでしょう。それが僕《ぼく》に話《はな》しかけました」

「こだまじゃ」ダンブルドアが言《い》った。

「セドリックの外見《がいけん》や性格《せいかく》をそっくり保《たも》っておる。おそらく、ほかにも同《おな》じような姿《すがた》が現《あらわ》れたのであろうと想像《そうぞう》するが……もっと以前《いぜん》にヴォルデモートの杖《つえ》の犠牲《ぎせい》になった者《もの》たちが……」

「老人《ろうじん》が」ハリーはまだのどがしめつけられているようだった。

「バーサ・ジョーキンズが。それから……」

「ご両親《りょうしん》じゃな？」ダンブルドアが静《しず》かに言《い》った。

「はい」

ハリーの肩《かた》をつかんだシリウスの手《て》に力《ちから》が入《はい》り、痛《いた》いくらいだった。

「杖《つえ》が殺《あや》めた最後《さいご》の犠牲者《ぎせいしゃ》たちじゃ」ダンブルドアがうなずきながら言《い》った。

「殺《あや》めた順序《じゅんじょ》と逆《ぎゃく》に。もちろん、杖《つえ》のつながりをもっと長《なが》く保《たも》っていれば、もっと多《おお》くの者《もの》が現《あらわ》れてきたはずじゃ。よろしい、ハリー、このこだまたち、影《かげ》たちは……何《なに》をしたのかね？」

ハリーは話《はな》した。杖《つえ》から現《あらわ》れた姿《すがた》が、金色《こんじき》のかごの内側《うちがわ》を徘徊《はいかい》したこと、ヴォルデモートが影《かげ》たちを恐《おそ》れていたこと、ハリーの父親《ちちおや》の影《かげ》がどうしたらよいか教《おし》えてくれたこと、セドリックの最後《さいご》の願《ねが》いのこと。

そこまで話《はな》したとき、ハリーはもうそれ以上《いじょう》は続《つづ》けられないと思《おも》った。シリウスを振《ふ》り返《かえ》ると、シリウスは両手《りょうて》に顔《かお》をうずめていた。

ふと気《き》がつくと、フォークスはもうハリーのひざを離《はな》れていた。不死鳥《ふしちょう》は床《ゆか》に舞《ま》い降《お》りていた。そして、その美《うつく》しい頭《あたま》をハリーの傷《きず》ついた脚《あし》にもたせかけ、その目《め》からは真珠《しんじゅ》のようなとろりとした涙《なみだ》が、蜘蛛《くも》が残《のこ》した脚《あし》の傷《きず》にこぼれ落《お》ちていた。痛《いた》みが消《き》えた。皮膚《ひふ》は元《もと》どおりになり、脚《あし》は癒《い》えた。

「もう一度《いちど》言《い》う」

不死鳥《ふしちょう》が舞《ま》い上《あ》がり、扉《とびら》のそばの止《と》まり木《ぎ》に戻《もど》ると、ダンブルドアが言《い》った。

「ハリー、今夜《こんや》、君《きみ》は、わしの期待《きたい》をはるかに超《こ》える勇気《ゆうき》を示《しめ》した。君《きみ》は、ヴォルデモートの力《ちから》が最《もっと》も強《つよ》かった時代《じだい》に戦《たたか》って死《し》んだ者《もの》たちに劣《おと》らぬ勇気《ゆうき》を示《しめ》した。一人前《いちにんまえ》の魔法使《まほうつか》いに匹敵《ひってき》する重荷《おもに》を背負《せお》い、大人《おとな》に勝《まさ》るとも劣《おと》らぬ君自身《きみじしん》を見出《みいだ》したのじゃ――さらに君《きみ》は今《いま》、我々《われわれ》が知《し》るべきことをすべて話《はな》してくれた。わしと一緒《いっしょ》に医務室《いむしつ》に行《い》こうぞ。今夜《こんや》は寮《りょう》に戻《もど》らぬほうがよい。魔法睡眠薬《まほうすいみんやく》、それに安静《あんせい》じゃ……。シリウス、ハリーと一緒《いっしょ》にいてくれるかの？」

シリウスがうなずいて立《た》ち上《あ》がった。そして黒《くろ》い犬《いぬ》に変身《へんしん》し、ハリー、ダンブルドアと一緒《いっしょ》に部屋《へや》を出《で》て、階段《かいだん》を下《お》り、医務室《いむしつ》までついていった。

ダンブルドアが医務室《いむしつ》のドアを開《あ》けると、そこには、ウィーズリーおばさん、ビル、ロン、ハーマイオニーが、弱《よわ》りきった顔《かお》をしたマダム・ポンフリーを取《と》り囲《かこ》んでいた。どうやら、「ハリーはどこか」「ハリーの身《み》に何《なに》が起《お》こったか」と問《と》い詰《つ》めていた様子《ようす》だ。

ハリー、ダンブルドア、そして黒《くろ》い犬《いぬ》が入《はい》ってくると、みんないっせいに振《ふ》り返《かえ》った。ウィーズリーおばさんは声《こえ》を詰《つ》まらせて叫《さけ》んだ。

「ハリー！　ああ、ハリー！」

おばさんはハリーにかけ寄《よ》ろうとしたが、ダンブルドアが二人《ふたり》の間《あいだ》に立《た》ちふさがった。

「モリー」ダンブルドアが手《て》で制《せい》した。

「ちょっと聞《き》いておくれ。ハリーは今夜《こんや》、恐《おそ》ろしい試練《しれん》をくぐり抜《ぬ》けてきた。それをわしのために、もう一度再現《いちどさいげん》してくれたばかりじゃ。今《いま》ハリーに必要《ひつよう》なのは、安《やす》らかに、静《しず》かに、眠《ねむ》ることじゃ。もしハリーが、みんなにここにいてほしければ」

ダンブルドアはロン、ハーマイオニー、そしてビルと見回《みまわ》した。

「そうしてよろしい。しかし、ハリーが答《こた》えられる状態《じょうたい》になるまでは、質問《しつもん》をしてはならぬぞ。今夜《こんや》は絶対《ぜったい》に、質問《しつもん》してはならぬ」

ウィーズリーおばさんが、真《ま》っ青《さお》な顔《かお》でうなずいた。

おばさんは、まるでロン、ハーマイオニー、ビルがうるさくしていたかのように、シーッと言《い》って三人《にん》を叱《しか》った。

「わかったの？　ハリーは安静《あんせい》が必要《ひつよう》なのよ！」

「校長先生《こうちょうせんせい》」マダム・ポンフリーが、シリウスの変身《へんしん》した黒《くろ》い大《おお》きな犬《いぬ》をにらみながら言《い》った。

「いったいこれは――？」

「この犬《いぬ》はしばらくハリーのそばにいる」ダンブルドアはさらりと言《い》った。

「わしが保証《ほしょう》する。この犬《いぬ》はたいそうしつけがよい。ハリー――わしは君《きみ》がベッドに入《はい》るまでここにおるぞ」

ダンブルドアがみんなに質問《しつもん》を禁《きん》じてくれたことに、ハリーは言葉《ことば》に言《い》い表《あらわ》せないほど感謝《かんしゃ》していた。みんなに、ここにいてほしくないというわけではない。しかし、もう一度《いちど》あれをまざまざと思《おも》い出《だ》し、再《ふたた》び説明《せつめい》することなど、ハリーにはとてもたえられない。

「ハリー、わしは、ファッジに会《あ》ったらすぐに戻《もど》ってこよう」ダンブルドアが言《い》った。「明日《あす》、わしが学校《がっこう》のみなに話《はなし》をする。それまで、明日《あす》もここにおるのじゃぞ」

そして、ダンブルドアはその場《ば》を去《さ》った。

マダム・ポンフリーはハリーを近《ちか》くのベッドに連《つ》れていった。一番隅《いちばんすみ》のベッドに、本物《ほんもの》のムーディが死《し》んだように横《よこ》たわっているのがちらりと見《み》えた。木製《もくせい》の義足《ぎそく》と「魔法《まほう》の目《め》」が、ベッド脇《わき》のテーブルに置《お》いてある。

「あの人《ひと》は大丈夫《だいじょうぶ》ですか？」ハリーが聞《き》いた。

「大丈夫《だいじょうぶ》ですよ」

マダム・ポンフリーがハリーにパジャマを渡《わた》し、ベッドの周《まわ》りのカーテンを閉《し》めながら言《い》った。ハリーはローブを脱《ぬ》ぎ、パジャマを着《き》てベッドに入《はい》った。ロン、ハーマイオニー、ビル、ウィーズリーおばさん、そして黒《くろ》い犬《いぬ》がカーテンを回《まわ》り込《こ》んで入《はい》ってきて、ベッドの両側《りょうがわ》に座《すわ》った。ロンとハーマイオニーは、まるで怖《こわ》いものでも見《み》るように、恐《おそ》る恐《おそ》るハリーを見《み》た。

「僕《ぼく》、大丈夫《だいじょうぶ》」ハリーが二人《ふたり》に言《い》った。「つかれてるだけ」

ウィーズリーおばさんは、必要《ひつよう》もないのにベッドカバーのしわを伸《の》ばしながら、目《め》にいっぱい涙《なみだ》を浮《う》かべていた。

マダム・ポンフリーは、いったんせかせかと事務室《じむしつ》に行《い》ったが、戻《もど》ってきたときには、手《て》にゴブレットと紫色《むらさきいろ》の薬《くすり》が入《はい》った小瓶《こびん》を持《も》っていた。

「ハリー、これを全部《ぜんぶ》飲《の》まないといけません」マダム・ポンフリーが言《い》った。

「この薬《くすり》で、夢《ゆめ》を見《み》ずに眠《ねむ》ることができます」

ハリーはゴブレットを取《と》り、二口《ふたくち》、三口《みくち》飲《の》んでみた。すぐに眠《ねむ》くなってきた。周《まわ》りのものすべてがぼやけてきた。病室中《びょうしつじゅう》のランプが、カーテンを通《とお》して、親《した》しげにウィンクしているような気《き》がした。羽根布団《はねぶとん》の温《ぬく》もりの中《なか》に、全身《ぜんしん》が深々《ふかぶか》と沈《しず》んでいくようだった。薬《くすり》を飲《の》み干《ほ》す前《まえ》に、一言《ひとこと》も口《くち》をきく間《ま》もなく、疲労《ひろう》がハリーを眠《ねむ》りへと引《ひ》き込《こ》んでいた。

目覚《めざ》めたとき、あまりに温《あたた》かく、まだとても眠《ねむ》かったので、もう一眠《ひとねむ》りしようと、ハリーは目《め》を開《あ》けなかった。部屋《へや》はぼんやりと灯《あか》りがともっていた。きっとまだ夜《よる》で、あまり長《なが》い時間《じかん》は眠《ねむ》っていないのだろうと思《おも》った。

その時《とき》、そばでヒソヒソ話《はな》す声《こえ》が聞《き》こえた。

「あの人《ひと》たち、静《しず》かにしてもらわないと、この子《こ》を起《お》こしてしまうわ」

「いったい何《なに》をわめいてるんだろう？　また何《なに》か起《お》こるなんて、ありえないよね？」

ハリーは薄目《うすめ》を開《あ》けた。誰《だれ》かがハリーのめがねをはずしたらしい。すぐそばにいるウィーズリーおばさんとビルの姿《すがた》がぼんやり見《み》えた。おばさんは立《た》ち上《あ》がっている。

「ファッジの声《こえ》だわ」おばさんがささやいた。

「それと、ミネルバ・マクゴナガルだわね。いったい何《なに》を言《い》い争《あらそ》ってるのかしら」

もうハリーにも聞《き》こえた。誰《だれ》かがどなり合《あ》いながら医務室《いむしつ》に向《む》かって走《はし》ってくる。

「残念《ざんねん》だが、ミネルバ、仕方《しかた》がない――」

コーネリウス・ファッジのわめき声《ごえ》がする。

「絶対《ぜったい》に、あれを城《しろ》の中《なか》に入《い》れてはならなかったのです！」

マクゴナガル先生《せんせい》が叫《さけ》んでいる。

「ダンブルドアが知《し》ったら――」

ハリーは医務室《いむしつ》のドアがバーンと開《ひら》く音《おと》を聞《き》いた。ビルがカーテンを開《あ》け、みんながドアのほうを見《み》つめた。ハリーはベッドの周《まわ》りの誰《だれ》にも気《き》づかれずに、起《お》き上《あ》がって、めがねをかけた。

ファッジがドカドカと病室《びょうしつ》に入《はい》ってきた。すぐ後《うし》ろにマクゴナガル先生《せんせい》とスネイプ先生《せんせい》がいた。

「ダンブルドアはどこかね？」

ファッジがウィーズリーおばさんに詰《つ》め寄《よ》った。

「ここにはいらっしゃいませんわ」ウィーズリーおばさんが怒《おこ》ったように答《こた》えた。

「大臣《だいじん》、ここは病室《びょうしつ》です。少《すこ》しお静《しず》かに――」

しかし、その時《とき》ドアが開《ひら》き、ダンブルドアがサッと入《はい》ってきた。

「何事《なにごと》じゃ」

ダンブルドアは鋭《するど》い目《め》でファッジを、そしてマクゴナガル先生《せんせい》を見《み》た。

「病人《びょうにん》たちに迷惑《めいわく》じゃろう？　ミネルバ、あなたらしくもない――バーティ・クラウチを監視《かんし》するようにお願《ねが》いしたはずじゃが――」

「もう見張《みは》る必要《ひつよう》がなくなりました。ダンブルドア！」マクゴナガル先生《せんせい》が叫《さけ》んだ。

「大臣《だいじん》がその必要《ひつよう》がないようになさったのです！」

ハリーはマクゴナガル先生《せんせい》がこんなに取《と》り乱《みだ》した姿《すがた》を初《はじ》めて見《み》た。怒《いか》りのあまりほおはまだらに赤《あか》くなり、両手《りょうて》は拳《こぶし》を握《にぎ》りしめ、わなわなと震《ふる》えている。

「今夜《こんや》の事件《じけん》を引《ひ》き起《お》こした死喰《デス・イーター》い人を捕《と》らえたと、ファッジ大臣《だいじん》にご報告《ほうこく》したのですが」

スネイプが低《ひく》い声《こえ》で言《い》った。

「すると、大臣《だいじん》はご自分《じぶん》の身《み》が危険《きけん》だと思《おも》われたらしく、城《しろ》に入《はい》るのに吸魂鬼《ディメンター》を一人《ひとり》呼《よ》んで自分《じぶん》に付《つ》き添《そ》わせると主張《しゅちょう》なさったのです。大臣《だいじん》はバーティ・クラウチのいる部屋《へや》に、吸魂鬼《ディメンター》を連《つ》れて入《はい》った――」

「ダンブルドア、私《わたし》はあなたが反対《はんたい》なさるだろうと大臣《だいじん》に申《もう》し上《あ》げました！」

マクゴナガル先生《せんせい》がいきり立《た》った。

「申《もう》し上《あ》げましたとも。吸魂鬼《ディメンター》が一歩《いっぽ》たりとも城内《じょうない》に入《はい》ることは、あなたがお許《ゆる》しになりませんと。それなのに――」

「失礼《しつれい》だが！」

ファッジもわめき返《かえ》した。ファッジもまた、こんなに怒《おこ》っている姿《すがた》をハリーは初《はじ》めて見《み》た。

「魔法大臣《まほうだいじん》として、護衛《ごえい》を連《つ》れていくかどうかは私《わたし》が決《き》めることだ。尋問《じんもん》する相手《あいて》が危険性《きけんせい》のある者《もの》であれば――」

しかし、マクゴナガル先生《せんせい》の声《こえ》がファッジの声《こえ》を圧倒《あっとう》した。

「あの――あのものが部屋《へや》に入《はい》った瞬間《しゅんかん》」

マクゴナガル先生《せんせい》は、全身《ぜんしん》をわなわなと震《ふる》わせ、ファッジを指差《ゆびさ》して叫《さけ》んだ。

「クラウチに覆《おお》いかぶさって、そして――そして――」

マクゴナガル先生《せんせい》が、何《なに》が起《お》こったのかを説明《せつめい》する言葉《ことば》を必死《ひっし》に探《さが》している間《あいだ》、ハリーは胃《い》が凍《こお》っていくような気《き》がした。マクゴナガル先生《せんせい》が最後《さいご》まで言《い》うまでもない。ハリーは吸魂鬼《ディメンター》が何《なに》をやったのかわかっていた。バーティ・クラウチに死《し》の接吻《キス》をほどこしたのだ。口《くち》から魂《たましい》を吸《す》い取《と》ったのだ。クラウチは死《し》よりもむごい姿《すがた》になった。

「どのみち、クラウチがどうなろうと、何《なん》の損失《そんしつ》にもなりはせん！」

ファッジがどなり散《ち》らした。

「どうせやつは、もう何人《なんにん》も殺《ころ》しているんだ！」

「しかし、コーネリウス、もはや証言《しょうげん》ができまい」

ダンブルドアが言《い》った。まるで初《はじ》めてはっきりとファッジを見《み》たかのように、ダンブルドアはじっと見《み》つめていた。

「なぜ何人《なんにん》も殺《ころ》したのか、クラウチは何《なん》ら証言《しょうげん》できまい」

「なぜ殺《ころ》したか？　ああ、そんなことは秘密《ひみつ》でも何《なん》でもなかろう？」ファッジがわめいた。「あいつは支離滅裂《しりめつれつ》だ！　ミネルバやセブルスの話《はなし》では、やつは、すべて『例《れい》のあの人《ひと》』の命令《めいれい》でやったと思《おも》い込《こ》んでいたらしい！」

「たしかに、ヴォルデモート卿《きょう》が命令《めいれい》していたのじゃ、コーネリウス」

ダンブルドアが言《い》った。

「何人《なんにん》かが殺《ころ》されたのは、ヴォルデモートが再《ふたた》び完全《かんぜん》に勢力《せいりょく》を回復《かいふく》する計画《けいかく》の布石《ふせき》にすぎなかったのじゃ。計画《けいかく》は成功《せいこう》した。ヴォルデモートは肉体《にくたい》を取《と》り戻《もど》した」

ファッジは誰《だれ》かに重《おも》たい物《もの》で顔《かお》をなぐりつけられたような顔《かお》をした。ぼうぜんとして目《め》を瞬《しばた》きながら、ファッジはダンブルドアを見《み》つめ返《かえ》した。今聞《いまき》いたことが、にわかには信《しん》じがたいという顔《かお》だ。

目《め》を見開《みひら》いてダンブルドアを見《み》つめたまま、ファッジはブツブツ言《い》いはじめた。

「『例《れい》のあの人《ひと》』が……復活《ふっかつ》した？　バカバカしい。おいおい、ダンブルドア……」

「ミネルバもセブルスもあなたにお話《はな》ししたことと思《おも》うが」ダンブルドアが言《い》った。

「わしらはバーティ・クラウチの告白《こくはく》を聞《き》いた。真実薬《ベリタセラム》の効《き》き目《め》で、クラウチは、わしらにいろいろ語《かた》ってくれたのじゃ。アズカバンからどのようにして隠密《おんみつ》に連《つ》れ出《だ》されたか、ヴォルデモートが――クラウチがまだ生《い》きていることをバーサ・ジョーキンズから聞《き》き出《だ》し――クラウチを、どのように父親《ちちおや》から解放《かいほう》するにいたったか、そして、ハリーを捕《つか》まえるのに、ヴォルデモートがいかにクラウチを利用《りよう》したかをじゃ。計画《けいかく》はうまくいった。よいか、クラウチはヴォルデモートの復活《ふっかつ》に力《ちから》を貸《か》したのじゃ」

「いいか、ダンブルドア」ファッジが言《い》った。

驚《おどろ》いたことに、ファッジの顔《かお》にはかすかな笑《わら》いさえ漂《ただよ》っていた。

「まさか――まさかそんなことを本気《ほんき》にしているのではあるまいね。『例《れい》のあの人《ひと》』が――戻《もど》った？　まあ、まあ、落《お》ち着《つ》け……まったく。クラウチは『例《れい》のあの人《ひと》』の命令《めいれい》で働《はたら》いていると、思《おも》い込《こ》んでいたのだろう――しかし、そんなたわ言《ごと》を真《ま》に受《う》けるとは、ダンブルドア……」

「今夜《こんや》ハリーが優勝杯《ゆうしょうはい》に触《ふ》れたとき、まっすぐにヴォルデモートのところに運《はこ》ばれていったのじゃ」

ダンブルドアはたじろぎもせずに話《はな》した。

「ハリーが、ヴォルデモートのよみがえるのを目撃《もくげき》した。わしの部屋《へや》まで来《き》てくだされば、一部《いちぶ》始終《しじゅう》お話《はな》しいたしますぞ」

ダンブルドアはハリーをちらりと見《み》て、ハリーが目覚《めざ》めているのに気《き》づいた。しかし、ダンブルドアは首《くび》を横《よこ》に振《ふ》った。

「今夜《こんや》はハリーに質問《しつもん》するのを許《ゆる》すわけにはゆかぬ」

ファッジは、奇妙《きみょう》な笑《わら》いを漂《ただよ》わせていた。

ファッジもハリーをちらりと見《み》て、それからダンブルドアに視線《しせん》を戻《もど》した。

「ダンブルドア、あなたは――アー――本件《ほんけん》に関《かん》して、ハリーの言葉《ことば》を信《しん》じるというわけですな？」

一瞬《いっしゅん》、沈黙《ちんもく》が流《なが》れた。静寂《せいじゃく》を破《やぶ》って、シリウスがうなった。毛《け》を逆立《さかだ》て、ファッジに向《む》かって歯《は》をむいてうなった。

「もちろんじゃ。わしはハリーを信《しん》じる」

ダンブルドアの目《め》が、今《いま》やメラメラと燃《も》えていた。

「わしはクラウチの告白《こくはく》を聞《き》き、優勝杯《ゆうしょうはい》に触《ふ》れてからの出来事《できごと》をハリーから聞《き》いた。二人《ふたり》の話《はなし》はつじつまが合《あ》う。バーサ・ジョーキンズがこの夏《なつ》に消《き》えてから起《お》こったことのすべてが説明《せつめい》できる」

ファッジは相変《あいか》わらず変《へん》な笑《わら》いを浮《う》かべている。もう一度《いちど》ハリーをちらりと見《み》て、ファッジは答《こた》えた。

「あなたはヴォルデモート卿《きょう》が帰《かえ》ってきたことを信《しん》じるおつもりらしい。異常《いじょう》な殺人者《さつじんしゃ》と、こんな少年《しょうねん》の、しかも……いや……」

ファッジはもう一度《いちど》すばやくハリーを見《み》た。ハリーは突然《とつぜん》ピンときた。

「ファッジ大臣《だいじん》、あなたはリータ・スキーターの記事《きじ》を読《よ》んでいらっしゃるのですね」

ハリーが静《しず》かに言《い》った。

ロン、ハーマイオニー、ウィーズリーおばさん、ビルが全員飛《ぜんいんと》び上《あ》がった。ハリーが起《お》きていることに、誰《だれ》も気《き》づいていなかったからだ。

ファッジはちょっと顔《かお》を赤《あか》らめたが、すぐに、挑戦的《ちょうせんてき》で、意固地《いこじ》な表情《ひょうじょう》になった。

「だとしたら、どうだというのかね？」

ダンブルドアを見《み》ながら、ファッジが言《い》った。

「あなたはこの子《こ》に関《かん》する事実《じじつ》をいくつか隠《かく》していた。そのことを私《わたし》が知《し》ったとしたらどうなるかね？　蛇語使《へびごつか》いだって、え？　それに、城《しろ》のいたるところでおかしな発作《ほっさ》を起《お》こすとか――」

「ハリーの傷痕《きずあと》が痛《いた》んだことを言《い》いたいのじゃな？」ダンブルドアが冷静《れいせい》に言《い》った。

「では、ハリーがそういう痛《いた》みを感《かん》じていたと認《みと》めるわけだな？」

すかさずファッジが言《い》った。

「頭痛《ずつう》か？　悪夢《あくむ》か？　もしかしたら――幻覚《げんかく》か？」

「コーネリウス、聞《き》くがいい」

ダンブルドアがファッジに一歩詰《ぽつめ》め寄《よ》った。クラウチの息子《むすこ》に「失神術《しっしんじゅつ》」をかけた直後《ちょくご》にハリーが感《かん》じた、あの何《なん》とも形容《けいよう》しがたい力《ちから》が、またしてもダンブルドアから発散《はっさん》しているようだった。

「ハリーは正常《せいじょう》じゃ。あなたやわしと同《おな》じように。額《ひたい》の傷痕《きずあと》は、この子《こ》の頭脳《ずのう》を乱《みだ》してはおらぬ。

ヴォルデモート卿《きょう》が近《ちか》づいたとき、もしくはことさらに残忍《ざんにん》な気持《きも》ちになったとき、この子《こ》の傷《きず》痕《あと》が痛《いた》むのだと、わしはそう信《しん》じておる」

ファッジはダンブルドアから半歩《はんぽ》あとずさりしたが、意固地《いこじ》な表情《ひょうじょう》は変《か》わらなかった。

「お言葉《ことば》だが、ダンブルドア、呪《のろ》いの傷痕《きずあと》が警鐘《けいしょう》となるなどという話《はなし》は、これまでついぞ聞《き》いたことが……」

「でも、僕《ぼく》はヴォルデモートが復活《ふっかつ》するのを、見《み》たんだ！」ハリーが叫《さけ》んだ。

ハリーはベッドから出《で》ようとしたが、ウィーズリーおばさんが押《お》し戻《もど》した。

「僕《ぼく》は、死喰《しく》い人《びと》を見《み》たんだ！　名前《なまえ》をみんな挙《あ》げることだってできる！　ルシウス・マルフォイ——」

スネイプがピクリと動《うご》いた。しかし、ハリーがスネイプを見《み》たときには、スネイプの目《め》はすばやくファッジに戻《もど》っていた。

「マルフォイの潔白《けっぱく》は証明済《しょうめいず》みだ！」

ファッジはあからさまに感情《かんじょう》を害《がい》していた。

「由緒《ゆいしょ》ある家柄《いえがら》だ——いろいろと立派《りっぱ》な寄付《きふ》をしている——」

「マクネア！」ハリーが続《つづ》けた。

「これも潔白《けっぱく》！　今《いま》は魔法省《まほうしょう》で働《はたら》いている！」

「エイブリー――ノット――クラッブ――ゴイル――」

「君《きみ》は十三年前《ねんまえ》に死喰《しく》い人《びと》の汚名《おめい》をそそいだ者《もの》の名前《なまえ》をくり返《かえ》しているだけだ！」

ファッジが怒《おこ》った。

「そんな名前《なまえ》は、古《ふる》い裁判記録《さいばんきろく》で見《み》つけたのだろう！　たわけたことを。ダンブルドア――この子《こ》は去年《きょねん》も学期末《がっきまつ》に、さんざんわけのわからん話《はなし》をしていた――話《はなし》がだんだん大《おお》げさになってくる。それなのにあなたは、まだそんな話《はなし》をうのみにしている――この子《こ》は蛇《へび》と話《はなし》ができるのだぞ、ダンブルドア、それなのに、まだ信用《しんよう》できると思《おも》うのか？」

「愚《おろ》か者《もの》！」マクゴナガル先生《せんせい》が叫《さけ》んだ。

「セドリック・ディゴリー！　クラウチ氏《し》！　この二人《ふたり》の死《し》が、狂気《きょうき》の無差別殺人《むさべつさつじん》だとでも言《い》うのですか！」

「反証《はんしょう》はない！」

ファッジの怒《いか》りもマクゴナガル先生《せんせい》に負《ま》けず劣《おと》らずで、顔《かお》を真《ま》っ赤《か》にして叫《さけ》んだ。

「どうやら諸君《しょくん》は、この十三年間《ねんかん》、我々《われわれ》が営々《えいえい》として築《きず》いてきたものを、すべて覆《くつがえ》すような大混乱《だいこんらん》を引《ひ》き起《お》こそうという所存《しょぞん》だな！」

ハリーは耳《みみ》を疑《うたが》った。ファッジはハリーにとって、常《つね》に親切《しんせつ》な人《ひと》だった。少《すこ》しどなり散《ち》らすところも、尊大《そんだい》なところもあるが、根《ね》は善人《ぜんにん》だと思《おも》っていた。しかし、今目《いまめ》の前《まえ》に立《た》っている小柄《こがら》な怒《いか》れる魔法使《まほうつか》いは、心地《ここち》よい秩序《ちつじょ》だった自分《じぶん》の世界《せかい》が崩壊《ほうかい》するかもしれないという予測《よそく》を、頭《あたま》から拒否《きょひ》し、受《う》け入《い》れまいとしている――ヴォルデモートが復活《ふっかつ》したことを信《しん》じまいとしている。

「ヴォルデモートは帰《かえ》ってきた」ダンブルドアがくり返《かえ》した。

「ファッジ、あなたがその事実《じじつ》をすぐさま認《みと》め、必要《ひつよう》な措置《そち》を講《こう》じれば、我々《われわれ》はまだこの状況《じょうきょう》を救《すく》えるかもしれぬ。最初《さいしょ》に取《と》るべき重要《じゅうよう》な措置《そち》は、アズカバンを吸魂鬼《ディメンター》の支配《しはい》から解《と》き放《はな》つことじゃ――」

「とんでもない！」ファッジが再《ふたた》び叫《さけ》んだ。

「吸魂鬼《ディメンター》を取《と》り除《のぞ》けと！　そんな提案《ていあん》をしようものなら、私《わたし》は大臣職《だいじんしょく》からけり落《お》とされる！　魔《ま》法使《ほうつか》いの半数《はんすう》が、夜安眠《よるあんみん》できるのは、吸魂鬼《ディメンター》がアズカバンの警備《けいび》に当《あ》たっていることを知《し》っているからなのだ！」

「コーネリウス、あとの半分《はんぶん》は、安眠《あんみん》できるどころではない！　あの生《い》き物《もの》に看視《かんし》されているのは、ヴォルデモート卿《きょう》の最《もっと》も危険《きけん》な支持者《しじしゃ》たちだ。そしてあの吸魂鬼《ディメンター》は、ヴォルデモートの一声《ひとこえ》で、たちまちヴォルデモートと手《て》を組《く》むであろう」ダンブルドアが言《い》った。

「連中《れんちゅう》はいつまでもあなたに忠誠《ちゅうせい》を尽《つ》くしたりはしませんぞ、ファッジ！　ヴォルデモートはやつらに、あなたが与《あた》えているよりずっと広範囲《こうはんい》な力《ちから》と楽《たの》しみを与《あた》えることができる！　吸魂鬼《ディメンター》を味方《みかた》につけ、昔《むかし》の支持者《しじしゃ》がヴォルデモートの下《もと》に帰《かえ》れば、ヴォルデモートが十三年前《ねんまえ》のような力《ちから》を取《と》り戻《もど》すのを阻止《そし》するのは、至難《しなん》の業《わざ》ですぞ！」

ファッジは、怒《いか》りを表《あらわ》す言葉《ことば》が見《み》つからないかのように、口《くち》をパクパクさせていた。

「第二《だいに》に取《と》るべき措置《そち》は――」ダンブルドアが迫《せま》った。

「巨人《きょじん》に使者《ししゃ》を送《おく》ることじゃ。しかも早急《そうきゅう》に」

「巨人《きょじん》に使者《ししゃ》？」

ファッジがかん高《だか》く叫《さけ》んだ。舌《した》が戻《もど》ってきたらしい。

「狂気《きょうき》の沙汰《さた》だ！」

「友好《ゆうこう》の手《て》を差《さ》し伸《の》べるのじゃ、今《いま》すぐ、手遅《ておく》れにならぬうちに」ダンブルドアが言《い》った。

「さもないと、ヴォルデモートが、以前《いぜん》にもやったように、巨人《きょじん》を説得《せっとく》するじゃろう。魔法使《まほうつか》いの中《なか》で自分《じぶん》だけが、巨人《きょじん》に権利《けんり》と自由《じゆう》を与《あた》えるのだと言《い》うてな！」

「ま、まさか本気《ほんき》でそんなことを！」

ファッジは息《いき》をのみ、頭《かぶり》を振《ふ》り振《ふ》り、さらにダンブルドアから遠《とお》ざかった。

「私《わたし》が巨人《きょじん》と接触《せっしょく》したなどと、魔法界《まほうかい》にうわさが流《なが》れたら――ダンブルドア、みんな巨人《きょじん》を毛嫌《けぎら》いしているのに――私《わたし》の政治生命《せいじせいめい》は終《お》わりだ――」

「あなたは、物事《ものごと》が見《み》えなくなっている」

今《いま》やダンブルドアは声《こえ》を荒《あら》らげていた。手《て》で触《ふ》れられそうなほど強烈《きょうれつ》なパワーのオーラが体《からだ》から発散《はっさん》し、その目《め》は再《ふたた》びメラメラと燃《も》えている。

「自分《じぶん》の役職《やくしょく》に恋々《れんれん》としているからじゃ、コーネリウス！　あなたはいつでも、いわゆる純血《じゅんけつ》をあまりにも大切《たいせつ》に考《かんが》えてきた。大事《だいじ》なのはどう生《う》まれついたかではなく、どう育《そだ》ったかなのだということを、認《みと》めることができなかった！　あなたの連《つ》れてきた吸魂鬼《ディメンター》が、たった今《いま》、純血《じゅんけつ》の家《いえ》柄《がら》の中《なか》でも旧家《きゅうか》とされる家系《かけい》の、最後《さいご》の生存者《せいぞんしゃ》を破壊《はかい》した――しかも、その男《おとこ》は、その人生《じんせい》でいったい何《なに》をしようとしたか！　今《いま》、ここではっきり言《い》おう――わしの言《い》う措置《そち》を取《と》るのじゃ。そうすれば、大臣職《だいじんしょく》にとどまろうが、去《さ》ろうが、あなたは歴代《れきだい》の魔法大臣《まほうだいじん》の中《なか》で、最《もっと》も勇敢《ゆうかん》で偉《い》大《だい》な大臣《だいじん》として名《な》を残《のこ》すであろう。もし、行動《こうどう》しなければ――歴史《れきし》はあなたを、営々《えいえい》と再建《さいけん》してきた世界《せかい》をヴォルデモートが破壊《はかい》するのを、ただ傍観《ぼうかん》しただけの男《おとこ》として記憶《きおく》するじゃろう！」

「正気《しょうき》の沙汰《さた》ではない」

またしても退《しりぞ》きながら、ファッジが小声《こごえ》で言《い》った。

「狂《くる》っている……」

そして、沈黙《ちんもく》が流《なが》れた。マダム・ポンフリーがハリーのベッドの足元《あしもと》で、口《くち》を手《て》で覆《おお》い、凍《こお》りついたように突《つ》っ立《た》っていた。ウィーズリーおばさんはハリーに覆《おお》いかぶさるようにして、ハリーの肩《かた》を手《て》で押《お》さえ、立《た》ち上《あ》がらないようにしていた。ビル、ロン、ハーマイオニーはファッジをにらみつけていた。

「目《め》をつぶろうという決意《けつい》がそれほど固《かた》いなら、コーネリウス」ダンブルドアが言《い》った。「たもとを分《わ》かつ時《とき》が来《き》た。あなたはあなたの考《かんが》えどおりにするがよい。そして、わしは――わしの考《かんが》えどおりに行動《こうどう》する」

ダンブルドアの声《こえ》には威嚇《いかく》の響《ひび》きはみじんもなかった。淡々《たんたん》とした言葉《ことば》だった。しかし、ファッジは、ダンブルドアが杖《つえ》を持《も》って迫《せま》ってきたかのように、毛《け》を逆立《さかだ》てた。

「いいか、言《い》っておくが、ダンブルドア」

ファッジは人差《ひとさ》し指《ゆび》を立《た》て、脅《おど》すように指《ゆび》を振《ふ》った。

「私《わたし》はいつだってあなたの好《す》きなように、自由《じゆう》にやらせてきた。あなたを非常《ひじょう》に尊敬《そんけい》してきた。あなたの決定《けってい》に同意《どうい》しないことがあっても何《なに》も言《い》わなかった。魔法省《まほうしょう》に相談《そうだん》なしに、狼人間《おおかみにんげん》をやとったり、ハグリッドをここに置《お》いておいたり、生徒《せいと》に何《なに》を教《おし》えるかを決《き》めたり、そうしたことをだまってやらせておく者《もの》はそう多《おお》くないぞ。しかし、あなたがその私《わたし》に逆《さか》らうというのなら――」

「わしが逆《さか》らう相手《あいて》は一人《ひとり》しかいない」

ダンブルドアが言《い》った。

「ヴォルデモート卿《きょう》だ。あなたもやつに逆《さか》らうのなら、コーネリウス、我々《われわれ》は同《おな》じ陣営《じんえい》じゃ」

ファッジはどう答《こた》えていいのか思《おも》いつかないようだった。しばらくの間《あいだ》、小《ちい》さな足《あし》の上《うえ》で、体《からだ》を前後《ぜんご》に揺《ゆ》すり、山高帽《やまたかぼう》を両手《りょうて》でくるくる回《まわ》していた。

ついに、ファッジが弁解《べんかい》がましい口調《くちょう》で言《い》った。

「戻《もど》ってくるはずがない。ダンブルドア、そんなことはありえない……」

スネイプが左《ひだり》のそでをまくり上《あ》げながら、ずいっとダンブルドアの前《まえ》に出《で》た。そして腕《うで》を突《つ》き出《だ》し、ファッジに見《み》せた。ファッジがひるんだ。

「見《み》るがいい」スネイプが厳《きび》しい声《こえ》で言《い》った。

「さあ、闇《やみ》の印《しるし》だ。一時間《じかん》ほど前《まえ》には、黒《くろ》く焼《や》け焦《こ》げて、もっとはっきりしていた。しかし、今《いま》でも見《み》えるはずだ。死喰い人《デス・イーター》はみなこの印《しるし》を闇《やみ》の帝王《ていおう》によって焼《や》きつけられている。互《たが》いに見分《みわ》ける手段《しゅだん》でもあり、我々《われわれ》を召集《しょうしゅう》する手段《しゅだん》でもあった。あの人《ひと》が誰《だれ》か一人《ひとり》の死喰い人《デス・イーター》の印《しるし》に触《ふ》れたときは、全員《ぜんいん》が『姿《すがた》くらまし』し、すぐさまあの人《ひと》の下《もと》に『姿《すがた》あらわし』することになっていた。この印《しるし》が、今年《ことし》になってからずっと、鮮明《せんめい》になってきていた。カルカロフのもだ。カルカロフはなぜ今夜《こんや》逃《に》げ出《だ》したと思《おも》うか？　我々《われわれ》は二人《ふたり》ともこの印《しるし》が焼《や》けるのを感《かん》じたのだ。二人《ふたり》ともあの人《ひと》が戻《もど》ってきたことを知《し》ったのだ。カルカロフは闇《やみ》の帝王《ていおう》の復讐《ふくしゅう》を恐《おそ》れた。やつはあまりに多《おお》くの仲間《なかま》の死喰《デス・イーター》い人を裏切《うらぎ》った。仲間《なかま》として歓迎《かんげい》されるはずがない」

ファッジはスネイプからもあとずさりした。頭《かぶり》を振《ふ》っている。スネイプの言《い》ったことの意味《いみ》がわかっていないようだった。スネイプの腕《うで》の醜《みにく》い印《しるし》に嫌悪感《けんおかん》を抱《いだ》いたらしく、じっと見《み》つめて、それからダンブルドアを見上《みあ》げ、ささやくように言《い》った。

「あなたも先生方《せんせいがた》も、いったい何《なに》をふざけているのやら、ダンブルドア、私《わたし》にはさっぱり。しかし、もう聞《き》くだけ聞《き》いた。私《わたし》も、もう何《なに》も言《い》うことはない。この学校《がっこう》の経営《けいえい》について話《はなし》があるので、ダンブルドア、明日連絡《あすれんらく》する。私《わたし》は省《しょう》に戻《もど》らねばならん」

ファッジはほとんどドアを出《で》るところまで行《い》ったが、そこで立《た》ち止《ど》まった。向《む》きを変《か》え、つかつかと病室《びょうしつ》を横切《よこぎ》り、ハリーのベッドの前《まえ》まで戻《もど》って止《と》まった。

「君《きみ》の賞金《しょうきん》だ」

ファッジは大《おお》きな金貨《きんか》の袋《ふくろ》をポケットから取《と》り出《だ》し、そっけなくそう言《い》うと、袋《ふくろ》をベッド脇《わき》のテーブルにドサリと置《お》いた。

「一千ガリオンだ。授賞式《じゅしょうしき》が行《おこな》われる予定《よてい》だったが、この状況《じょうきょう》では……」

ファッジは山高帽《やまたかぼう》をぐいとかぶり、ドアをバタンと閉《し》めて部屋《へや》から出《で》ていった。その姿《すがた》が消《き》えるや否《いな》や、ダンブルドアがハリーのベッドの周《まわ》りにいる人々《ひとびと》のほうに向《む》きなおった。

「やるべきことがある」ダンブルドアが言《い》った。

「モリー……あなたとアーサーは頼《たよ》りにできると考《かんが》えてよいかな？」

「もちろんですわ」

ウィーズリーおばさんが言《い》った。唇《くちびる》まで真《ま》っ青《さお》だったが、決然《けつぜん》とした面持《おもも》ちだった。

「ファッジがどんな魔法使《まほうつか》いか、アーサーはよく知《し》ってますわ。アーサーはマグルが好《す》きだから、ここ何年《なんねん》も魔法省《まほうしょう》で昇進《しょうしん》できなかったのです。ファッジは、アーサーが魔法使《まほうつか》いとしてのプライドに欠《か》けると考《かんが》えていますわ」

「ではアーサーに伝言《でんごん》を送《おく》らねばならぬ」ダンブルドアが言《い》った。

「真実《しんじつ》が何《なに》かを納得《なっとく》させることができる者《もの》には、ただちに知《し》らさなければならぬ。魔法省内部《まほうしょうないぶ》で、コーネリウスとちがって先《さき》を見通《みとお》せる者《もの》たちと接触《せっしょく》するには、アーサーは格好《かっこう》の位置《いち》にいる」

「僕《ぼく》が父《ちち》のところに行《い》きます」ビルが立《た》ち上《あ》がった。

「すぐ出発《しゅっぱつ》します」

「それは上々《じょうじょう》じゃ」ダンブルドアが言《い》った。

「アーサーに、何《なに》が起《お》こったかを伝《つた》えてほしい。近々《ちかぢか》わしが直接連絡《ちょくせつれんらく》すると言《い》うてくれ。ただし、アーサーは目立《めだ》たぬように事《こと》を運《はこ》ばねばならぬ。わしが魔法省《まほうしょう》の内政干渉《ないせいかんしょう》をしていると、ファッジにそう思《おも》われると――」

「僕《ぼく》に任《まか》せてください」ビルが言《い》った。

ビルはハリーの肩《かた》をポンとたたき、母親《ははおや》のほおにキスすると、マントを着《き》て、足早《あしばや》に部屋《へや》を出《で》ていった。

「ミネルバ」

ダンブルドアがマクゴナガル先生《せんせい》のほうを見《み》た。

「わしの部屋《へや》で、できるだけ早《はや》くハグリッドに会《あ》いたい。それから――もし、来《き》ていただけるようなら――マダム・マクシームも」

マクゴナガル先生《せんせい》はうなずいて、だまって部屋《へや》を出《で》ていった。

「ポピー」

ダンブルドアがマダム・ポンフリーに言《い》った。

「頼《たの》みがある。ムーディ先生《せんせい》の部屋《へや》に行《い》って、そこに、ウィンキーという屋敷妖精《やしきようせい》がひどく落《お》ち込《こ》んでいるはずじゃから、探《さが》してくれるか？　できるだけの手《て》を尽《つ》くして、それから厨房《ちゅうぼう》に連《つ》れて帰《かえ》ってくれ。ドビーが面倒《めんどう》を見《み》てくれるはずじゃ」

「は、はい」

驚《おどろ》いたような顔《かお》をして、マダム・ポンフリーも出《で》ていった。

ダンブルドアはドアが閉《し》まっていることを確認《かくにん》し、マダム・ポンフリーの足音《あしおと》が消《き》え去《さ》るまで待《ま》ってから、再《ふたた》び口《くち》を開《ひら》いた。

「さて、そこでじゃ。ここにいる者《もの》の中《なか》で二名《めい》の者《もの》が、お互《たが》いに真《しん》の姿《すがた》で認《みと》め合《あ》うべき時《とき》が来《き》た。シリウス……普通《ふつう》の姿《すがた》に戻《もど》ってくれぬか」

大《おお》きな黒《くろ》い犬《いぬ》がダンブルドアを見上《みあ》げ、一瞬《いっしゅん》で男《おとこ》の姿《すがた》に戻《もど》った。

ウィーズリーおばさんが叫《さけ》び声《ごえ》を上《あ》げてベッドから飛《と》びのいた。

「シリウス・ブラック！」おばさんがシリウスを指差《ゆびさ》して金切《かなき》り声《ごえ》を上《あ》げた。

「ママ、静《しず》かにして！」ロンが声《こえ》を張《は》り上《あ》げた。「大丈夫《だいじょうぶ》だから！」

スネイプは叫《さけ》びもせず、飛《と》びのきもしなかったが、怒《いか》りと恐怖《きょうふ》の入《い》りまじった表情《ひょうじょう》だった。

「こやつ！」

スネイプに負《ま》けず劣《おと》らず嫌悪《けんお》の表情《ひょうじょう》を見《み》せているシリウスを見《み》つめながら、スネイプがうなった。

「やつがなんでここにいるのだ？」

「わしが招待《しょうたい》したのじゃ」

ダンブルドアが二人《ふたり》を交互《こうご》に見《み》ながら言《い》った。

「セブルス、君《きみ》もわしの招待《しょうたい》じゃ。わしは二人《ふたり》とも信頼《しんらい》しておる。そろそろ二人《ふたり》とも、昔《むかし》のいざこざは水《みず》に流《なが》し、お互《たが》いに信頼《しんらい》し合《あ》うべき時《とき》じゃ」

ハリーには、ダンブルドアがほとんど奇跡《きせき》を願《ねが》っているように思《おも》えた。シリウスとスネイプは、互《たが》いにこれ以上《いじょう》の憎《にく》しみはないという目《め》つきでにらみ合《あ》っている。

「妥協《だきょう》するとしよう」

ダンブルドアの声《こえ》が少《すこ》しいらいらしていた。

「あからさまな敵意《てきい》をしばらく棚上《たなあ》げにするということでもよい。握手《あくしゅ》をするのじゃ。君《きみ》たちは同《おな》じ陣営《じんえい》なのじゃから。時間《じかん》がない。真実《しんじつ》を知《し》る数少《かずすく》ない我々《われわれ》が、結束《けっそく》して事《こと》に当《あ》たらねば、望《のぞ》みはないのじゃ」

ゆっくりと――しかし、互《たが》いの不幸《ふこう》を願《ねが》っているかのようにギラギラとにらみ合《あ》い――シリウスとスネイプが歩《あゆ》み寄《よ》り、握手《あくしゅ》した。そして、あっという間《ま》に手《て》を離《はな》した。

「当座《とうざ》はそれで充分《じゅうぶん》じゃ」ダンブルドアが再《ふたた》び二人《ふたり》の間《あいだ》に立《た》った。

「さて、それぞれにやってもらいたいことがある。予想《よそう》していなかったわけではないが、ファッジがあのような態度《たいど》を取《と》るのであれば、すべてが変《か》わってくる。シリウス、君《きみ》にはすぐに出発《しゅっぱつ》してもらいたい。昔《むかし》の仲間《なかま》に警戒体制《けいかいたいせい》を取《と》るように伝《つた》えてくれ――リーマス・ルーピン、アラベラ・フィッグ、マンダンガス・フレッチャー。しばらくはルーピンのところに潜伏《せんぷく》していてくれ。わしからそこに連絡《れんらく》する」

「でも――」ハリーが言《い》った。

シリウスにいてほしかった。こんなに早《はや》くお別《わか》れを言《い》いたくなかった。

「またすぐ会《あ》えるよ、ハリー」シリウスがハリーを見《み》て言《い》った。

「約束《やくそく》する。しかし、私《わたし》は自分《じぶん》にできることをしなければならない。わかるね？」

「うん」ハリーが答《こた》えた。「うん……もちろん、わかります」

シリウスはハリーの手《て》をギュッと握《にぎ》り、ダンブルドアのほうにうなずくと、再《ふたた》び黒《くろ》い犬《いぬ》に変身《へんしん》して、ひと飛《と》びにドアにかけ寄《よ》り、前脚《まえあし》で取《と》っ手《て》を回《まわ》した。そしてシリウスもいなくなった。

「セブルス」

ダンブルドアがスネイプのほうを向《む》いた。

「君《きみ》に何《なに》を頼《たの》まねばならぬのか、もうわかっておろう。もし、準備《じゅんび》ができているなら……もし、やってくれるなら……」

「大丈夫《だいじょうぶ》です」

スネイプはいつもより青《あお》ざめて見《み》えた。冷《つめ》たい暗《くら》い目《め》が、不思議《ふしぎ》な光《ひかり》を放《はな》っていた。

「それでは、幸運《こううん》を祈《いの》る」

ダンブルドアはそう言《い》うと、スネイプの後《うし》ろ姿《すがた》を、かすかに心配《しんぱい》そうな色《いろ》を浮《う》かべて見送《みおく》った。

スネイプはシリウスのあとから、無言《むごん》で、サッと立《た》ち去《さ》った。

ダンブルドアが再《ふたた》び口《くち》を開《ひら》いたのは、それから数分《すうふん》がたってからだった。

「下《した》に行《い》かねばなるまい」ようやくダンブルドアが言《い》った。

「ディゴリー夫妻《ふさい》に会《あ》わなければのう。ハリー、残《のこ》っている薬《くすり》を飲《の》むのじゃ。みんな、またあとでの」

ダンブルドアがいなくなると、ハリーはまたベッドに倒《たお》れ込《こ》んだ。ハーマイオニー、ロン、ウィーズリーおばさんが、みんなハリーを見《み》ている。長《なが》い間《あいだ》、誰《だれ》も口《くち》をきかなかった。

「残《のこ》りのお薬《くすり》を飲《の》まないといけませんよ、ハリー」

ウィーズリーおばさんがやっと口《くち》を開《ひら》いた。おばさんが、薬瓶《くすりびん》とゴブレットに手《て》を伸《の》ばしたとき、ベッド脇《わき》のテーブルに置《お》いてあった金貨《きんか》の袋《ふくろ》に手《て》が触《ふ》れた。

「ゆっくりお休《やす》み。しばらくは何《なに》かほかのことを考《かんが》えるのよ……賞金《しょうきん》で何《なに》を買《か》うかを考《かんが》えなさいな！」

「金貨《きんか》なんかいらない」抑揚《よくよう》のない声《こえ》でハリーが言《い》った。

「あげます。誰《だれ》でも欲《ほ》しい人《ひと》にあげる。僕《ぼく》がもらっちゃいけなかったんだ。セドリックのものだったんだ」

迷路《めいろ》を出《で》てからずっと、必死《ひっし》に抑《おさ》えつけてきたものが、どっとあふれそうだった。鼻《はな》の奥《おく》がツンとして、目頭《めがしら》が熱《あつ》くなった。ハリーは目《め》を瞬《しばた》いて、天井《てんじょう》を見《み》つめた。

「あなたのせいじゃないわ、ハリー」ウィーズリーおばさんがささやいた。

「僕《ぼく》と一緒《いっしょ》に優勝杯《ゆうしょうはい》を握《にぎ》ろうって、僕《ぼく》が言《い》ったんだ」ハリーが言《い》った。

熱《あつ》い想《おも》いがのどを詰《つ》まらせた。ハリーは、ロンが目《め》をそらしてくれればいいのにと思《おも》った。

ウィーズリーおばさんは、薬《くすり》をテーブルに置《お》いてかがみ込《こ》み、両腕《りょううで》でハリーを包《つつ》み込《こ》んだ。ハリーはこんなふうに、抱《だ》きしめられた記憶《きおく》がなかった。母《かあ》さんみたいだ。ウィーズリーおばさんの胸《むね》に抱《だ》かれていると、今晩見《こんばんみ》たすべてのものの重《おも》みが、どっとのしかかってくるようだった。母《かあ》さんの顔《かお》、父《とう》さんの声《こえ》、地上《ちじょう》に冷《つめ》たくなって横《よこ》たわるセドリックの姿《すがた》。すべてが頭《あたま》の中《なか》でくるくると回《まわ》りはじめ、ハリーはもうがまんできなかった。胸《むね》を突《つ》き破《やぶ》って飛《と》び出《だ》しそうな哀《かな》しい叫《さけ》びをもらすまいと、ハリーは顔《かお》をくしゃくしゃにしてがんばった。

パーンと大《おお》きな音《おと》がした。ウィーズリーおばさんとハリーがパッと離《はな》れた。ハーマイオニーが窓辺《まどべ》に立《た》っていた。何《なに》かをしっかり握《にぎ》りしめている。

「ごめんなさい」

ハーマイオニーが小《ちい》さな声《こえ》で言《い》った。

「お薬《くすり》ですよ、ハリー」

ウィーズリーおばさんは、急《いそ》いで手《て》のこうで涙《なみだ》をぬぐいながら言《い》った。

ハリーは一気《いっき》に飲《の》みほした。たちまち効《き》き目《め》が現《あらわ》れた。夢《ゆめ》を見《み》ない深《ふか》い眠《ねむ》りが、抵抗《ていこう》しがたい波《なみ》のように押《お》し寄《よ》せた。ハリーは枕《まくら》に倒《たお》れ込《こ》み、もう何《なに》も考《かんが》えなかった。

第《だい》37章《しょう》 始《はじ》まり

一か月《げつ》たってから振《ふ》り返《かえ》ってみても、あれから数日《すうじつ》のことは、ハリーには切《き》れ切《ぎ》れにしか思《おも》い出《だ》せなかった。これ以上《いじょう》はとても受《う》け入《い》れるのが無理《むり》だというくらい、あまりにいろいろなことが起《お》こった。断片的《だんぺんてき》な記憶《きおく》も、みな痛々《いたいた》しいものだった。一番《いちばん》つらかったのは、たぶん、次《つぎ》の朝《あさ》にディゴリー夫妻《ふさい》に会《あ》ったことだろう。

二人《ふたり》とも、あの出来事《できごと》に対《たい》して、ハリーを責《せ》めなかった。それどころか、セドリックの遺体《いたい》を二人《ふたり》の元《もと》に返《かえ》してくれたことを感謝《かんしゃ》した。ハリーに会《あ》っている間《あいだ》、ディゴリー氏《し》はほとんどずっとすすり泣《な》きしていたし、夫人《ふじん》は、涙《なみだ》もかれはてるほどの嘆《なげ》き悲《かな》しみようだった。

「それでは、あの子《こ》はほとんど苦《くる》しまなかったのですね」

ハリーがセドリックの死《し》んだときの様子《ようす》を話《はな》すと、夫人《ふじん》がそう言《い》った。

「ねえ、あなた……結局《けっきょく》あの子《こ》は、試合《しあい》に勝《か》ったその時《とき》に死《し》んだのですもの。きっと幸《しあわ》せだったにちがいありませんわ」

二人《ふたり》が立《た》ち上《あ》がったとき、夫人《ふじん》はハリーを見下《みお》ろして言《い》った。

「どうぞ、お大事《だいじ》にね」

ハリーはベッド脇《わき》のテーブルにあった金貨《きんか》の袋《ふくろ》をつかんだ。

「どうぞ、受《う》け取《と》ってください」ハリーが夫人《ふじん》に向《む》かってつぶやいた。

「これはセドリックのものになるはずでした。セドリックが一番先《いちばんさき》に着《つ》いたんです。受《う》け取《と》ってください――」

しかし、夫人《ふじん》はあとずさりして言《い》った。

「まあ。いいえ、それはあなたのものですよ。私《わたし》はとても受《う》け取《と》れません……あなたがお取《と》りなさい」


翌日《よくじつ》の夜《よる》、ハリーはグリフィンドール塔《とう》に戻《もど》った。ハーマイオニーやロンの話《はなし》によれば、ダンブルドアが、その日《ひ》の朝《あさ》、朝食《ちょうしょく》の席《せき》で学校《がっこう》のみんなに話《はなし》をしたそうだ。ハリーをそっとしておくよう、迷路《めいろ》で何《なに》が起《お》こったかと質問《しつもん》したり、話《はなし》をせがんだりしないようにとさとしただけだったという。大多数《だいたすう》の生徒《せいと》が、ハリーに廊下《ろうか》で出会《であ》うと、目《め》を合《あ》わせないようにしてさけて通《とお》るのに、ハリーは気《き》づいた。ハリーが通《とお》ったあとで、手《て》で口《くち》を覆《おお》いながらヒソヒソと話《はなし》をする者《もの》もいた。

リータ・スキーターが書《か》いた記事《きじ》で、ハリーが錯乱《さくらん》していて、危険性《きけんせい》があるということを信《しん》じている生徒《せいと》が多《おお》いのだろうと、ハリーは想像《そうぞう》した。たぶん、みんな、セドリックがどんなふうに死《し》んだのか、自分勝手《じぶんかって》な説《せつ》を作《つく》り上《あ》げているのだろう。しかし、ハリーはあまり気《き》にならなかった。ロンやハーマイオニーと一緒《いっしょ》にいるのが一番好《いちばんす》きだった。三人《にん》でたわいのないことをしゃべったり、二人《ふたり》がチェスをするのを、ハリーがだまってそばで見《み》ていたり、そんな時間《じかん》が好《す》きだった。三人《にん》とも、言葉《ことば》に出《だ》さなくても一つの了解《りょうかい》に達《たっ》していると感《かん》じていた。つまり、三人《にん》とも、ホグワーツの外《そと》で起《お》こっていることの何《なん》らかの印《しるし》、何《なん》らかの便《たよ》りを待《ま》っているということ――そして、何《なに》かたしかなことがわかるまでは、あれこれ詮索《せんさく》しても仕方《しかた》がないということだ。一度《いちど》だけ三人《にん》がこの話題《わだい》に触《ふ》れたのは、ウィーズリーおばさんが家《いえ》に帰《かえ》る前《まえ》に、ダンブルドアと会《あ》ったことを、ロンが話《はな》したときだった。

「ママは、ダンブルドアに聞《き》きにいったんだ。君《きみ》が夏休《なつやす》みに、まっすぐ僕《ぼく》んちに来《き》ていいかって」

ロンが言《い》った。

「だけど、ダンブルドアは、少《すく》なくとも最初《さいしょ》だけは君《きみ》がダーズリーの所《ところ》に帰《かえ》ってほしいんだって」

「どうして？」ハリーが聞《き》いた。

「ママは、ダンブルドアにはダンブルドアなりの考《かんが》えがあるって言《い》うんだ」

ロンはやれやれと頭《かぶり》を振《ふ》った。

「ダンブルドアを信《しん》じるしかないんじゃないか？」

ハリーが、ロンとハーマイオニー以外《いがい》に話《はなし》ができると思《おも》えたのは、ハグリッドだけだった。「闇《やみ》の魔術《まじゅつ》に対《たい》する防衛術《ぼうえいじゅつ》」の先生《せんせい》はもういないので、その授業《じゅぎょう》は自由時間《じゆうじかん》だった。木曜日《もくようび》の午後《ご》、その時間《じかん》を利用《りよう》して、三人《にん》はハグリッドの小屋《こや》を訪《たず》ねた。明《あか》るい、よく晴《は》れた日《ひ》だった。三人《にん》が小屋《こや》の近《ちか》くまで来《く》ると、ファングがほえながら、しっぽをちぎれんばかりに振《ふ》って、開《あ》け放《はな》したドアから飛《と》び出《だ》してきた。

「誰《だれ》だ？」ハグリッドが戸口《とぐち》に姿《すがた》を見《み》せた。

「ハリー！」

ハグリッドは大股《おおまた》で外《そと》に出《で》てきて、ハリーを片腕《かたうで》で抱《だ》きしめ、髪《かみ》をくしゃくしゃっとなでた。

「よう来《き》たな、おい。よう来《き》た」

三人《にん》が中《なか》に入《はい》ると、暖炉前《だんろまえ》の木《き》のテーブルに、バケツほどのカップと、受《う》け皿《ざら》が二組《ふたくみ》置《お》いてあった。

「オリンペとお茶《ちゃ》を飲《の》んどったんじゃ」

ハグリッドが言《い》った。

「たった今帰《いまかえ》ったところだ」

「誰《だれ》と？」ロンが興味津々《きょうみしんしん》で聞《き》いた。

「マダム・マクシームに決《き》まっとろうが！」ハグリッドが言《い》った。

「お二人《ふたり》さん、仲《なか》なおりしたんだね？」ロンが言《い》った。

「何《なん》のこった？」

ハグリッドが食器棚《しょっきだな》からみんなのカップを取《と》り出《だ》しながら、すっとぼけた。お茶《ちゃ》をいれ、生焼《なまや》けのビスケットをひとわたり勧《すす》めると、ハグリッドは椅子《いす》の背《せ》に寄《よ》りかかり、コガネムシのような真《ま》っ黒《くろ》な目《め》で、ハリーをじっと観察《かんさつ》した。

「大丈夫《だいじょうぶ》か？」ハグリッドがぶっきらぼうに聞《き》いた。

「うん」ハリーが答《こた》えた。

「いや、大丈夫《だいじょうぶ》なはずはねえ」ハグリッドが言《い》った。

「そりゃ当然《とうぜん》だ。しかし、じきに大丈夫《だいじょうぶ》になる」

ハリーは何《なに》も言《い》わなかった。

「やつが戻《もど》ってくると、わかっとった」

ハグリッドが言《い》った。ハリー、ロン、ハーマイオニーは、驚《おどろ》いてハグリッドを見上《みあ》げた。

「何年《なんねん》も前《まえ》からわかっとったんだ、ハリー。あいつはどこかにいた。時《とき》を待《ま》っとった。いずれこうなるはずだった。そんで、今《いま》、こうなったんだ。俺《おれ》たちゃ、それを受《う》け止《と》めるしかねえ。戦《たたか》うんだ。あいつが大《おお》きな力《ちから》を持《も》つ前《まえ》に食《く》い止《と》められるかもしれん。とにかく、それがダンブルドアの計画《けいかく》だ。偉大《いだい》なお人《ひと》だ、ダンブルドアは。俺《おれ》たちにダンブルドアがいるかぎり、俺《おれ》はあんまり心配《しんぱい》してねえ」

三人《にん》が信《しん》じられないという顔《かお》をしているので、ハグリッドはぼさぼさ眉《まゆ》をピクピク上《あ》げた。

「くよくよ心配《しんぱい》しても始《はじ》まらん」ハグリッドが言《い》った。

「来《く》るもんは来《く》る。来《き》たときに受《う》けて立《た》ちゃええ。ダンブルドアが、おまえさんのやったことを話《はな》してくれたぞ、ハリー」

ハリーを見《み》ながら、ハグリッドの胸《むね》が誇《ほこ》らしげにふくらんだ。

「おまえさんは、おまえの父《とう》さんと同《おな》じぐらいたいしたことをやってのけた。これ以上《いじょう》のほめ言《こと》葉《ば》は、俺《おれ》にはねえ」

ハリーはハグリッドにニッコリほほ笑《え》み返《かえ》した。ここ何日《なんにち》かで初《はじ》めての笑顔《えがお》だった。

「ダンブルドアは、ハグリッドに何《なに》を頼《たの》んだの？」ハリーが聞《き》いた。

「ダンブルドアはマクゴナガル先生《せんせい》に、ハグリッドとマダム・マクシームに会《あ》いたいと伝《つた》えるようにって……あの晩《ばん》」

「この夏《なつ》にやる仕事《しごと》をちょっくら頼《たの》まれた」ハグリッドが答《こた》えた。

「だけんど、秘密《ひみつ》だ。しゃべっちゃなんねえ。おまえさんたちにでもだめだ。オリンペも──おまえさんたちにはマダム・マクシームだな──俺《おれ》と一緒《いっしょ》に来《く》るかもしれん。来《く》ると思《おも》う。俺《おれ》が説《せっ》得《とく》できたと思《おも》う」

「ヴォルデモートと関係《かんけい》があるの？」

ハグリッドはその名前《なまえ》の響《ひび》きにたじろいだ。

「かもな」はぐらかした。

「さて……俺《おれ》と一緒《いっしょ》に、最後《さいご》の一匹《ぴき》になったスクリュートを見《み》にいきたいもんはおるか？　いや、冗談《じょうだん》──冗談《じょうだん》だ！」

みんなの顔《かお》を見《み》て、ハグリッドがあわててつけ加《くわ》えた。

プリベット通《どお》りに帰《かえ》る前夜《ぜんや》、ハリーは寮《りょう》でトランクを詰《つ》めながら、気《き》が重《おも》かった。お別《わか》れの宴《うたげ》が怖《こわ》かった。例年《れいねん》なら、学期末《がっきまつ》のパーティは、寮対抗《りょうたいこう》の優勝《ゆうしょう》が発表《はっぴょう》される祝《いわ》いの宴《うたげ》だった。ハリーは病室《びょうしつ》を出《で》て以来《いらい》、大広間《おおひろま》がいっぱいのときはさけていた。ほかの生徒《せいと》にじろじろ見《み》られるのがいやで、ほとんど人《ひと》がいなくなってから食事《しょくじ》をするようにしていた。

ハリー、ロン、ハーマイオニーが大広間《おおひろま》に入《はい》ると、すぐに、いつもの飾《かざ》りつけがないことに気《き》づいた。お別《わか》れの宴《うたげ》のときは、いつも、優勝《ゆうしょう》した寮《りょう》の色《いろ》で大広間《おおひろま》を飾《かざ》りつける。しかし、今夜《こんや》は、教職員《きょうしょくいん》テーブルの後《うし》ろの壁《かべ》に黒《くろ》の垂《た》れ幕《まく》がかかっている。ハリーはすぐに、それがセドリックの喪《も》に服《ふく》している印《しるし》だと気《き》づいた。

本物《ほんもの》のマッド-アイ・ムーディが教職員《きょうしょくいん》テーブルに着《つ》いていた。木製《もくせい》の義足《ぎそく》も、「魔法《まほう》の目《め》」も元《もと》に戻《もど》っている。ムーディは神経過敏《しんけいかびん》になっていて、誰《だれ》かが話《はな》しかけるたびに飛《と》び上《あ》がっていた。無理《むり》もない、とハリーは思《おも》った。もともと襲撃《しゅうげき》に対《たい》する恐怖心《きょうふしん》があったものが、自分自身《じぶんじしん》のトランクに十か月《げつ》も閉《と》じ込《こ》められて、ますますひどくなったにちがいない。カルカロフ校長《こうちょう》の席《せき》はからっぽだった。カルカロフはいったい今《いま》、どこにいるのだろう、ヴォルデモートが捕《つか》まえたのだろうか。グリフィンドール生《せい》と一緒《いっしょ》にテーブルに着《つ》きながら、ハリーはそんなことを考《かんが》えていた。

マダム・マクシームはまだ残《のこ》っていた。ハグリッドの隣《となり》に座《すわ》っている。二人《ふたり》で静《しず》かに話《はな》していた。その二人《ふたり》から少《すこ》し離《はな》れて、マクゴナガル先生《せんせい》の隣《となり》にスネイプがいた。ハリーがスネイプを見《み》ると、スネイプの目《め》が一瞬《いっしゅん》ハリーを見《み》た。表情《ひょうじょう》を読《よ》むのは難《むずか》しかった。いつもと変《か》わらず辛辣《しんらつ》で不機嫌《ふきげん》な表情《ひょうじょう》に見《み》えた。スネイプが目《め》をそらしたあとも、ハリーはしばらくスネイプを見《み》つめていた。

ヴォルデモートの復活《ふっかつ》の夜《よる》、ダンブルドアの命《めい》を受《う》けてスネイプは何《なに》をしたのだろう？

それに、どうして……**どうして**……ダンブルドアはスネイプが味方《みかた》だと信《しん》じているのだろう？スネイプは味方《みかた》のスパイだったと、ダンブルドアが「憂《うれ》いの篩《ふるい》」の中《なか》で言《い》っていた。スネイプは「大《おお》きな身《み》の危険《きけん》をおかして」スパイになり、ヴォルデモートに対抗《たいこう》した。またしてもその任務《にんむ》に就《つ》くのだろうか？　もしかして、死喰《しく》い人《びと》たちと接触《せっしょく》したのだろうか？　本心《ほんしん》からダンブルドアに寝返《ねがえ》ったわけではない、ヴォルデモート自身《じしん》と同《おな》じように、時《とき》の来《く》るのを待《ま》っていたのだというふりをして？

ダンブルドア校長《こうちょう》が教職員《きょうしょくいん》テーブルで立《た》ち上《あ》がり、ハリーは物思《ものおも》いから覚《さ》めた。大広間《おおひろま》は、いずれにしても、いつものお別《わか》れの宴《うたげ》よりずっと静《しず》かだったのだが、水《みず》を打《う》ったように静《しず》かになった。

「今年《ことし》も」

ダンブルドアがみんなを見回《みまわ》した。

「終《お》わりがやってきた」

一息置《ひといきお》いて、ダンブルドアの目《め》がハッフルパフのテーブルで止《と》まった。ダンブルドアが立《た》ち上《あ》がるまで、このテーブルが最《もっと》も打《う》ち沈《しず》んでいたし、大広間《おおひろま》のどのテーブルより哀《かな》しげな青《あお》い顔《かお》が並《なら》んでいた。

「今夜《こんや》はみなにいろいろと話《はな》したいことがある」ダンブルドアが言《い》った。

「しかし、まずはじめに、一人《ひとり》の立派《りっぱ》な生徒《せいと》を失《うしな》ったことを悼《いた》もう。本来《ほんらい》ならここに座《すわ》って」──ダンブルドアはハッフルパフのテーブルのほうを向《む》いた──「みなと一緒《いっしょ》にこの宴《うたげ》を楽《たの》しんでいるはずじゃった。さあ、みんな起立《きりつ》して、杯《さかずき》を挙《あ》げよう。セドリック・ディゴリーのために」

全員《ぜんいん》がその言葉《ことば》に従《したが》った。椅子《いす》が床《ゆか》をする音《おと》がして、大広間《おおひろま》の全員《ぜんいん》が起立《きりつ》した。全員《ぜんいん》がゴブレットを挙《あ》げ、沈《しず》んだ声《こえ》が集《あつ》まり、一つの大《おお》きな低《ひく》い響《ひび》きとなった。

「セドリック・ディゴリー」

ハリーは大勢《おおぜい》の中《なか》から、チョウの顔《かお》をのぞき見《み》た。涙《なみだ》が静《しず》かにチョウのほおを伝《つた》っていた。みんなと一緒《いっしょ》に着席《ちゃくせき》しながら、ハリーはうなだれてテーブルを見《み》ていた。

「セドリックはハッフルパフ寮《りょう》の特性《とくせい》の多《おお》くを備《そな》えた、模範的《もはんてき》な生徒《せいと》じゃった」

ダンブルドアが話《はなし》を続《つづ》けた。

「忠実《ちゅうじつ》なよき友《とも》であり、勤勉《きんべん》であり、フェアプレーを尊《とうと》んだ。セドリックをよく知《し》る者《もの》にも、そうでない者《もの》にも、セドリックの死《し》はみなそれぞれに影響《えいきょう》を与《あた》えた。それ故《ゆえ》、わしは、その死《し》がどのようにしてもたらされたものかを、みなが正確《せいかく》に知《し》る権利《けんり》があると思《おも》う」

ハリーは顔《かお》を上《あ》げ、ダンブルドアを見《み》つめた。

「セドリック・ディゴリーはヴォルデモート卿《きょう》に殺《ころ》された」

大広間《おおひろま》に、恐怖《きょうふ》にかられたざわめきが走《はし》った。みんないっせいに、まさかという面持《おもも》ちで、恐《おそ》ろしそうにダンブルドアを見《み》つめていた。みんながひとしきりざわめき、また静《しず》かになるまで、ダンブルドアは平静《へいせい》そのものだった。

「魔法省《まほうしょう》は」

ダンブルドアが続《つづ》けた。

「わしがこのことをみなに話《はな》すことを望《のぞ》んでおらぬ。みなのご両親《りょうしん》の中《なか》には、わしが話《はな》したということで驚愕《きょうがく》なさる方《かた》もおられるじゃろう――その理由《りゆう》は、ヴォルデモート卿《きょう》の復活《ふっかつ》を信《しん》じられぬから、または、みなのようにまだ年端《としは》もゆかぬ者《もの》に話《はな》すべきではないと考《かんが》えるからじゃ。しかし、わしは、たいていの場合《ばあい》、真実《しんじつ》はうそに勝《まさ》ると信《しん》じておる。さらに、セドリックが事故《じこ》や、自《みずか》らの失敗《しっぱい》で死《し》んだと取《と》りつくろうことは、セドリックの名誉《めいよ》を汚《けが》すものだと信《しん》ずる」

驚《おどろ》き、恐《おそ》れながら、今《いま》や大広間《おおひろま》の顔《かお》という顔《かお》がダンブルドアを見《み》ていた……ほとんど全員《ぜんいん》の顔《かお》が。スリザリンのテーブルでは、ドラコ・マルフォイがクラッブとゴイルに何事《なにごと》かコソコソ言《い》っているのを、ハリーは目《め》にした。むかむかする熱《あつ》い怒《いか》りがハリーの胃《い》にあふれた。ハリーは無理《むり》やりダンブルドアのほうに視線《しせん》を戻《もど》した。

「セドリックの死《し》に関連《かんれん》して、もう一人《ひとり》の名前《なまえ》を挙《あ》げねばなるまい」

ダンブルドアの話《はなし》は続《つづ》いた。

「もちろん、ハリー・ポッターのことじゃ」

大広間《おおひろま》にさざなみのようなざわめきが広《ひろ》がった。何人《なんにん》かがハリーのほうを見《み》て、また急《いそ》いでダンブルドアに視線《しせん》を戻《もど》した。

「ハリー・ポッターは、からくもヴォルデモート卿《きょう》の手《て》を逃《のが》れた」ダンブルドアが言《い》った。「自分《じぶん》の命《いのち》を賭《と》して、ハリー・ポッターは、セドリックのなきがらをホグワーツに連《つ》れ帰《かえ》ったのじゃ。ヴォルデモート卿《きょう》に対峙《たいじ》した魔法使《まほうつか》いの中《なか》で、あらゆる意味《いみ》でこれほどの勇気《ゆうき》を示《しめ》した者《もの》は、そう多《おお》くはない。そういう勇気《ゆうき》を、ハリー・ポッターは見《み》せてくれた。それが故《ゆえ》に、わしはハリー・ポッターをたたえたい」

ダンブルドアは厳《おごそ》かにハリーのほうを向《む》き、もう一度《いちど》ゴブレットを挙《あ》げた。大広間《おおひろま》のほとんどすべての者《もの》がダンブルドアに続《つづ》いた。セドリックのときと同《おな》じく、みんながハリーの名を唱和《しょうわ》し、杯《さかずき》を挙《あ》げた。しかし、起立《きりつ》した生徒《せいと》たちの間《あいだ》から、ハリーはマルフォイ、クラッブ、ゴイル、それにスリザリンのほかの多《おお》くの生徒《せいと》が、かたくなに席《せき》に着《つ》いたまま、ゴブレットに手《て》も触《ふ》れずにいるのを見《み》た。ダンブルドアでも、「魔法《まほう》の目《め》」を持《も》たない以上《いじょう》、それは見《み》えなかった。

みんなが再《ふたた》び席《せき》に着《つ》くと、ダンブルドアは話《はなし》を続《つづ》けた。

「三大魔法学校対抗試合《さんだいまほうがっこうたいこうじあい》の目的《もくてき》は、魔法界《まほうかい》の相互理解《そうごりかい》を深《ふか》め、進《すす》めることじゃ。このたびの出来事《できごと》――ヴォルデモート卿《きょう》の復活《ふっかつ》じゃが――それに照《て》らせば、そのような絆《きずな》は以前《いぜん》にも増《ま》して重要《じゅうよう》になる」

ダンブルドアは、マダム・マクシームからハグリッドへ、フラー・デラクールからボーバトンの生徒《せいと》たちへ、スリザリンのテーブルのビクトール・クラムからダームストラング生《せい》へと、視線《しせん》を移《うつ》していった。ダンブルドアが厳《きび》しいことを言《い》うのではないかと恐《おそ》れているかのように、クラムが目《め》をそらしているのをハリーは見《み》た。

「この大広間《おおひろま》にいるすべての客人《きゃくじん》は」

ダンブルドアは視線《しせん》をダームストラングの生徒《せいと》たちにとどめながら言《い》った。

「好《す》きなときにいつでもまた、おいでくだされ。みなにもう一度《いちど》言《い》おう――ヴォルデモート卿《きょう》の復活《ふっかつ》に鑑《かんが》みて、我々《われわれ》は結束《けっそく》すれば強《つよ》く、バラバラでは弱《よわ》い」

「ヴォルデモート卿《きょう》は、不和《ふわ》と敵対感情《てきたいかんじょう》を蔓延《まんえん》させる能力《のうりょく》にたけておる。それと戦《たたか》うには、同《おな》じぐらい強《つよ》い友情《ゆうじょう》と信頼《しんらい》の絆《きずな》を示《しめ》すしかない。目的《もくてき》を同《おな》じくし、心《こころ》を開《ひら》くならば、習慣《しゅうかん》や言葉《ことば》のちがいはまったく問題《もんだい》にはならぬ」

「わしの考《かんが》えでは――まちがいであってくれればと、これほど強《つよ》く願《ねが》ったことはないのじゃが――我々《われわれ》は暗《くら》く困難《こんなん》な時《とき》を迎《むか》えようとしている。この大広間《おおひろま》にいる者《もの》の中《なか》にも、すでに直接《ちょくせつ》ヴォルデモート卿《きょう》の手《て》にかかって苦《くる》しんだ者《もの》もおる。みなの中《なか》にも、家族《かぞく》を引《ひ》き裂《さ》かれた者《もの》も多《おお》くいる。一週間前《しゅうかんまえ》、一人《ひとり》の生徒《せいと》が我々《われわれ》のただ中《なか》から奪《うば》い去《さ》られた」

「セドリックを忘《わす》れるでないぞ。正《ただ》しきことと、易《やす》きことのどちらかの選択《せんたく》を迫《せま》られたとき、思《おも》い出《だ》すのじゃ。一人《ひとり》の善良《ぜんりょう》な、親切《しんせつ》で勇敢《ゆうかん》な少年《しょうねん》の身《み》に何《なに》が起《お》こったかを。たまたまヴォルデモート卿《きょう》の通《とお》り道《みち》に迷《まよ》い出《で》たばかりに。セドリック・ディゴリーを忘《わす》れるでないぞ」

ハリーはトランクを詰《つ》め終《お》わった。ヘドウィグはかごに収《おさ》まり、トランクの上《うえ》だ。ハリー、ロン、ハーマイオニーは、混《こ》み合《あ》った玄関《げんかん》ホールでほかの四年生《ねんせい》と一緒《いっしょ》に馬車《ばしゃ》を待《ま》った。馬車《ばしゃ》はホグズミード駅《えき》までみんなを運《はこ》んでくれる。今日《きょう》もまた、美《うつく》しい夏《なつ》の一日《いちにち》だった。夕方《ゆうがた》プリベット通《どお》りに着《つ》くころは、暑《あつ》くて、緑《みどり》が濃《こ》く、花壇《かだん》は色《いろ》とりどりの花《はな》が咲《さ》き乱《みだ》れているだろうと、ハリーは思《おも》った。そう思《おも》っても、何《なん》の喜《よろこ》びも湧《わ》いてこなかった。

「アリー！」

ハリーはあたりを見回《みまわ》した。フラー・デラクールが急《いそ》ぎ足《あし》で石段《いしだん》を上《のぼ》ってくるところだった。その後《うし》ろの、校庭《こうてい》のずっとむこうで、ハリーは、ハグリッドがマダム・マクシームを手伝《てつだ》って巨《きょ》大《だい》な馬《うま》たちの中《なか》の二頭《とう》に馬具《ばぐ》をつけているのを見《み》た。ボーバトンの馬車《ばしゃ》が、まもなく出発《しゅっぱつ》するところだった。

「まーた、会《あ》いましょーね」

フラーが近《ちか》づいて、ハリーに片手《かたて》を差《さ》し出《だ》しながら言《い》った。

「わたーし、英語《えいご》が上手《じょうず》になりたーいので、ここであたらけるようにのぞんでいます」

「もう充分《じゅうぶん》に上手《じょうず》だよ」

ロンがのどをしめつけられたような声《こえ》を出《だ》した。フラーがロンにほほ笑《え》んだ。ハーマイオニーが顔《かお》をしかめた。

「さようなら、アリー」フラーは帰《かえ》りかけながら言《い》った。

「あなたに会《あ》えて、おんとによかった！」

ハリーは少し気分《すこ　きぶん》が明《あか》るくなって、フラーを見送《みおく》った。フラーは太陽《たいよう》に輝《かがや》くシルバーブロンドの髪《かみ》を波打《なみう》たせ、急《いそ》いで芝生《しばふ》を横切《よこぎ》り、マダム・マクシームのところへ戻《もど》っていった。

「ダームストラングの生徒《せいと》はどうやって帰《かえ》るんだろ？」ロンが言《い》った。「カルカロフがいなくても、あの船《ふね》の舵取《かじと》りができると思《おも》うか？」

「カルカロフヴぁ、舵《かじ》を取《と》っていなかった」ぶっきらぼうな声《こえ》がした。「あの人《ひと》ヴぁ、自分《じぶん》がキャビンにいて、ヴぉくたちに仕事《しごと》をさせた」

クラムはハーマイオニーに別《わか》れを言《い》いに来《き》たのだ。

「ちょっと、いいかな？」クラムが頼《たの》んだ。

「え……ええ……いいわよ」

ハーマイオニーは少《すこ》しうろたえた様子《ようす》で、クラムについて人混《ひとご》みの中《なか》に姿《すがた》を消《け》した。

「急《いそ》げよ！」ロンが大声《おおごえ》でその後《うし》ろ姿《すがた》に呼《よ》びかけた。「もうすぐ馬車《ばしゃ》が来《く》るぞ！」

そのくせ、ロンはハリーに馬車《ばしゃ》が来《く》るかどうかを見張《みは》らせて、自分《じぶん》はそれから数分間《すうふんかん》、クラムとハーマイオニーがいったい何《なに》をしているのかと、人群《ひとむ》れの上《うえ》に首《くび》を伸《の》ばしていた。

二人《ふたり》はすぐに戻《もど》ってきた。ロンはハーマイオニーをじろじろ見《み》たが、ハーマイオニーは平然《へいぜん》としていた。

「ヴぉく、ディゴリーが好《す》きだった」突然《とつぜん》クラムがハリーに言《い》った。「ヴぉくに対《たい》して、いつも礼儀正《れいぎただ》しかった。いつも。ヴぉくがダームストラングから来《き》ているのに――カルカロフと一緒《いっしょ》に」

クラムは顔《かお》をしかめた。

「新《あたら》しい校長《こうちょう》はまだ決《き》まってないの？」ハリーが聞《き》いた。

クラムは肩《かた》をすぼめて、知《し》らないというしぐさをした。クラムもフラーと同《おな》じように手《て》を差《さ》し出《だ》して、ハリーと握手《あくしゅ》し、それからロンと握手《あくしゅ》した。

ロンは何《なに》やら内心《ないしん》の葛藤《かっとう》に苦《くる》しんでいるような顔《かお》をした。クラムがもう歩《ある》きだしたとき、ロンが突然叫《とつぜんさけ》んだ。

「サイン、もらえないかな？」

ハーマイオニーが横《よこ》を向《む》き、ちょうど馬車道《ばしゃみち》を近《ちか》づいてきた馬《うま》なしの馬車《ばしゃ》のほうを見《み》てほほ笑《え》んだ。クラムは驚《おどろ》いたような顔《かお》をしたが、うれしそうに羊皮紙《ようひし》の切《き》れ端《はし》にサインした。

キングズ・クロス駅《えき》に向《む》かう戻《もど》り旅《たび》の今日《きょう》の天気《てんき》は、一年前《ねんまえ》の九月《がつ》にホグワーツに来《き》たときと天《てん》と地《ち》ほどにちがっていた。空《そら》には雲一《くもひと》つない。ハリー、ロン、ハーマイオニーは、何《なん》とか三人《にん》だけで一つのコンパートメントを独占《どくせん》できた。ホーホーと鳴《な》き続《つづ》けるピッグウィジョンをだまらせるために、またしてもロンのドレスローブがかごを覆《おお》っていた。ヘドウィグは頭《あたま》を羽《はね》にうずめてうとうとしていた。クルックシャンクスは空《あ》いている席《せき》に丸《まる》まって、オレンジ色《いろ》の大《おお》きなふわふわのクッションのようだ。

列車《れっしゃ》が南《みなみ》に向《む》かって速度《そくど》を上《あ》げだすと、ハリー、ロン、ハーマイオニーは、ここ一週間《しゅうかん》なかったほど自由《じゆう》に、たくさんの話《はなし》をした。ダンブルドアのお別《わか》れの宴《うたげ》での話《はなし》が、なぜかハリーの胸《むね》に詰《つ》まっていたものを取《と》り除《のぞ》いてくれたような気《き》がした。今《いま》は、あの時《とき》の出来事《できごと》を話《はな》すのがそれほど苦痛《くつう》ではなかった。三人《にん》は、ダンブルドアがヴォルデモートを阻止《そし》するのに、今《いま》この時《とき》にもどんな措置《そち》を取《と》っているだろうかと、ランチのカートが回《まわ》ってくるまで話《はな》し続《つづ》けた。

ハーマイオニーがカートから戻《もど》り、お釣《つ》りをかばんにしまうとき、そこに挟《はさ》んであった『日刊《にっかん》予言者新聞《よげんしゃしんぶん》』が落《お》ちた。

読《よ》みたいような読《よ》みたくないような気分《きぶん》で、ハリーは新聞《しんぶん》に目《め》をやった。それに気《き》づいたハーマイオニーが、落《お》ち着《つ》いて言《い》った。

「何《なん》にも書《か》いてないわ。自分《じぶん》で見《み》てごらんなさい。でもほんとに何《なん》にもないわ。私《わたし》、毎日《まいにち》チェックしてたの。第三《だい》の課題《かだい》が終《お》わった次《つぎ》の日《ひ》に、小《ちい》さな記事《きじ》で、あなたが優勝《ゆうしょう》したって書《か》いてあっただけ。セドリックのことさえ書《か》いてない。あのことについては、なあんにもないわ、私《わたし》の見《み》るところじゃ。ファッジがだまらせてるのよ」

「ファッジはリータをだまらせられないよ」ハリーが言《い》った。「こういう話《はなし》だもの、無理《むり》だ」

「あら、リータは第三《だい》の課題《かだい》以来《いらい》、何《なん》にも書《か》いてないわ」

ハーマイオニーが変《へん》に抑《おさ》えた声《こえ》で言《い》った。

「実《じつ》はね」

ハーマイオニーの声《こえ》が、今度《こんど》は少《すこ》し震《ふる》えていた。

「リータ・スキーターはしばらくの間《あいだ》、何《なに》も書《か》かないわ。私《わたし》に自分《じぶん》の秘密《ひみつ》をばらされたくないならね」

「どういうことだい？」ロンが聞《き》いた。

「学校《がっこう》の敷地《しきち》に入《はい》っちゃいけないはずなのに、あの女《おんな》がどうやって個人的《こじんてき》な会話《かいわ》を盗《ぬす》み聞《ぎ》きしたのか、私《わたし》、突《つ》き止《と》めたの」ハーマイオニーが一気《いっき》に言《い》った。

ハーマイオニーは、ここ数日《すうじつ》、これが言《い》いたくてうずうずしていたのだろう。しかしほかの出来事《できごと》の重大《じゅうだい》さから判断《はんだん》して、ずっとがまんしてきたのだろう、とハリーは思《おも》った。

「どうやって聞《き》いてたの？」ハリーがすぐさま聞《き》いた。

「君《きみ》、どうやって突《つ》き止《と》めたんだ？」ロンがハーマイオニーをまじまじと見《み》た。

「そうね、実《じつ》は、ハリー、あなたがヒントをくれたのよ」ハーマイオニーが言《い》った。

「僕《ぼく》が？」ハリーは面食《めんく》らった。「どうやって？」

「盗聴器《とうちょうき》、つまり虫《むし》よ」ハーマイオニーがうれしそうに言《い》った。

「だけど、君《きみ》、それはできないって言《い》ったじゃない――」

「ああ、機械《きかい》の虫《むし》じゃないのよ。そうじゃなくて、あのね……リータ・スキーターは」ハーマイオニーは、静《しず》かな勝利《しょうり》の喜《よろこ》びに声《こえ》を震《ふる》わせていた――「無登録《むとうろく》の『動物《アニ》もどき《メーガス》』なの。あの女《おんな》は変身《へんしん》して――」

ハーマイオニーはかばんから密封《みっぷう》した小《ちい》さなガラスの広口瓶《ひろくちびん》を取《と》り出《だ》した。

「――コガネムシになるの」

「うそだろう」ロンが言《い》った。「まさか君《きみ》……あの女《おんな》がまさか……」

「いいえ、そうなのよ」

ハーマイオニーが、ガラス瓶《びん》を二人《ふたり》の前《まえ》で見《み》せびらかしながら、うれしそうに言《い》った。

中《なか》には小枝《こえだ》や木《こ》の葉《は》と一緒《いっしょ》に、大《おお》きな太《ふと》ったコガネムシが一匹《ぴき》入《はい》っていた。

「まさかこいつが――君《きみ》、冗談《じょうだん》だろ――」

ロンが小声《こごえ》でそう言《い》いながら、瓶《びん》を目《め》の高《たか》さに持《も》ち上《あ》げた。

「いいえ、本気《ほんき》よ」ハーマイオニーがニッコリした。

「病室《びょうしつ》の窓枠《まどわく》の所《ところ》で捕《つか》まえたの。よく見《み》て。触角《しょっかく》の周《まわ》りの模様《もよう》が、あの女《おんな》がかけていたいやらしいめがねにそっくりだから」

ハリーがのぞくと、たしかにハーマイオニーの言《い》うとおりだった。それに、思《おも》い出《だ》したことがあった。

「ハグリッドがマダム・マクシームに自分《じぶん》のお母《かあ》さんのことを話《はな》すのを、僕《ぼく》たちが聞《き》いちゃったあの夜《よる》、石像《せきぞう》にコガネムシが止《と》まってたっけ！」

「そうなのよ」ハーマイオニーが言《い》った。

「それに、ビクトールが湖《みずうみ》のそばで私《わたし》と話《はな》したあとで、私《わたし》の髪《かみ》からコガネムシを取《と》り除《のぞ》いてくれたわ。それに、私《わたし》の考《かんが》えがまちがってなければ、あなたの傷痕《きずあと》が痛《いた》んだ日《ひ》、『占《うらな》い学《がく》』の教室《きょうしつ》の窓枠《まどわく》にリータが止《と》まっていたはずよ。この女《おんな》、この一年《ねん》、ずっとネタ探《さが》しにブンブン飛《と》び回《まわ》っていたんだわ」

「僕《ぼく》たちが木《き》の下《した》にいるマルフォイを見《み》かけたとき……」ロンが考《かんが》えながら言《い》った。

「マルフォイは手《て》の中《なか》のリータに話《はな》していたのよ」ハーマイオニーが言《い》った。「マルフォイはもちろん、知《し》ってたんだわ。だからリータはスリザリンの連中《れんちゅう》からあんなにいろいろおあつらえ向《む》きのインタビューが取《と》れたのよ。スリザリンは、私《わたし》たちやハグリッドのとんでもない話《はなし》をリータに吹《ふ》き込《こ》めるなら、あの女《おんな》が違法《いほう》なことをしようがどうしようが、気《き》にしないんだわ」

ハーマイオニーはロンから広口瓶《ひろくちびん》を取《と》り戻《もど》し、コガネムシに向《む》かってニッコリした。コガネムシは怒《おこ》ったように、ブンブン言《い》いながらガラスにぶつかった。

「私《わたし》、ロンドンに着《つ》いたら出《だ》してあげるって、リータに言《い》ったの」ハーマイオニーが言《い》った。「ガラス瓶《びん》に『割《わ》れない呪文《じゅもん》』をかけたの。ね、だから、リータは変身《へんしん》できないの。それから、私《わたし》、これから一年間《ねんかん》、ペンは持《も》たないようにって言《い》ったの。他人《たにん》のことでうそ八百《はっぴゃく》を書《か》くくせが治《なお》るかどうか見《み》るのよ」

落《お》ち着《つ》きはらってほほ笑《え》みながら、ハーマイオニーはコガネムシをかばんに戻《もど》した。

コンパートメントのドアがすうっと開《ひら》いた。

「なかなかやるじゃないか、グレンジャー」ドラコ・マルフォイだった。

クラッブとゴイルがその後《うし》ろに立《た》っている。三人《にん》とも、これまで以上《いじょう》に自信《じしん》たっぷりで、傲慢《ごうまん》で、威嚇的《いかくてき》だった。

「それじゃ」

マルフォイはおもむろにそう言《い》いながら、コンパートメントに少《すこ》し入《はい》り込《こ》み、唇《くちびる》の端《はし》に薄笑《うすわら》いを浮《う》かべて、中《なか》を見回《みまわ》した。

「哀《あわ》れな新聞記者《しんぶんきしゃ》を捕《と》らえたってわけだ。そしてポッターはまたしてもダンブルドアのお気《き》に入《い》りか。けっこうなことだ」

マルフォイのニヤニヤ笑《わら》いがますます広《ひろ》がった。クラッブとゴイルは横目《よこめ》で見《み》ている。

「考《かんが》えないようにすればいいってわけかい？」

マルフォイが三人《にん》を見回《みまわ》して、低《ひく》い声《こえ》で言《い》った。

「何《なに》にも起《お》こらなかった。そういうふりをするわけかい？」

「出《で》ていけ」ハリーが言《い》った。

ダンブルドアがセドリックの話《はなし》をしている最中《さいちゅう》に、マルフォイがクラッブとゴイルにヒソヒソと話《はな》していたのを見《み》て以来《いらい》、ハリーは初《はじ》めてマルフォイとこんなに近《ちか》くで顔《かお》を合《あ》わせた。ハリーはじんじん耳鳴《みみな》りがするような気《き》がした。ローブの下《した》で、ハリーは杖《つえ》を握《にぎ》りしめた。

「君《きみ》は負《ま》け組《ぐみ》を選《えら》んだんだ、ポッター！　言《い》ったはずだぞ！　友達《ともだち》は慎重《しんちょう》に選《えら》んだほうがいいと、僕《ぼく》が言《い》ったはずだ。覚《おぼ》えてるか？　ホグワーツに来《く》る最初《さいしょ》の日《ひ》に、列車《れっしゃ》の中《なか》で出会《であ》ったときのことを？　まちがったのとはつき合《あ》わないことだって、そう言《い》ったはずだ！」

マルフォイがロンとハーマイオニーのほうをあごでしゃくった。

「もう手遅《ておく》れだ、ポッター！　闇《やみ》の帝王《ていおう》が戻《もど》ってきたからには、そいつらは最初《さいしょ》にやられる！　穢《けが》れた血《ち》やマグル好《ず》きが最初《さいしょ》だ！　いや――二番目《ばんめ》か――ディゴリーが最《さい》――」

誰《だれ》かがコンパートメントで花火《はなび》を一箱爆発《ひとはこばくはつ》させたような音《おと》がした。四方八方《しほうはっぽう》から発射《はっしゃ》された呪文《じゅもん》の、目《め》のくらむような光《ひかり》、バンバンと連続《れんぞく》して耳《みみ》をつんざく音《おと》。ハリーは目《め》をパチパチさせながら床《ゆか》を見《み》た。

ドアのところに、マルフォイ、クラッブ、ゴイルが三人《にん》とも気《き》を失《うしな》って転《ころ》がっていた。ハリー、ロン、ハーマイオニーの三人《にん》とも立《た》ち上《あ》がって、別々《べつべつ》の呪《のろ》いをかけていた。しかもやったのは三人《にん》だけではなかった。

「こいつら三人《にん》が何《なに》をやってるのか、見《み》てやろうと思《おも》ったんだよ」

フレッドがゴイルを踏《ふ》みつけてコンパートメントに入《はい》りながら、ごくあたりまえの顔《かお》で言《い》った。杖《つえ》を手《て》にしていた。ジョージもそうだった。フレッドに続《つづ》いてコンパートメントに入《はい》るとき、絶《ぜっ》対《たい》にマルフォイを踏《ふ》んづけるように気《き》をつけた。

「おもしろい効果《こうか》が出《で》たなあ」

クラッブを見下《みお》ろして、ジョージが言《い》った。

「誰《だれ》だい、『できもの』の呪《のろ》いをかけたのは？」

「僕《ぼく》」ハリーが言《い》った。

「変《へん》だな」

ジョージが気楽《きらく》な調子《ちょうし》で言《い》った。

「俺《おれ》は『くらげ足《あし》』を使《つか》ったんだがなあ。どうもこの二つは一緒《いっしょ》に使《つか》ってはいけないらしい。こいつ、顔中《かおじゅう》にくらげの足《あし》が生《は》えてるぜ。おい、こいつらここに置《お》いとかないほうがいいぞ。装飾《そうしょく》には向《む》かないからな」

ロン、ハリー、ジョージが気絶《きぜつ》しているマルフォイ、クラッブ、ゴイルを――呪《のろ》いがごた混《ま》ぜにかかって、一人一人《ひとりひとり》が相当《そうとう》ひどいありさまになっていたが――けとばしたり、転《ころ》がしたり、押《お》したりして廊下《ろうか》に運《はこ》び出《だ》し、それからコンパートメントに戻《もど》ってドアを閉《し》めた。

「爆発《ばくはつ》スナップして遊《あそ》ばないか？」フレッドがカードを取《と》り出《だ》した。

五回目《かいめ》のゲームの途中《とちゅう》で、ハリーは思《おも》いきって聞《き》いてみた。

「ねえ、教《おし》えてくれないか？」ハリーがジョージに言《い》った。

「誰《だれ》を脅迫《きょうはく》していたの？」

「あぁ」ジョージが暗《くら》い顔《かお》をした。「あのこと」

「何《なん》でもないさ」フレッドがいらいらと頭《かぶり》を振《ふ》った。

「たいしたことじゃない。少《すく》なくとも今《いま》はね」

「俺《おれ》たちあきらめたのさ」ジョージが肩《かた》をすくめた。

しかし、ハリー、ロン、ハーマイオニーはしつこく聞《き》いた。ついにフレッドが言《い》った。

「わかった、わかった。そんなに知《し》りたいのなら……ルード・バグマンさ」

「バグマン？」

ハリーが鋭《するど》く聞《き》いた。

「ルードが関係《かんけい》してたっていうこと？」

「いーや」

ジョージが暗《くら》い声《こえ》を出《だ》した。

「そんな深刻《しんこく》なことじゃない。あのマヌケ。あいつにそんなことにかかわる脳《のう》みそはないよ」

「それじゃ、どういうこと？」ロンが聞《き》いた。

フレッドはためらったが、ついに言《い》った。

「俺《おれ》たちがあいつと賭《か》けをしたこと、覚《おぼ》えてるか？　クィディッチ・ワールドカップで？　アイルランドが勝《か》つけど、クラムがスニッチを捕《と》るって？」

「うん」ハリーとロンが思《おも》い出《だ》しながら返事《へんじ》した。

「それが、あのろくでなし、アイルランドのマスコットのレプラコーンが降《ふ》らせた金貨《きんか》で俺《おれ》たちに支払《しはら》ったんだ」

「それで？」

「それで」

フレッドがいらいらと言《い》った。

「消《き》えたよ、そうだろ？　次《つぎ》の朝《あさ》にはパーさ！」

「だけど——まちがいってこともあるんじゃない？」ハーマイオニーが言《い》った。

ジョージが苦々《にがにが》しく笑《わら》った。

「ああ、俺《おれ》たちも最初《さいしょ》はそう思《おも》った。あいつに手紙《てがみ》を書《か》いて、まちがってましたよって言《い》えば、しぶしぶ払《はら》ってくれると思《おも》ったさ。ところが、全然《ぜんぜん》だめ。手紙《てがみ》は無視《むし》された。ホグワーツでも何度《なんど》も話《はなし》をつけようとしたけど、そのたびに口実《こうじつ》を作《つく》って俺《おれ》たちから逃《に》げたんだ」

「とうとう、あいつ、相当汚《そうとうきたな》い手《て》に出《で》た」フレッドが言《い》った。

「俺《おれ》たちは賭《か》け事《ごと》をするには若過《わかす》ぎる、だから何《なん》にも払《はら》う気《き》がないって言《い》うのさ」

「だから俺《おれ》たちは、元金《もときん》を返《かえ》してくれって頼《たの》んだんだ」ジョージが苦《にが》い顔《かお》をした。

「まさか断《ことわ》らないわよね！」ハーマイオニーが息《いき》をのんだ。

「そのまさかだ」フレッドが言《い》った。

「だって、あれは全財産《ぜんざいさん》だったじゃないか！」ロンが言《い》った。

「言《い》ってくれるじゃないか」ジョージが言《い》った。

「もちろん、俺《おれ》たちも最後《さいご》にゃ、わけがわかったさ。リー・ジョーダンの父《とう》さんもバグマンから取《と》り立《た》てるのにちょっとトラブったことがあるらしい。バグマンは小鬼《ゴブリン》たちと大《おお》きな問題《もんだい》を起《お》こしてたってことがわかったんだ。大金《たいきん》を借《か》りてた。小鬼《ゴブリン》の一団《いちだん》がワールドカップのあとでバグマンを森《もり》で追《お》い詰《つ》めて、持《も》ってた金貨《きんか》を全部《ぜんぶ》ごっそり取《と》り上《あ》げた。それでも借金《しゃっきん》の穴埋《あなう》めには足《た》りなかったんだ。小鬼《ゴブリン》たちがホグワーツまではるばる追《お》ってきて、バグマンを監視《かんし》してた。バグマンはギャンブルで、すっからかんになってた。財布《さいふ》を逆《さか》さに振《ふ》っても何《なん》にも出《で》ない。それであのバカ、どうやって小鬼《ゴブリン》に返済《へんさい》しようとしたか、わかるか？」

「どうやったの？」ハリーが聞《き》いた。

「君《きみ》を賭《か》けにしたのさ」フレッドが言《い》った。

「君《きみ》が試合《しあい》に優勝《ゆうしょう》するほうに、大金《たいきん》を賭《か》けたんだ。小鬼《ゴブリン》を相手《あいて》にね」

「そうか。それでバグマンは僕《ぼく》が勝《か》つように助《たす》けようとしてたんだ！」ハリーが言《い》った。

「でも――僕《ぼく》、勝《か》ったよね？　それじゃ、バグマンは君《きみ》たちに金貨《きんか》を支払《しはら》ったんだよね！」

「どういたしまして」ジョージが首《くび》を振《ふ》った。

「小鬼《ゴブリン》もさる者《もの》。あいつらは、君《きみ》とディゴリーが引《ひ》き分《わ》けに終《お》わったって言《い》い張《は》ったんだ。バグマンは君《きみ》の単独優勝《たんどくゆうしょう》に賭《か》けた。だから、バグマンは、逃《に》げ出《だ》すしかない。第三《だいさん》の課題《かだい》が終《お》わった直後《ちょくご》に、トンズラしたよ」

ジョージは深《ふか》いため息《いき》をついて、またカードを配《くば》りはじめた。

残《のこ》りの旅《たび》は楽《たの》しかった。事実《じじつ》、ハリーはこのままで夏《なつ》が過《す》ぎればいい、キングズ・クロスに着《つ》かないでほしいと思《おも》った……しかし、ハリーが今年苦《ことしくる》しい経験《けいけん》から学《まな》んだように、何《なに》かいやなことが待《ま》ち受《う》けているときには、時間《じかん》はけっしてゆっくり過《す》ぎてはくれない。あっという間《ま》に、ホグワーツ特急《とっきゅう》は九と四分《ぶん》の三番線《ばんせん》に入線《にゅうせん》していた。生徒《せいと》が列車《れっしゃ》を下《お》りるときの、いつもの混雑《こんざつ》と騒音《そうおん》が廊下《ろうか》にあふれた。ロンとハーマイオニーは、トランクを抱《かか》えてマルフォイ、クラッブ、ゴイルをまたぐのに苦労《くろう》していた。しかし、ハリーはじっとしていた。

「フレッド――ジョージ――ちょっと待《ま》って」

双子《ふたご》が振《ふ》り返《かえ》った。ハリーはトランクを開《あ》けて、対抗試合《たいこうじあい》の賞金《しょうきん》を取《と》り出《だ》した。

「受《う》け取《と》って」ハリーはジョージの手《て》に袋《ふくろ》を押《お》しつけた。

「何《なん》だって？」フレッドがびっくり仰天《ぎょうてん》した。

「受《う》け取《と》ってよ」ハリーがきっぱりとくり返《かえ》した。

「僕《ぼく》、いらないんだ」

「狂《くる》ったか」ジョージが袋《ふくろ》をハリーに押《お》し返《かえ》そうとした。

「ううん、狂《くる》ってない」ハリーが言《い》った。

「君《きみ》たちが受《う》け取《と》って、発明《はつめい》を続《つづ》けてよ。これ、いたずら専門店《せんもんてん》のためさ」

「やっぱり狂《くる》ってるぜ」フレッドがほとんど恐《おそ》れをなしたように言《い》った。

「いいかい」ハリーが断固《だんこ》として言《い》った。

「君《きみ》たちが受《う》け取《と》ってくれないなら、僕《ぼく》、これをどぶに捨《す》てちゃう。僕《ぼく》、欲《ほ》しくないし、いらないんだ。でも、僕《ぼく》、少《すこ》し笑《わら》わせてほしい。僕《ぼく》たち全員《ぜんいん》、笑《わら》いが必要《ひつよう》なんだ。僕《ぼく》の感《かん》じでは、まもなく、僕《ぼく》たち、これまでよりもっと笑《わら》いが必要《ひつよう》になる」

「ハリー」

ジョージが両手《りょうて》で袋《ふくろ》の重《おも》みを計《はか》りながら、小《ちい》さい声《こえ》で言《い》った。

「これ、一千ガリオンもあるはずだ」

「そうさ」ハリーがニヤリと笑《わら》った。

「カナリア・クリームがいくつ作《つく》れるかな」

双子《ふたご》が目《め》を見張《みは》ってハリーを見《み》た。

「ただ、おばさんにはどこから手《て》に入《い》れたか、内緒《ないしょ》にして……。もっとも、考《かんが》えてみれば、おばさんはもう、君《きみ》たちを魔法省《まほうしょう》に入《い》れることには、そんなに興味《きょうみ》がないはずだけど……」

「ハリー」フレッドが何《なに》か言《い》おうとした。しかし、ハリーは杖《つえ》を取《と》り出《だ》した。

「さあ」ハリーがきっぱりと言《い》った。

「受《う》け取《と》れ、さもないと呪《のろ》いをかけるぞ。今《いま》ならすごい呪《のろ》いを知《し》ってるんだから。ただ、一つだけお願《ねが》いがあるんだけど、いいかな？　ロンに新《あたら》しいドレスローブを買《か》ってあげて。君《きみ》たちからだと言《い》って」

二人《ふたり》が二《に》の句《く》が継《つ》げないでいるうちに、ハリーはマルフォイ、クラッブ、ゴイルをまたぎ、コンパートメントの外《そと》に出《で》た。三人《にん》とも全身呪《ぜんしんのろ》いの痕《あと》だらけで、まだ廊下《ろうか》に転《ころ》がっていた。

柵《さく》のむこうでバーノンおじさんが待《ま》っていた。ウィーズリーおばさんがそのすぐそばにいた。おばさんはハリーを見《み》るとしっかり抱《だ》きしめ、耳元《みみもと》でささやいた。

「夏休《なつやす》みの後半《こうはん》は、あなたが家《いえ》に来《く》ることを、ダンブルドアが許《ゆる》してくださると思《おも》うわ。連絡《れんらく》をちょうだいね、ハリー」

「じゃあな、ハリー」ロンがハリーの背中《せなか》をたたいた。

「さよなら、ハリー！」

ハーマイオニーは、これまで一度《いちど》もしたことのないことをした。ハリーのほおにキスしたのだ。

「ハリー――ありがと」

ジョージがもごもご言《い》う隣《となり》で、フレッドが猛烈《もうれつ》にうなずいていた。

ハリーは二人《ふたり》にウィンクして、バーノンおじさんのほうに向《む》かい、だまっておじさんのあとについて駅《えき》を出《で》た。今心配《いましんぱい》してもしかたがない。ダーズリー家《け》の車《くるま》の後部座席《こうぶざせき》に乗《の》り込《こ》みながら、ハリーは自分《じぶん》に言《い》い聞《き》かせた。

ハグリッドの言《い》うとおりだ。来《く》るもんは来《く》る……来《き》たときに受《う》けて立《た》てばいいんだ。

J.K. ローリング 作

不朽の人気を誇る「ハリー・ポッター」シリーズの著者。1990年、旅の途中の遅延した列車の中で「ハリー・ポッター」のアイデアを思いつくと、全7冊のシリーズを構想して執筆を開始。1997 年に第1巻『ハリー・ポッターと賢者の石』が出版、その後、完結までにはさらに10年を費やし、2007年に第7巻となる『ハリー・ポッターと死の秘宝』が出版された。シリーズは現在85の言語に翻訳され、発行部数は6億部を突破、オーディオブックの累計再生時間は10億時間以上、制作された8本の映画も大ヒットとなった。また、シリーズに付随して、チャリティのための短編『クィディッチ今昔』と『幻の動物とその生息地』(ともに慈善団体〈コミック・リリーフ〉と〈ルーモス〉を支援)、『吟遊詩人ビードルの物語』(〈ルーモス〉を支援)も執筆。『幻の動物とその生息地』は魔法動物学者ニュート・スキャマンダーを主人公とした映画「ファンタスティック・ビースト」シリーズが生まれるきっかけとなった。大人になったハリーの物語は舞台劇『ハリー・ポッターと呪いの子』へと続き、ジョン・ティファニー、ジャック・ソーンとともに執筆した脚本も、書籍化された。その他の児童書に『イッカボッグ』(2020年)『クリスマス・ピッグ』(2021年)があるほか、ロバート・ガルブレイスのペンネームで発表し、ベストセラーとなった大人向け犯罪小説「コーモラン・ストライク」シリーズも含め、その執筆活動に対し多くの賞や勲章を授与されている。J.K. ローリングは、慈善信託〈ボラント〉を通じて多くの人道的活動を支援するほか、性的暴行を受けた女性の支援センター〈ベイラズ・プレイス〉、子供向け慈善団体〈ルーモス〉の創設者でもある。

J.K. ローリングに関するさらに詳しい情報はjkrowlingstories.comで。

松岡佑子《まつおかゆうこ》 訳

翻訳家。国際基督教大学卒、モントレー国際大学院大学国際政治学修士。日本ペンクラブ会員。スイス在住。訳書に「ハリー・ポッター」シリーズ全7巻のほか、「少年冒険家トム」シリーズ、映画オリジナル脚本版「ファンタスティック・ビースト」シリーズ、『ブーツをはいたキティのはなし』、『とても良い人生のために』『イッカボッグ』『クリスマス・ピッグ』(以上静山社)がある。

静山社ペガサス文庫

ハリー・ポッター 9
ハリー・ポッターと炎《ほのお》のゴブレット〈新装版《しんそうばん》〉4-3

2024年8月6日 第 1 刷発行

作者	J.K.ローリング
訳者	松岡佑子
発行者	松岡佑子
発行所	株式会社静山社 〒102-0073 東京都千代田区九段北1-15-15 電話・営業 03-5210-7221 https://www.sayzansha.com
装画	ダン・シュレシンジャー
装丁	城所 潤(ジュン・キドコロ・デザイン)
印刷・製本	中央精版印刷株式会社

ISBN 978-4-86389-868-4 Printed in Japan
Published by Say-zan-sha Publications Ltd.

「静山社《せいざんしゃ》ペガサス文庫《ぶんこ》」創刊《そうかん》のことば

小《ちい》さくてもきらりと光《ひか》る、星《ほし》のような物語《ものがたり》を届《とど》けたい――一九七九年《ねん》の創業《そうぎょう》以来《いらい》、静山社《せいざんしゃ》が抱《いだ》き続《つづ》けてきた願《ねが》いをこめて、少年少女《しょうねんしょうじょ》のための文庫《ぶんこ》「静山社《せいざんしゃ》ペガサス文庫《ぶんこ》」を創刊《そうかん》します。

読書《どくしょ》は、みなさんの心《こころ》に眠《ねむ》っている想像《そうぞう》の羽《はね》を広《ひろ》げ、未知《みち》の世界《せかい》へいざないます。読書体験《どくしょたいけん》をとおしてつちかわれた想像力《そうぞうりょく》は、楽《たの》しいとき、苦《くる》しいとき、悲《かな》しいとき、どんなときにも、みなさんに勇気《ゆうき》を与《あた》えてくれるでしょう。

ギリシャ神話《しんわ》に登場《とうじょう》する天馬《てんま》・ペガサスのように、大《おお》きなつばさとたくましい足《あし》、しなやかな心《こころ》で、みなさんが物語《ものがたり》の世界《せかい》を、自由《じゆう》にかけまわってくださることを願《ねが》っています。

二〇一四年《ねん》

静《せい》山《ざん》社《しゃ》